해피니스

해피니스

기리노 나쓰오 지음 — 이선희 옮김

HAPPINESS

창해

/ 차례 /

1장

타워 아파트

강풍이 불던 날

작고 차가운 발바닥이 아리사의 뺨을 부드럽게 눌렀다.

'일어나, 어서! 지금 안 일어나면 지각이야!'

보드라운 털, 가냘픈 숨결. 이 고양이는 누구지? 차밍과 밀키는 예전에 죽었는데.

참, 난 결혼했지?

다음 순간 눈을 떴다. 친정에서 기르던 고양이 꿈이었다.

"엄마, 일어나."

고양이라고 생각한 건 이제 38개월에 접어드는 딸아이의 자그마한 손이었다. 밥도 많이 먹지 않고 고집도 부리지 않는 얌전한 딸은 늦잠 자는 엄마를 깨울 때에도 고양이보다 소심하고 힘이 없다. 하지만 뼈도 목소리도 가냘프고 연약한 모습이 너무나 사랑스러웠다. 나도 예전에는 저런 딸이었는데, 그래서 지금도 부모님의 사랑을 받고 부모님의 보호를 받고 있다. 아리사는 어린 딸을 통해 자신을 확인하고 안도했다.

또 새로운 하루가 시작되었다.

"미안해. 지금 몇 시야?"

주름진 침대 시트 사이로 손을 내밀어 머리맡의 휴대전화를 집어 들었다. 아침 9시 반, 평소보다 두 시간이나 늦었다. 그래서 집 안이 이렇게 환했던가. 하지만 몸도 마음도 개운하지 않고, 머리도 생리 이틀째처럼 묵직하다.

가볍게 기지개를 펴자 옆구리에 뭉툭한 이물질이 닿았다. 엄마가 깰 때까지 딸이 가지고 놀았던 전자레인지 장난감이다. 딸은 그 안에 이런저런 물건을 집어넣고는 "찡!" 하고 외치는 놀이를 좋아했다.

지금은 요즘 제일 좋아하는 당나귀 인형의 네 발을 잡고, 어떻게든 걷게 하려고 기를 쓰고 있다. 빨간 모자를 쓴 당나귀는 딸의 도움을 받아 베개를 지나 평야처럼 넓은 침대 시트로 접어들었다.

"엄마가 늦잠 잤네. 가나, 배 안 고프니?"

나른한 표정으로 물었다.

딸은 당나귀의 갈기를 만지작거리며 천천히 고개를 흔들었다.

"엄마, 떼리비 봐도 돼?"

"되고말고."

딸은 재빨리 리모컨 버튼을 눌렀다. 세 살이 지났는데도 아직 '텔레비전'이라고 정확하게 발음하지 못한다. '경찰차'는 '경차차', '고구마'는 '고구무'. 그것을 사랑스럽게 여긴 것은 얼마 전까지로, 최근에는 구강구조에 문제가 있는 게 아닌지 걱정되었다. 친정 엄마에게 말하자 웃음으로 넘겼다. 하지만 엄마는 모른다. 요즘 아이들의 발달이 얼마나 빠른지.

지난 1년 사이에 딸 또래의 아이가 있는 엄마들과 친해진 탓일지도 모른다. 그 아이들은 주눅이 들 만큼 말도 잘하고 활발하게 뛰어다녔다.

그 애들에 비해 딸은 TV 앞에서 가만히 앉아 있는 걸 좋아하고, 그냥 내버려두면 싫증도 내지 않고 혼자 잘 놀았다. 편해서 좋겠다고 부러워하는 엄마들도 있지만 내심 조바심이 났다. 어렸을 때 사회성을 길러주지 않으면 정서 발달이 늦는 것은 아닐까, 은둔형 외톨이가 되지 않을까 하는 근거 없는 불안이 마음속을 파고들었다. 그래서 또래 아이들과 자주 놀게 해주어야 한다는 생각에 사로잡히곤 한다.

그러나 어린이집 같은 시설은 질색이다. 엄마는 밖에서 일하지 않고 시간과 애정을 충분히 쏟아 아이를 키워야 한다는 게 그녀의 신념이었다. 그러기 위해서는 좋은 유치원을 선택하고, 자신과 똑같은 생각을 가진 엄마들과 친하게 지내야 한다.

욱신거리는 머리를 세차게 흔들었다. 해가 높이 떠오를 때까지 늦잠을 잤는데, 잠이 부족했을 때의 불쾌감이 머리를 짓눌렀다. 감기라도 걸린 걸까? 감기……. 그제야 원인을 알아차렸다. 머리가 무거운 것은 간밤에 거칠게 휘몰아친 강풍 때문이다. 10월에 접어들었음에도 갑자기 태풍과 함께 거친 바람이 찾아왔다. 지금은 거짓말처럼 쥐 죽은 듯 조용하다.

그녀가 사는 고층 아파트는 고토 구(區)의 거대한 매립지 위에 우뚝 솟아 있다. 강풍이 불면 바닷가엔 파도가 몰아치고 빈터엔 모래먼지가 일어서 밖에 나갈 수 없다. 아파트 안에 있어도 바람의 울음소리와 건물의 신음 소리가 끊임없이 들려서 말로 표현할 수 없을 만큼 소름이 끼쳤다. 아파트 입구 옆의 연못에서 작은 회오리를 본 적도 있었다.

아리사 부부가 아파트 임대계약을 체결한 날도 강풍이 거칠게 휘몰아쳤다. 부동산 중개업자는 "지진이라면 몰라도 바람은 아무리 세게 불어도 절대로 흔들리지 않습니다"라고 힘주어 말했다. 하지만 그렇게 말하지 않았어도 이 집을 얻었을 것이다. 도쿄 만(灣) 옆에 우뚝 솟은 타워 아파트에 매료되었기 때문이었다. 결혼하면 꼭 이 아파트에 살면서 아이를 키우겠다고 남편인 슌페이에게 선언하고, 지금의 집을 찾아낸 것도 그녀였다. 부동산 중개업자의 말처럼 타워 아파트는 바람에 흔들리지 않았다. 그러나 강풍이 휘몰아치는 밤에는 몇 시간씩 음침한 바람 소리에 시달리느라 잠을 이룰 수 없었다.

더구나 오늘 새벽에는 바람이 유난히 강했다. 옆에 듬직한 남편이 없어서 그런지, 불안과 공포가 파고들어 연신 뒤척여야 했다. 아마 두통은 그 때문이리라. 그리고 뭔가가 마음에 걸렸다. 계속 귀를 자극하던 달그락거리는 소리.

"아!"

그녀는 작게 소리를 지르고 침대에서 벌떡 일어났다. 반동으로 침대가 흔들리면서 딸이 겁먹은 표정을 지었다. 하지만 뒤도 돌아보지 않고 창문으로 뛰어갔다. 커튼을 열고 발코니를 내다보았다.

예상한 대로 딸의 빨간 양동이가 쓰러져서 발코니 구석까지 굴러갔다. 양동이에 꽂아두었던 삽은 흔적도 없이 사라졌다. 모래밭에서 친구들과 놀 때 사용하는 양동이와 장난감 삽이다. 쓰러진 양동이에서 흘러넘친 흙과 모래는 어디론가 날아가고, 발코니는 꼼꼼하게 청소한 것처럼 깨끗했다.

절망적인 기분으로 유리문을 열었다. 강풍에 삽이 날아간 게 틀림없다. 유아용 플라스틱 삽이라곤 하지만 29층에서 떨어지면 무서운 흉기가 될 수 있다. 그녀는 새파랗게 질린 얼굴로 조심조심 밑을 내려다보았다. 그곳에선 아래층 발코니의 철책밖에 보이지 않았다.

베이 이스트 타워(BET)와 베이 웨스트 타워(BWT)의 두 동으로 이루어진 베이 타워스(BT) 아파트에는 엄격한 입주 규칙이 있다. 첫째, 발코니에 아무것도 내놓지 말 것. 둘째, 빨래는 오전 11시부터 오후 1시까지만 말릴 것. 위험하다는 이유로 화분이나 식물 재배 용기도 내놓지 못하게 되어 있었다.

어젯밤에 딸의 양동이를 발코니에 내놓은 것은 깜빡 잊고 집으로 가져왔기 때문이었다. 항상 흙과 모래로 뒤범벅이 되는 탓에 집으로 가져오지 않고, 자전거 주차장에 있는 딸의 자전거 바구니에 놓아두는 것이다.

딱 한 번 집으로 가져왔는데, 강풍에 삽이 날아간 건 운이 나쁘다고밖에 할 수 없다. 그래도 아래층 주민에게 무슨 일이 생기면 틀림없이 그녀의 책임이다. 밑의 화단에 떨어졌으면 얼마나 좋을까? 아니면 멀리 바다까지 날아갔으면 얼마나 좋을까?

기도하는 심정으로 아래쪽을 내려다보았다. 각도가 넓은 V 자 모양의 현관 입구가 보였다. 아스팔트로 포장된 길은 이미 깨끗하게 청소돼 있지만, 도로와 화단에는 어디선가 날아온 쓰레기들이 어지러이 흩어져 있었다. 하지만 삽처럼 위험한 물건이 아니라 관엽식물의 이파리와 종이, 슈퍼마켓의 비닐봉투 따위였다.

땅에 떨어져 누가 주웠다면 관리인 카운터의 '분실물 코너'에 넣었을 테니까 아무렇지도 않은 얼굴로 가져올 수 있다. 그러나 어느 집의 발코니에 떨어졌으면 커다란 문제로 발전할 수 있다. 더구나 삽에는 '이와미 가나'라고 딸의 이름이 쓰여 있었다.

"어떡하지?"

슬리퍼도 신지 않고 발코니로 나갔다. 콘크리트 바닥이 차가웠다. 밑에서 몸을 꿰뚫는 바람이 불어와 등으로 빠져나갔다. 구석에 있는 양동이의 끝을 움켜잡았다. 순간 '난 지금 어디에 있을까?'란 생각이 들었다. 공중에 떠 있는 위험한 발코니 끝자락에서 플라스틱 양동이를 움켜쥔 채 우두커니 서 있는 자신……

바다 냄새가 코로 파고들었다. 토스트 굽는 냄새도 실려왔다. 10월임에도 창문을 열어놓고 빵을 굽는 집이 있다. 공동생활을 하는 아파트에서는 남의 눈이나 귀를 비롯해 신경 써야 할 게 한두 가지가 아니다. 그녀는 자기도 모르게 양동이를 뒤로 감추었다.

딸이 창가로 다가와 눈을 동그랗게 뜨고 물었다.

"엄마, 가나 짭은 어디 있어?"

아직 발음이 정확하지 않아서 '삽'을 '짭'이라고 한다.

"쉿."

무서운 표정을 짓자 딸이 숨을 들이마셨다. 그녀는 살며시 주변을 두리번거렸다. 위쪽만이 아니라 양옆에서도, 맞은편 건물에서도, 도로에서도, 또는 멀리 라라포트에서도 마음만 먹으면 얼마든지 발코니를 훔쳐볼 수 있다. 따라서 조심해야 한다. 고층이 인기가 있는 것은 아무도 내려다볼 수 없고, 밑에서도 잘 안 보이기 때문이다.

"삽은 엄마가 넣어뒀어."

아리사는 작은 목소리로 거짓말을 하고 딸의 앞에 서서 시선을 가로막았다. 그리고 딸의 어깨를 빙글 돌린 다음 등 뒤의 문을 닫았다. 양동이를 바닥에 내려놓고 어두운 심정으로 창문을 돌아보았다. 유리창 너머로, 두터운 검은 구름 사이에서 고개를 내미는 태양이 보였다. 이윽고 눈부신 태양 빛이 29층인 그녀의 집까지 환하게 비추었다.

BET의 맞은편에는 요네다라는 중장비 회사의 건물이 있다. 요네다 건물은 32층이라서 집에 햇빛이 들어오는 건 오전의 몇 시간밖에 되지 않는다. 그 시간을 제외하면 하루 종일 어두컴컴해 BT 중에서는 임대료가 가장 저렴했다.

BT는 분양을 받은 사람이 대부분이었고 그녀처럼 임대로 사는 사람은 많지 않다. 그런데 이상한 일이 있다. 누구에게도 말한 적이 없는데 그녀의 집이 임대라는 사실을 모두 알고 있었다. 집주인이 말한 걸까? 어쨌든 누가 어느 집을 얼마에 샀다든지 얼마에 임대했다든지, 그런 정보가 떠도는 것은 무엇 때문일까? 그게 신도시의 거대한 아파트에 산다는 걸까?

햇빛이 쏟아지는 발코니에서 아득한 저편을 바라보았다. 건물 사이로 빛나는 지바의 바다가 보였다. 지바 방면의 해안선은 직선으로 깨끗하게 매립돼서 바다라기보다 운하 같았다. 고향의 해안선과 너무도 달라서 처음에는 다른 행성에 온 게 아닐까 당황스러웠다. 그러나 지금은 완전히 익숙해졌다. 여기저기에 빈 땅이 널려 있는 매립지가 황량하게 느껴지지 않은 것은 비슷한 또래의 '엄마친구(아이를 매개로 해서 친구가 된 엄마들—옮긴이)'가 많이 생겼기 때문이 아닐까.

BT 중에서는 이스트보다 웨스트가 인기가 있고 가격도 비싸다. 전망이 좋기 때문이다. 그중에서도 이부키의 엄마—다들 '이부 엄마'라고 부른다—인 유미의 집은 52층짜리 BWT의 남서쪽 47층에 있는 로열 중의 로열이다.

남서쪽 집은 모든 여자들이 살고 싶어 하는 곳이다. 오후에는 햇빛이 계속 들어와서 겨울에도 난방이 필요 없고, 창문을 활짝 열면 여름에도 에어컨이 필요 없을 만큼 시원하다. 전망은 어느 호텔보다 뛰어나다고 한다. 맑은 날에는 오른쪽에 도쿄 타워, 정면에 레인보 브리지, 왼쪽에 오다이바에서 아리아케까지, 또한 도쿄 항구의 맞은편에 있는 요코하마의 랜드마크 타워까지 똑똑히 보인다고 한다.

이부 엄마의 자신감과 카리스마는 BT의 가장 비싼 집에 산다는 자부심에서 나오는 게 아닐까. 전철역 앞의 평범한 아파트에 사는 미우 엄마나 BET의 임대에 사는 자신이 엄마친구의 리더였다면, 과연 다른 엄마들이 잘 따라줄까?

이제 어느 정도 친해진 엄마친구들과 아이들의 소규모 그룹은 이부 엄마의 뜻에 따라 그날의 계획을 정한다. 대부분 공원의 모래밭에 모이지만 가끔 라라포트 앞이나 해변공원, 라운지 등 장소가 달라지기도 한다. 그걸 정하는 사람은 이부 엄마이고, 그룹의 모든 사람은 그 결정에 순종한다. 그녀도 그걸 싫어하지 않았다. 오히려 이부 엄마의 결정에 따르는 것에 기쁨마저 느꼈다.

삽 사건을 이부 엄마에게 의논해야 할까? 좋은 집안 출신임을 연상시키는 좁은 턱과 아름다운 아이라인, 왼손 약지의 카르티에 결혼반지 등을 떠올리자 입에서 부러움의 탄식이 흘러나왔다. 전직 일본항공 스튜어디스였다는 소문을 듣고 고개를 끄덕였다. 이부 엄마의 미모와 배려는 왠지 직업적으로 여겨졌기 때문이다. 이부 엄마라면 어떤 문제든 웃으면서 해결할 수 있을 것 같았다.

그런데 이런 실수를 저질렀다고 무시하지는 않을까. 칠칠치 못하다고 경멸하지는 않을까. 그녀는 더럭 겁이 났다. 이부 엄마와 개인적인 일을 말할 만큼 친하지는 않아서, 이런 일을 의논하면 이상한 사람이라고 여길지도 모른다. 이번 일은 문제가 되고 나서 의논할지 말지 생각하는 편이 좋지 않을까. 그렇다, 그게 좋겠다.

"엄마는 낙천적이지?"

아리사는 딸을 껴안으며 속삭였다. 잠옷 대신 그녀의 티셔츠를 입은 딸은 마치 엄마의 고민을 알아차린 것처럼 가느다란 한숨을 토해냈다.

고민을 끊어내듯 레이스 커튼을 거칠게 닫아 시야를 가로막았다. 그리고 이부 엄마가 오늘은 어떤 식으로 아이들을 놀게 해줄까 생각했다. 날씨가 쌀쌀한 데다 강풍이 몰아친 탓에 모래밭에서 모일 수는 없다. 혹시 자신의 집으로 오라고 하지는 않을까? 한 번이라도 좋으니까 멋진 전망을 보고 싶다. 그러나 BWT에 사는 다른 두 엄마와 마찬가지로 이부 엄마는 엄마친구들을 집으로 초대하지 않았다.

아리사는 세수도 하지 않고 저지 차림으로 냉장고에서 파와 양배추를 꺼내 썰기 시작했다. 잠시 망설인 끝에 딸이 싫어하는 당근도 조금 썰었다. 작은 냄비에 인스턴트 라면을 넣은 뒤 썰어놓은 당근과 양배추를 넣었다. 딸이 못 먹는 파는 빼고 달걀을 하나 넣어 휘휘 저었다. 배에서 꼬르륵 소리가 났다. 오늘 아침은 채소라면이다. 샐러리맨인 남편이 없는 일상은 편하고 나태해서, 게을러지려고 하면 얼마든지 게을러질 수 있다.

미피 그림이 그려진 식기에 채소라면을 담은 뒤 딸을 보았다. 딸은 입을 반쯤 벌린 채 42인치 TV 화면에 못 박혀 있었다. 엄마친구들이 돌려보는 유아용 DVD에 정신을 빼앗긴 터다.

"가나, 아침 먹어야지."

딸은 미련이 듬뿍 담긴 눈길로 연신 TV 화면을 보면서 식탁으로 다가왔다. 하지만 채소라면을 보자마자 얼굴을 돌렸다. 채소를 싫어하는 딸의 버릇을 하루 빨리 고쳐야 한다고 생각했지만 딸은 원래 입이 짧은 데다 좋아하는 음식밖에 먹지 않았다.

딸이 자기 그릇을 밀어냈다.

"라면 싫어."

당연한 반응이라서 놀랍지는 않았다.

"왜 싫어?"

"냄새가 싫어."

"그럼 뭐 먹을 거야? 가나, 너 말이야. 싫어하는 게 뭐 이렇게 많아? 어엉!"

장난으로 난폭하게 말하다 문득 그 난폭함이 그리워졌다. 친한 친구들과 마음 편하게 지냈던 시절이 떠올랐다. 서로 장난을 치고 연예인 이야기를 하며 시시덕거리던 날들. 아아, 그 시절은 얼마나 즐겁고 마음 편했던가. 엄마친구들과의 대화는 너무도 우아하고 배려가 넘쳐서 금방 지치고 피곤해진다.

"가나, 너 말이야. 뭘 만들어주면 먹을 거야? 대답 안 해? 어이, 어이."

그렇게 말하면서 딸의 작은 어깨를 흔들었다. 딸은 기분이 좋은지 쿡쿡 웃으면서 대답했다.

"고기. 가나, 고기 먹고 싶어."

그녀는 딸의 작은 손에 유아용 포크를 쥐어주면서 물었다.

"뭐? 고기? 무슨 고기? 우리 가나가 고기를 좋아했던가?"

"있잖아, 지글지글 하는 거."

딸은 그렇게 말하며 작은 손을 오글오글 움직였다. 여름에 친정 부모님과 갔던 기타센주의 불고깃집을 말하는 모양이다.

"불고기를 맨날 먹으면 뚱뚱해져. 칼로리 높은 걸 먹으면 뚱보가 되거든."

그녀는 협박을 하듯 딸의 눈을 똑바로 쳐다보며 덧붙였다.

"가나, 뚱보가 돼도 좋아? 그럼 안 되잖아. 이부도 미우도 메구도 마코도 다 귀엽고 날씬하잖아. 뚱보가 되면 아무도 가나랑 안 놀아줄 거야. 엄마도 울 거고. 뚱보 가나는 불쌍해."

"엄마 울 거야, 울 거야" 하고 주문처럼 반복하며 우는 시늉을 하자 딸이 걱정스러운 표정으로 그녀의 기다란 갈색 머리를 만지작거렸다. 머리를 쓰다듬으며 위로해주는 것이다.

"가나, 뚱보 안 돼."

"그래. 그러려면 채소를 많이 먹어야 돼."

딸은 부루퉁한 얼굴로 마지못해 포크를 들었다.

"아휴, 우리 가나는 착하기도 하지. 엄마는 착한 가나가 제일 좋더라."

딸은 만족스럽게 웃더니 후루룩 라면을 먹었다. 그녀는 젓가락으로 딸의 작은 입에 양배추를 넣어주고, 얼굴을 찡그리며 씹는 걸 끝까지 지켜보았다. 마치 교도소의 교도관이라도 된 듯한 기분이다.

친하게 지내는 엄마친구들도, 그들의 아이들도 모두 예쁘고 날씬하다. 날씬하지 않으면 옷이 어울리지 않는다. 살이 찌면 어떤 옷을 입어도 세련되게 보이지 않기 때문이다. 몸매를 유지하고 살림에 찌든 냄새를 풍기지 말 것. 그게 엄마친구들과 어울릴 수 있는 조건이고, 멋진 엄마들과 예쁜 아이들이 이부 엄마 그룹의 원동력이었다.

그때 휴대전화 메일의 착신음이 들렸다(일본에서는 휴대전화를 구입할 때, 휴대전화용 메일 주소를 부여받는다—옮긴이).

"메이루, 메이루."

딸이 혀짤배기소리로 말했다.

그녀는 쓴웃음을 지으며 휴대전화를 보았다. 역시 이부 엄마였다. 전원에게 보낸 단체 메일이다.

좋은 아침!

바람이 잠잠해져서 다행이에요.

하지만 이런저런 물건들이 날아와서 밖은 위험해요.

오랜만에 라운지에서 만날까요?

11시에 모두 모이세요!

간식은…… 흠음, 적당히 준비해오세요!!

노란색 바탕에 빨간 꽃과 초코 쿠키, 핑크 하트가 통통 뛰어다니고 있다. 여느 때처럼 화려하고 유쾌한 데코메일이다.

메일 고마워요.

미우 엄마에겐 제가 연락할게요!

이따 만나요.

오랜만에 만난다고 생각하니 벌써 가슴이 뛰네요!

그녀도 케이크와 선물, 그림 문자 등을 잔뜩 넣은 귀여운 데코메일로 답장했다.

"엄마, 이부 엄마가 뭐래?"

딸이 포크 든 손을 멈추고 물었다.

목소리에서 걱정이 느껴졌다. 이부를 별로 좋아하지 않기 때문이다.

"이부 엄마가 다 같이 놀재."

"어디서?"

"라운지."

"뭐? 라운지야?"

딸이 불만스럽게 말했다.

BWT의 52층 라운지에서 노는 것은 집과 별반 다르지 않아서 시시한 모양이다. 하지만 단체 모임에서는 자신의 고집이 통하지 않는다는 걸 알고 있다. 장난감은 가지고 싶어 하는 아이에게 양보하고, 과자는 친구와 나눠 먹으라고 엄마들이 가르친다.

모두 예의범절을 가르치고 있지만 반항하는 아이도 있다. 이부키와 미우는 가끔 떼를 쓰거나 고집을 부렸다. 가나는 말귀를 알아듣는 착한 아이라서, 그런 아이들을 처음 봤을 때는 놀랄 수밖에 없었다. 특히 이부키는 자기 마음에 들지 않으면 친구를 때리거나 발로 차곤 했다. 지금보다 더 어렸을 때는 물어 뜯는 걸로 유명했다고 한다. 이부키의 고집 센 얼굴을 떠올리고, 그 애의 성격은 아빠를 닮았을 거라고 생각했다.

예전에 아이들을 데리고 디즈니랜드에 갔을 때, 이부 아빠가 차로 데려다준 적이 있었다. 이부 아빠를 보고 엄마들은 지롤라모(지롤라모 판체타, 이탈리아의 모델이자 영화배우—옮긴이)를 닮았다고 수군거렸다. 차는 BT 주차장에서 거의 찾아볼 수 없는 벤츠의 겔렌데바겐 G클래스였다. 대형 출판사에 다니는 엘리트라고 한다. 아무튼 이부 엄마의 가족들은 모두 멋있고 세련됐으며 조금은 불량스럽다.

"그런 집은 유치원 입시에도 실패하지 않을 거야."

그녀는 한숨을 쉬면서 중얼거렸다.

질투라기보다 선망이었다. 11월은 유치원 입시철이다. 엄마들은 결코 입 밖에 내지 않지만 유명한 사립 유치원을 노리는 게 틀림없다.

"엄마, 당나귀 가져가도 돼?"

딸이 아직 침대 위에 있는 인형을 바라보았다.

"그래. 친구들에게 보여줘."

당나귀라는 건 지난달에 백화점에 갔을 때 시어머니가 유럽 상품전에서 사준 인형이다. 독일이나 스위스의 시골에서 팔 만한 소박한 인형이지만, 딸은 매우 좋아하며 껴안고 자곤 했다. 할머니에게 의리를 지키려는 걸까? 초콜릿밖에 받지 못한 그녀는 그렇게 생각하고 피식 웃었다. 그리고 작은 목소리로 부탁했다.

"가나, 사람들에게 오늘 아침에 라면 먹었다고 말하면 안 돼."

"왜?"

딸은 의아한 표정으로 그녀의 얼굴을 빤히 쳐다보았다.

"아무튼, 절대로 말하면 안 돼."

작은 허세를 부리는 자신이 우스워서 쓴웃음을 지었다. 만약에 누가 알면 이렇게 웃음으로 얼버무리기로 마음먹었다. 하지만 미리 못을 박아두면 딸은 절대로 말하지 않는다. 아무리 어린애라도 자기 집의 추한 모습에는 입을 꼭 다문다. 여자들의 사회는 이런 식으로 만들어지는 법이리라.

그러나 딸의 입이 아무리 무거워도, 강풍에 삽이 날아갔다는 말은 할 수 없다. 타워 아파트에는 많은 사람이 모여 있으므로, 어디에 어떤 불만을 가진 사람이 숨어 있을지 모른다.

가장 많은 것은 타워 아파트의 '목숨줄'이라고 할 수 있는 엘리베이터에 관한 불만이었다. 급할 때 아무리 기다려도 오지 않는다. 겨우 오는가 싶었는데 유모차가 앞을 막아서 탈 수 없었다. 어린이용 자전거나 어린이를 위한 짐이 많아서 탈 수 없었다 등등.

즉 엄마들은 아직 아무것도 모르는 어린아이를, 어떻게든 어른들의 생활에 맞추며 살아가고 있다. 어린아이를 돌보는 데 필요한 잡다한 물건들을 한가득 껴안고……

때문에 엄마친구들과 힘을 합쳐 싸워나가야 한다. 그와 동시에 남편도 일류 기업에 다니고 발언권도 있으며 생존 능력과 조정 능력을 갖춘 이부 엄마 같은 리더가 필요하다. 그런데 공동 생활임에도 멍청하게 그녀는 바람에 삽을 날려버렸다. 혹시 엄마 그룹에서 제외되는 게 아닐까. 불안이 심장으로 파고들어서 오랜만에 손톱을 깨무는 나쁜 버릇이 나올 것 같았다.

엘리베이터와 유모차

11시 10분 전에 인터폰이 울렸다.

"안녕하세요, 구리하라예요."

인터폰 스피커에서 약간 허스키한 미우 엄마의 목소리가 들렸다. 미우 엄마의 성이 구리하라였다는 사실이 떠올랐다. 모니터를 들여다보자 새침한 얼굴로 카메라에서 조금 떨어져 있었다. 모니터에 이상하게 비치기 싫은 것이다. 미우는 유모차를 타고 있는지 보이지 않았다.

"안녕하세요. 로비에서 잠시만 기다리세요. 금방 내려갈게요."

아리사는 열림 버튼을 눌렀다. 자동문이 열리고 유모차를 밀고 들어오는 미우 엄마가 보였다. 유니클로의 파란색 다운베스트에 청바지를 입고, 갈색으로 염색한 긴 머리칼을 니트 모자에 밀어 넣었다. 항상 똑같은 차림이다. 날씬하고 키가 커서 멋있게 보이긴 하지만 검은색 배낭은 촌스러웠다.

미우 엄마는 옷차림도 세련되지 못하고 BT의 주민도 아니다. 엄마들이 신경을 곤두세우는 유행하는 옷이나 화장품에도 관심이 없다. 미우의 옷도 인터넷 사이트에서 싸게 산다고 들었다. 그래서 촌스럽고 가난에 찌든 냄새가 난다. 그래도 이부 엄마 그룹에 넣어준 것은 얼굴이 예쁘고 스타일도 좋으며 어딘지 모르게 멋이 배어나오기 때문이다.

이부 엄마 그룹은 불과 다섯 명밖에 되지 않지만 이부 엄마와 메구 엄마, 마코 엄마는 BT 중에서도 BWT에 살며 남편도 일류 기업에 다닌다. 그래서 세 명은 항상 같이 행동한다. 반면에 전철역 앞의 오래된 아파트에 사는 미우 엄마와 한 등급 떨어지는 BET, 그것도 임대인 자신을 똑같이 대하는 것처럼 느껴지는 것은 마음이 뒤틀린 탓일까? 그런 생각을 할 때마다 가슴 한쪽이 쿡쿡 쑤셨다.

미우 엄마의 남편은 음식업에 종사한다고 한다. 그녀의 미모는 멀리에서도 눈에 띄어서, 그 사람이라면 지금도 충분히 클럽에서 통할 거라고 쑥덕거리는 걸 본 적이 있다. 하지만 모두 서른 살이 넘었다. 클럽에 간다면 비웃음을 당하는 나이이다.

"가나, 라운지에 가자."

딸은 마치 전투를 하러 가듯 긴장한 얼굴로 엄지를 빨기 시작했다. 아리사는 딸의 옷차림을 다시 확인했다. 실내 놀이에 적합한 초콜릿색 긴소매 티셔츠 위에 엉덩이를 감출 수 있는 새먼핑크색 반소매 튜닉. 아랫도리는 똑같은 초콜릿색 7부 레깅스. 이 정도면 누구에게도 지지 않을 만큼 귀엽다.

그녀는 안심하고 현관 거울을 통해 자신의 모습도 확인했다. 어린아이가 있는 엄마는 얼룩이 묻어도 쉽게 빨 수 있고, 아이를 안아도 감촉이 좋도록 순면 옷을 입는다.

그녀도 긴자의 H&M에서 산 검은색 데님 파커를 입었다. 옷깃 끝과 옷자락 사이로 흑백의 보더 티셔츠가 살짝 보였다. 그리고 킷슨의 비닐 코팅한 꽃무늬 토트백. 안에는 전원에게 나눠줄 귤과 자신과 딸이 마실 음료수 페트병이 들어 있다. 열쇠와 지갑은 작은 파우치에 각각 넣어두었다.

그룹이 모일 때 음료수는 각자 가져오는 게 암묵의 약속이었다. 과자는 그때의 기분에 따라 모두의 몫을 가져오거나 자신의 몫을 가져온다. 알레르기가 있는 아이도 있고 배탈이 난 아이도 있어서 그때마다 적당히 하기로 했다.

"규칙을 정하면 번거롭잖아요. 그때의 사정에 맞춰 적당히 하기로 해요."

이렇게 말한 사람은 물론 이부 엄마였다. 하지만 이부 엄마는 인원수에 맞춰 직접 구운 쿠키를 가져오는 빈틈없는 사람이었다. 한마디로 말해 이부 엄마에게는 빈틈이란 걸 찾아볼 수 없었다.

아리사는 현관문을 잠그고 바람이 휘몰아치는 추운 개방 복도를 걸었다. 개방 복도에 접이식 자전거가 놓여 있는 걸 보고 이마를 찡그리며, 나중에 관리인에게 한마디 하기로 마음먹었다. 순간 바람에 날려간 삽이 머리에 떠올라서 갑자기 우울해졌다. 아파트 주민들에게 한꺼번에 손가락질당할 가능성이 있는 사람은 바로 자신이 아닌가.

딸에게 엘리베이터 버튼을 누르게 하고 추위에 떨면서 몇 분을 기다렸다. 겨우 밑에서 올라온 엘리베이터를 타고 로비로 향했다. 그곳에서 미우 엄마를 만나 BWT 쪽 엘리베이터를 타고 라운지로 가야 한다.

BT의 엘리베이터는 방범을 위해 모두 1층에서 타도록 돼 있다. BWT에 살아도 라운지에 가려면 일단 로비까지 내려가 엘리베이터를 바꿔 타야 한다. 시스템적으로 중간에서 직접 위로 올라갈 수 없다. 타워 아파트에 살아도 그 안에서 계속 오르내리거나 동(棟)에서 동으로 왔다 갔다 해야 해서 귀찮기 짝이 없었다. 더구나 개방형 공간이 많아서 건물 안이라도 실외와 똑같이 추웠다. 실제로 딸은 이를 딱딱 부딪치고 몸을 덜덜 떨었다. 같은 건물 안에서 이동한다고 해서 카디건을 입히지 않았는데 후회스러웠다.

"가나, 미안해. 춥지?"

딸은 말없이 그녀에게 이끌리듯 걸었다. 그 모습을 보면 사실은 가고 싶지 않은 게 아닐까 생각할 수밖에 없었다.

타워 아파트의 로비는 호텔처럼 화려했다. 개방형 복도는 어이가 없을 만큼 대충 만들었는데, 눈에 띄는 공용 부분은 화려함의 극치를 자랑했다. 넓은 로비의 한가운데에 커다란 생화가 자리하고 오래된 골동품 같은 오르간과 가죽 소파가 놓여 있다. 정면에는 관리인이 상주하는 자리가 있어서, 그곳에서 택배를 받아주거나 주민들의 민원을 받곤 한다. 건물 안에 편의점도 있어서 편리하기 이를 데 없었다.

미우 엄마는 구석의 소파에서 휴대전화를 들여다보고, 미우는 유모차 안에서 정신없이 자고 있었다.

"오래 기다렸죠?"

아리사와 가나가 다가가자 미우 엄마는 환하게 웃으며 애완 강아지 같은 커다란 눈을 가늘게 떴다.

"편의점에 다녀오는 사이에 잠들었지 뭐예요. 가나, 어젯밤에 바람 때문에 무서웠지?"

딸은 고개를 끄덕였지만, 아리사는 딸의 눈을 보고 질문의 내용을 이해하지 못했음을 알아차렸다. 딸은 상대의 말에 적당히 고개를 끄덕이는 아이였다.

"댁이 높은 층이죠? 바람은 괜찮았어요?"

미우 엄마가 옆으로 다가와 나란히 걸으며 속삭이듯 말했다.

"네. 바람 소리 때문에 잠을 못 잤어요."

그렇게 대답하면서도 가슴이 두근거렸다. 설마 그 삽 때문에 누가 다치지는 않았겠지?

"오다 보니 길거리에 간판이 나뒹굴더군요. 가로수도 쓰러졌고요. 매립지에는 바람을 막는 게 있어야 하는데…… 건물 사이의 바람도 장난이 아니잖아요."

"그러게요."

아리사는 적당히 맞장구를 쳤다. 아무래도 일반적인 이야기로 끝날 것 같다.

마음을 쓸어내리며 옆 눈으로 슬쩍 미우 엄마를 관찰했다. 미우 엄마는 그녀보다 키가 컸다. 조금 마르긴 했지만 이부 엄마가 장난으로 '고토 구의 쓰치야 안나(일본의 배우이자 패션모델—옮긴이)'라고 부를 만큼 화려하고 사랑스럽게 생겼다. 가끔 정곡을 찌르는 말을 해서 무서울 때도 있었지만, 뛰어난 미모와 솔직한 성격이 이부 엄마의 마음에 들었다고 생각하면 조금 부럽기도 했다.

그들은 라운지로 올라가는 엘리베이터 버튼을 눌렀다. 꽤 위층에 멈춰 있어서 내려오는데 시간이 걸릴 듯했다.

엘리베이터를 기다리며 미우 엄마가 물었다.

"가나 엄마는 몇 층이에요?"

"29층이요."

"제법 높네요."

"하지만 우리는 이스트예요."

그 말은 곧 앞에 32층짜리 요네다 건물이 있어서, 29층이라도 조망이 대단하지 않다는 뜻이었다. 미우 엄마가 어깨를 들썩였다.

"그건 알고 있어요."

무슨 말일까? 고개를 갸웃하고 있자 미우 엄마가 목소리를 낮추며 진지한 얼굴로 물었다.

"저기요, 이상한 걸 물어봐도 돼요?"

"물어보세요. 뭔데요?"

"혹시 죽고 싶다고 생각한 적 없어요?"

그녀는 황급히 부정했다.

"없어요. 이렇게 어린애가 있는데 그럴 리가요……."

"혹시나 해서요."

"왜 그런 걸 물으세요?"

"이 타워 아파트는 기이하리만큼 높잖아요. 죽으려고 하면 아주 쉬울 것 같아서요. 그럴 때 여기 사는 사람은 어떻게 할까 하는 생각이 들었어요."

"그럴 때라니, 죽고 싶을 때요?"

"그래요."

"미우 엄마는 그런 생각을 한 적 있어요?"

그녀는 조심스럽게 물어보았다. 미우 엄마가 그녀를 똑바로 쳐다보았다.

"없지는 않아요. 나도 사람이니까요."

그녀는 지금까지 살면서 자살을 생각해본 적이 한 번도 없었다. 생각만 해도 무서웠다. 하지만 오늘 아침 발코니에 서서 밑을 내려다보았을 때, 자신이 지금 어디에 있을까 생각한 건 사실이다. 위에서도 밑에서도 앞에서도 옆에서도 전부 보이는, 공중에 뜬 집에 사는 자신과 연약한 딸. 그때 바다 냄새와 토스트 냄새가 생생하게 코를 찔러서 한순간 휘청하지 않았던가. 대꾸를 하지 않자 미우 엄마도 멋쩍었는지 입을 다물었다.

엘리베이터가 내려왔다. 안에서 남자아이들과 엄마들이 우르르 나왔다. 모두 BWT 사람들이다. 서로 얼굴을 알기에 가볍게 고개를 숙였다. 그녀는 먼저 들어가서 라운지가 있는 52층 버튼을 눌렀다. 엘리베이터가 재빨리 올라갔다.

미우 엄마가 혼잣말처럼 툭하니 말했다.

"이부 엄마가 그러더군요."

"뭐라고요?"

"타워 아파트 안에는 되도록 유모차를 가져오지 말라고요."

그 말은 아리사도 들었다. 유모차가 엘리베이터 공간을 차지하니까 되도록 지양하라고 했다. 다른 그룹도 로비 등 공용 부분에서 지양한다고 하면서. 조금 전의 남자아이 엄마들도 엘리베이터 안에서는 유모차를 접었다. 그래서 자신도 유모차를 사용하지 않고 딸을 걷게 한다.

미우 엄마가 이해할 수 없다는 표정을 지으며 투덜거렸다.

"이상하지 않아요?"

"아이가 없는 사람도 있으니까 어쩔 수 없잖아요. 여기는 공동주택이니까요."

"그건 알아요. 그렇지만 호텔이나 상업시설은 아니잖아요. 이 타워 아파트는 너무 배려가 없어요. 유모차가 안 된다면 휠체어는 어떻게 하죠? 공용 부문에서 지양하라고 하면 나처럼 여기에 살지 않는 사람은 오지 말라는 건가요? 내가 여기 주민이 아니란 걸 아는 사람은 라운지에서 만나면 노골적으로 불쾌한 표정을 짓더라고요. 조금 전의 여자들도 그랬고요."

미우 엄마는 작게 한숨을 쉬었다. 오늘 아침에 아리사의 품에서 딸이 토해냈던 한숨과 똑같았다.

문득 불안해졌다. 그렇다. 어쩌면 임대로 사는 자신들도 타워 아파트의 이방인일지도 모른다.

그녀는 단도직입적으로 물었다.

"미우 엄마는 왜 이 그룹에 들어왔어요?"

"글쎄요, 왜 들어왔을까요?"

미우 엄마는 잠든 미우의 옷깃을 바로 잡아주면서 고개를 갸웃거렸다. 답을 듣기 전에 엘리베이터가 52층에 도착해 문이 열렸다. 라운지는 막다른 곳에 있고, 그곳까지 이어진 복도는 강화유리로 돼 있어서 바깥 경치가 잘 보였다. 왼쪽은 레인보 브리지, 오른쪽은 리버시티 21. 아아, 우리는 지금 하늘에 떠 있다.

아침의 어정쩡한 마음을 떠올린 순간, 이마에 희미하게 땀이 배어나왔다. 별안간 높은 곳이 무서워졌다. 딸과 떨어지지 않도록 손을 꼭 잡으려고 한 순간, 딸은 라운지를 향해 재빨리 뛰어가 버렸다. 조금 전까지는 오기 싫어했으면서. 딸의 작은 등을 쳐다보자 버림을 받은 듯한 쓸쓸한 기분이 들었다.

라운지 엄마

라운지 문은 양쪽에서 여닫을 수 있는 암갈색의 커다란 목제 문이다. 예전에 이부키가 "마법의 문 같아!"라고 말해서 엄마들이 박수를 치고 좋아했던 적이 있다. 그때 메구 엄마가 문을 만지면서 "정말 근사하다! 무슨 나무지?"라고 별 생각 없이 물었다. 그 즉시 대답한 사람은 역시 이부 엄마였다.

"떡갈나무예요."

이부 엄마는 모르는 게 없는 데다 머리 회전도 빠르다. 아리사는 딸이 없었다면, 그리고 이 타워 아파트에 살지 않았다면 이부 엄마 같은 사람은 만날 수도, 말을 나눌 수도 없었으리라.

딸이 마법의 문 앞에 먼저 도착해서 기다리는 게 보였다. 카드키가 없으면 안으로 들어갈 수 없다. 더구나 카드리더는 초등학교 저학년쯤 되는 아이의 손에도 닿지 않는 곳에 설치되어 있다.

미우 엄마가 양쪽이 훤히 보이는 강화 유리 복도에서 두리 번거렸다.

"안 무서워요? 꼭 허공에 떠 있는 것 같아요."

엘리베이터에서 내릴 때마다 온몸의 털이 곤두서곤 했지만, 아리사는 그런 말을 한 번도 한 적이 없다. 자신의 감각을 어떻게 말해야 할지 가끔 모를 때가 있었다. 순간적인 느낌과 무심코 입에서 나온 말이 달라서 당황한 적도 한두 번이 아니었다.

반면에 미우 엄마는 팝콘이 프라이팬 위에서 튀기듯 팡팡 말을 쏟아냈다. 부럽기도 하고 거북하기도 했다.

"여기 사는 애들은 높은 곳에서 자라니까 이 높이가 당연한 생활공간이 되잖아요. 그런 애들은 우리와 다른 사람이 되지 않을까요? 가나가 앞으로 어떻게 될지 불안하지 않아요?"

미우 엄마가 또 골치 아픈 말을 꺼냈다. 아리사는 미우 엄마와의 대화에, 솔직히 말하면 미우 엄마에게 주눅이 들어 어정쩡하게 고개를 끄덕였다. 자신의 의견을 단호하게 말하는 사람은 대하기 거북한 것이다.

그러나 미우 엄마는 그녀의 표정을 알아차리지 못하고 말을 이었다.

"생각해보세요, 50층이에요. 정확히 말하면 52층. 땅에서 여기까지 몇 백 미터가 될지 모르지만 보통 감각일 리는 없잖아요."

"흐음, 그건 그래요. 보통 감각은 아니죠."

작은 목소리로 적당히 대꾸하자 미우 엄마가 이야기의 방향을 바꾸었다.

"참 마코 말이에요, 굉장한 이름 같지 않아요? 참 진(眞) 자에 사랑 연(戀) 자. 진실한 사랑이란 뜻이에요. 딸 이름을 그렇게 짓다니, 무슨 생각으로 그랬는지 모르겠어요."

마코 엄마는 옷을 귀엽게 입는 붙임성 있는 사람으로, 딸의 이름을 '마코'라고 지을 만한 사람으론 보이지 않는다.

"한자 획수 때문에 그랬을까요? 아니면 작명가에게 돈을 주고 지었을까요?"

미우 엄마는 참 오지랖도 넓다.

아리사는 바로 옆에 마코 엄마가 있는 것처럼 가슴이 조마조마했다. 아아, 나는 왜 이렇게 소심할까.

"엄마, 카드키."

마법의 문 앞에 있던 딸이 안절부절못하며 손을 내밀었다.

"그래. 잠깐만 기다려."

대화를 중단할 수 있음에 안도하면서 카드키를 카드리더에 끼웠다. 달칵 하는 미세한 소리와 함께 잠금장치가 해제되었다. 라운지가 있는 BWT에 사는 이부 엄마 3인방은 이미 안에서 기다리고 있으리라. 어떤 경우에도 일찍 와서 기다리는 정확한 사람들이다.

하지만 묵직한 문을 연 순간, 눈에 들어온 것은 입구 앞에서 우두커니 서 있는 3인방이었다.

"아, 미우 엄마."

이부 엄마가 뒤를 돌아보며 눈을 반짝였다. 아리사의 이름은 부르지 않는 대신에 생긋 미소를 지으며 손을 흔들었다. 메구 엄마와 마코 엄마도 그녀와 미우 엄마에게 가볍게 고개를 숙이며 인사를 했다. 메구 엄마는 이제 8개월이 된 메구의 동생인 미키야를 안고 있었다.

아리사는 슬쩍 이부 엄마를 관찰했다. 하얀 티셔츠에 선명한 코랄핑크색 카디건을 걸치고 있다. 색이 빠진 큼지막한 데님 바지 자락을 걷어 올려 가느다란 발목이 보였다. 신발은 올리브그린색의 토리버치다. 멋있다. 지롤라모와 똑같이 생긴 남편도 데님 바지를 입을까? 자신의 남편에게는 멋진 데님 바지가 하나도 없다. 아니, 있다고 해도 그렇게 멋지게 입지 못한다. 그것은 자신도 마찬가지였다.

이부 엄마를 보면 세심히 관찰하지 않고는 견딜 수 없었다. 카디건 소맷자락을 자연스럽게 걷어 올린 모습. 손목에서 빙빙 도는 하얀 실리콘밴드(폭발적인 인기를 누리고 있는 영국제 디지털시계라고 한다). 슈슈로 묶은 머리칼이 자연스럽게 흘러내린 가느다란 목덜미. 어쩌면 저렇게 완벽할까.

이부 엄마의 낯선 목소리를 듣고 환상에서 현실로 돌아왔다.

"라운지 엄마가 와 있어요."

항상 다섯 명이 앉는 ㄷ 자 모양의 소파 한가운데에 젊은 여자 두 명이 다리를 벌린 채 당당하게 앉아 있었다. 둘 다 아리사와 미우 엄마가 온 것에도 신경을 쓰지 않고 휴대전화를 만지작거렸다. 두 사람 앞에는 차와 스포츠 음료의 페트병이 놓여 있었다.

한 사람은 갈색 머리에 가냘픈 몸매고, 또 한 사람은 답답할 만큼 검은 머리를 길게 드리운 뚱뚱한 여자였다. 갈색 머리 여자는 앞머리를 이마에서 가지런히 자르고 긴 머리를 양쪽으로 묶었으며 짧은 데님 치마에 검은색 하이 삭스 차림이다. 한편 검은 머리 여자는 보기에도 숨이 막힐 만큼 꽉 끼는 데님 바지에 검은색 파카 차림이었다.

"누구더라, 왜 엄청나게 먹지만 살찌지 않는 사람 있잖아요."

메구 엄마가 그렇게 말하며 쿡쿡 웃었다.

아기가 있어서 긴 머리를 핀으로 깔끔하게 고정했다. 검은색 긴소매 티셔츠에 스키니 데님, 스니커즈의 산뜻한 모습이었다.

"갸루 소네(일본에서 대식가로 유명한 탤런트―옮긴이) 말이에요?"

"그래요. 저 여자, 갸루 소네 닮지 않았어요?"

"그래요, 닮았어요."

메구 엄마와 마코 엄마가 서로 얼굴을 마주 보며 웃었다. 하지만 미우 엄마는 몸을 앞으로 내밀고 라운지 엄마를 노려보며 아리사에게 큰 소리로 물었다.

"라운지 엄마가 뭐예요?"

미우 엄마는 지나치리만큼 솔직하다. 그 말은 곧 가끔 분위기 파악을 못 한다는 뜻이기도 하다. 그녀는 두 사람의 귀에 들리지 않았을까 조마조마해하면서 목소리를 낮추었다.

"하루 종일 여기서 아이들을 놀게 하는 사람을 그렇게 말해요."

미우 엄마가 눈을 크게 뜨고 그녀의 말을 따라했다.

"하루 종일 여기서 아이들을 놀게 한다고요? 왜요? 모두 여기에 살잖아요? 왜 집에 안 가고 여기에 있어요?"

메구 엄마가 손으로 입을 가리고 속삭였다.

"절약하기 위해서래요."

"절약이요? 뭐를요?"

"전기료라든지, 뭐 여러 가지 아니겠어요?"

"화장실도 여기 걸 쓰니까 수도 요금도 공짜잖아요. 여기는 공용 부분이니까요."

"마음대로 어지럽혀도 되고, 청소를 안 해도 되고요."

이부 엄마가 험악한 얼굴로 덧붙였다.

아름답고 우아한 사람이 화를 내면 몹시 무섭게 보인다.

마코 엄마가 어깨를 들썩였다.

"최근엔 보이지 않아서 안심했는데……."

카펫이 깔린 넓은 공간의 한가운데에서 서너 살짜리 남자아이 두 명과 두 살쯤 돼 보이는 남자아이가 나무 블록과 로봇 장난감을 나지막한 테이블에 올려놓고 놀고 있다. 주변에는 과자 부스러기가 흩어져 있다. 남자아이들은 놀이에 열중한 나머지 괴성을 지르거나 테이블에 블록을 내던졌다. 하지만 라운지 엄마는 익숙한지 신경도 쓰지 않았다.

네 여자아이들은 놀이터를 빼앗긴 채 잠시 한쪽 구석에 우두커니 서 있었다. 그러다 이부키가 가방에서 30색 색연필을 꺼내 보여주자 모두 카펫 위에 털썩 주저앉았다.

이부키가 마치 선생님처럼 세 여자아이에게 그림 그리기용 종이를 한 장씩 나눠주었다. 하지만 메구와 마코, 가나가 원하는 것은 그림 그리기용 종이가 아니라 예쁜 색의 색연필이었다.

남자아이처럼 긴 줄무늬 티셔츠 위에 검은색 반소매 티셔츠, 데님을 입은 이부키가 모두에게 명령했다.

"그림 그려."

그 모습을 보면서 아리사는 이제 곧 딸이 이부키에게 괴롭힘을 당해 곤혹스러운 얼굴로 자신을 쳐다보리라고 예상했다. 딸은 상대가 괴롭힐 때 어떻게 대처해야 할지 아직 잘 모른다. 그것은 그녀도 마찬가지다. 딸을 괴롭히는 이부키를 혼낼 수는 없으니까. 하지만 괴로운 시간은 그렇게 길지 않다. 그 즉시 이부키 엄마가 이부키를 야단치기 때문이었다.

"이부키, 친구들이랑 사이좋게 놀아야지."

엄마들은 항상 다섯 아이를 지켜보다 문제가 생기면 다정한 목소리로 주의를 준다. 하지만 진지하게 야단치는 사람은 진짜 엄마뿐이라는 불문율이 있다.

그때 유모차 안에서 미우가 잠을 깼다. 미우 엄마가 덩치 큰 미우를 힘들게 안아서 밖으로 내렸다. 미우는 기분이 좋지 않은지 연신 눈을 비비며 칭얼거렸다. 그룹에서 제일 어린 미우는 이제 30개월이다. 그래서 3년 과정(일본의 유치원은 2년제와 3년제가 있다―옮긴이)에 넣는다 해도 유치원은 내년에 정하면 된다.

미우는 엄마를 닮아 귀엽게 생겼다. 이마가 넓고 커다란 눈은 약간 처져 있다. 길고 부드러운 머리칼을 어깨까지 길렀는데 항상 기운이 넘친다. 그러나 이부키와 마찬가지로 고집이 보통 아니다.

미우를 볼 때마다 그녀의 마음은 복잡했다. 딸이 얌전한 것은 자신의 소심한 성격을 물려받았기 때문이 아닐까.

미우는 친구들을 보고 황급히 달려가 그녀의 딸에게서 갈색과 하얀색 색연필을 빼앗았다. 순식간에 색연필을 빼앗긴 딸은 울상을 지으며 어떻게 해달라는 듯이 그녀를 쳐다보았다.

그녀는 참으라는 식으로 입술을 깨물며 고개를 흔들었다. 미우를 야단치고 싶을 만큼 화가 났다. 하지만 미우 엄마는 팔짱을 낀 채 라운지 엄마를 노려보고 있어서 자신의 딸이 무슨 짓을 저질렀는지 알아차리지 못했다. 이런 때는 이 그룹에 있는 것이 고통스러웠다. 자기 모녀는 항상 손해만 보는 게 아닐까.

그러나 미우가 소박한 색에 관심을 잃자 색연필은 즉시 딸에게 돌아왔다. 그녀는 가슴을 쓸어내리며 토트백에서 귤을 꺼냈다.

"저쪽에 앉아요."

그때 이부 엄마가 그렇게 말해서, 그들은 라운지 엄마의 반대편에 있는 소파로 우르르 몰려갔다. 등받이가 없어서 불편하긴 하지만 어쩔 수 없다. 라운지 엄마는 같은 공간에 사람들이 왔음에도 인사도 하지 않고, 여전히 좋은 곳을 점령한 채 휴대전화를 들여다보았다. 아리사는 인원수대로 귤을 테이블에 올려놓고 작은 소리로 말했다.

"귤 드세요."

"타워 아파트에 사는 건 오른쪽 여자뿐이에요."

메구 엄마가 둘째를 유모차에 앉힌 뒤 어깨를 주무르면서 자신만만하게 말했다. 모두 일제히 오른쪽에 있는 뚱뚱한 여자를 쳐다보았다. 그녀의 귤에 관심을 가진 사람은 아무도 없었다.

"왼쪽 여자는 한 번도 못 봤어요."

그렇게 맞장구를 치면서 마코 엄마가 타파웨어 뚜껑을 열었다. 키위와 멜론 위에 색색깔의 플라스틱 이쑤시개가 가지런히 꽂혀 있었다.

"괜찮으시면 드세요."

"죄송해요. 난 아무것도 안 가져왔어요."

미우 엄마가 사과하면서 먼저 손을 내밀어 키위를 집었다.

"괜찮아요, 드세요. 가나 엄마도 사양하지 말고 드세요."

아리사는 고맙다고 말한 뒤 키위를 들고 끝부분을 살짝 깨물었다. 시원하고 맛있었다. 자신이 가져온 싸구려 귤은 크기도 작고 시어 보인다. 그녀는 주눅이 들어 다시 권하지 못했다. 그러자 이부 엄마가 냅킨으로 싼 것을 내밀었다.

"아직 점심 전이지만 잘 구워졌으니 한번 드셔보세요."

직접 구운 버터케이크다. "와아!" 하고 환호성이 터졌다. 한 입 크기로 깔끔하게 5등분이 되어 있었다. 아리사는 점점 더 거북해졌다. 키위와 멜론, 케이크를 먹은 다음에 귤을 먹으면 훨씬 시게 느껴질 것이다. 그녀는 귤을 다시 가져가기로 마음먹었다. 더구나 바로 옆에 이부 엄마가 앉아 있어서 더욱 안절부절 못했다.

"가나 엄마는 BET죠? 저 사람 본 적 없어요? BET에 사는 것 같은데요."

이부 엄마가 가느다란 턱을 치켜들고는 뚱뚱한 여자를 가리켰다.

아리사는 고개를 갸웃거렸다.

"글쎄요, 본 적 없는데요."

"BWT에는 안 살죠?"

마코 엄마가 이부 엄마의 얼굴을 쳐다보았다. 이부 엄마가 고개를 끄덕였다.

"아마 BET에 사는 사람이 밖에서 친구를 데려왔을 거예요."

아리사는 넓고 편한 곳을 점령하고 있는 라운지 엄마를 쳐다보았다. 두 사람 모두 휴대전화를 보는 시늉을 하고 있지만, 실은 이쪽 대화에 귀를 기울이고 있다는 걸 알 수 있었다.

그렇다. 소수는 다수를 이길 수 없다. 그 순간 라운지 엄마의 경우가 자신과 미우 엄마와 똑같다는 사실을 알아차렸다. 돌연 마음이 무거워졌다.

이부 엄마가 그녀의 마음을 눈치챈 듯 생글생글 웃으면서 물었다.

"가나 엄마, 어젯밤에 바람 무섭지 않았어요?"

"무서웠어요."

무서운 척을 하며 미소 지은 순간, 바람에 날아간 삽이 떠올랐다. 딸이 삽에 대해 말하면 어떡하지? 아침부터 인스턴트라면을 먹었다고 말하면 어떡하지? 그녀는 불안에 휩싸여서 딸을 쳐다보았다. 하지만 딸은 열심히 그림을 그리고 있었다. 다른 아이는 빨간색과 핑크색, 노란색 색연필로 꽃을 그리는데, 딸만 갈색과 연지색, 검은색으로 집을 그리고 있었다. 안쓰러워서 말이라도 걸기 위해 일어서려고 하자 이부 엄마가 가로막듯이 물었다.

"가나 엄마, 지난 오봉(음력 7월 중순의 우란분재로, 대부분의 기업은 3일 동안 쉰다—옮긴이)에 가나 아빠가 집에 왔어요?"

아리사는 뭐라고 대답할까 잠시 망설였다.

"아뇨, 못 왔어요. 워낙 바빠서요."

마코 엄마가 몸을 앞으로 내밀며 물었다.

"남편이 IT 쪽이었나요? 최근에 경기가 어떻대요?"

"글쎄요, 별로 좋지 않은 것 같던데요."

무난하게 대답하자 미우 엄마가 멜론을 먹으며 끼어들었다.

"미국에 계시죠? 시카고였던가요? 거긴 경기가 좋을 텐데요."

"미국에서 일하시다니, 가나 아빠는 능력이 좋은가 봐요."

이부 엄마가 마무리를 해주어서 그 이야기는 그것으로 끝날 것 같았다. 그래도 화제를 바꾸기 위해 아리사는 재빨리 이부 엄마의 시계를 가리켰다.

"어머나! 시계가 참 예뻐요. 어디서 샀어요?"

"아아, 이거요? 괜찮죠?"

이부 엄마는 가느다란 손목에서 빙빙 돌아가는 실리콘 밴드의 디지털시계를 만지작거렸다.

"인터넷에서요. 스포츠 선수가 한 걸 보고 예뻐서 주문했어요. 남편은 노란색이에요."

그 말을 들은 아리사는 바로 입을 다물었다. 그러자 이부 엄마가 의아한 표정을 지었다.

"댁에도 컴퓨터가 있지요?"

"지금 고장 났어요."

"그래요? 예전에 스카이프(인터넷 화상 전화—옮긴이)로 남편과 얘기한다고 하지 않았던가요?"

이부 엄마가 이해할 수 없다는 표정을 지었다. 순간 혼란에 빠졌다. 그렇게 말한 적이 있었던가? 아마 용어도 모르고 적당히 고개를 끄덕였으리라.

"얼마 전에 망가졌는데 아직 고치지 않았어요."

분위기가 어색해졌다. 이부 엄마는 테이블에 흩어진 버터케이크 조각을 모으고, 메구 엄마는 유모차에 있는 아들의 얼굴을 들여다보았다. 마코 엄마는 불쑥 생각이 난 것처럼 주머니에서 휴대전화를 꺼내 확인하는 척을 했다.

혹시 고장 난 컴퓨터를 그대로 방치하는 한심한 여자라고 생각하는 걸까? 아리사는 조바심이 나서 이 사태를 어떻게 넘겨야 하나 고민했다. 그러나 좋은 방법이 떠오르지 않았다.

"그럼 남편은 가나의 얼굴을 볼 수 없겠군요. 가엾기도 해라."

다행히 미우 엄마가 태평하게 말했다. 그녀는 그 말에 매달렸다.

"그래서 요즘은 그냥 전화로 통화해요."

"흐음."

미우 엄마가 그렇게 말하며 그녀의 얼굴을 보았다. 커다란 눈에 동정의 빛이 떠올랐다.

"이 녀석, 다쿠! 그만하지 못해?"

그때 큰 소리가 들려서 깜짝 놀라 몸을 움찔거렸다. 한가운데 테이블에서 놀던 남자아이들이 어느새 싸우기 시작했다. 가만히 앉아 있던 두 라운지 엄마가 뛰어가서 떼어놓았지만, 그래도 남자아이들은 발길질을 멈추지 않았다. 어느 한쪽의 동생 같은 두 살 정도의 남자아이는 싸움에도 아랑곳하지 않고, 더러운 신발을 신은 채 테이블 위에 올라가 블록 놀이를 했다. 나이가 좀 더 많아 보이는 남자아이가 뚱뚱한 여자의 팔 안에서 미친 듯이 발버둥을 쳤다.

"싫어! 이거 놔!"

"싫기는 뭐가 싫어!"

뚱뚱한 여자가 화를 내며 남자아이의 머리를 손으로 때렸다. 찰싹 하는 소리와 동시에 남자아이가 여자를 노려보았다. 한쪽에서 얌전히 그림을 그리던 여자아이들도 일제히 뒤를 돌아보았다. 남자아이의 격렬한 반응을 보고 아리사는 숨을 들이마셨다. 자신은 딸만 있으면 된다. 저렇게 난폭한 아들은 필요 없다고 생각한 순간, 심장에 날카로운 칼이 박힌 것처럼 숨이 막혔다.

"집에 가서 점심 먹자."

라운지 엄마가 아이들을 데리고 우르르 밖으로 나갔다.

"요즘 젊은 여자들은 굉장해요! 인사 한마디 없네요."

이부 엄마가 그들의 뒷모습을 바라보며 쓴웃음을 지었다.

"아이 참, 또 만나면 어떡하죠? 라운지에 오지 말까요?"

마코 엄마가 이마를 찡그렸다.

"일부러 피할 필요는 없어요. 여긴 날씨가 안 좋을 때 편리하잖아요. 여기를 사용하는 건 우리의 정당한 권리예요."

이부 엄마의 말을 들으며 아리사는 창밖을 바라보았다. 아침에는 하늘이 맑았는데 지금은 거무칙칙한 구름이 퍼져나가고 있다. 지상 수백 미터 위에 펼쳐진 구름 낀 하늘. 여기는 날씨가 좋으면 지나치게 맑고, 날씨가 흐리면 구름 속에 있는 것 같아서 불안했다. 그녀는 까닭 없이 우울해져서 그 자리에 멍하니 서 있었다.

허공에 떠 있는 터널

"아이, 가나 엄마도 참."

누군가가 파카 끝자락을 가볍게 잡아당기는 걸 느끼고 아리사는 제정신으로 돌아왔다. 넓은 라운지 안에서 혼자 멍하니 서 있었다. 다른 엄마들은 모두 소파에 앉아 걱정스러운 얼굴로 그녀를 올려다보았다.

라운지 창문 너머로 구름 낀 하늘을 보고 있노라니 구름 속을 떠다니는 듯한 기분이 들었다. 잠시 넋을 잃고 쳐다보는 사이에 자기도 모르게 일어섰나 보다.

"잠시 딴생각을 하느라……."

나지막한 목소리로 의미 없는 변명을 하자 얼굴이 화끈 달아올랐다. 아리사는 손으로 두 뺨을 감싸며 소파에 털썩 주저앉았다. 소파라고 해도 네모난 쿠션이 빈틈없이 놓여 있을 뿐이라, 앉는 순간 쿠션의 위치가 비뚤어지면서 쿠션과 쿠션 사이로 떨어질 뻔했다. 황급히 끝을 잡으려고 했지만 천이 빳빳해서 잡지 못하고 그만 엉덩방아를 찧었다. 너무도 꼴사나운 모습에 당황하지 않을 수 없었다.

"가나 엄마, 왜 그래요? 괜찮아요?"

"어디 안 좋아요?"

양옆에 앉은 이부 엄마와 미우 엄마가 그녀를 일으켜주었다. 아픔은 둘째치고 쥐구멍에라도 들어가고 싶을 만큼 민망하고 창피했다.

"죄송해요, 아무것도 아니에요. 정말 죄송해요."

'웃음으로 넘길 수 있다면 다행이지만, 네 꼴을 보고 그럴 수 없겠지.'

마음속에 있는 누군가가 이렇게 말하는 듯했다. 자아, 웃어라. 네 자신을 보고 마음껏 비웃어라. 하지만 마음속에 있는 허세 때문에 그럴 수 없었다. 딱딱하게 굳은 웃음이 겨우 한쪽 뺨에 떠올랐을 따름이다.

"아아, 간 떨어지는 줄 알았어요. 가나 엄마도 참. 별안간 벌떡 일어나니까 그렇죠. 무슨 생각이라도 난 걸까 했는데, 그냥 계속 서 있기만 하고……"

이부 엄마가 뛰는 가슴을 진정시키듯 오른손으로 가슴을 눌렀다.

"그 사람들이 나간 바로 뒤라서 가나 엄마가 한마디 하러 가는 줄 알았어요. 그래서 마음속으로 굉장하다고 박수를 쳤죠."

미우 엄마는 그렇게 말하며 라운지 엄마가 앉아 있던 등받이가 있는 ㄷ 자형 소파를 가리켰다. 테이블 위에 다 마신 우롱차 페트병이 놓여 있었다. 기본 상식이 없는 사람들이다.

"정말 죄송해요. 마음에 걸리는 일이 있었는데 갑자기 그 생각이 났어요. 그래서 집에 갈까 말까 망설이다 그만…… 그러다 저도 모르는 사이에 일어났나 봐요."

아리사치고는 앞뒤가 맞는 거짓말이었다.

"네? 가스불이라도 켜두고 나왔어요?"

마코 엄마가 가늘게 그린 갈색 눈썹을 모으며 미간에 주름을 잡았다. 그러자 메구 엄마가 냉정하게 말했다.

"가스불은 시간이 지나면 저절로 꺼지잖아요. 목욕물을 데운 거 아니에요?"

"네? 여긴 급탕이 아니잖아요. '목욕물이 다 끓었습니다'라고 알려주거든요."

"아참, 우리도 그렇지!"

메구 엄마가 그렇게 말하며 웃음을 터뜨리자 모두 일제히 배를 잡고 웃었다.

아리사가 멍한 상태로 일어설 만큼 '마음에 걸리는 일'이 무엇인지 다들 알고 싶어 했다. 앞뒤가 맞는 거짓말을 해도 꼬치꼬치 캐묻기 때문에 디테일한 부분의 보강이 필요했다.

재치 있게 대답하려고 머리를 굴렸지만 좋은 생각이 나지 않았다. 그때 이부 엄마가 도움의 손길을 내밀었다.

"시댁 문제예요?"

아리사는 재빨리 그 말에 매달렸다.

"네, 실은 시아버지가 암 검사를 받기 위해 입원했는데, 전화로 결과를 알려주기로 했거든요. 갑자기 그 생각이 나서요."

하지만 시아버지인 요헤이는 정년퇴직한 지 얼마 되지 않았고, 골프를 치고 자원봉사를 하며 병과는 상관없이 즐겁게 살고 있다. 암 검사를 받기 위해 입원했던 사람은 그녀의 아버지였다. 1년 전에 폐암 검사를 받았는데, 관찰이 필요하다고 했으니까 슬슬 재검사를 받아야 한다.

거짓말을 한 것에 가책을 느꼈지만, 지금은 이 그룹에 붙어 있기 위해 어떻게든 말을 맞추어야 했다.

"그랬군요. 시댁에서 연락이 오기로 했으면 전화를 받아야 하잖아요."

이부 엄마는 그렇게 말하고 가냘픈 어깨를 들썩였다.

"시아버지는 어디가 아프신데요?"

단도직입적으로 물은 사람은 역시 미우 엄마였다. 다른 엄마들은 품위를 지키기 위해 아무도 직접적으로 묻지 않는다. 아리사는 확실히 말하지 않고 적당히 가슴 주변을 가리켰다. 그러자 미우 엄마도 더 이상 파고들지 않았다.

메구 엄마가 그녀의 토트백을 가리켰다.

"휴대전화로 전화하겠죠 뭐. 휴대전화는 가져왔어요?"

"시어머니는 집전화파예요."

"그건 좀 그렇지 않아요? 내 친구가 그러는데, 며느리가 집에 붙어 있는지 확인하기 위해 시어머니가 종종 집으로 전화를 건대요. 친구가 얼마나 진절머리를 치는지 몰라요."

메구 엄마가 새침한 얼굴로 말했다.

아리사에게는 친구 이야기가 아니라 메구 엄마의 이야기로 들렸다.

"요즘도 그런 시어머니가 있어요? 꼭 옛날 드라마 같아요."

"〈와타오니〉(1990년부터 2015년까지 총 506회를 방송한 일본의 유명한 TV 드라마―옮긴이)라든지?"

"〈옆집 잔디〉(핵가족 시대의 고부 갈등을 그린 일본 드라마―옮긴이)라든지."

"아, 〈라세쓰의 집〉(고부 갈등을 그린 일본 드라마―옮긴이)!"

거짓말이 거짓말을 불러서 이야기는 생각지도 못한 방향으로 흘러갔다. 그녀는 어떻게 수습해야 좋을지 몰라서 멍하니 이야기를 듣고 있었다.

"시아버지가 걱정되겠어요."

이부 엄마가 기운을 안겨주듯 미소를 지으면서 말했다.

"네, 제가 워낙 시아버지를 좋아하거든요."

그것은 거짓이 아니다. 시아버지는 남편과 결혼했을 때 "꼭 딸이 생긴 것 같구나"라고 따뜻하게 맞아주었고, 가나도 사랑해주는 좋은 사람이었다.

"그럼 집에 가서 확인하고 오세요. 가나는 우리가 봐줄 테니까 걱정 말고요."

이부 엄마의 말에 다들 고개를 끄덕였다. 그녀는 잠시 망설이며 휴대전화로 시간을 확인했다. 11시 50분. 헤어지기엔 좀 이른 시간이다. 이부 엄마가 실리콘밴드의 디지털시계를 보았다.

"온 지 얼마 안 됐잖아요. 아이들은 아직 노느라 정신이 없고요."

"다녀오세요."

"가나는 우리가 잘 봐줄게요."

엄마친구들이 제각기 권해주어서 어쩔 수 없이 일어섰다.

"그럼 미안하지만 부탁해도 될까요? 어떻게 됐는지 물어보고 금방 올게요."

생각지도 못한 거짓말로 자리를 뜰 수밖에 없었다. 딸을 쳐다보자 빨간 가위로 종이에 그린 그림을 오리느라 정신이 없었다. 딸에게 가위 사용법을 가르쳐주는 사람은 아직 세 살도 안 된 이부키였다.

그림 그리기도, 가위 사용법도 모두 유치원 입시를 위해 다니는 어린이집에서 배웠으리라. 자기 모녀가 얼마나 뒤처졌는지 똑똑히 본 것 같아서 마음이 다시 어두워졌다. 자기 때문에 딸의 미래가 엉망이 되지 않을까 두려웠다.

다른 엄마들은 모두 훌륭하고 야무지며 머리도 좋은 것처럼 보이는데, 자기만 재주도 없고 센스도 나쁘고 아무것도 못하는 사람으로 여겨졌다. 강풍에 날아간 삽은 자신이 얼마나 한심한지 상징하는 증거 같았다.

"30분쯤은 괜찮을 거예요. 그때까진 있을게요."

미우 엄마가 아리사의 등을 토닥였다. 그것을 계기로 그녀는 걸음을 내디뎠다.

"그럼 부탁할게요."

"귤 먹을게요."

이부 엄마가 그녀가 가져온 귤을 들고 말했다. 다른 엄마도 덩달아 귤을 손에 들었다. 그녀는 가슴을 쓸어내리며 딸을 향해 미소를 지었다.

"가나, 엄마 잠시 집에 다녀올게. 깜빡한 게 있어서 그래. 금방 올게."

같이 가겠다고 떼를 쓰지 않을까 걱정했지만, 딸은 이부키와 그녀를 번갈아 바라보았다. 오늘 이부키는 고집을 부리지 않고, 갓난아이에게 가르쳐주듯 차근차근 가위 사용법을 가르쳐주었다. 딸이 다시 이부키를 쳐다보았다. 오늘의 이부키라면 같이 있어도 괜찮다고 판단한 모양이다.

딸의 뒷모습을 보면서 라운지 문을 열고 밖으로 나왔다. 엘리베이터 홀로 이어지는 통로에는 아무도 없었다. 강화유리로 둘러싸인 허공에 떠 있는 터널. 그녀는 혼자 걸으면서 올 때와는 전혀 다른 마음을 즐겼다. 해방감. 사랑스러운 딸을 두고 혼자 나왔는데 왜 이렇게 마음이 편할까. 엄마들과 같이 있는 게 하나도 즐겁지 않고 실은 마음이 무거운 걸까.

엘리베이터를 타고 밑으로 내려가 BWT의 현관홀을 통해 BET로 건너간 다음, 다시 엘리베이터를 타고 29층 집에 도착했다. 잠시 화장실에 갔다가 절묘한 거짓말을 생각한 다음 라운지로 돌아가야 한다.

문을 열자 현관 바닥에 슬리퍼 한쪽이 떨어져 있었다. 나갈 때 서두르다 떨어뜨린 모양이다. 슬리퍼를 들자 새카만 기름때가 묻어 있었다. 이렇게 더러운 슬리퍼는 미우네 집에서도 신지 않으리라. 순간 미우 엄마에 대한 반감이 솟구치는 것을 깨닫고 우울해졌다.

나는 왜 이렇게 못됐을까? 나는 왜 이렇게 자신감이 없을까? 아아, 싫다. 내가 정말 싫다.

아리사는 슬리퍼를 힘껏 내던지고 고함을 질렀다.

"우리 집에 집전화가 어디 있어!"

슬리퍼가 TV 앞에 떨어졌다. 그녀는 슬리퍼를 일반 쓰레기봉투에 집어넣은 뒤 휴대전화를 꺼냈다. 잠시 망설이다 시어머니인 하루코에게 전화를 걸었다. 이렇게 괴로운 처지에 놓인 건 전부 시댁 사람들 때문인 것 같아서 분노를 참을 수 없었다. 웬일로 음성사서함으로 넘어가서 냉정한 말투로 메시지를 남겼다.

"여보세요, 저예요. 지난번에 초콜릿을 주셔서 잘 먹었어요. 가나는 당나귀 인형이 마음에 드는지 매일 같이 자고 있어요. 메시지를 들으면 전화해주시겠어요? 죄송합니다."

특별한 용건은 없었다. 엄마친구들에게 시댁 핑계를 댔기 때문에 나중에 적당히 얼버무릴 수 있다고 여겼을 따름이다. 5분쯤 기다려도 전화가 오지 않아, 그만 포기하고 라운지로 돌아가기로 했다. 다른 한쪽 슬리퍼를 쓰레기봉투에 넣으려고 하다 빤히 쳐다보았다. 새것처럼 깨끗했다. 오른쪽은 더럽고 왼쪽은 깨끗하다. 그러나 한쪽이 더러우면 슬리퍼는 버려야 한다. 삽과 마찬가지로 슬리퍼도 자신의 신세 같다는 생각이 들었다. 그때 휴대전화가 울렸다.

"여보세요. 전화했었네?"

나른한 말투. 시어머니의 버릇이다. 처음에는 잘난 척하는 것 같아서 싫었지만 요즘은 그녀의 구세주다.

"바쁘신 데 전화해서 죄송해요. 요전에 선물을 주셔서 감사하다는 인사 드리려고요. 가나도 좋아했어요."

"지금 일하는 중이거든. 할 말이 있으면 빨리 해줄래?"

별안간 말을 가로막아서 그녀는 당황스러움을 감출 수 없었다. 시어머니는 1주일에 나흘을 가사도우미로 일한다. 오전과 오후에 한 집씩, 미리 열쇠를 맡아놓은 집에 들어가서 청소와 빨래를 한다. 수입은 한 달에 10여 만 엔으로, 시아버지와 해외여행을 가거나 취미인 훌라댄스에 사용했다. 하지만 지금은 절반 이상을 그녀에게 주고 있다.

"죄송해요."

"아니, 괜찮아. 넌 일한 경험이 많지 않아서 잘 모르겠지만, 나같은 가사도우미라도 일은 시간과의 싸움이거든. 급한 일이 아니면 밤에 다시 걸게."

전화를 끊을 것처럼 말해서 무의식중에 날카롭게 되받아쳤다.

"그이에겐 연락이 있었나요?"

그러자 시어머니가 말을 더듬었다.

"미안하다, 아직 연락이 없구나."

그녀는 자신이 우위에 선 것을 느꼈다. 잠시 침묵을 유지하자 시어머니가 다시 사과했다.

"정말 미안해. 너에겐 할 말이 없구나. 내 아들이 너무 한심 해서……."

"어머니, 혹시 저에게 감추고 계신 건 아니죠?"

이런 말을 하고 싶었던 게 아니지만 지금은 누군가에게 울분 을 토하고 싶었다.

"신에게 맹세컨대 네게 감추는 건 없어."

"어머니, 전 가나의 장래라든지 이런저런 일들을 진지하게 의 논하고 싶어요. 아버님이라도 좋으니까 진지하게 들어주시지 않 겠어요?"

"네 말은 항상 진지하게 듣고 있단다."

조금 전까지만 해도 시간이 없다고 했으면서 시어머니는 매 우 다정하게 말했다.

"가나도 유명한 사립 유치원에 보내고 싶어요. 하지만 그런 곳은 아빠 면접이 있어서 안 돼요. 이럴 땐 어떻게 하면 좋을 까요?"

"그건……."

시어머니는 뒷말을 잇지 못했다.

"그이가 양육을 내팽개치고 있어서 가나는 아무것도 못 하고 있어요. 아니면 아니라고 말씀해보세요!"

"으음, 그 말은 좀 심하구나. 돈은 꼬박꼬박 보내고 있잖니?"

그 말을 할 때 시어머니는 다시 말을 더듬었다. 그녀는 점점 더 화가 났다.

"유치원 입시라든지 여기저기에 돈이 많이 들어서 지금 보내주는 생활비만으론 부족해요."

"그건 그렇겠지……."

말끝이 땅으로 꺼져 들어갈 것 같았다.

"그럼 어머니께서 가나의 유치원 비용을 대주시겠어요?"

"나도 그러고 싶지만 우리 형편에는 좀 힘들구나. 미안하다."

"이제 곧 11월이에요. 유치원을 정할 시기죠."

그녀의 내부에 있는 무엇인가가 뚝 하고 끊어졌다.

"있잖아, 2년 과정이면 안 되겠니? 그럼 아직 1년 여유가 있
잖아."

시간이 없는지 시어머니의 목소리에 조바심이 묻어나왔다.

"3년 과정이 아니면 친구가 생기지 않는대요. 가나가 친구들
에게 괴롭힘을 당하면 어떡해요? 더구나 유명한 사립 유치원은
모두 3년이더라고요."

"유명한 사립 유치원이라니, 꿈같은 얘긴 하지 말거라. 한심한
아들을 둬서 미안하지만 너도 이제 그만 현실로 돌아와야 하
지 않겠니?"

"현실로 돌아오라니, 그게 무슨 말씀이에요?"

"네가 일을 한다든지……."

"그러면 가나는요?"

"어린이집에 보내도 되고, 가나만이라면 우리가 맡아줄 수도
있어."

즉 자신은 필요 없다는 말인가? 지금 시어머니는 그녀에게 직
장에 다니며 자립하라고 말하고 있다. 그렇게 할 수 있다면 왜

이 고생을 하겠는가? 그녀는 숨을 크게 토해냈다.

"알았어요. 일하시는데 방해해서 죄송해요."

그 말을 끝으로 전화를 끊었다. 시어머니로부터 다시 전화가 걸려올까 해서 기다렸지만 그럴 기미는 보이지 않았다. 방금 한 말이 시어머니의 본심이라고 생각하자 조금 전에 엄마친구에게 한 거짓말이 허무하게 여겨졌다.

다시 휴대전화가 울렸다. 시어머니라면 뭐라고 할까 생각하면서 발신처를 보지 않고 받았더니 미우 엄마였다.

"가나 엄마예~요~?"

"네, 그런데~요~?"

미우 엄마의 장난스러운 말투에 장난스럽게 대꾸했지만, 시어머니에게도 버림받은 게 아닐까 생각하자 불안해서 견딜 수 없었다.

"지금 라운지 모임이 끝났어요. 이부 엄마가 별안간 볼일이 생각났대요. BET 엘리베이터 앞으로 가나를 데려갈게요."

반사적으로 시계를 보았다. 집에 온 지 30분이 넘었다. 예상외로 시어머니와의 통화가 길어졌다.

"죄송해요. BET 로비에서 기다릴게요."

개방 복도를 걸어가 엘리베이터 버튼을 눌렀다. 로비에서 잠시 기다리고 있자 미우 엄마와 미우, 딸이 손을 잡고 나타났다. 미우를 싫어하는 딸은 손가락 끝으로 이어진 척을 하고 있었다. 미우 엄마가 억지로 손을 잡으라고 했는지 둘 다 뽀로통한 얼굴이었다.

"엄마, 왜 안 왔어?"

딸이 화가 났는지 재빨리 뛰어와 그녀의 배를 탁탁 때렸다.

"미안해. 여기저기에 전화하느라 그랬어."

"거짓말!"

딸은 단호하게 말하며 그녀의 눈을 바라보았다. 세 살배기 딸의 비난을 받고 그녀는 몹시 당황했다. 딸이 이렇게 강한 눈길로 쳐다보는 것은 처음이었다.

"거짓말 아니야. 할머니와 통화했어."

"어느 할머니?"

딸의 눈에 의심이 담겼다. 세 살배기 딸이 이렇게 무서울 줄이야…… 미우 모녀 앞에서 쓸데없는 말을 하지 말기를 바라면서 그녀는 대답했다.

"마치다 할머니."

"아, 당나귀 인형!"

당나귀 인형을 친구들에게 자랑하려고 했는데, 깜빡 잊고 집에 놔둔 것이 떠올랐나 보다. 이제 곧 울며 소리치지 않을까? 성질을 이기지 못해 발을 동동거리는 건 미우나 이부키에게 배운 행동이다. 그녀는 황급히 딸의 손을 잡고 다정하게 쓰다듬었다.

"엄마랑 점심 먹자."

"어머나, 가나는 좋겠다. 뭐 먹을 거야?"

말없이 지켜보던 미우 엄마가 부러운 듯 말하자 딸은 금세 기분을 풀고 생글생글 웃었다.

미우 엄마가 다가와서 속삭였다.

"시댁에서 뭐래요?"

"당분간 지켜볼 필요가 있대요."

"아직 위험한 건 아니라서 다행이네요."

미우 엄마가 긴 머리칼을 빙빙 돌려 검은 니트 모자에 집어넣으면서 덧붙였다.

"축하할 겸 한잔하러 안 갈래요?"

"언제요?"

"오늘 밤이라도요."

미우 엄마가 왜 자신과 술을 마시려는 걸까? 아리사는 고개를 갸웃거리며 검은 니트 모자로 인해 더 아름다워 보이는 미우 엄마의 하얀 얼굴을 빤히 쳐다보았다.

공원요원

딸을 낳은 이후, 밖에서 술을 마신 적이 한 번도 없었다. 따라서 미우 엄마의 말을 들은 순간 잊고 있던 세계의 문이 다시 열린 듯한 느낌이 들었다. 달콤한 향기를 머금은 바람이 살랑살랑 불어와 마음 깊은 곳의 그리움을 불러일으켰다. 마음만 먹으면 얼마든지 할 수 있는데, 왜 그동안 멀리 뒷전으로 밀어놓았을까?

아침부터 술을 마시거나 노래방에 가거나 시간도 잊고 수다를 떨었던 즐거운 나날들. 딸을 낳았을 때는 그런 식으로 놀고 싶다는 생각이 털끝만큼도 없었다. 하지만 지금은 꼭 감옥에 갇힌 듯이 살고 있지 않은가. 이렇게 금욕적인 생활이 언제까지 이어질까.

"애는 어떡하고요?"

"맡기면 되잖아요."

미우 엄마는 다운베스트의 지퍼를 끌어 올리면서 태연하게 말했다.

"어디에요?"

"친정은 안 돼요?"

"그건 안 돼요."

"참, 친정이 멀죠? 마치다라고 했나요?"

아리사는 대꾸하지 않았다. 마치다는 시댁이고 친정은 니가타 현이다. 그러나 엄마친구들에게는 허세를 부려서 친정이 마치다라고 말했다. 시시한 허세가 언젠가 자신의 목을 조를지도 모른다. 남편과의 스카이프 전화, 시아버지의 암 검사처럼. 그러나 엄마친구들이 시골에 사는 촌스러운 부모님을 보면 뭐라고 할까. 상상만 해도 등골이 서늘해졌다. 그녀의 마음속에서는 어느새 남편의 부모가 자신의 양친이고, 니가타의 부모가 남편의 양친으로 바뀌어 있었다.

"후카가와에 있는 우리 친정에 미우와 같이 맡기면 돼요. 여동생을 오라고 해도 되고요. 어떻게 될 거예요."

"후카가와는 여기서 멀어요?"

"가나 엄마는 정말 아무것도 모른다니까. 그래서 더 귀엽긴 하지만요. 후카가와는 여기서 가까워요. 택시를 타도 1,500엔밖에 안 나와요."

미우 엄마는 허스키한 목소리로 그녀를 놀렸다. 그래도 그녀는 망설였다.

"우리 둘이만 가면 다른 엄마들이 기분 나빠 하지 않을까요?"

그러자 미우 엄마가 그녀의 귓가에 대고 속삭였다. 니트 모자를 쓰고 있음에도 상큼한 샴푸 향기가 코끝을 스쳤다.

"그쪽은 그쪽대로 놀고 있어요. 우리를 빼고요."

"설마요!"

그녀는 눈을 동그랗게 뜨고 미우 엄마의 눈을 보았다. 미우 엄마의 약간 처진 커다란 눈동자에서 그녀를 가여워하는 빛이 언뜻 보였다.

미우 엄마가 어깨를 살짝 들썩였다.

"정말이에요. 화낼 정도는 아니지만 알고 나니 왠지 불쾌하더군요. 그래서 나도 가나 엄마와 연대하려고요."

"저기…… 그 사람들은 어디에 가요?"

가슴이 쿵쾅거렸다. 이부 엄마, 메구 엄마, 마코 엄마 사이에 오가는 눈짓. 의미심장하게 고개를 끄덕이면서 미소를 나누는 세 사람. 옷과 가방, 소품, 액세서리. 소지품의 분위기까지 비슷한 세 사람. 처음부터 BWT에 입주하고 남편의 직장과 성장 환경도 비슷하기 때문에, 자신들이 끼어들 수 없을 만큼 사이가 좋은 것은 당연하다.

그래도 눈앞이 캄캄해질 만큼 충격을 받았다. 엄마친구들끼리 육아의 경험을 서로 공유하고 있다고 생각했는데 그것이 자신만의 착각이었다니…… 지금 미우 엄마의 눈 안에 깃든 것은 '세상을 모른다'는 비웃음이 아닐까. 그런데 자신은 미우 엄마를 경멸하려고 했다.

"2주 전에 셋이 산리오 퓨로랜드에 갔대요. 지난여름에 약속

했잖아요. 나중에 다 같이 가자고요. 그런데 우리만 빼고 자기들끼리 갔더라고요. 그 사람들 애들은 프리스쿨(preschool, 초등학교에 입학하기 전에 어린이들이 다니는 음악 학원이나 영어 교실 등의 총칭―옮긴이)도 같이 다녀요. 메구는 동생이 생겨서 아직 안 보냈는데, 이부 엄마가 데리고 다니겠다고 했다더라고요. 우리에겐 그런 말을 한마디도 안 했잖아요."

"저도 들은 적이 없어요."

그녀는 이부키가 "그림 그려"라고 종이를 나눠준 일이나 가위질을 잘하는 것 등을 떠올렸다. 굴욕과 비슷한 답답한 감정이 마음 밑바닥에 소용돌이쳤다.

"우리에게 왜 그런 말을 하겠어요? 처음부터 우리하곤 길이 다르다고 생각하는데요 뭐. 그리고 가끔 자기들끼리 아자부 주반이나 롯폰기 힐스로 점심을 먹으러 간다더라고요."

"아이들을 데리고요?"

"그래요. 차 두 대를 가지고요. 토요일에는 남편에게 아이를 맡기고 간대요. 그것도 정기적으로 한다더군요."

이부 엄마는 검은색 겔렌데바겐. 메구 엄마는 은색 프리우스. 마코 엄마는 하얀색 폭스바겐 시로코. 모두 차가 있고 운전도 할 수 있어서 전업주부라 해도 기동력이 있다. 자신들만 따돌리고 여기저기 돌아다녔다고 생각하자 심장이 오그라들었다.

그녀는 차도 없고 유모차도 일본제 렌털이다. 타워 아파트에 사는 세련된 엄마들은 모두 맥클라렌이나 스토케 같은 외국의 유명한 유모차를 가지고 있다. 유모차는 이제 필요가 없다고 안도했지만, 그들의 유모차를 볼 때마다 영원히 따라갈 수 없다는 걸 새삼 깨닫곤 했다.

"미우 엄마에겐 같이 가자고 안 해요?"

이부 엄마는 미우 엄마를 좋아하지 않았던가. 그러나 미우 엄마는 쓴웃음을 지으며 고개를 가로저었다.

"우리 집은 음식업이잖아요. 남편이 샐러리맨이 아니라서 토요일, 일요일은 어려워요. 가나 아빠도 미국에 있지요? 그래서 처음부터 같이 가자고 하지 않았을 거예요."

그런 이유만이 아니라는 생각이 들었지만, 말로 표현했을 때의 상처가 얼마나 깊을지 알고 싶지 않아서 입을 다물었다.

"그 사람들은 왜 자기들 그룹에 우리를 넣어주었을까요?"

"글쎄요. 사람이 많은 편이 아이들 교육에 좋다고 생각하지 않았을까요? 우리는 이른바 '공원요원'이에요. 공원에서 만나는 동료지요. 그 이상 다른 이유는 없을 거예요."

미우 엄마는 재미있는 농담이라도 하듯 웃으면서 말했지만 그녀는 불쾌하기 짝이 없었다. 본인도 모르는 사이에 등급이 매겨지고 이용당하는 것 같았다.

"왠지 기분이 나빠요."

"당연하죠."

두 사람은 잠시 말문을 닫았다.

딸은 그녀의 옆에서 이야기가 끝나기를 기다리다 따분함을 견디지 못해 미우의 뒤를 따라 뛰기 시작했다. 미우는 아까부터 로비 안을 뛰어다니고 있었다. 딸이 뒤를 쫓아가자 미우는 술래

잡기라도 하듯 까르르 웃으면서 로비를 마구 뛰어다녔다. 그러다 둘 다 한가운데에 있는 앤티크 오르간 앞의 가죽 소파에 힘차게 주저앉았다. 더구나 흙 묻은 신발을 신고 소파에 올라가려고 했다. 아아, 주의를 줘야 하는데. 그러나 그녀의 몸은 움직이지 않았다. 그만큼 미우 엄마의 이야기는 충격적이었다.

아리사는 다시 한 번 중얼거렸다.

"우리는 아예 데려가려고 하지 않았군요."

얼굴에 분노를 가득 담고 미우 엄마가 고개를 끄덕였다.

"아까도 그랬을지 몰라요. 이부 엄마가 갑자기 볼일이 생각났다고 했지만 또 셋이 점심 먹으러 간 거 아닐까요? 우리 몰래 자기들끼리 말을 맞췄을지 모르죠."

그녀는 아까 자기가 변명했을 때, 그들의 반응을 떠올렸다. 자기를 부담스러워하는 분위기는 없었던가.

"미우 엄마는 그걸 어떻게 알았어요?"

"그걸 말하고 싶어서 한잔하러 가자고 한 거예요. 재미있는 얘기가 있어요."

미우 엄마가 의미심장하게 말했다.

"듣고 싶어요. 여기서 해주면 안 돼요?"

미우 엄마는 즉시 고개를 가로저었다.

"안 돼요. 술이 들어가지 않으면 말할 수 없어요."

무슨 이야기일까? 호기심이 솟구쳐서 미우 엄마와 한잔하러 갈까 하는 생각이 들었다.

"정말 가나를 맡겨도 돼요?"

"네, 데려오세요."

그러나 딸은 고집이 센 미우나 이부키를 좋아하지 않았다. 미우와 둘이 있으라고 하면 싫어할 게 뻔했다. 라운지로 갈 때의 결연한 뒷모습을 떠올리자 딸이 가여워졌다.

"역시 안 될 것 같아요."

"왜요?"

미우 엄마의 얼굴에 실망감이 드리웠다. 미우 엄마의 집으로 가면 안 되냐는 말이 목구멍까지 나왔지만 말할 수 없었다. 상대가 먼저 집에 초대하겠다고 하지 않는 이상, 집으로 가겠다는 말을 해서는 안 된다. 집에서 술을 마시는 것은 상당히 친하지 않으면 할 수 없는 일이다. 어떤 음식을 대접하느냐의 문제가 아니라 평소에 집 안에서 일하는 모습을 보여주어야 하기 때문이다.

사람을 집에 초대하면 집 안 청소는 어떻게 하는지, 주방과 화장실은 청결한지, 인테리어 취향은 어떤지, 나아가서는 무엇을 먹는지, 어떤 책을 읽는지, 어떤 주방기구를 쓰는지, 어떤 식기를 사용하는지 알려지게 된다. 때로는 부부 사이까지 들통 나는 일도 있다. 모든 게 알려져서 등급이 매겨지는 일은 누구라도 피하고 싶게 마련이다.

센스가 좋지 않다든지 집안일을 대충한다는 낙인이 찍히면, 이사라도 가지 않는 한 한심한 주부라는 꼬리표는 사라지지 않는다. 그래도 아들이 있는 집은 괜찮다. 아들이 정신없이 어지럽힌다고 말하면 되니까. 하지만 딸이 있는 집은 집안일을 대충 해서는 안 된다. 요리나 청소 같은 집안일을 좋아하고 과자도 직접 만들어야 한다.

대부분 그 무언(無言)의 점검을 두려워하여 다른 사람을 집에 들이지 않는다. 그녀가 이부 엄마의 집에 가고 싶은 것도 집안일을 어떻게 하는지, 인테리어 감각은 어떤지 보고 싶기 때문이다. 물론 그녀의 경우는 점검하고 싶기 때문이 아니라 단순한 동경과 부러움 때문이지만…….

"마음이 정해지면 메일 주세요."

결정을 내리지 못하는 걸 보고 조바심이 났는지, 미우 엄마가 조금 퉁명스럽게 말했다.

"그럴게요. 죄송해요. 우물쭈물거려서 정말 미안해요."

연신 미안하다고 하자 그 말이 지긋지긋했는지 미우 엄마는 "괜찮아요"라고 말하며 포기한 표정을 지었다. 하지만 그녀 쪽에서 보면 미우 엄마가 그런 말을 하지 않았으면 새로운 고민에 휩싸이는 일도 없었다. 엄마친구들이 자기를 따돌리고 그들끼리 뭉친다니……. 오늘따라 미우 엄마의 솔직한 성격이 짜증이 났다.

미우 엄마가 미우의 손을 잡고 아파트 밖으로 나갔다. 아리사는 딸과 같이 "바이바이"라고 말하며 손을 흔들었지만, 미우 엄마는 미우의 얼굴을 쳐다보며 뭐라고 이야기하느라 뒤를 돌아보지 않았다.

"우리도 집에 가자."

왠지 쓸쓸해져서 딸의 작고 차가운 손을 꼭 잡고 엘리베이터 홀로 향했다. 엘리베이터 홀은 하층부와 중층부, 상층부의 세 곳으로 나누어져 있었다. 29층인 아리사의 집은 중층부였다. 겨우 한 층이 다를 뿐인데 상층부인 30층과는 엘리베이터 홀도 다르고, 임대료와 아파트 매매 가격도 다르다.

엘리베이터의 문을 닫으려고 했을 때, 중년 여성이 미끄러지듯 들어왔다. 털실 방울이 달린 검은색 스웨터와 면바지 차림이었다. 얼굴에 화장기도 없고 네모난 택배 상자를 들고 있는 걸 보니 관리인에게 택배를 가지러 갔다 오는 모양이다. 안면은 있지만 이름도, 몇 층에 사는지도 모른다. 그녀는 형식적으로 고개를 숙인 뒤, 딸의 손을 잡고 엘리베이터 벽에 등을 붙였다.

여성이 딸을 보고 물었다.

"공주님, 몇 살이야?"

"가나, 아주머니께서 몇 살이냐고 물으시잖아."

그녀는 피곤해 보이는 딸의 얼굴을 들여다보았다. 딸은 가르침을 잘 받은 강아지처럼 반사적으로 손가락을 세 개 내밀고 천천히 대답했다.

"세~ 살."

"세 살이야? 그럼 잘 알겠네?"

여성이 다정한 목소리로 말을 이었다.

"있잖아, 로비에선 뛰어다니거나 소리를 지르면 안 돼. 그곳은 공용 부분이라고 해서 여기 사는 모든 사람들의 현관이거든. 공주님 집이라면 뛰어도 되고 소리를 질러도 되지만 다 같이 사용하는 곳에선 그러면 안 되거든. 그리고 오르간 앞에 있는 소파엔 신발을 벗고 올라가야 한단다. 그 소파도 모두 돈을 내서 산 소중한 물건이니까 모두 소중히 써야지. 그 정도는 알지? 응? 세 살이니까."

딸이 주눅이 든 표정으로 고개를 끄덕였다. 무슨 말인지는 모르지만 야단맞는다는 사실은 아는 것이다.

"참 똑똑하구나."

여성은 품위 있게 고개를 숙이고 20층에서 내렸다. 여성이 사라진 순간, 야단을 맞은 딸이 그녀의 허벅지에 얼굴을 묻고 울상을 지었다.

"가나, 울지 마. 아줌마가 무서웠지?"

어린 마음에도 굴욕으로 느꼈으리라. 그녀는 가여운 마음이 들어서 딸의 작은 등을 쓰다듬었다.

"신경 쓰지 마. 다음에 조심하면 돼. 아줌마, 많이 무서웠지?"

딸의 마음속에는 함께 뛰어다닌 미우는 야단맞지 않고 자신만 야단맞았다는 부당함이 있었으리라. 그래서인지 상관없는 이야기를 했다.

"엄마, 가나, 졸려. 우모짜 없어."

아직 혀가 짧아서 '유모차'라고 정확하게 발음하지 못한다. 그것이 사랑스러워서 칭얼거리는 딸을 껴안아 올렸다. 얼마 전부터는 13킬로그램이나 되어서 꽤 무거웠다. 딸은 그녀에게 체중을 맡긴 채 갓난아이로 돌아간 것처럼 손가락을 빨았다. 그리고 그녀 어깨에 얼굴을 묻고 울상을 지었다.

"우모짜 없어. 우모짜 없어."

딸이 칭얼거리는 사이에 엘리베이터는 29층에 도착했다. 이제 내려놓으려고 했지만 딸은 떨어지지 않았다. 어쩔 수 없이 칭얼거리는 딸을 껴안은 채 긴 개방 복도를 걸었다. 그녀는 입술을 깨물었다. 어젯밤에는 강풍에 삽이 날아가고 오늘 아침에는 늦잠을 자는 등 불길하더니, 결국 아침부터 짜증나는 일이 이어졌다.

겨우 현관문을 열고 안으로 들어갔지만 딸은 계속 칭얼거리며 목에 매달린 채 내려오지 않았다. 아무래도 이대로 낮잠을 잘 것 같다. 그러면 점심도 못 먹을 텐데. 그녀는 딸의 엉덩이를 가볍게 때리며 억지로 내려오게 했다.

"가나, 이제 내려와. 엄마랑 점심 먹자. 응? 배고프지?"

하지만 냉장고에는 아무것도 없고, 늦잠을 자는 바람에 준비도 하지 않았다. 그녀는 작은 절망을 느꼈다. 딸에게 코트를 입혀 편의점에 갈까? 하지만 재료를 사서 음식을 만들어봐야 입이 짧은 딸은 먹지도 않고, 그대로 잠들어 저녁때까지 일어나지 않으리라.

"안 먹어, 안 먹어."

딸은 몸을 뒤로 젖히면서 점점 더 칭얼거렸다. 하는 수 없이 카펫 바닥에 무릎을 꿇고 그냥 내버려두었지만 계속 발버둥치는 바람에 그녀도 덩달아 울고 싶어졌다. 모든 것에 화가 나고 짜증이 나서, 이대로 딸을 내버려두고 미운 엄마와 한잔하러 갈까 하는 생각까지 들었다.

"가나, 점심 먹으러 나가자."

엎드려서 울던 딸이 눈물에 젖은 눈을 들었다. 졸음이 쏟아지는 것 같았다.

"안 먹어."

"자면 안 돼. 지금 자면 엄마도, 가나도 점심을 굶어야 돼. 그러니까 눈을 크게 떠서 잠을 쫓아내고 점심 먹으러 나가자."

딸은 눈을 반쯤 감고 중얼거렸다.

"라면 싫어."

"라면 아니야. 그러면 주먹밥 먹을까? 엄마랑 같이 아오키에 다녀오자."

아오키 슈퍼마켓까지 가기 힘들면 1층 편의점에서 주먹밥이라도 사오면 된다. 그러나 딸은 뺨에 눈물자국을 남긴 채 어느새 잠들었다. 그녀는 딸을 침대로 데려가서 이불을 덮어주었다.

냉장고 안에는 장아찌와 양배추, 당근, 베이컨 정도밖에 없었다. 식재료를 사러 나가야 한다. 슬리퍼를 찾는 사이에 아침에 버린 것을 떠올리고 한숨을 쉬었다. 내가 지금 뭐 하는 걸까?

그때 파카 주머니에 넣어둔 휴대전화가 울렸다. 이와미 하루코, 시어머니였다.

"여보세요, 나야. 지금 괜찮니?"

"네, 괜찮아요."

그녀는 목소리를 가다듬고 말했다. 그와 동시에 조금 전에 시어머니에게 짜증을 부린 게 부끄러워졌다.

"아까는 죄송했어요."

"그것 말인데, 남편과 얘기했단다."

"유치원 말인가요?"

"그래. 네가 얼마나 불안할지 충분히 이해해. 오늘 저녁에 둘이 그쪽으로 갈 테니까 근처에서 식사라도 하지 않겠니? 뭐랬더라, 라라포트였던가? 거기에 레스토랑도 있지? 근처에 가면 전화할게."

전화는 일방적으로 끊겼다. 이것으로 미우 엄마와 한잔하러 가는 이야기는 완전히 없어졌다. 가벼운 실망이 몸으로 파고들었지만, 미우 엄마 입에서 나올 이런저런 이야기를 듣지 않아도 된다고 생각하니 마음 한쪽이 가벼워졌다.

밤의 출항

낮의 전화로 인해 식사 자리는 어색하기 짝이 없었다.

테이블 너머의 시아버지와 시어머니의 눈길은 어린이용 의자에 앉은 딸과 음식 접시를 왔다 갔다 할 뿐 아리사에게는 거의 머물지 않았다.

아리사는 거북하기도 하고 민망하기도 해서 딸을 돌보느라 정신이 없는 시늉을 했다. 다행히 딸이 먹는 '밀라노 풍 햄버거'는 토마토소스가 여기저기로 튀는 바람에, 딸의 손과 입을 냅킨이나 물수건으로 연신 닦아줘야 했다.

시어머니는 말없이 샐러드를 먹었다. 마디가 두드러진 가느다란 손가락이 포크를 절묘하게 움직여 양상추를 잡고, 그와 동시에 오이와 브로콜리를 찔러서 재빨리 입으로 가져갔다. 아마 가사도우미 일도 요령 있게 해내고 있으리라.

오늘은 갈색 재킷과 베이지색 윗도리, 하얀색 바지를 입어서 몹시 젊어 보였다. 비싸지 않아도 감각적으로 보일 수 있도록 옷차림에 신경을 쓰고 있다. 가장 즐겨 입는 베이지색이 시어머니를 단적으로 보여주는 것 같다는 생각이 들었다.

시아버지인 요헤이는 갈색 재킷에 오프화이트의 터틀넥 차림으로, 퇴직한 이후 건강하게 살아가는 안정된 남자처럼 보였다.

시어머니는 베이지색, 시아버지는 갈색. 이부 엄마는 선명한 코랄핑크색, 미우 엄마는 캐주얼한 데님색. 자신은 무슨 색일까?

그녀는 먹는 것도 잊어버린 채 유리창에 비친 자신의 모습을 멍하니 바라보았다. 집 근처라곤 하지만 시부모와의 식사 자리인 만큼 자라에서 산 검은색 원피스를 입었는데, 가슴의 지나친 프릴이 싸구려처럼 보였다. 감색 카디건과 회색 스커트가 무난했을지 모르지만 자신에게는 검은색도 감색도 회색도 어울리지 않는 것처럼 여겨졌다.

사실은 화려한 색을 좋아하는데 왜 입지 않을까? 왜 억지로 참는 걸까?

그때 유리창에 비친 자신의 얼굴 너머로 캄캄한 밤바다가 보였다. 순간 온몸에 소름이 돋았다. 가족이라고 할 수 있는 사람들과 같이 있는데, 왜 홀로 밤바다에 배를 띄우고 방황하는 듯한 허무한 마음이 드는 걸까?

접시로 시선을 돌린 순간, 차가운 눈길로 자신을 관찰하는 시어머니와 시선이 마주쳤다. 멍한 모습을 들켜서 부끄러운 데다 시어머니의 차가운 눈길이 무섭기도 했다.

그녀는 자기도 모르게 사과했다.

"오늘은 정말 죄송했어요."

"괜찮아. 오히려 확실히 말해줘서 다행이었어. 당신도 그렇게 생각하지?"

시어머니는 동의를 구하듯 시아버지를 보았다.

시아버지는 검붉은 싸구려 와인 잔에 입술을 대면서 고개를 끄덕였다. 차를 가져왔을 텐데 와인을 마시는 걸 보면 집에 갈 때는 시어머니가 운전하리라. 시어머니는 운전도 좋아하고 무슨 일이든지 거침없이 척척 해낸다. 시어머니를 처음 만났을 때, 시골의 친정 엄마와 너무도 달라서 자기도 모르게 숨을 들이마셨다.

시아버지가 그녀를 보면서 사과했다.

"너에게는 정말 미안하구나."

"저야말로 걱정을 끼쳐서 죄송해요."

"아니야, 우리 아들이 한심하니까 어쩔 수 없지."

시어머니가 얼굴을 찡그리며 혼잣말처럼 중얼거렸다. 그리고 손을 내밀어 정신없이 햄버거를 먹는 가나의 앞머리를 쓰다듬었다. 그런 얘기는 손녀딸 앞에서 하고 싶지 않다는 동작으로 보였다.

"우리 가나는 어쩜 이렇게 착하기도 할까? 혼자서도 잘 먹네."

시어머니의 칭찬을 듣고 딸이 자랑스럽게 웃었다. 조금 전에 닦아주었는데 입 주변에 또 빨간 토마토소스가 묻어 있다. 점심을 안 먹은 탓인지 웬일로 왕성한 식욕을 보였다. 어린이용은 싫다고 해서 어른 메뉴를 주문했을 정도다.

"가나, 점심 뭐 먹었어?"

"점심 안 먹었어."

시어머니의 깜짝 놀란 얼굴을 보고 그녀는 황급히 해명했다.

"오늘 놀다 지쳤는지 점심도 안 먹고 잠들었거든요."

"그랬니? 그래서 배가 고팠구나. 가나, 뭐든지 가리지 말고 잘 먹어야 해. 그래야 키도 크고 머리도 좋아지고 귀엽고 똑똑해지니까."

"가나 뚱뚱해지면 안 돼."

딸이 그렇게 대꾸하자 두 사람은 폭소를 터뜨렸다.

"그럼그럼. 벌써 뚱뚱해지면 큰일이지."

그녀는 내심 조마조마하면서 두 사람에 맞춰 억지로 미소를 지었다.

"그럼 가나, 아침은 뭐 먹었어?"

시어머니는 별 생각 없이 물었겠지만, 아리사는 자신이 딸을 제대로 돌보는지 체크하는 것 같아서 불안했다. 딸이 아침부터 인스턴트 라면을 먹었다고 말하지 않으면 좋을 텐데. 혼자라도 아이를 잘 키우고 있다고, 두 사람을 감탄하게 만들고 싶었다.

"여러 가지."

딸의 건방진 대답에 시어머니가 어이없는 표정을 지었다.

"여러 가지? 세상에, 어른스럽게 대답하네?"

시어머니와 시아버지는 서로 얼굴을 바라보며 또 웃음을 터뜨렸다. 어린 딸의 재치와 순발력에 가슴을 쓸어내리고 있자 시어머니가 조심스럽게 물었다.

"애야, 니가타의 부모님은 자주 안 오시니?"

"지난번 오봉 때 오셨어요."

"그래? 우리 가나, 외할머니를 만났구나. 좋았겠네?"

"그때 고기 먹었어."

"그래? 맛있었어?"

시어머니가 웃으면서 딸을 쳐다보고, 빨간 케첩이 묻은 입가를 손수건으로 닦아주었다.

"죄송해요."

딸의 가슴에 있는 식당의 냅킨으로 닦아주려고 하자 시어머니가 주의를 주었다.

"그건 너무 거칠어서 아프지 않을까? 그리고 식당 물수건은 더러울지 몰라."

"그런가요? 죄송해요."

아까부터 식당 물수건으로 닦아주었는데……. 아리사는 시어머니의 말에 불쾌함을 느끼고 고개를 숙였다.

끊어진 질문을 다시 이은 사람은 시아버지였다.

"부모님은 뭐라고 하셨지?"

"그렇게 빨리 결론을 낼 일이 아니니까 잠시 상황을 지켜보자고 했어요."

그것은 사실이었다.

"부모님께도 죄송하구나."

시아버지는 미안한 표정을 지었지만 일부러 말을 피하는 듯한 느낌이 들었다. 하고 싶은 말은 있지만 이 말을 하면 끝이다……라는 듯한 침통한 표정이 남편과 너무나 닮아서 자신도 모르게 섬뜩함을 느꼈다.

부자지간이면서도 시아버지와 남편은 별로 닮지 않았다. 시아버지는 콧대가 오뚝하고 중년의 편안한 얼굴이지만, 남편은 눈 사이가 멀고 태평한 얼굴이었다. 남편의 특징은 시어머니로부터 남편, 그리고 딸로 이어졌다.

그러나 시아버지의 넓은 이마와 잔머리는 남편과 똑같았다. 남편의 부모를 앞에 두고 '여기는 똑같다'라든지 '이 표정은 붕어빵이야'라고 생각하는 사이에 이상한 생각이 들었다. 남편도 없는 마당에 왜 자기 혼자 남편의 부모를 상대하고 있을까? 그 밑바닥에 흐르는 것은 조바심과 초조함이 아니라 길을 잘못 든 것 같은 불안함이었다.

시어머니가 문득 생각난 것처럼 물었다.

"그러고 보니 사돈어른의 암 검사는 어떻다니?"

"관찰이 필요하다고 했대요. 6개월 후에 또 검사해야 한다면서요."

오늘 라운지에서 한 거짓말이 떠오르자 등에 식은땀이 흘렀다. 그런 사실을 알 리 없는 시아버지가 밝게 말했다.

"다행이구나. 우리도 언제 무슨 일이 일어나도 이상하지 않은 나이인 만큼 아버님 일이 내일은 내 일이 될지도 모르지. 결혼식 이후에 한 번도 뵙지 못했지만 몸조리 잘하시라고 전해 주거라."

"고맙습니다."

"가나와 둘이 살기 외롭지 않니?"

"괜찮아요. 여기엔 가나와 비슷한 또래의 아이를 키우는 친구가 많거든요."

시아버지가 레드와인 잔을 빙빙 돌리며 말했다.

"아아, 엄마친구라고 한다면서?"

공원요원. 미우 엄마의 말을 떠올리자 마음이 쿡쿡 쑤셨다. 시부모님과 마찬가지로 누구에게 소개해도 부끄럽지 않은 아름답고 당당한 엄마친구들. 하지만 그들은 그녀의 진짜 친구가 아닐지도 모른다.

딸이 햄버거를 다 먹자 시어머니가 자리에서 일어났다.

"가나, 할머니랑 같이 손 씻고 잠시 산책할까? 동물센터에 강아지가 있을지도 몰라."

"갈래, 갈래!"

"바다도 보러 갈까? 추울지 모르니까 웃옷을 가져가자."

"응, 바다에도 갈래."

아무것도 모르는 딸이 눈을 반짝이며 폴짝 뛰었다. 시어머니가 그녀를 힐끔 쳐다보고 가볍게 고개를 끄덕였다. 네 마음이 풀릴 때까지 남편과 이야기하기 바란다…… 시어머니의 눈에는 그렇게 쓰여 있었다. 그녀는 무례했던 전화를 떠올리며 몸을 움츠렸다.

시어머니가 딸의 손을 잡고 나가자 시아버지가 와인 잔을 가리켰다.

"너도 한잔할 테냐?"

마시고 싶었지만 그녀는 고개를 흔들었다.

"전 괜찮아요."

"그래? 그럼 시간이 없으니까 본론으로 들어갈까?"

시아버지가 와인의 붉은 얼룩이 묻은 받침을 만지작거리면서 말했다.

"오늘은 정말로 죄송했어요. 갑자기 불안해져서 저도 모르게 어머님께 하소연을 했어요."

"괜찮다. 안 그래도 너와 빨리 얘기하는 편이 좋지 않을까 하던 참이었으니까. 젊은 부부 문제에 쓸데없이 참견하는 게 아닐까 해서 우리도 망설이고 있었단다. 그런데 오늘 집사람에게 슌페이로부터 무슨 연락이 없었느냐고 물었다던데, 정말로 아무런 연락이 없었다. 너에게도 연락이 없니?"

"전혀 없어요."

고개를 옆으로 흔들고 나서 그녀는 남편의 마지막 메일을 떠올렸다. 약 1년 전의 메일이다.

아리사에게

부탁이니까 이혼해줘.

난 더 이상 안 되겠어.

당신이 이혼해줄 때까지 연락하지 않겠어.

이혼하겠다는 메일을 보내면 그때 답장할게.

슌페이

그 후에는 아무리 분노의 메일을 보내도, 아무리 울며불며 음성사서함에 메시지를 남겨도 답장이 없었다. 집세와 최소한의 생활비를 꼬박꼬박 보내주는 것은 어린 딸을 위해서이리라. 부족한 생활비는 그동안의 저축과 책임을 느낀 시부모의 도움으로 메우고 있다.

"회사에는 물어봤니?"

"물어봤어요. 아직 밀워키에 있대요."

"거기에 가볼래?"

"주소도 모르고, 그냥 돌아올 때까지 기다리려고요……."

주소는 알고 있지만 더 이상 비참해지기 싫어서 그렇게 대답했다. 위스콘신 주 밀워키까지 가서 겨우 집을 찾아갔는데, 차갑게 대하면 얼마나 비참할까.

"대체 뭐 때문일까? 내 아들이 그런 사람이었다니. 정말 믿어지지 않는구나."

시아버지가 크게 한숨을 쉬었다. 아랫입술에 레드와인이 한 방울 묻어 있었다.

"혹시 짐작 가는 일은 없니?"

그녀는 즉시 고개를 흔들었다.

"전혀 짐작이 안 가요."

"대체 왜 그럴까? 네 어머니와 같이 아무리 전화를 해도 받지 않더구나. 아무에게도 말하고 싶지 않은 이유가 있겠지만 그건 너희들의 프라이버시고……."

"제가 부족하기 때문이 아닐까요?"

"지금이 봉건시대도 아니고 넌 좋은 며느리야."

시아버지는 그렇게 말하고 쓸쓸하게 웃었다. 그러나 시어머니 생각은 다를 것이다. 이혼해달라는 메일을 보낸 채 연락을 끊은 아들을 속으론 잘했다고 생각하지 않을까? 그녀가 그렇게 여기는 것도 무리가 아니었다. 사귀자마자 임신해서 속도위반 결혼을 한 그녀를 시어머니는 좋아하지 않는 듯했다.

그녀는 미팅에서 슌페이를 만난 지 얼마 되지 않아 임신을 했다. 아무것도 모른 채 아르바이트를 하다 임신한 사실을 안 것은 이미 4개월이 지난 무렵이었다. 3개월 후인 임신 7개월에 결혼이 정해지고, 산달 직전에 만삭의 배로 웨딩드레스를 입었다. 그리고 신혼여행을 갈 틈도 없이 딸이 태어났다.

신혼생활이라고 할 수 없는 전쟁 같은 육아의 날들이 지나고, 겨우 상대에 대해 알기 시작한 것은 딸이 옹알이를 시작한 무렵이었다.

"아버님은 제가 이혼에 동의하는 편이 좋다고 생각하세요?"

시아버지는 팔짱을 끼고 천장에 시선을 고정한 채 천천히 고개를 끄덕였다.

"넌 아직 젊으니까 그런 한심한 녀석에게 얽매일 필요는 없지 않을까 하고 집사람과도 말했단다. 이혼에 동의하면 나쁘게 하지는 않겠지. 물론 넌 쉽게 받아들일 수 없을 거야. 하지만 우리 부부도 이미 은퇴해서 언제까지나 널 돌봐줄 수는 없어. 이러면 어떨까? 우리가 당분간 가나를 맡아줄 테니까 넌 그동안

일을 찾아보지 않겠니?"

"요즘 같은 불황에 쉽게 일자리를 찾을 수 있을까요?"

그녀는 일하러 나가고 싶지 않았다. 아무런 특기도 없고, 기껏 결혼해서 전업주부가 되고 사랑스런 딸까지 있는데. 화려한 타워 아파트에 살고 있는데. 다른 엄마친구는 아무도 일하지 않는데 내가 왜 일하러 나가야 하는가.

남편이 평생 우리 모녀를 먹여 살려야 하지 않는가. 더구나 생활비를 올려서 딸을 사립 초등학교가 있는 유치원에 보내지 않으면 너무 가엾지 않은가. 그녀의 마음은 그런 욕구로 가득 차 있었다.

"이런 말을 하긴 좀 그렇지만 녀석이 이렇게까지 헤어지고 싶어 한다면 이미 부부 사이를 회복할 수 없는 수준이 아니니? 다시 말하면, 지금은 포기하는 것도 한 가지 방법이 아닌가 싶구나……."

그녀는 굳은 표정으로 딱딱하게 대꾸했다.

"전 그렇게 생각하지 않아요. 그 사람은 너무 무책임해요."

"그건 그렇지만…… 참, 집사람에게 들었는데 가나를 유명한 사립 유치원에 보내고 싶다면서?"

"들어갈 수 있으면요. 하지만 이미 늦었을 거예요. 가나 친구들은 모두 프리스쿨에 다니며 여러 가지를 배우고 나서 유치원에 간대요. 이대로 있으면 뒤처져서 친구들에게 따돌림 받지 않을까 걱정이에요. 요즘은 괴롭힘도 많고, 다른 애들과 똑같이 하지 않으면 따돌림을 당한다고 하더라고요. 그러면 가나가 너무 가엾잖아요."

"그거 큰일이구나."

시아버지가 안타까운 표정을 지은 뒤, 냅킨으로 입가를 닦았다. 그리고 레드와인을 한 병 더 주문했다.

"슌페이는 여름에도 귀국하지 않았을까?"

"잘 모르겠어요."

그녀는 웃음기도 없이 차갑게 대답했다.

"그런데 정말로 짐작되는 게 없니? 싸우지는 않았고?"

"싸우지 않았어요."

"이런 말은 좀 그렇지만 여자라도 생긴 걸까?"

그녀는 점점 더 분노를 억제할 수 없어서 단호하게 말했다.

"그렇지 않을까요? 어쨌든 이건 명백히 가나와 저를 버린 거예요."

"하지만 생활비는 보내주잖니. 그러면 너희를 버렸다곤 할 수 없어."

그녀는 다시 밤바다를 바라보면서 대답했다.

"제 마음은 어떻게 되죠?"

"미안하구나."

웨이터가 가져온 와인에 손을 대지 않고 시아버지가 사과했다. 그때 등 뒤에서 "엄마!"라는 소리가 들렸다. 시어머니와 딸이 돌아왔다. 딸이 다가와서 차가워진 손으로 그녀의 뺨을 만졌다.

"엄마, 강아지 없었어."

"우리 가나, 손이 차갑네?"

그녀가 웃으면서 딸을 껴안자 시어머니가 조심스럽게 말했다.

"얘기는 끝났어?"

"아니……."

시아버지가 어정쩡하게 대답하며 레드와인을 마시자 시어머니가 답답한 얼굴로 말했다.

"가나는 우리가 맡아줄 테니까 그동안 일자리를 찾는 게 어때? 나처럼 가사도우미를 한다든지, 가정주부라도 할 수 있는 일은 얼마든지 있으니까."

"그만해. 그건 얘의 자유야."

시아버지가 야단치듯 말하자 시어머니는 흠칫 놀라며 입을 다물었다. 아리사는 아무 말도 하지 않고 다시 바다로 눈길을 돌렸다. 작은 배가 어두운 밤바다를 지나가는 게 언뜻 보였다.

2장

이상적인 남편

가나 엄마에서 아리사로

일요일 오전은 할 일이 없어서 항상 따분하다. 모녀 둘뿐인 아리사와 가나는 평소와 똑같이 지내지만 엄마친구들의 모임은 없다. 평소에는 아침 10시쯤에 공원이나 라운지에 모여서 아이들을 놀게 하지만 주말은 각자의 집에서 지내는 게 습관이 되었다.

직장인이 많은 타워 아파트는 일요일이 되면 시끌벅적해진다. 라라포트와 바닷가에서 느긋하게 산책하는 가족이 늘고 모두의 얼굴에 평화와 웃음이 가득해진다. 그 소란스러움이 익숙지 않은 그녀에게 일요일은 우울한 날이기도 했다.

그래도 밖에 나가고 싶어 하는 딸을 데리고 공원과 라라포트에 간 적이 있었다. 그러자 아빠와 노는 데 정신이 팔려 딸에게는 눈길도 주지 않는 이부키와 메구, 마코를 만났다. 그때마다 딸은 외로움을 감추지 않고 아리사도 안타까움에 사로잡히곤

했다. 그래서 일요일은 공원뿐 아니라 슈퍼마켓에도 가지 않고 되도록 집 안에서 조용히 지내기로 마음먹었다.

딸은 TV 앞에 앉아 있지만 좋아하는 프로그램이 없어서 따분한 모양이다. 그녀는 이부 엄마에게 빌린 유아용 DVD를 틀어주었다. 이미 수십 번은 보았을 텐데, 딸은 입을 반쯤 벌리고 화면 속으로 빨려 들어갈 듯 쳐다보았다.

그녀는 안심하고 아침을 준비하기 위해 일어섰다. 새로 만들기 귀찮아서 어젯밤에 먹다 남은 카레를 먹을 생각이다. 딸은 워낙 입이 짧아서 어젯밤에 먹던 걸 싫어할지도 모른다. 토스트를 구워서 메구 엄마가 준 수제용 딸기잼을 발라 먹일까?

그러나 미우 엄마로부터 공원요원에 불과하단 말을 들은 이후, 엄마친구들이 지긋지긋하게 여겨졌다. 그로 인해 메구 엄마의 수제용 잼도 냉장고 안쪽 깊숙이 처박혀 있다.

그때 문 밖에서 기묘한 소리가 들렸다. 문을 가볍게 두들긴 것 같기도 하고 할퀴는 것 같기도 한 희미한 소리였다. 처음에는 잘못 들었다고 여겼는데, 그 후에 멀어지는 발소리가 똑똑히 들렸다. 뚜벅뚜벅 뚜벅뚜벅. 복도를 걸어가는 힘찬 발소리였다.

이 아파트의 우편물은 모두 현관에 있는 각자의 우편함에 넣어준다. 택배는 1층 관리사무실에서 일괄적으로 받아주어 택배기사는 건물 안으로 들어올 수 없다. 신문은 전국지에 한해서 각 집까지 배달해주지만, 신문을 보지 않는 그녀와는 아무런 관계가 없다. 아파트 입주민이 알아야 할 공지사항은 현관 옆에 있는 회람판에 붙여놓거나 인터넷으로 보게 돼 있어서 각

가정을 돌아다니지는 않는다. 따라서 문을 직접 두들길 사람은 주민밖에 없다.

마음에 걸려서 카레 냄비를 약한 불에 올려놓은 뒤, 살며시 현관문을 열었다. 100엔 상점의 꼬깃꼬깃한 얇은 비닐봉투가 문의 손잡이에 걸려 있었다.

내용물을 확인하기 전부터 심장이 세차게 쿵쾅거렸다. 얇은 비닐봉투 안에서 작은 핑크색 삽을 발견한 것이다. 검은 유성매직으로 '이와미 가나'라고 이름을 쓴 삽에 하얀 종이가 붙어 있었다. 편지였다.

현관 입구에 선 채 편지를 펼쳤다.

며칠 전 강풍이 불던 날 아침, 이 삽이 우리 집 발코니의 유리창을 때렸습니다. 다행히 유리는 깨지지 않았지만 깜짝 놀라 잠에서 깼습니다. 위층에서 물건이 떨어지면 매우 위험합니다. 아무쪼록 규칙을 잘 지키고, 이웃에 민폐를 끼치지 않도록 조심하시기 바랍니다.

얼굴이 화끈 달아올랐다. 반사적으로 현관문을 열고 밖으로 뛰어나갔지만 이미 아무도 없었다. 개방 복도 끝에도 사람의 그림자는 보이지 않았다.

그녀가 사는 29층까지 와서 '위층에서 물건이 떨어졌다'는 편지를 두고 간 걸 보면, BET 28층 이하에 사는 주민임은 틀림없다. 더구나 카드키가 없으면 주거층 이외의 엘리베이터는 탈 수 없으므로, 편지를 보낸 사람은 분명히 BET의 15층과 29층 사이에 사는 사람이다. 하지만 상당한 우연히 작용하지 않는 한 상대가 누구인지는 알아낼 수 없으리라.

"이럴 줄 알았어……."

그녀는 혼잣말을 하고 다시 편지를 읽어보았다. 편지는 A4 크기의 하얀 종이에, 컴퓨터를 사용했는지 깨끗하게 인쇄돼 있었다.

엘리베이터 안에서 딸에게 주의를 준 중년 여성의 얼굴이 떠올랐다. 그러나 지금 들은 발소리는 남자인 듯했다. 그녀는 며칠 전의 딸처럼 생판 모르는 타인으로부터 혹독한 비난을 받은 듯한 기분이 들었다.

부당하다는 생각이 든 것은 '민폐를 끼치지 않도록'이라는 말 때문일까? 삽과 양동이를 밖에 내놓은 것은 분명히 그녀의 실수였다. 하지만 민폐를 끼치지 말라는 말은 지나치지 않은가? 자신들 모녀가 민폐 덩어리라도 된단 말인가? 아니면 단순한 악의나 화풀이인가. 자신도 모르는 사이에 뺨에 눈물이 흘러내렸다. 분노와 억울함의 눈물이었다.

"아! 가나 삽이다."

옆에서 딸의 작은 손이 다가와 삽을 잡았다. 삽에는 메마른 모래가 붙어 있었다.

"엄마, 삽 어디서 났어?"

딸이 삽을 쳐다보며 고개를 갸웃거렸다. 그녀는 괴로운 표정으로 변명을 짜냈다.

"엄마가 잠시 다른 데다 뒀었어."

"가나 삽을 왜 다른 데다 뒀어? 엄마, 왜 다른 데다 뒀어? 응? 엄마, 왜 그랬어?"

딸은 자신이 이해할 때까지 계속 묻는 버릇이 있다. 자신의 삽을 다른 데다 뒀었다는 말이 이상해서 견딜 수 없는지 끈질기게 계속 물었다.

"가나가 안 쓰니까 그렇지."

"쓸 거야. 오늘 쓸 거야."

"오늘은 일요일이라서 안 돼. 모래밭에 가도 아무도 없어."

아무도 없다는 말에 충격을 받았는지 딸은 발을 동동거렸다. 최근에 친구들에게 배운 행동이다.

"싫어, 오늘 쓸 거야."

"얘가 오늘따라 왜 이렇게 고집을 부려?"

딸이 그녀의 손에서 억지로 삽을 빼앗았다. 삽에서 메마른 모래가 후드득 떨어졌다. 마룻바닥의 나뭇조각과 나뭇조각 사이로 떨어진 모래 알갱이가 눈에 들어왔다.

"아이 참, 바닥이 더러워졌잖아. 모래가 마룻바닥 사이로 들어가면 안 빠져."

딸은 대꾸를 하지 않고 삽을 바닥에 내동댕이쳤다. 요즘 들어 제멋대로 행동하며, 자기 말을 들어주지 않으면 이부키나 미우처럼 떼를 쓰곤 했다.

"엄마한테 혼날래? 떼를 쓰면 못써!"

목소리가 거칠어진 순간, 카레 타는 냄새가 코를 찔렀다. 황급히 가스레인지로 달려갔지만 카레는 이미 냄비바닥에 눌어

붙어 있었다.

딸이 옆으로 다가와 단호하게 말했다.

"카레 싫어."

"알아. 엄마도 싫어."

그녀는 뒤틀린 마음으로 달걀을 삶고, 냉동고에서 식빵을 두 장 꺼내 오븐에 넣었다.

인스턴트 수프와 삶은 달걀, 토마토, 딸기잼을 듬뿍 올린 토스트를 먹으며 딸은 만족한 표정을 지었다. 그러나 그녀는 아무리 애를 써도 불쾌함을 떨쳐낼 수 없었다. 속이 부글부글 끓었다. 식욕은 하나도 없어서 홍차를 마실 뿐이었다. 민폐를 끼치지 않도록⋯⋯. 말의 돌멩이로 등을 세차게 얻어맞은 듯한 생각이 들었다.

문득 미우 엄마의 이야기가 떠올랐다. 지금의 감정을 차라리 미우 엄마에게 털어놓을까? 미우 엄마도 할 말이 있는 듯했으니까 거절하지는 않으리라. 그렇게 생각하자 마음이 급해졌다. 그녀는 재빨리 휴대전화로 문자를 보냈다.

안녕하세요! 가나 엄마예요~

일요일이라서 좀 외로운데, 뭐 하세요?

갑자기 술 생각이 나는데, 오늘 밤에 한잔하러 안 갈래요?

누군가와 말하고 싶은 기분이에요.

미우 엄마만 괜찮다면, 가나는 어떻게 하면 될까요? 답장 주세요.

이와미 아리사

언제나 그렇듯 꽃과 나비, 케이크가 잔뜩 들어간 데코메일을 보냈다. 미우 엄마로부터 즉시 답장이 왔다.

헬로! 일요일은 정말 심심하네요.
안 그래도 조금 전에 일어나서 미우와 심심하다고 말하던 참이에요.
오늘 밤에 좋아요. 벌써부터 기대되네요.
가나를 데리고 5시 반에 우리 아파트 앞으로 오세요.
동생에게 봐달라고 부탁할게요.
동생은 보육사 자격증을 가지고 있으니까 걱정 마세요.
미우 엄마가

마음이 가벼워져서 레이스 커튼 너머로 밖을 내다보았다. 하늘은 무겁고 칙칙하며 추워 보였다. 발코니 문을 열자 찬바람이 뺨을 적시고, 평소보다 바다 냄새가 약한 듯한 생각이 들었다. 비가 오려는 걸까?

하늘을 올려다본 뒤, 살짝 몸을 내밀어 아래쪽을 보았다. 빨래가 널려 있지 않은, 똑같이 생긴 발코니가 수도 없이 이어져 있었다.

강풍에 날아간 삽은 이 발코니 중 어딘가에 떨어졌으리라. 그리고 그곳에 편지를 쓴 사람이 자기 모녀를 관찰하면서 살고 있다. 편지는 협박도 공갈도 아니었지만 기분이 좋지 않았다. 상대는 그녀가 어디에 사는지, 어떻게 사는지 다 알고 있는데, 그녀는 발코니 안쪽에 숨어 있는 상대가 어디에 사는지, 어떻게 사는지 모르기 때문이다.

아파트 안의 편의점 ATM에서 돈을 조금 찾은 뒤, 좋아하는
당나귀 인형을 꼭 껴안은 딸을 유모차에 태우고 밖으로 나왔
다. 유모차에 태울 나이는 이미 지났지만, 나중에 집에 올 때를
생각해서 가지고 나왔다.

낮에 희희낙락 즐거워하던 가족들도 모두 집으로 돌아갔다.
바닷바람이 고층 아파트 사이의 빈 땅에서 모래먼지를 휘감으
며 그녀의 카디건 자락을 펄럭였다. 딸은 해가 저물고 나서 밖
에 나가는 게 이상한지 연신 뒤를 돌아보았다.

"엄마, 어디 가?"

"미우네 집에."

"가나는 가고 싶지 않아."

미우를 싫어하는 딸은 몸을 쭉 펴며 자그맣게 볼멘소리를 했
다. 그러나 밤의 외출이라는 흔치 않은 상황에 조금 흥분한 것
처럼 보였다. 아리사가 H&M의 꽃무늬 원피스를 입은 것도 영
향을 끼쳤으리라. 딸은 "엄마 예뻐"라고 칭찬하면서 원피스 자
락에 뺨을 비볐다.

이럴 때의 딸은 정말로 사랑스럽다. 만약 아들이라면 엄마가
밤에 밖에 나가는 걸 싫어하지 않을까. 만약 아들이라면……

그녀는 고텐바의 아울렛 매장에서 산 코치 가방을 꼭 잡았다.
오랜만의 밤 외출에 평소보다 치장한 자신에게 쓴웃음이 났지
만, 미우 엄마와의 술자리에 기대감이 부풀었다.

세찬 바람을 뚫고 타워 아파트로 가는 사람과 반대 방향으로 걷는 사이에 전철역 앞에 있는 미우 엄마의 아파트 앞에 도착했다. 타워 아파트와 대조적으로, 외벽이 벽돌로 된 10층짜리 튼튼한 건물이다. 지은 지 10년째로, 처음에는 인기가 있었지만 지금은 웅장한 타워 아파트에 밀려 낡고 어둡게 보였다.

"여기예요, 여기!"

평소처럼 파란색 다운베스트에 검은색 니트 모자를 쓴 미우 엄마가 손을 흔들었다. 옆에는 검은색 플리스에 면바지를 입은 체구가 작은 여자가 서 있었다. 놀랍게도 비구니처럼 까까머리였다. 미우 엄마를 닮은 귀여운 얼굴에 까까머리가 신기하기도 하고 잘 어울리기도 했다.

미우 엄마가 장난스럽게 까까머리를 때리는 시늉을 했다.

"내 동생 유키코예요."

"유키코예요. 만나서 반갑습니다."

유키코는 미우 엄마보다 가벼운 허스키 목소리로 인사했다.

"보육사를 그만두고 밴드를 하고 있어요. 그래서 머리가 이래요. 추워 보이죠? 베이비시터 아르바이트도 하고 있으니까 다음에 이용해보세요."

미우 엄마가 빠르게 말하더니, 유모차를 탄 딸의 앞에 몸을 숙였다.

"가나, 엄마랑 잠시 어디 다녀올 테니까 그동안 이 언니랑 미우랑 같이 놀고 있어. 아줌마가 튀김 만들어놨으니까 그거 먹고."

"어머나, 튀김을요? 고마워요."

딸은 어차피 오후에 토스트를 실컷 먹어서 저녁을 먹지 않으리라고 여겼지만, 미우 엄마가 그렇게까지 세심하게 신경 쓸 줄은 몰랐다. 딸은 대꾸하지 않고 미우 엄마의 얼굴을 말똥말똥 쳐다보았다.

"어서 가요."

미우 엄마가 아리사의 팔을 잡는 걸 보고 유키코가 "즐겁게 놀다 오세요"라며 손을 흔들었다. 딸은 유모차 안에서 불안한 표정으로 그녀를 쳐다보았지만 아직 무슨 일이 일어나는 건지 이해하지 못한 표정이었다.

"그럼 우리 가나 잘 부탁해요."

말이 끝나기도 전에 미우 엄마가 뛰어가서 택시를 잡았다. 아리사가 황급히 따라가자 미우 엄마가 손목시계를 쳐다보면서 말했다.

"빨리 가야 돼요. 유키코가 10시까지만 봐주기로 했거든요."

택시는 그녀가 가본 적이 없는 거리로 향했다. 후카가와였다. 타워 아파트 근처에서는 긴자 말고 가본 곳이 거의 없었다.

미우 엄마가 뜬금없이 그녀의 이름을 물었다.

"가나 엄마의 이름 말이에요, 아리사예요?"

"네, 그래요."

미우 엄마와 둘이 택시를 타는 게 처음이라서 그녀는 어색함을 감출 수 없었다.

"메일을 보고 감탄했어요. 보기와 달리 이름이 아주 멋지네요."

보기와 달리? 한순간 발끈했지만 자신이 먼저 부탁한 데다 딸을 맡아준 것을 떠올리고 기분을 풀었다.

그녀의 표정을 보고 미우 엄마가 흠칫 놀랐다.

"미안해요. 나도 모르게 그만…… 난 꼭 쓸데없는 말을 해서 탈이에요."

"괜찮아요. 미우 엄마 이름은 뭐예요?"

"요코, 구리하라 요코예요."

서로 '누구 엄마'라고 부르지 않는 것이 신선하게 느껴졌다.

"요코라는 이름이 잘 어울려요."

"그래요? 다들 요코라고 불러요. 가나 엄마는 뭐라고 부를까요?"

"친구들은 모두 '아리사'라고 불러요."

"아리사…… 멋있어요. 그런데 기왕 이렇게 된 거, 그냥 편하게 말하는 게 어때?"

미우 엄마는 그렇게 말하며 활짝 웃었다. 그녀도 활짝 웃으며 대꾸했다.

"좋아! 나도 그러고 싶었어."

택시가 운하를 건너서 번화가로 들어갔다.

"미우 엄마는 후카가와를 잘 알아?"

"그럼, 잘 알고말고. 친정도 있고, 남편도 거기서 일하거든."

"남편분은 어디서 일해?"

"초밥가게. 남편분이라고 할 만큼 대단한 사람은 아니야."

"초밥가게야? 와아, 굉장하다!"

그녀는 눈을 반짝이며 탄성을 질렀다. 그러나 미우 엄마는 가

날픈 손가락으로 정신없이 휴대전화의 자판을 치면서 냉정하게 부정했다.

"대단하긴 뭘. 혹시 다이쇼란 초밥 체인점 알아?"

"들은 적은 있어."

그녀의 목소리가 작아졌다. 실제로 그런 초밥집이 있는지 없는지는 잘 모른다. 어쩐지 들어본 적이 있는 것 같았을 뿐이다.

"이부 엄마는 절대로 가지 않을 만한 곳이야. 서민들이 사는 곳밖에 없거든. 우리 남편은 거기서 초밥을 만들어."

"그럼 곧 독립하겠네?"

"그럴 생각은 눈곱만큼도 없어."

"그래? 왜?"

"이상하게 생각할 거 없어. 다이쇼 초밥 체인점은 우리 친정 거고, 나중에 남편이 물려받기로 돼 있어. 그래서 그 사람은 내게 고개를 들 수 없단 말씀!"

미우 엄마는 그렇게 말하며 소리 높여 웃었다. 갈라진 웃음이 귀에 거슬렸다.

"그렇구나. 부럽다."

별 생각 없이 말했는데 미우 엄마는 화들짝 놀라며 그녀의 얼굴을 보았다.

"부러워할 것 하나도 없어. 대단하지 않으니까."

그녀는 흠칫 놀라 입을 다물었다. 앞날이 불안한 탓인지, 자기도 모르게 다른 사람을 부러워하는 버릇이 생긴 모양이다.

미우 엄마는 큰길에서 택시를 세우고 돈을 냈다.

"집에 갈 때 내."

"그럴게."

그녀는 고개를 끄덕이면서, 어떻게 하면 미우 엄마처럼 거침없이 말할 수 있을까 생각했다. 두 사람은 어깨를 나란히 하고 작은 술집이 옹기종기 모여 있는 골목으로 들어갔다.

"오랜만이라서 가슴이 두근거려. 습관이 되면 어떡하지?"

그녀가 들뜬 목소리로 말하자 미우 엄마가 진지하게 물었다.

"있잖아, 왜 갑자기 술 마시러 가자고 했어? 무슨 일 있었어?"

"불쾌한 일이 있었어."

"뭔데? 무슨 일이야? 어서 말해봐."

미우 엄마가 눈을 반짝이며 묻는 걸 보고 그녀는 황급히 얼버무렸다.

"조금 이따가. 술이 안 들어가면 말할 수 없는 얘기야."

"알았어. 그럼 나중에 서로 얘기하자."

미우 엄마는 그렇게 말한 뒤, 익숙한 모습으로 작은 이자카야에 발을 들여놓았다. 그녀도 재빨리 뒤를 따라갔다.

몬나카의 여왕

이자카야에 발을 딛는 순간, 생선 굽는 강렬한 냄새와 가게 안을 가득 메운 연기를 보고 아리사는 숨을 들이마셨다. 손님은 모두 앞에 있는 작은 풍로에서 조개나 생선을 굽고 있었다. 벽에는 '홋피!(맥주 맛이 나는 저 알코올 탄산음료—옮긴이)', '수제 크로켓!', '방어!'라는 빨간 글자의 커다란 종이가 빼곡히 붙어 있었다. 벽도 천장도 종이도 온통 연기에 그을리고, 여자 손님은 한 명도 보이지 않았다. 실내의 폭은 좁지만 카운터는 안쪽까지 길게 이어진 듯했다. 그러나 연기에 가로막혀 안쪽은 제대로 보이지 않았다.

오랜만에 꽃단장을 하고 온 그녀는 반사적으로 딱딱하게 굳었다. 반면에 평소와 다름없이 청바지를 입은 미우 엄마는 익숙한 모습으로 성큼성큼 안쪽으로 들어갔다.

입구 근처에 앉아 있던 샐러리맨들이 기죽은 것처럼 잇따라

두 사람을 쳐다보았다. 미우 엄마와 같이 있는 것이 왠지 자랑스러워서 점차 마음이 들뜨기 시작했다.

"어서 옵~쇼~!"

카운터 안에 있던 수건 머리띠에 작업복을 입은 젊은 남자들이 말끝을 길게 끌며 일제히 소리쳤다. 짧은 머리에 수건 머리띠가 잘 어울리는 젊은 남자가 미우 엄마를 보고 손을 흔들었다.

"와우, 이게 얼마만이야?"

"잘 있었어?"

남자는 새하얀 치아를 보이며 활짝 웃은 뒤, 그녀에게도 빙긋이 웃으며 머리를 숙였다.

"저 녀석, 내 동창이야."

미우 엄마가 돌아보며 속삭였다. 마치 자기 고향에 돌아온 듯 편안해 보이고 미소도 한층 밝아졌다.

"그래? 꽤 괜찮은데?"

"진짜? 그럼 나중에 소개해줄게."

"뭐? 아냐, 됐어."

그녀는 황급히 손을 흔들었다.

"왜? 저 녀석이 얼마나 재미있는데?"

미우 엄마는 눈을 동그랗게 뜨고 그녀를 쳐다보았다. 마음에 들면 만나면 되지 왜 빼냐는 것이리라. 미우 엄마의 솔직한 모습을 보고 그녀는 해방감에 휩싸였다.

"그래, 그럼 나중에 소개해줘."

예상한 곳은 아니었지만 평소에 접하지 못한 남자들의 세계에 발을 들여서 그런지 그녀의 마음도 설레기 시작했다. 혼자 어린 딸을 키우는 고단함도, 남편과 연락이 되지 않는 분노도, 공원요원이라는 충격적인 말도, 강풍에 날아간 삽 때문에 받은 편지도, 한동안 잊을 수 있을 것 같았다.

그나저나…… 그녀는 잠시 주변을 둘러보았다. 이부 엄마의 사랑을 한 몸에 받는 미우 엄마는 세련된 와인 바에 가리라고 여겼는데, 이런 곳에 올 줄이야. 그녀는 이 가게처럼 소탈하고 꾸밈이 없는 미우 엄마에게 다시금 매력을 느꼈다.

"여기가 제일 좋은 자리야."

미우 엄마는 카운터의 맨 안쪽에 자리를 잡았다. 그러나 그녀는 그 자리가 마음에 들지 않았다. 연기는 자욱하고 불이라도 나면 도망칠 수 없지 않을까. 손님이 직접 불을 사용하는 가게는 조금 무서웠다. 움찔거리는 그녀의 모습에도 아랑곳하지 않고 미우 엄마는 재빨리 니트 모자를 벗었다. 갈색으로 물들인 아름다운 머리칼이 어깨 위로 찰랑찰랑 떨어졌다. 자기도 모르게 넋을 놓고 쳐다보자 미우 엄마가 그녀의 원피스를 만지작거렸다.

"원피스 참 예쁘다. 레이온이야?"

"그렇지 않을까? 실크일 리는 없어."

감색 바탕에 빨간색과 노란색 꽃이 점점이 흩어져 있는 빈티지풍 원피스는 그녀가 좋아하는 옷이었다. 그런데 생선 굽는 냄새와 연기가 배지 않을까 생각하면 화가 나기도 했다. 미우 엄마가 그녀의 기다란 모조진주 목걸이를 힐끔 쳐다보며 말했다.

"오늘따라 그런 옷을 입을 게 뭐야?"

마치 그녀의 마음을 읽은 듯했다.

"고급 와인 바에 가는 줄 알았거든."

"여긴 몬나카야. 고급 와인 바는 없어. 그리고 한잔하러 가자고 하면 보통 이런 곳에 가지 않나? 가나 엄마의 옷차림은 식사용이야. KY, KY."

나는 KY(분위기 파악을 못 하는 사람의 앞글자를 따서 만든 줄임말—옮긴이)였던가. 그녀는 쓴웃음을 짓는 수밖에 없었다. 이렇게 확실하게 말해주면 웃음으로 날려버릴 수 있는데. 하지만 이것도 미우 엄마니까 미워하지 않고 넘길 수 있다.

"가나 엄마는 뭐 마실래?"

미우 엄마는 뾰족한 팔꿈치를 카운터에 대고 그녀의 얼굴을 보았다. 그녀는 잠시 머뭇거리며 메뉴판을 들여다보았다. 20대 초반에 친구들과 술을 마신 곳은 항상 싸구려 이자카야 체인점이었다. 그리고 결혼하고 나서는 한 번도 간 적이 없다. 자신이 무슨 술을 마셨는지도 잊어버렸다.

"멍하니 쳐다보지만 말고 어서 정해."

"생맥주 마실게."

"생맥주 둘이요!"

미우 엄마는 카운터 안의 중년 남자에게 큰 소리로 주문한 뒤, 나일론 파우치에서 담배를 꺼내 불을 붙였다.

"미우 엄마, 담배 피워?"

"그래. 다른 엄마들 앞에선 내숭 떠는 거야."

미우 엄마는 연기를 내뿜으면서 대답했다. 그녀도 작은 목소리로 맞장구쳤다.

"나도 그래."

"가나 엄마가 무리하고 있다는 건 나도 알아."

내숭을 떠는 게 아니라 무리하는 것처럼 보이는 건가. 미우 엄마의 솔직한 말에 마음이 편해지기도 하고 상처를 받기도 했다.

"어떤 점이 무리하는 것처럼 보여?"

그녀는 메뉴판을 보는 시늉을 하면서 물었다. 미우 엄마가 야윈 어깨를 들썩였다.

"뭐라고 해야 할지 모르겠네. 왠지 그런 생각이 들었어. 마음 상했다면 미안해."

"괜찮아. 가끔 몸에 힘이 들어갈 때가 있어. 어쩌면 다른 엄마들과 안 맞을지도 몰라."

"뭐가 안 맞는데?"

미우 엄마는 담배 피우던 손길을 멈춘 채 무슨 말이 나올지 확인하듯 그녀의 눈을 빤히 쳐다보았다. 미우 엄마의 살짝 처진 커다란 눈을 검은색 아이라이너가 멋지게 감싸고 있었다. 미우 엄마는 옷과 화장에 무심한 듯하면서도 자신의 매력 포인트를 잘 알고 있고, 은근슬쩍 강조하는 기술을 가지고 있는 센스 있는 사람이라고 다시금 감탄하지 않을 수 없었다. 그런 방법은 너무도 도시적이고 세련되었다. 그런데 그녀는 이부 엄마들과 동등하게 보이고 싶어서 미우 엄마를 무시하려고 했다. 자신이 얼마나 어리석었는지 새삼 깨달았다.

오늘 밤 미우 엄마에게 모든 걸 털어놓고 싶다는 충동을 느꼈다.

"실은 말이야……."

그때 옆에서 남자의 굵은 소리가 들렸다.

"왜 이렇게 오랜만에 왔어?"

어느새 미우 엄마의 동창이라는 남자가 옆에 서 있었다. 작업복 밑으로 빠져나온 팔뚝이 굵고 탄탄해 보였다. 아리사는 남자의 팔뚝을 아련한 눈길로 바라보았다.

"그동안 바빴어. 결혼도 못 한 너와 달리 엄마가 되면 할 일이 얼마나 많은지 알아? 알았어, 도모히사?"

입술을 삐죽거리면서도 미우 엄마의 눈은 웃고 있었다.

"어쨌든 오랜만이야!"

미우 엄마는 도모히사라고 부른 남자와 악수를 하고 나서 눈길을 아리사에게 돌렸다.

"나랑 초등학교, 중학교까지 같이 다녔어. 학교에 다닐 때는 다들 '멍청한 도모히사'라고 불렀거든. 이 집 아들이라서 싸게 먹을 수 있어."

"이래서 몬나카의 여왕은 싫다니까."

도모히사란 이름의 남자는 쓴웃음을 지은 뒤, 쑥스러운 표정으로 아리사를 보았다.

"이 분은 누구야?"

"엄마친구. 타워 아파트에 사는 셀럽이야."

"아아, 너희 집 옆에 있는 타워 아파트 말이야? 굉장하다!"

그는 그렇게 말한 뒤 그녀를 향해 물었다.

"거기 굉장히 높지요?"

"하지만 우리는 임대예요."

그녀가 딱딱하게 굳은 표정으로 부정하자 미우 엄마가 어깨를 토닥거렸다.

'뭐야? 농담이었어?'

어깨에 들어갔던 힘이 빠졌다. 이런 때는 적당히 흘려들으면 되는 건가?

아이를 잘 키워야지, 시댁 식구에게 무시당하지 말아야지. 항상 그렇게 생각해서 그런지 자신도 모르게 어깨에 힘이 들어갔다. 그래서 '민폐를 끼치지 않도록'이라는 편지에 폭발한 걸까?

"이쪽은 이와미 아리사 씨. 이름 예쁘지?"

"요코보다 훨씬 좋아."

"멍청한 도모히사. 너한텐 그런 말 듣고 싶지 않거든."

두 사람은 여전히 장난처럼 티격태격했다. 풍로에 불을 붙이자 얼굴이 뜨거워졌다.

도모히사가 생맥주 두 잔과 해산물 된장무침 접시를 가져왔다. 미우 엄마가 접시를 힐끔 쳐다보고 말했다.

"내가 아귀 간 좋아하는 거 알지?"

"그래, 알아."

"알면 가져와."

"그럼 돈을 내. 이건 서비스 안주야."

"하여간 눈치가 없다니까."

두 사람은 다시 농담을 주고받았다. 그가 투덜거리며 카운터 안으로 들어가는 걸 보고 아리사가 낮은 목소리로 속삭였다.

"어릴 때 자란 고향은 참 좋다. 즐거워 보여."

"가나 엄마도 고향에 가면 이렇지 않아?"

"난 고향에 거의 안 가."

아리사의 시선이 허공을 방황했다. 니가타에는 7, 8년이나 가지 않았다. 그 대신 자신을 만나기 위해 부모님이 도쿄로 올라오곤 했다.

미우 엄마가 맥주잔을 부딪치면서 중얼거렸다.

"왜? 마치다는 엎어지면 코 닿을 데잖아."

"우리 친정은 마치다가 아니야."

솔직하게 털어놓자 미우 엄마가 눈을 동그랗게 떴다.

"그래? 고향이 어딘데?"

"다들 오해하는 것 같은데, 사실 내 고향은 니가타 근처야."

마치다 출신이라고 거짓말한 사람은 자신이면서, 잘도 오해하고 있다고 말한다. 어쨌든 드디어 말했다. 한 가지 비밀을…….

"그래? 몰랐어. 지금까지 도쿄의 서쪽 지역인 줄 알았거든."

미우 엄마가 난처한 듯 눈썹을 모은 뒤, 다시 담뱃갑에 손을 내밀었다.

"거긴 시댁이야."

"그러고 보니 남편은 어떻게 됐어?"

"뭐가 어떻게 돼?"

아리사는 황급히 되물었다. 결국 사실을 말해야 하는 건가.

미우 엄마는 흠칫 놀란 표정을 지으며 안 그래도 큰 눈을 더욱 크게 떴다.

"남편 혼자 미국 지사에 갔다며? 가나와 둘이 있으면 외롭지 않아? 더구나 친정이 멀어서 많이 외롭겠다. 난 고향도 친정도 가까워서 가고 싶을 때마다 갈 수 있거든."

"외로워……."

그녀의 대답에 절실한 감정이 담겼다. 외로울 뿐 아니라 불안해서 견딜 수 없다. 앞으로 어떻게 해야 할까? 남편이 이혼을 요구한 채 연락을 끊었다고 언제 털어놓을까? 사실대로 말하면 미우 엄마는 뭐라고 말할까?

그녀는 생맥주를 벌컥벌컥 들이켰다. 흥분해서 그런지 취기는 오르지 않았다. 미우 엄마는 그녀의 말을 기다리는지 입을 열지 않았다.

"마치다의 시댁도 도와주지만 매일 가나와 둘이 지내잖아. 그래서 엄마친구들이 참 좋아."

미우 엄마가 허스키한 목소리로 맞장구를 쳤다.

"그렇겠네. 참 가나 엄마, 기분 나쁜 일이 있다고 하지 않았어?"

"아참, 그래."

드디어 자신의 실수에 대해 말하지 않으면 안 된다. 별안간 무서운 생각이 들었다. 미우 엄마가 정말 아무에게도 말하지 않는다는 보장이 있을까?

"누구에게도 말하면 안 돼."

"내가 누구에게 말하겠어?"

마치 화가 난 듯 미우 엄마의 목소리가 뾰족해졌다. 그때 도모히사가 해산물이 담긴 커다란 접시를 가져왔다. 대합과 방어, 빙어, 표고버섯 등이 두 개씩 놓여 있다. 미우 엄마가 솜씨 좋게 풍로의 석쇠 위에 올리고 굽기 시작했다.

"아무에게도 말 안 할 테니까 말해봐."

미우 엄마의 재촉을 받고 강풍이 불기 전날 밤, 어리석게도 모래투성이의 양동이와 삽을 발코니에 놓아둔 채 잠들었다고 말했다. 그리고 아침에 확인하자 삽이 바람에 날려갔다는 것까지도……

"그런데 오늘 아침에 삽과 함께 이상한 편지가 현관문 손잡이에 걸려 있지 뭐야?"

미우 엄마가 괴이한 비명을 질렀다.

"으아~ 소름 끼쳐~ 뭐라고 쓰여 있었어?"

그녀는 편지 내용을 거의 외우고 있어서 이마를 찡그리며 대답했다.

"며칠 전 강풍이 불던 날 아침, 이 삽이 우리 집 발코니의 유리창을 때렸습니다. 다행히 유리는 깨지지 않았지만 깜짝 놀라 잠에서 깼습니다. 위층에서 물건이 떨어지면 매우 위험합니다. 아무쪼록 규칙을 잘 지키고, 이웃에 민폐를 끼치지 않도록 조심하시기 바랍니다."

"용케 외우고 있네."

"몇 번을 읽어서 달달 외웠어."

'민폐를 끼치지 않도록'이란 말에 대한 분노와 굴욕이 되살아났다. 뺨이 새빨갛게 달아오른 건 풍로의 숯불 때문만은 아니었다.

"별 이상한 사람이 다 있네……."

미우 엄마는 그렇게 중얼거리며 우롱하이(우롱차에 알코올을 섞은 음료—옮긴이)를 주문했다. 그녀도 같은 걸 주문했다. 술 마시는 페이스가 빠른 것은 집에 갈 시간이 정해져 있기 때문이리라.

대합이 입을 벌렸다. 각자 작은 접시에 놓고 간장을 조금 끼얹어 먹었다. 먼저 침묵을 깨뜨린 사람은 미우 엄마였다.

"그 사람, 몇 호에 사는지 알아?"

"몰라. 하지만 삽에 가나 이름이 쓰여 있었거든. 그러니까 금방 알았을 거야."

"아아, 기억나. 까만 매직으로 이름을 써놨지? 다들 똑같은 삽을 가지고 있으니까. 미우 삽에도 이름이 쓰여 있어. 앞으론 성은 빼고 이름만 쓰는 게 좋겠다."

"그래! 문제는 '이와미 가나'라고 풀 네임으로 쓴 거였어!"

"'다케미쓰 이부키'라고 쓰지 그랬어."

"그러게 말이야."

두 사람은 그렇게 말하고 동시에 웃음을 터뜨렸다.

수준 높은 농담은 아니지만 웃음으로 날리자 마음이 한결 가벼워졌다. 타워 아파트에서 조금 떨어진 소탈한 술집에 있기 때문일까? 아니면 슬슬 술기운이 돌기 시작했기 때문일까?

그때 아귀 간과 피조개, 오이무침이 나왔다. 도모히사는 두 사람의 이야기에 방해가 되지 않도록 접시만 놓고 재빨리 사라졌다.

도모히사와 이야기를 나누고 싶었던 그녀는 조금 아쉬웠지만 미우 엄마는 눈치를 채지 못하고 말을 이었다.

"있잖아, 내가 술을 마시지 않으면 할 수 없는 말이 있다고 했잖아."

"안 그래도 궁금했어. 뭐야?"

미우 엄마는 잠시 망설이면서 한동안 담배를 피웠다. 마침내 비밀을 들을 때가 왔다. 미우 엄마의 비밀은 무엇일까?

"아무한테도 말하면 안 돼."

미우 엄마가 그녀의 팔을 잡으며 말했다. 눈길은 더 할 수 없이 진지했다.

"아무에게도 안 해. 당신도 방금 한 얘기를 딴 사람에게 하면 안 돼. 날 얼마나 바보라고 생각하겠어?"

언제부턴가 서로 '당신'이라고 불렀다. 지금보다 더 친해지면 아리사와 요코라고 서로 이름을 부를까?

"있잖아……"

미우 엄마가 얼굴을 가까이 댔다. 발그레한 뺨이 가까이 다가오고, 술기운으로 인해 커다란 눈의 하얀 부분이 조금 붉어진 게 보였다. 가슴이 두근거렸다.

"뭐야, 뜸 들이지 말고 빨리 말해."

"나 말이야, 이부 아빠와 사귀어."

그녀는 망치로 뒤통수를 맞은 듯한 충격에 휩싸이며 몸을 뒤로 젖혔다. 그런 이야기라곤 상상도 못 했다.

"말도 안 돼!"

"거짓말 아니야, 진짜야!"

이부 엄마는 미우 엄마를 '고토 구의 쓰치야 안나'라고 불렀다. 혹시 그 별명을 지은 사람은 이부 엄마가 아니라 이부 아빠가 아닐까?

6개월 전에 이부 아빠가 디즈니랜드에 데려다주었을 때, 미우 엄마가 조수석에 앉고 두 사람은 이야기의 꽃을 피웠다. 이런저런 생각을 떠올리자 사소한 것들이 전부 두 사람의 만남과 이어지는 것 같았다. 그래도 믿기지 않아서 그녀는 잠시 망연해졌다.

"그게 그렇게 놀라워?"

정신을 차리자 미우 엄마가 그녀의 얼굴을 들여다보았다.

"그래, 심장이 내려앉는 줄 알았어. 정말 의외다. 상상도 못 했어."

말은 그렇게 했지만 실은 짐작되는 부분이 있었다. 이부 엄마 3인방이 뒤에서 어떤 행동을 하고 자신들을 어떻게 따돌리는지 미우 엄마가 전부 알고 있었던 것. 이부 엄마는 미우 엄마를 좋아하는데, 미우 엄마는 이부 엄마에게 차갑게 대하는 것 등등.

"뭐가 그렇게 의외야?"

미우 엄마는 끈질기게 물으며, 진심을 알고 싶은 듯 커다란 눈으로 그녀의 표정을 관찰했다.

"그거야……."

재빨리 말을 집어삼켰다. 이부 엄마를 배신하는 게 아니냐는 말이 목구멍까지 나왔다 들어갔다. 그러나 상대가 이부 아빠란 말을 듣고 왠지 고개가 끄덕여졌다. 이부 엄마가 타워 아파트 안에서 특별한 존재인 것처럼 이부 아빠도 눈에 띄는 존재였다. 30대 중반에 대형 출판사 근무. 사람의 눈길을 끄는 세련된 외모. 지롤라모를 닮았다고 한 사람은 다름 아닌 미우 엄마가 아니었던가. 즉, 화려한 미모의 미우 엄마와 세련된 외모의 이부 아빠는 너무도 잘 어울렸다.

다 같이 디즈니랜드에 갔을 때의 일이다. 메구 엄마가 프리우스를 가져오고 이부 아빠가 겔렌데바겐을 가져와서, 그들은 차 두 대에 나눠 탔다. 이부 아빠가 운전하는 겔렌데바겐을 탄 사람은 미우 엄마와 이부 엄마, 그리고 아리사와 가나 등 모두 다섯 명이었다.

이부키와 미우가 손을 잡고 메구 엄마가 운전하는 차로 달려간 탓에 이부 엄마와 미우 엄마는 할 일이 없어졌다. 아이들 중에 혼자 남은 가나가 토라지며 매달리는 바람에 아리사는 딸을 껴안은 채 운전을 해주는 이부 아빠에게 고개를 숙였다.

"이쪽은 가나 엄마고, 이쪽은 우리 남편이에요."

이부 아빠는 외톨이가 된 딸의 뺨을 손가락으로 가볍게 찔렀다.

"가나, 미키 마우스가 기다린단다."

딸이 생긋 웃는 걸 보고 이부 아빠가 다정한 사람이라고 생각했다. 뒤를 이어 이부 엄마가 미우 엄마를 소개했다.

"이쪽은 미우 엄마."

"만나서 반갑습니다!"

미우 엄마가 힘차게 인사하자 이부 아빠는 눈부신 듯 눈을 가늘게 뜨고 말했다.

"오호! 고토 구의 쓰치야 안나 씨군요."

이부 엄마가 남편에게 미리 그렇게 말했는지, 아니면 이부 아빠가 그 자리에서 처음 말했는지는 모르지만, 그 이후 엄마친구들은 미우 엄마를 그렇게 불렀다. 미우 엄마도 허스키한 목소리로 대꾸했다.

"이부 아빠는 고토 구의 지롤라모네요."

그 말을 듣고 모두 한꺼번에 웃음을 터뜨렸다. 잘생긴 얼굴에 짧은 머리는 분명히 지롤라모를 연상케 했다. 그러나 이부 아빠는 지롤라모보다 더 젊고 멋있게 생겼다. 대형 출판사에 다닌다고 해서 오만할 줄 알았는데, 성격도 조용하고 다정해 보였다. 역시 이부 엄마가 선택한 사람답다고 내심 감탄했다.

그때 조수석에 미우 엄마가 앉고, 뒷자리에 가나를 사이에 두고 이부 엄마와 아리사가 앉은 것은 무엇 때문이었을까?

"디즈니랜드에 갔을 때 말인데, 왜 당신이 조수석에 앉았지?"

"이부 엄마가 지름길을 모른다고 해서 내가 가르쳐줬어."

그런 것치고 두 사람은 연신 화기애애하게 대화를 나누지 않았던가.

"그때 처음 만났어?"

"그래."

그러면 그 이후 아무도 몰래 밀회를 거듭했다는 것인가. 도저히 믿을 수 없어서 가볍게 머리를 흔들었다. 미우 엄마는 담배에 불을 붙인 뒤, 망연히 연기를 내뿜었다.

"이부 엄마는 알아?"

말을 내뱉은 순간, 어리석은 질문이었다고 후회했다. 예상한 대로 미우 엄마가 갈라진 목소리로 나지막하게 외쳤다.

"설마, 알 리 없잖아!"

비통한 목소리였다.

"하긴 그렇겠네."

"알면 난리가 나겠지."

"그렇겠지."

그렇게 맞장구를 친 뒤, 자기 같은 사람에게 중요한 비밀을 말해주는 미우 엄마에게 감동해서 다시 반복했다.

"정말 그렇겠지……"

"그렇게 한숨 쉴 것까진 없어."

미우 엄마가 장난스럽게 말하며 팔꿈치로 그녀의 팔을 찔렀다.

"어쨌든 깜짝 놀랐어."

"부탁이니까 아무에게도 말하지 마."

"걱정 마. 이런 말을 누구에게 하겠어?"

그녀는 자신과 남편의 이야기도 할까 생각했다. 그러나 이렇게 무서운 비밀을 털어놓은 미우 엄마가 왠지 무섭게 느껴졌다. 혹시 미우 엄마는 수다쟁이가 아닐까? 아니다. 아마 몸속에서 넘쳐나는 감정을 주체하지 못하는 것뿐이리라.

"이부 아빠 멋있지? 괜찮은 남자 같지? 어떻게 생각해?"

미우 엄마는 마치 10대 소녀처럼 눈을 반짝이며 물었다.

"그래, 멋있어."

"우리 남편은 나보다 열한 살 많아. 벌써 마흔넷에 완전히 아저씨야. 사람은 나쁘지 않지만 우리 가게에서 오래 일해서 그런지, 거리라고 할까 갭이 있어. 애초에 내가 좋아한 사람이 아니라 가게를 물려주기 위해 아버지가 선택한 사람이거든. 내 상대가 아니었던 거야."

미우 엄마는 그렇게 말하고 나서 가게 안을 둘러보았다. 도모히사는 손님에게 주문을 받는 중이었다. 혹시 자신의 이야기에 귀를 기울이는 사람이 없는지 살펴보는 것이다. "내 상대가 아니었다"라는 말은 연애의 상대가 아니었단 뜻일까? 그녀는 그렇게 생각하면서 미우 엄마의 날렵한 콧날과 조금 치켜 올라간 턱 선이 만들어낸 아름다운 옆얼굴을 바라보았다.

"이부 아빠와는 언제부터 만났어?"

"글쎄, 정확히 언제부터였더라?"

미우 엄마는 기억의 서랍을 여는 듯 먼 곳을 바라보았다. 시선 끝에는 그을린 벽과 지저분한 메뉴판 종이밖에 없는데 마치 꿈을 꾸는 듯한, 아름다운 풍경을 보는 듯한 눈길이었다.

"6개월쯤 됐을까?"

"전혀 몰랐어."

그러고 보니 디즈니랜드에 다녀온 이후, 이부 아빠를 자주 본 듯한 생각이 든다. 아침에 느지막이 출근할 때는 일부러 모래밭을 지나가며 이부키에게 손을 흔들기도 하고, 이부 엄마에게 무슨 일이 있을 때는 이부키의 손을 잡고 공원에 나타나기도 했다. 하지만 이부키와 같이 놀지는 않고, 놀이가 끝나면 메구 엄마와 마코 엄마가 이부키를 데리고 돌아갔다.

알을 잔뜩 품은 빙어에서 연기가 피어올랐다. 황급히 젓가락으로 뒤집었지만 한쪽이 무참하게 타버렸다. 아리사는 빙어를 접시에 내려놓은 뒤 오징어와 고추를 올렸다. 그러나 미우 엄마는 그런 것도 알아차리지 못한 채 생각에 잠겨 있었다.

"사랑이겠지?"

미우 엄마가 흠칫 놀란 표정으로 고개를 들었다.

"무슨 말이야? 그럼 불장난이라는 거야?"

아리사는 천천히 고개를 끄덕였다. 자신은 한때의 불장난과는 거리가 먼 타입이다. 지금까지도 너무 진지하게 생각해서 상처를 받곤 했다. 어쩌면 남편도 상처를 받은 게 아닐까. 불현듯 남편의 아연한 얼굴이 떠올라서 그녀는 입술을 깨물었다. 자신은 남편에게 상처를 주고 되돌릴 수 없는 짓을 저질렀다. 가정은 한 번 무너지면 다시는 원래대로 돌아가지 못한다…….

"불장난이 아니야. 아아, 어떡하지? 난 지금 사랑에 빠진 것 같아."

미우 엄마가 복숭아 빛으로 물든 뺨을 두 손으로 감쌌다.

"사랑에 빠지는 건 좋은 일이잖아."

"뭐가 좋아? 얼마나 괴로운지 알아? 남의 일이라고 적당히 말하지 마!"

"적당히 말한 거 아니야."

그녀는 조용히 대꾸하고 나서 손목시계를 보았다. 이미 9시가 지났지만 미우 엄마는 우롱하이를 벌컥벌컥 들이켰다. 그런 다음 술잔을 치켜들며 "한 잔 더!"라고 소리치더니, 담배에 불을 붙이고 길게 한숨을 내쉬었다. 그녀는 미우 엄마의 마음속에 희망과 똑같은 크기의 허무함이 파도처럼 밀려왔다 밀려가는 걸 느꼈다.

　　"너무 빨리 마시는 거 아니야?"

　　도모히사가 우롱하이를 가져오며 말했지만 미우 엄마는 귀찮은 듯 파리 쫓는 시늉을 했다. 그는 쓴웃음을 지으며 발길을 돌렸다.

　　"내 말 좀 들어봐. 디즈니랜드에 갔을 때 말인데, 그때 얼마나 충격을 받았는지 몰라. 어떻게 말해야 좋을지 모르겠지만 '아아, 난 지금까지 잘못 산 게 아닐까!'라는 초조함이라고 할까? 난 후카가와에서 태어나 후카가와에서 자랐어. 아빠는 대단한 가게는 아니지만 어쨌든 체인점을 만들었고. 난 딸밖에 없는 집의 장녀로, 결국 체인점을 물려받을 초밥 장인과 결혼해야 했지. 그게 싫어서 20대 초반엔 롯폰기의 클럽에서 일한 적도 있었어. 결국 손을 씻긴 했지만 말이야. 그쪽 세계는 어리지 않으면 승부를 낼 수 없거든. 그리고 후카가와로 돌아와 부모님이 골라준 성실한 남편과 결혼했어. 남편은 나이는 많지만 열심히 일해서 집도 사주고 미우도 사랑해주는 좋은 사람이야. 나도 마음대로 살게 해주고. 하지만 자꾸 '이게 아닌데…… 사는 재미가 없어, 내 인생은 이렇게 끝나는 걸까?'란 생각이 들지 뭐야.

엄마친구들은 모두 품위가 있지? 나하곤 달라. 그 사람들의 관심은 단 하나, 아이의 입시뿐이야. 아이의 미래가 곧 자기 미래로 이어진다고 믿기 때문이지. 하지만 난 그렇지 않아. 미우의 인생이 내 인생은 아니니까. 내 인생은 내 거잖아. 그때 그 사람을 만났어. 이부 아빠, 다케미쓰 하루히사라는 사람을…… 난 그냥 하루라고 불러."

말이 끝나자마자 아리사는 재빨리 반박했다.

"하지만 유부남이잖아."

"알아. 그것도 이부 엄마의 남편이지. 엄마친구들 중에서 제일 머리가 좋고 세련되고 다른 사람에게 명령하는 여자의 남편. 나도 어이가 없어."

미우 엄마는 다시 길게 한숨을 내쉬었다.

"어떻게 만나게 됐어?"

"그게 말이야, 아리사 씨."

미우 엄마가 자신의 이름을 불러주자 기분이 좋았다. 그래서 그녀도 장난스럽게 대꾸했다.

"그래, 말해봐. 요코 씨."

"그냥 요코라고 불러."

"그럼 나도 아리사라고 불러."

그 말을 못 들었는지 미우 엄마는 대답하지 않았다. 그리고 술기운이 올라온 듯 불그스레한 얼굴로 혼잣말처럼 떠들기 시작했다.

"디즈니랜드에 다녀오고 며칠이 지났을까? 아침에 미우와 같이 공원에 가려고 집을 나섰는데, 아파트 앞에 하루가 서 있지 뭐야? 얼마나 놀랐는지 몰라. 감색 재킷을 입고 멋진 토트백을 어깨에 걸친 채 왔다 갔다 하고 있더라고. '안녕하세요'라고 인사를 했더니 하루가 '지금 회사에 가려고요'라고 전철역을 가리키더라. 지금 생각해보면 변명이지만 난 진짜인 줄 알고 '그러세요? 그럼 다녀오세요, 우린 지금 공원에 가서 이부키를 만날거예요'라고 말했어. 그랬더니 진지한 얼굴로 이렇게 말하지 않겠어? '괜찮으시면 휴대전화 메일 주소를 가르쳐주지 않겠습니까?'라고 말이야. 깜짝 놀라서 물었지. '가르쳐드릴 순 있지만 왜죠?' 그러자 '그냥 얘기를 하고 싶어요'라고 수줍은 표정으로 말하더라고. 그때 얼마나 놀랐는지……."

"그다음에 어떻게 됐어?"

그녀는 미우 엄마의 벽돌로 된 아파트를 떠올리며 물었다. 이부 아빠가 대담하게도 시대에 뒤떨어진 아파트 앞에 서 있었던 것이다.

"메일 주소를 교환하고 헤어졌어. 그런데 헤어지자마자 메일이 왔더라."

미우 엄마는 주머니에서 휴대전화를 꺼내 예전에 받은 메일을 보여주었다.

오늘 만나서 반가웠습니다.

이래서는 안 된다는 걸 알지만 또 만나서 얘기를 나누고 싶습니다.

언제가 편하실까요?

시간을 억지로 내지는 않으셔도 됩니다.

아침에 아이를 데리고 집을 나왔을 때, 아파트 앞에서 잠시 이야기해

도 좋습니다.

하루히사

"요코는 답장을 어떻게 보냈어?"

미우 엄마는 말없이 답장을 보여주었다. 평소에 그녀에게 보

내는 메일에는 그림 문자나 얼굴 문자가 춤을 추고 있는데, 글자

만 있는 것에서 진지함이 느껴졌다.

메일 고마워요.

깜짝 놀랐어요.

하지만 만나서 기뻤어요. 저도 또 만나고 싶었거든요.

저는 항상 아침 10시쯤 집에서 나와요.

내일 만나요.

YOKO

미우 엄마는 휴대전화 화면을 사랑스럽게 어루만지며 말을

이었다.

"그때부터 매일 아파트 앞에서 만났어. 미우가 이상하게 여기

지 않게 신경을 쓰면서. 출근하는 도중에 우연히 만나서 얘기를

나누는 것처럼 위장했지. 그래서 두세 마디밖에 못 했어. '오늘

티셔츠가 참 잘 어울려요'라든지 '많이 바쁘시죠?'라든지…….

너무 아파트 앞에서만 만난다는 생각이 들 때는 모래밭에서 지나치기도 했어. 그러는 사이에 둘 다 그결론 만족하지 못하게 됐지. 그래서 내가 메일을 보냈어."

미우 엄마는 자신이 보낸 메일을 보여주었다.

가끔은 둘이 만나지 않겠어요?
미우는 동생이 봐주니까 서너 시간은 괜찮아요.
어디서 만나는 게 좋을지 생각해주세요.
YOKO

고마워요.
무리하게 만들면 안 된다는 걸 알지만, 나도 둘이 만나고 싶습니다.
기쁩니다.
그러면 8일 저녁 6시는 어떤가요?
긴자에서 식사를 하시죠.
하루히사

"굉장하다! 진짜 이부 아빠야."

메일을 보자 마음속에 부러움이 퍼져나갔다. 그렇게 멋진 남자가 매일 아침에 만나러 오고 데이트를 신청하다니.

"그런데 첫 데이트 장소가 어디였는지 알아? 긴자의 초밥집이었어. 물론 다이쇼 초밥 같은 데하곤 비교도 안 되는 고급 초밥집이었지. 그때쯤 열심히 일하고 있을 남편의 모습이 떠오르더

라. 그 사람은 이런 가게에서 초밥을 만드는 일은 평생 없을 테고, 이렇게 고급 참치를 다루는 일도 없겠지. 그런데 난 다른 남자와 맛있는 초밥을 먹는다……. 그러자 될 대로 되라는 생각이 들더라고. 한 가지 재미있었던 건 하루도 나와 똑같이 생각했대. 디즈니랜드에 갔을 때 내가 그를 보고 잘못 살았다고 생각한 것처럼, 하루도 나를 보고 지금까지 잘못 살았다고 생각했다는 거야. 물론 유미 씨, 이부 엄마 말이야, 유미 씨는 완벽한 여자래. 일본항공의 스튜어디스였으니까 미인인 데다 눈치도 빠르고, 배짱도 있고. 원래 부잣집 딸이라서 공부도 피아노도 발레도 뭐든지 잘한대. 하지만 하루가 좋아하는 사람은 나처럼 풋풋하고 뭐든지 확실히 말하고 꾸미지 않고 거침없는 여자라더라. 그래서 끌렸다는 거야."

"그렇게 좋아하면 둘 다 헤어지고 같이 살면 되잖아."

그녀가 머뭇거리며 말하자 미우 엄마가 확실히 대답했다.

"그건 안 돼. BWT를 사기 위해 유미 씨 집에서 돈도 받았고, 대출금도 있어서 지금 헤어질 수 없다. 그리고 이부키는 입시를 향해 곧장 달려가야 하는데, 이혼을 하면 입시에 떨어지잖아. 하루는 워낙 착한 사람이라 가족이 불행해지는 일은 할 수 없어."

미우 엄마가 어두운 얼굴로 말한 순간, 도모히사가 두 사람의 어깨를 감싸 안았다.

"오늘 일찍 끝났거든. 한잔하러 가지 않을래?"

"아, 벌써 끝났어요?"

아리사가 손목시계를 보며 말했다. 미우 엄마의 이야기를 듣는 사이에 시간을 잊어버렸다. 미우 엄마가 동생에게 전화를 걸어 조금 늦어진다고 말했다.

"둘 다 자고 있대."

"그럼 괜찮잖아. 오랜만에 한잔하자."

두 사람은 결국 도모히사에게 끌려 2차에 가서 한 시간쯤 있었다. 도중에 미우 엄마의 휴대전화에 몇 번 메일이 들어오고, 미우 엄마는 그때마다 세상을 다 가진 표정으로 답장을 보냈다. 도모히사는 뭔가 눈치를 챘는지 따분한 얼굴로 담배를 피울 뿐 아리사에게 말을 걸지도 않았다. 왠지 버림받은 느낌이 들어서 그녀는 더할 수 없이 외로웠다.

택시를 타고 미우 엄마의 아파트로 돌아온 것은 12시가 넘어서였다. 아리사는 잠든 딸을 유모차에 태우고 인적이 끊어진 길을 천천히 걸었다.

바다에서 바람이 세차게 불어서 춥고 쓸쓸했다. 미우 엄마의 연애 이야기를 들은 탓인지 밤바람이 유달리 차갑게 느껴졌다. 자신 같으면 이부 엄마에게서 남편을 빼앗을 수 있을까? 어쩌면 의외로 할 수 있을지도 모른다. 그녀는 바다 쪽에 있는 BWT를 올려다보며, 공원요원이라는 말을 들었을 때의 분노를 떠올렸다.

외롭다. 외로움이 뼛속까지 스며든다.

자신은 믿음직한 남편도 없고, 다정한 애인도 없다. 오직 딸과 둘뿐이다. 그녀는 잠든 딸을 바라보며 "우린 둘뿐이지?"라고 나지막한 목소리로 말했다. 딸은 곤히 잠들어서 차가운 바람에도 깨지 않았다.

꿈

아리사는 겨우 타워 아파트에 도착했다. 한밤중의 현관홀에
는 사람의 그림자가 보이지 않았다. 최소한의 조명만 켜진 로비
는 낮과 180도 달라서 어두컴컴했다. 그녀는 뭔가에 쫓기는 사
람처럼 종종걸음으로 엘리베이터로 향했다.

창밖에는 눈길도 주지 않고 앞만 쳐다보며 똑바로 걸었다. 캄
캄한 밤바다에서는 바람이 거칠게 불고, 하얗게 부서지는 파도
소리가 여기까지 들리는 듯했다. 로비는 아직 안전하지 않기 때
문에 조금이라도 빨리 공중에 떠 있는 집으로 들어가야 한다.
달콤한 연애에 들뜬 미우 엄마의 한숨 소리를 듣는 사이에, 자
신만 어두운 황야에 버려진 것 같아서 견딜 수 없었다. 외롭고
쓸쓸하고, 그리고 마음이 아팠다⋯⋯.

곤히 잠든 딸이 유모차 안에서 오른쪽으로, 왼쪽으로 흔들렸
다. 딸은 나이에 비해 체구가 작지만 최근에는 유모차를 타고

싫어 하지 않는다. 그런데 억지로 태워서 슈퍼마켓에 가거나 좋아하지도 않는 미운 집에 데려가는 등 딸의 뜻에 어긋나는 일만 하고 있다. 차도 없고 도와줄 남편도 없다. 그래서 마치 짐처럼 운반한다. 가나, 미안해. 모든 게 다 미안해.

그녀는 새삼스레 꺼림칙함을 느꼈다. 꺼림칙함. 항상 뒤를 돌아보고 누가 손가락질하지 않는지 확인하는 자신. 왜일까. 왜 누군가가 비난하지는 않을까 두려워하는 걸까. 민폐를 끼치지 말라는 편지는 그녀의 나약한 마음에 날카로운 칼날을 꽂았다.

1층에 멈춰 있던 엘리베이터에 올라타서 29층 버튼을 눌렀다. 이제 엘리베이터가 집까지 데려다 주리라. 안도의 한숨을 내쉬며 불그스름하게 달아오른 뺨을 만졌다. 그때 차가운 바깥 공기와 함께 중년 남자가 뛰어들었다. 남자는 엘리베이터 안에 사람이 있는 걸 보고 화들짝 놀라며 "아!"라고 소리를 질렀다. 그녀가 있는 걸 알았다면 다른 엘리베이터를 탔을 텐데……라는 후회의 표정을 숨기지 않았다.

그녀도 인사를 하지 않고 눈길을 피했다. 두 사람은 아무도 만나고 싶지 않을 때 나타난 침입자를 보고 서로 거북해했다. 그렇다고 이제 와서 다른 엘리베이터로 바꿔 탈 수도 없다.

그녀는 집도 이름도 알려지고 싶지 않아서, 계속 고개를 숙여 얼굴을 감추었다. 남자가 곁눈질로 힐끔 유모차를 쳐다보는 게 느껴졌다. 다시 꺼림칙함이 증폭되었다. '밤에 놀러 다니는 여자'라고 손가락질하는 게 아닐까.

남자도 술에 취했는지, 문을 향한 채 뒤를 돌아보지 않았다.

긴장한 탓인지 남자의 등이 딱딱하게 보였다. 혹시 이 남자가 편지를 쓴 장본인은 아닐까? 불현듯 무서운 생각이 들어서 엘리베이터 구석으로 슬금슬금 뒷걸음질 쳤다. 이윽고 28층에 도착하자 남자는 뒤도 돌아보지 않고 어두운 복도로 사라져갔다.

"인사도 안 하다니, 정말 예의가 없군."

한 층 위인 29층에서 내리며 그녀는 누구에게랄 것도 없이 투덜거렸다. 작은 중얼거림은 입에서 나오자마자 세찬 바람이 휘몰아치는 개방 복도의 어둠 속으로 산산이 흩어졌다. 복도의 오른쪽에서 밑을 내려다보면 네모난 공중 정원이 보인다. 아무도 들어가지 않는 공허한 공중 정원은 어둠에 녹아들어 바닥이 보이지 않는 나락 같았다.

집 안은 캄캄하고 싸늘했다. 그녀는 돌아다니며 불을 켠 뒤 난방기를 '강'으로 해서 집 안 공기를 데웠다. 그리고 현관 앞에 놓아둔 유모차로 돌아가 잠든 딸의 신발을 벗겼다. 잠에 취한 딸이 눈을 뜨고 겁을 먹은 듯 주위를 둘러보았다.

"가나, 걱정 마. 집이야."

딸이 안도한 표정으로 다시 눈을 감았다. 그녀는 축 늘어진 딸을 안아 침대로 데려갔다. 카디건과 양말만 벗기고 그대로 이불을 덮어주었다.

그제야 겨우 마음이 편안해져서 소파에 앉았다. 미우 엄마는 지금쯤 뭘 할까? 나이 많은 남편 몰래 이부 아빠의 메일을 읽고 또 읽을지도 모른다.

누구에게도 말하지 못할 비밀의 무게에 신음하며, 그녀는 미우 엄마가 조금 원망스러웠다. 작은 원망은 이내 깊은 동정으로 바뀌고, 그렇게 멋진 이부 엄마조차 남편에게 배신당했다고 생각하자 가슴이 먹먹해졌다. 하지만 이부 엄마는 자신과 미우 엄마를 공원요원으로 여기며, 수준이 비슷한 사람들끼리 놀러 다니지 않는가. 다들 인생을 즐기고 있는데 자신만 외롭고 쓸쓸한 것 같아서 우울함이 밀려들었다. 이렇게 마음이 롤러코스터를 타고 극에서 극으로 치닫는 것은 술에 취했기 때문일까. 냉장고에서 미네랄워터를 꺼내 몇 모금 마셨다.

밤 1시 반. 휴대전화에 저장돼 있는 사진을 보기 시작했다. 갓 태어난 딸을 흠칫거리며 껴안고 있는 남편. 무릎 위에 있는 딸의 얼굴을 들여다보는 남편의 옆얼굴. 티셔츠에는 서핑을 하는 원숭이가 익살스럽게 그려져 있다. 그녀가 생일선물로 사준 티셔츠였다. 그해에 남편은 자신의 생일에 아메지스트 귀걸이를 사주었던가.

고작 3년 전의 일인데, 그는 지금 대화조차 거부하고 있다. 분노인지 슬픔인지 모를 감정에 휩싸인 채 그녀는 목에 있는 모조 진주 목걸이를 부여잡았다.

밀워키는 지금 아침 10시 반이다. 일요일 오전, 그는 뭘 하고 있을까. 신발을 신은 채 그의 일상생활로 성큼성큼 들어가 마구 난도질하고 싶은 난폭한 욕구가 솟구쳤다. 그녀는 어느새 남편에게 전화를 걸고 있었다.

띠리리리링, 띠리리리링. 해외전화 특유의 가벼운 신호음이 몇 번 이어졌다. 아마 그녀의 전화임을 알고 남편의 온몸은 굳어졌으리라. 아니면 조바심을 내면서 벨소리가 멎기를 기다리고 있을까. 일요일 오전이니까 어쩌면 여자와 같이 있을지도 모른다. 그렇게 생각하자 날카로운 굴욕이 온몸을 파고들었다. 너무하지 않은가. 자신은 이부 엄마와 똑같단 말인가. 그래서 음성사서함으로 넘어갔을 때 차가운 목소리로 말할까 말까 망설였지만, 그래도 녹음을 한 것은 역시 슬기운 때문이었으리라.

"여보세요. 나야, 아리사. 오랜만이야. 지난번에 전화한 게 언제였을까. 여름쯤이었던 것 같은데, 어쨌든 벌써 석 달이 넘었네. 여전히 연락이 없어서 어떻게 해야 할지 모르겠어. 서로 얘기하지 않으면 상황은 제자리에서 한 발짝도 움직이지 않잖아. 이 방법은 너무 비겁하다고 생각하지 않아? 요전에 어머님과 아버님을 만났어. 두 분께 가나의 유치원을 어떻게 했으면 좋겠느냐고 물었지. 가나 친구들은 모두 입시에 대비해 프리스쿨이란 곳에 다니고 있어. 유치원에 들어가기 전에 예의를 가르치거나 간단한 공부를 가르치는 곳이야. 프리스쿨에 가지 않으면 입시 유치원엔 갈 수 없고, 입시 유치원 출신이 아니면 기초가 없다고 생각해 사립 초등학교에 들어갈 수 없대. 당신은 미국에 있어서 잘 모르겠지만 이게 일본의 시스템이야. 당신도 미국에서 힘들지 모르지만 우리도 나름대로 힘들어. 일본에 사는 건 결코 쉬운 일이 아니야. 아니, 도쿄에 사는 게 힘들지도 모르지만."

그렇게 한 번도 쉬지 않고 말한 뒤, 잠시 말을 끊었다. 딸의 유치원에 관해 말하려고 했는데, 마치 자신의 이야기를 하는 것 같았다. 마음을 고쳐먹고 다시 전화기를 귀에 댔다. 순간 통화가 끊어지는 소리가 들렸다. 음성사서함 시간이 지난 것이다. 그녀는 허무함에 지지 않기 위해 이를 악물고 다시 전화를 걸었다. 이번에는 휴대전화의 전원을 꺼놓았으리라 여겼는데 신호가 울리고 음성사서함으로 넘어갔다. 마음을 추스르고 다시 녹음을 했다.

"전원을 끄지 않아서 고마워. 다시 가나의 유치원 얘기를 할게. 유치원은 3년 과정으로 해야 해. 2년 과정은 다른 애들보다 1년 늦게 들어가는 거니까 따돌림을 당한다더라. 그러니까 당신도 모르는 척하지 말고 같이 고민해줄래? 돈도 돈이지만 아빠가 미국에서 오지 않고 엄마와 둘이 사는 걸 보고 다들 이상하게 생각해. 근처에 친구도 생겼지만 우리를 이상하게 쳐다본다는 게 느껴져. 당신이 뭔데 나와 가나를 그렇게 만들지? 당신이 뭔데 날 이렇게 괴롭혀? 얼마 전에 당신 부모님이 내게 이혼을 권하더라. 나도 이대로 있는 것보다는 이혼하는 게 낫다고 생각해. 하지만 솔직히 말하면 난 당신이 좋아. 당신과 함께 있을 때 행복했어. 가나를 낳아서 정말 기뻤고, 당신의 아내가 돼서 정말 행복했어. 그래서 묻고 싶어. 당신은 이렇게 있는 게 좋아? 나에게, 아니 가나에게 미안하지 않아? 이와미 슌페이는 나쁜 남편이고 나쁜 아빠라고 당신 회사 사람들에게 말할 수도 있어. 지금까지 계속 참아왔지만 이제 당신 회사 사람들에게 말할까? 실제로 우리 부모님은 펄펄 뛰면서 그렇게 하라고 하더라."

마지막 말은 거짓말이었다. 친정 부모님은 "네 남편의 마음이 가라앉을 때까지 기다려라"라고 소극적으로 말했을 뿐이다.

"아아, 입에서 한숨이 절로 나온다. 나도 이제 지쳤어."

무의식중에 그렇게 중얼거리고 나서 시간을 확인했다. 새벽 2시였다. 입에서 허탈한 웃음이 흘러나왔다. 마지막은 판에 박힌 말로 마무리했다.

"그만 잘게. 잘 있어."

다음 날 아침, 아리사는 슬프고도 기묘한 꿈을 꾸었다. 미우 엄마와 어느 술집에서 술을 마시고 있자 갑자기 도모히사와 유키코가 나타났다. 유키코는 미우 엄마의 동생이다.

그녀는 고개를 갸웃거렸다. 유키코가 딸을 봐준다고 했는데, 딸은 어떻게 하고 여기 있는 거지?

"어머? 우리 가나는 어디 있어요?"

"가나는 밖에서 놀고 있어요."

유키코는 별일 아닌 것처럼 말했지만 그녀는 쿵쾅거리는 가슴을 억누르며 밖으로 나갔다. 그곳은 라라포트 뒤쪽에 있는 광장이었다. 딸은 바닷가에서 밤바다를 바라보고 있었다. 그녀는 딸을 향해 황급히 뛰어갔다.

"가나, 바다에 빠지면 위험하니까 이쪽으로 와!"

"괜찮아, 아빠가 데리러 올 거야."

딸은 혀짤배기소리로 그렇게 말했다. 깜짝 놀라 딸의 옆으로 가려고 한 순간, 잔잔한 바다를 가로지르며 해양대학의 커다란 배가 가까이 다가왔다. 배는 구령에 맞춰 딸이 있는 해안에 정박했다.

예상한 대로 보트 끝에 남편이 서 있었다. 한 번도 본 적이 없는 새하얀 코트를 입고, 두 팔을 활짝 벌리고 있다.

"가나, 이리 오렴. 아빠가 미국에서 널 데리러 왔어."

"여보, 안 돼!"

아리사는 두 사람 사이로 들어가 어떻게든 딸을 막아서려고 했지만, 딸은 너무도 간단히 배에 올라탔다.

남편이 딸을 안아 올린 뒤 차가운 눈길로 그녀를 내려다보았다.

"안 돼. 가나를 데려가지 마!"

죽을힘을 다해 소리쳤지만 딸은 생글생글 웃으며 손을 흔들었다.

"엄마, 안녕."

"가나, 안 돼. 엄마를 두고 가지 마. 안 돼! 가나, 가지 마!"

"엄마, 안녕."

딸은 작은 손을 하늘하늘 흔들며 연민이 깃든 눈길로 그녀를 쳐다볼 따름이었다.

"가나, 안 돼! 엄마를 두고 가지 마!"

"엄마, 안녕……."

눈물을 흘리며 잠에서 깼다. 꿈이었다는 걸 알아도 눈물이 멈추지 않았다. 고개를 돌리자 딸이 걱정스러운 눈길로 자신을 보고 있었다. 어제 입었던 옷을 그대로 입고 있는 게 안쓰러워 보였다.

"엄마, 왜 그래?"

"슬픈 꿈을 꿨어……."

아리사는 딸을 꼭 껴안았다. 가슴이 저릴 만큼 사랑스럽다. 어젯밤 남편 휴대전화의 음성사서함에 오랫동안 녹음을 해서 이런 꿈을 꾼 걸까? 현실이 꿈까지 파고들어 마음을 괴롭힌다. 남편이 진심으로 딸을 빼앗으려고 하면 어떻게 하지? 다시 눈물이 흘러내렸다.

그녀의 품에 안긴 채 딸이 물었다.

"엄마, 무슨 꿈인데?"

"가나와 헤어지는 꿈이었어. 가나가 바닷가에 서 있다가 배에 올라타려고 했지. 엄마가 아무리 말려도 엄마를 향해 손을 흔들었어. 안녕이라고 하면서……."

말을 할 때마다 새로운 슬픔이 솟구쳐서 그녀는 눈물과 함께 콧물까지 흘렸다. 어린애 같은 짓이란 걸 알면서도 눈물을 멈출 수 없었다.

딸이 잠시 생각하는 표정을 지었다.

"가나는 엄마랑 헤어지고 싶지 않아. 그런 꿈은 싫어."

"가나도 엄마랑 헤어지기 싫지? 너무너무 싫지? 계속, 계~속 엄마랑 같이 살 거지?"

"응."

가나는 고개를 끄덕인 뒤 슬픈 표정을 지으며 눈을 내리깔았다. 눈에 눈물이 고였다. 아아, 이렇게 어린애를 울려버렸다. 마음이 아파서 숨을 쉴 수가 없었다. 그런데 아빠가 데리러 온 거라고 말하면 가나는 뭐라고 할까? 그래도 엄마와 헤어지고 싶지 않다고 할까? 한번 시험해보고 싶은 마음이 들어서 그녀는 입술을 깨물었다.

그때 휴대전화 메일의 착신음이 들렸다. 그녀는 천천히 머리맡의 휴대전화를 들었다. 상대는 역시 미우 엄마였다.

좋은 아침. 어제는 고맙고 즐거웠어.

아리사 씨에게 다 말하고 나니 속이 후련해졌어.

하지만 다시 한 번 부탁하는데 아무한테도 말하면 안 돼.

아리사 씨 입이 무겁다는 거 알아. 믿을게.

그런데 가나의 당나귀 인형, 우리 집에 있어.

오늘 모래밭에 올 거야? 그러면 가져갈게.

어떻게 할지 메일 줘.

아리사는 눈물을 훔치면서 딸을 보았다. 딸은 엄마의 눈물을 보고 살짝 겁먹은 표정을 지었다. 두 눈에 깃든 불안을 보고 그녀는 반성했다. 어린 딸에게 못할 짓을 했다…….

"가나, 모래밭에 갈까?"

"응, 그럼 삽을 가져갈래."

삽에 붙어 있던 편지가 떠오르자 그녀의 마음은 한층 더 가라앉았다.

격이 떨어지는 사람

공원에 두 개 있는 그네 옆에 옹기종기 모여 있는 엄마친구들과 여자아이들이 눈에 들어왔다. 아리사와 가나를 보고 일제히 손을 흔들었다. 순간 악몽에 시달려서 우울했던 마음이 날아가고, 그녀도 밝게 웃으며 손을 흔들었다.

맨 먼저 눈에 들어온 사람은 유니클로의 파란색 다운베스트를 입은 미우 엄마였다. 빨간색 코트를 입은 메구 엄마는 유모차를 잡고 있다. 추위를 타는 마코 엄마는 갈색 재킷 위에 커다란 체크무늬 숄을 둘둘 감고 있다. 이부 엄마의 모습은 보이지 않았다.

"안녕하세요, 오늘은 좀 늦었어요."

뒤에서 맑고 상쾌한 목소리가 들렸다. 뒤를 돌아보자 이부 엄마가 이부키의 손을 잡고 환하게 웃고 있었다. 모피가 달린 밀리터리 재킷에 몸에 딱 붙는 바지, 하얀색 컨버스 하이컷. 갈색 가방을 비스듬하게 멘 모습은 마치 20대 초반 여성처럼 사랑스러웠다.

"안녕하세요."

아리사는 한순간 당황하여 눈길을 어디다 두어야 할지 몰랐다. 엄마친구들이 일제히 손을 흔든 상대는 자신이 아니라 이부 엄마였다는 사실을 깨달은 것이다.

화려한 핫핑크 다운베스트를 입은 이부키는 기분이 좋아 보였다. 몸을 숙이고 다운베스트를 칭찬하려고 한 순간, 이부키는 친구들을 향해 쏜살같이 달려가 버렸다.

"이부키, 가나랑 가나 엄마한테 인사해야지."

하지만 이부키는 뒤도 돌아보지 않고, 대신 가나가 야무지게 이부 엄마에게 인사를 했다.

"안녕하세요."

"그래, 가나도 안녕."

이부 엄마가 미소를 지으며 대꾸하자 딸이 손에 들고 있던 삽을 보여주었다.

"이 삽에 편지가 있었어요."

심장이 철렁 내려앉았다. 딸이 어떻게 아는 걸까? 혀짤배기소리를 한다는 둥 말투가 어리다는 둥 딸의 언어능력을 걱정했는데, 36개월이 지나자 단어도 많이 알고 상황 판단 능력도 높아졌다. 이제 무시할 수 없다는 마음이 들었다.

"예쁜 삽이네? 편지?"

이부 엄마가 새하얀 치아를 보이며 미소를 짓고 나서 딸을 향해 물었다.

"가나, 어떤 편지였어?"

"가나의 삽을 누가 주웠대요."

아리사가 얼굴빛을 바꾸며 몇 번이나 편지 읽는 모습을 보았던 걸까? 아무것도 모르는 어린애라고 생각했는데, 앞으로는 조심해야겠다.

"그래? 누가 삽을 주워줬나 보구나. 잃어버리지 않아서 다행이다."

다행히 이부 엄마는 더 이상 파고들지 않았다. 이부키가 뛰어가서 메구가 타려던 그네를 빼앗으려는 게 마음에 걸리는 모양이었다.

"이부, 차례를 지켜야지. 네가 나중에 왔으니까 줄을 서."

그러자 이부키는 그네 잡은 손을 놓고, 이부 엄마는 안도한 표정으로 아리사를 보았다.

"정말이지, 우리 애는 왜 저러는지 모르겠어요. 가나처럼 착하면 얼마나 좋을까요? 가나는 인사도 잘하고 얌전하고 머리도 좋잖아요."

이부 엄마는 딸을 칭찬한 다음, 뒤로 묶은 머리를 슬쩍 쓰다듬었다. 하얀색 매니큐어가 칠해진 손톱. 네일숍에서 손질을 받은 것이다. 반지는 카르티에. 팔찌는 에르메스.

"뭘요. 우리 애는 너무 얌전해서 이부처럼 활발하면 얼마나 좋을까 생각해요."

"아니에요. 엄마가 없을 때는 가나도 활발하고 힘이 넘쳐요."

이부 엄마가 딸을 쳐다보며 미소를 짓자 딸은 자랑스러운 듯 가슴을 폈다. 이부 엄마의 칭찬에 기분이 좋은 것이다. 어린아이도 안다. 이부 엄마가 이 그룹의 리더란 걸……. 이부 엄마는 다정하고 현명하고 아름다우며, 배려도 있고 센스도 뛰어나다.

그런데 이부 엄마의 남편은 꾸미지 않은 미우 엄마를 좋아한다고 한다. 아리사의 마음 깊은 곳에 자리한 열등감에 우월감과 비슷한 감정이 뒤섞였다.

반사적으로 미우 엄마를 쳐다보았다. 4, 5미터쯤 떨어진 곳에 우두커니 서 있던 미우 엄마가 이부 엄마를 보고 괴로운 듯 얼굴을 돌리는 게 눈에 들어왔다. 진심이다. 미우 엄마는 진심으로 이부 아빠를 사랑하고 있다.

어젯밤에 남편의 전화에 녹음한 내용이 뇌리에서 되살아났다.

'하지만 솔직히 말하면 난 당신이 좋아. 당신과 함께 있을 때 행복했어. 가나를 낳아서 정말 기뻤고, 당신의 아내가 돼서 정말 행복했어. 그래서 묻고 싶어.'

휴대전화를 향해 자신은 '정말'이란 말을 몇 번이고 반복했다.

그런데 과연 '정말'일까? '정말'로 자신은 남편을 좋아할까? 미우 엄마와 이부 아빠처럼 가슴 아플 만큼 사랑한 적도 없으면서 '정말'로 좋아한다고 스스로를 세뇌시키는 게 아닐까. 애초에 지금까지 '정말'로 좋아한 사람을 만난 적이 있을까.

미우 엄마의 사랑에 충격을 받은 탓인지, 오랜만에 남편에게 전화를 한 탓인지, 아리사의 마음은 더할 수 없이 혼란스러웠다.

아리사가 슌페이를 처음 만난 것은 5월의 황금연휴가 끝난 무렵이었다. 당시 그녀는 광고회사에서 비정규직으로 일하고 있었는데, 발이 넓은 리카라는 후배가 미팅 건수가 있다고 했다.

리카의 말에 따르면 아는 남자가 여러 업종의 싱글남을 모을 테니까 "어쨌든 여자를 모아줘, 가능하면 예쁜 여자를" 하고 부탁했다고 한다. 그 말을 듣고 알았다. 그녀는 머릿수 채우기에 불과하다는걸. 자신은 예쁘지도 않고 옷 입는 센스도 별로다. 리카와 '아는 남자'는 돈을 벌기 위해 그런 이벤트를 계획한 것이 틀림없다. 그 증거로 그녀는 1만 5,000엔이나 지불했다.

당시 그녀의 나이는 스물아홉 살. 어리지는 않았지만 그렇다고 많은 것도 아니었다. 하지만 평생 비정규직 신분에서 빠져나갈 수 없다는 사실을 깨달은 무렵이었다. 내년에 비정규직 계약이 끝나는 탓에, 일에 대한 의욕은 바닥으로 곤두박질쳤다. 그러나 고향으로 내려가기는 죽기보다 싫었고, 어떻게든 계속 도쿄에 살 방법을 찾는 중이었다.

모든 걸 버리고 다시 시작하기 위해 니가타를 떠난 지 3년. 도쿄 생활에는 어느 정도 익숙해졌지만 고독에서 도망치려면, 그리고 앞으로도 계속 도쿄에 살려면 결혼 이외에 방법이 없다는 건 분명했다. 그래서 머릿수 채우기란 걸 알면서도 마음을 강하게 먹고 참가할 수밖에 없었다.

장소는 롯폰기의 베트남 레스토랑. 남녀 합쳐서 스무 명 가까이 온다고 해서 그녀는 어떤 옷을 입을지 고민했다. 나쁜 방향으로 눈에 띄는 건 피해야 하고, 촌스럽게 보여도 곤란하다. 신경 써서 차려입은 것처럼 보이지 않는 센스 좋은 옷은 없었고, 그렇다고 새로 살 여유도 없었다. 빔스에서 산 꽃무늬 튜닉에 검은색 바지라는 얌전한 차림이었으리라.

낮에는 따뜻해도 밤이 되면 쌀쌀해서 검은색 카디건을 슬쩍 가방에 넣은 게 기억난다. 자신이 가지고 있는 가방 중에 유일한 명품인 루이비통이었다. 그것도 백화점에서 산 새것이 아니라 중고품 가게에서 산 것이다.

레스토랑 안에 들어가자마자 즉시 주눅이 들었다. 여자들은 모두 그녀보다 젊고 예쁘고 밝고 활기찼다. 보기 흉할 만큼 화려하게 꾸민 사람은 한 명도 없고 폭시나 토카의 사랑스러운 원피스를 입고, 감각적인 진주나 비즈 액세서리를 했으며 프라다와 미우미우, 에르메스 등 명품 신발과 가방을 아무렇지도 않게 가지고 있었다. 그녀는 일찌감치 패배감으로 가득 차서 한가운데 자리에는 가까이 가지 않았다. 자기 같은 여자가 주제넘게 한가운데로 나서면 남녀 모두 노골적으로 얼굴을 찡그릴 것이다.

그때 맨 끝자리에서 불그스레한 얼굴로 맥주를 들이켜는 슌페이의 모습이 눈에 들어왔다. 그의 주변에는 아무도 없었다. 미팅에서 술에 취하다니, 분위기를 모르는 남자라고 누구나 생각했으리라. 그녀는 슬며시 다가가서 말을 걸었다.

"이런 거 왠지 쑥스럽지 않으세요?"

갑자기 말을 걸어서 그런지 그는 흠칫 놀란 표정으로 그녀를 쳐다보았다. 그리고 고개를 끄덕인 뒤 "네, 그래요"라고 중얼거렸다. 점차 기분이 좋은 듯 얼굴이 빛나는 걸 보고 그녀는 그와 계속 이야기하기로 마음먹었다.

"전 미팅이 처음이라서 어떻게 해야 할지 모르겠어요. 술을 얼마나 마셔야 되는지, 음식을 얼마나 먹어야 되는지도 모르겠고, 섣불리 눈에 띄면 안 된다든지 여러 가지를 생각하니 온몸이 굳어져요."

그녀는 손에 든 잔에 시선을 고정한 채 불안한 표정으로 말했다. 잔에는 우롱차가 들어 있었다.

"동감입니다."

슌페이는 그렇게 말하고 해맑게 웃었다. 앞머리가 내려온 이마가 예쁘다는 생각이 들었다. 눈과 눈 사이가 조금 멀고 쌍꺼풀이 없으며 천진난만하게 생겼다. 무엇보다 마음에 든 건 키가크고 부잣집 도련님처럼 생겼다는 점이었다.

"미팅은 자주 하셨어요?"

아리사는 슌페이에게 월남쌈을 권하며 말했다. 적어도 한 사람에 하나씩 해당되겠지만 다들 이야기에 빠져서 손도 대지 않았다.

그는 머리를 긁적였다.

"아뇨, 처음입니다. 이건 비밀인데 주최자가 그러더군요. 너는 머릿수를 채우기 위해 불렀으니까 그렇게 알라고요. 하지만 미팅이 어떤 건지 보고 싶어서 한 번 와봤습니다."

"저도 머릿수 채우기예요."

"아니, 당신은 아닙니다! 분명히 아니에요!"

슌페이가 단호하게 말하는 걸 보고 아리사는 기분이 좋아졌다. 그들은 월남쌈을 하나씩 먹으며 공범이라도 된 듯한 얼굴로 마주 보고 웃었다. 그다음에 아리사는 샐러드를 한 입 먹고 "와아, 매워요!"라고 과장스럽게 소리를 지르며 이마를 찡그렸다. 슌페이도 젓가락으로 샐러드를 먹으며 말했다.

"정말 맵군요. 전 안 되겠어요. 매운 걸 먹으면 온몸에 땀이 나거든요."

두 사람은 먹고 마시고, 그리고 일 이야기를 했다. 그녀는 광고회사에서 비정규직 직원으로 원한다고 말하고, 정사원이 되고 싶은데 회사 시스템상 그렇게 될 수 없는 게 안타깝다고, 일에 대한 의욕이 있는 척을 했다.

슌페이는 지금 IT 회사에 다니지만 너무 바빠서 아는 사람이 있는 식품회사로 전직할까 한다, 그런데 어머니가 반대한다고 말했다. 서른한 살. 마치다에 살고, 외아들이라고 했다. 아버지는 일류기업에 다니는 직장인. 어머니는 전업주부. 아리사는 마음속으로 그의 어머니가 자신을 좋아할까 미리 걱정을 했다.

"평소 같으면 이런 시간에 빠져나올 수 없지요."

슌페이가 손목시계를 보면서 말했다. 9시였다.

그녀는 과장스럽게 놀란 표정을 지었다.

"네? 그럼 오늘은 어떻게 나오셨어요?"

"미팅이 있으니까 가게 해달라고, 상사에게 울며 매달렸습니다."

"그러면 어떻게든 성과를 올려야겠군요."

그녀는 그렇게 말하며 웃었다. 성과를 올리고 싶은 사람은 자신이면서.

집에 가는 길에 두 사람은 메일 주소를 교환하고, 그녀는 검은색 카디건을 걸친 뒤 의기양양하게 전철을 타고 집에 갔다. 슌페이를 만난 것이 기뻐서 견딜 수 없었다.

다음 주에는 그녀가 먼저 만나자고 해서 이자카야에서 데이트, 그다음에는 슌페이가 만나자고 했다. 그다음 주말에 또 만나고, 술에 취한 그와 러브호텔에 가기를 몇 번.

자신은 슌페이가 쑥스러우면 술을 마시고, 쉽게 취한다는 걸 알고 있지 않았던가. 그로부터 머지않아 임신한 뒤, 혼전 임신으로 결혼할 수 있게 되었다고 회심의 미소를 지으며 폭시나 토카 원피스를 입은 젊은 여자들을 이겼다고 우월감에 젖지 않았던가.

임신했다고 말했을 때, 슌페이는 이렇게 말했다.

"잘됐다. 이런 식이 아니면 좀처럼 결정하지 못했을 텐데."

"무슨 뜻이야?"

"내가 워낙 우유부단하잖아."

그렇다. 그가 우유부단하기 때문에 결혼할 수 있었는데, 지금은 딴사람처럼 단호하게 이혼을 요구하고 있다. 자신은 그렇게 용서받지 못한 짓을 저질렀을까. 그럴 리 없다. 그는 아직 젊어서 여자의 인생을 모르는 것뿐이다. 그녀는 두 손으로 차가운 뺨을 감쌌다.

"이거 받아."

미우 엄마의 허스키한 목소리가 들렸다. 아리사는 정신을 차리고 자기 손에 쥐어진 당나귀 인형을 바라보았다. 시어머니의 선물이다. 아무리 좋게 보려고 해도 귀엽지도 사랑스럽지도 않은 당나귀 인형이 그녀의 손안에서 눈을 감고 있었다. 펠트지로 된 길고 검은 눈썹이 눈에 들어왔다.

"고마워."

"어디서 났어?"

"시어머니가 백화점에서 사줬어."

"그래?"

미우 엄마가 어깨를 들썩이며 웃음을 터뜨렸다. '이렇게 촌스러운 걸 받다니, 당신도 참 대단하다!'라는 암묵의 사인을 읽어내고 그녀는 목소리를 낮추었다.

"메일 왔어?"

미우 엄마는 고개를 흔들었다. 그러다 어두운 표정으로 목소리를 높였다.

"그보다 왜 메일에 답장 안 했어?"

"참, 미안해. 깜빡했어."

둘이 소곤소곤 말하고 있자 그네 옆에서 차례를 기다리던 미우가 혀짤배기소리로 말했다.

"우리 엄마랑 가나 엄마랑 술 마시러 갔어. 미우와 가나는 유키코 이모랑 집에 있었어."

서서 이야기를 나누던 이부 엄마 3인방이 깜짝 놀라며 뒤를 돌아보았다.

가나도 지지 않고 말했다.

"유키코 이모, 노래 잘해. 그치?"

미우와 가나가 서로 쳐다보며 고개를 끄덕였다. 미우가 마이크 잡는 시늉을 했다.

"미우 마이크 들고 노래를 많이 불러줬어."

평소에 친하지 않은 두 아이가 앞다투어 말하자 엄마친구들이 신기한 얼굴로 쳐다보았다.

"어머나, 두 분이 술을 마셨어요? 부럽다! 어디 갔었어요?"

아리사의 옆구리를 쿡쿡 찌르며 그렇게 물은 사람은 마코 엄마였다. 마코 엄마는 BWT 그룹 중에서 아리사와 제일 마음이 맞았다. 약삭빠른 메구 엄마와 달리 따뜻하고 다정했다. 이세에서 정육점을 하는 친정에서 보내줬다고 하면서 소고기 장조림을 준 적도 있었다. 그런 탓인지 풍요롭게 자란 느낌이 들었다. 딸도 까다롭지 않은 마코를 제일 좋아했다.

"다음에는 나도 같이 가요."

마코 엄마가 노래방 마이크를 잡는 시늉을 했다.

"노래방에 간 게 아니에요."

"그럼 술집에 간 거예요? 둘이 무슨 얘기를 했어요?"

아리사는 힐끔 미우 엄마를 쳐다보았다. 미우 엄마는 심각한 표정으로 메일을 확인하고 있었다. 이부 아빠에게 메일이 오지 않는 모양이다.

"그냥 이런저런 얘기요. 애들 유치원 얘기라든지……."

그녀는 적당히 얼버무리고 다시 슬쩍 이부 엄마를 쳐다보았다. 이부 엄마는 메구 엄마와 둘이 작은 소리로 뭔가 이야기를 하고 있었다.

"가나는 어느 유치원에 보낼지 정했어요?"

"아직요. 어떻게 해야 할지 몰라서 망설이고 있어요."

거짓말이다. 딸이 갈 수 있는 유치원은 근처의 와카바 유치원밖에 없다. 공립 초등학교에 가는 아이들이 선택하는 곳이다. 사립 초등학교에 가는 BWT 그룹의 아이들은 절대로 선택하지 않는다.

미묘한 화제를 피하려는지, 마코 엄마가 밝은 목소리로 말했다.

"참, 이번 크리스마스에는 성대하게 파티를 하자고 말하던 참이에요."

"와아, 굉장해요! 그게 좋겠네요."

그녀가 맞장구를 치자 마코 엄마가 왼손의 결혼반지를 만지작거리면서 말했다.

"다들 많이 컸는데 공원에서 노는 건 좀 그렇잖아요. 이제 곧 유치원도 달라지고 생활도 달라질 거예요. 그러면 왠지 쓸쓸하니까 파티를 하기로 했어요. 라운지를 빌리든지 누군가의 집에서 하든지요."

이제 공원요원은 필요 없다는 걸까? 알고는 있었지만 새삼 버림을 받은 것처럼 마음이 아팠다. 남편으로부터 버림받은 아픔. BWT 그룹으로부터 버림받은 아픔. 타워 아파트 주민들로부터 버림받은 아픔. 계속해서 버림받기만 하는 자신. 그녀는 발밑의 아스팔트를 쳐다보며 말했다.

"마코 엄마에게 묻고 싶은 게 있는데요."

"뭐예요?"

마코 엄마는 착해 보이는 눈으로 그녀를 빤히 쳐다보았다.

"마코는 무슨 한자를 써요?"

"난 또 뭐라고. 척 보면 모르세요? 나와 남편이 진정한 사랑으로 맺어졌단 뜻으로, 참 진(眞) 자에 연애 연(戀) 자를 써요."

마코 엄마가 개구쟁이처럼 장난스럽게 웃었다.

"굉장해요……."

쑥스러워하지도 않고 자랑스럽게 말하는 마코 엄마에게 기가 죽어서 그녀는 작은 목소리로 중얼거렸다.

"그게 굉장한가요?"

"남자아이라면 뭐라고 지을 생각이었어요?"

"참 진(眞) 자에 연애 연(戀) 자, 사람 인(人) 자를 써서 마코토요."

아리사는 웃음을 터뜨렸다. 평소에는 어련무던한 말밖에 하지 않는 마코 엄마와 웬일로 개인적인 이야기를 하고 있다. 그녀는 마음이 편해져서 더 깊숙한 이야기를 하고 싶어졌다.

"마코 엄마는 항상 옷을 따뜻하게 입는데, 그렇게 입으면 덥지 않나요?"

오늘은 날씨가 따뜻한데도 갈색 재킷의 앞단추를 전부 채우고, 둥근 턱이 파묻힐 만큼 커다란 숄을 둘둘 감고 있었다.

"매립지는 바람이 차갑잖아요. 먼지도 많고요."

니가타에서 자란 아리사에게 도쿄의 바람은 차갑고 메마르게 느껴졌다. 그러나 물기를 머금은 니가타의 냉기보다 훨씬 상쾌하고, 대륙에서 넘어온 얼어붙은 대지의 냄새가 나지 않아서 좋았다.

"바닷바람이기 때문일까요? 마코 엄마는 바다를 싫어해요?"

"그렇지는 않아요. 지금보다 더 나이 들면 즈시나 가마쿠라에 살고 싶다고 남편과 얘기했을 정도예요. 우리 남편은 결혼하기 전에 소토보에서 서핑을 했대요. 웃기죠? 지금은 배불뚝이인 주제에."

마코 엄마는 눈으로 아이들을 좇으면서 개구지게 대꾸했다. 마코 엄마의 남편은 건실한 제조업체에 다닌다고 하는데, 어두운 색의 양복 차림밖에 본 적이 없다.

"와아, 멋있어요!"

"그렇지도 않아요. 쇼난에 살면 학교에 대한 선택의 폭이 좁아지잖아요. 그래서 격이 떨어지지만 어쩔 수 없다고 남편이 그러더군요. 여기는 참 편리해요. 그래서 마코가 초등학교 고학년이 될 때까지는 여기서 버티기로 했어요."

격이 떨어진다……. 그런 말을 너무도 쉽게 하는 걸 보고 아리사는 흠칫 숨을 들이마셨다. 자신은 도쿄의 타워 아파트에 살 수 있다는 것만으로 그렇게 좋아했는데. 그녀의 표정을 알아차렸는지 마코 엄마가 웃음으로 얼버무렸다.

"어머나! 말이 헛나왔어요. 남편이 그랬다는 거니까 신경 쓰지 말아요. 여기는 굉장히 편리하잖아요. 결국 선택의 문제 아닐까요?"

"그건 그래요. 긴자도 가깝고요."

그녀는 적당히 맞장구를 쳤다. 운하를 사이에 두고 긴자는 바로 건너편에 있다. 아이를 도심의 사립 초등학교에 다니게 하기에는 근교의 주택가나 쇼난보다 입지가 좋은 것만은 틀림없다. 자신도 여기에 살게 되었을 때, 언젠가 딸을 도심의 사립 초등학교에 보내고 싶다고 어렴풋이 생각하지 않았던가. 아니, 지금도 그렇게 생각하고 있다.

"그래요, 정말 가까워요."

원치 않게 본심을 말한 마코 엄마는 적당히 대꾸하고, 가방에서 페트병에 담긴 녹차를 꺼내 한 모금 마셨다.

그녀는 마코 엄마의 옆얼굴을 바라보았다. 링 모양의 금 귀걸이가 숄에 밀려서 통통한 귓불이 접혔다.

남편이 생일 선물로 준 아메지스트 귀걸이가 떠올랐다. 얇은 체인 끝에 눈물방울 같은 보라색 원석이 박혀 있는 예쁜 귀걸이였다. 그렇게 소중하게 간직했는데, 한쪽을 잃어버린 것은 숄에 걸린 탓이었다. 귀걸이는 한 쌍이 아니면 의미가 없는데. 그렇다. 마치 부부처럼······.

"그럼 가나는요?"

마코 엄마의 질문을 받고 그녀는 당황함을 감추지 못했다.

"가나가 왜요?"

"아이, 가나 엄마도 참. 얘기하다 말고 무슨 생각을 했어요?"

마코 엄마가 과장스럽게 그녀의 어깨를 두드렸다.

"죄송해요, 뭐였더라?"

"아이의 이름을 왜 그렇게 지었는지 얘기하던 참이었잖아요."

참, 그랬다. 마코의 이름을 어떻게 지었는지 묻다가 입시 이야기로 발전했었다.

"우리는 남편이 지었어요. 꽃 화(花)라는 한자를 좋아해서, 만약 딸이 태어나면 꼭 그 한자를 넣고 싶었대요."

"남편이요? 낭만적이에요!"

하지만 어젯밤의 일을 떠올리자 허무함이 밀려들었다. 딸이 태어났을 때 남편은 눈물을 흘리며 좋아했는데, 왜 바다로 떠내려가듯 기슭에서 멀어졌을까?

"이부키란 이름도 실은 우리 남편이 지었어요."

두 사람 이야기를 듣고 있었는지, 이부 엄마가 끼어들었다.

"아아, 그러셨군요. 이부키는 '숨결'이란 뜻인가요?"

무의식중에 유난히 정중하게 말한 것을 깨닫고 그녀는 입술을 깨물었다. 하지만 이부 엄마는 눈치채지 못한 듯했다.

"네, '젊은 숨결'이라는 말이 있잖아요. 바람의 방향이라든지 기척이라든지, 그런 뜻으로 지었대요."

마코 엄마가 눈을 반짝이며 목소리를 높였다.

"멋진 이름이에요! 똑같은 이름은 없을 거예요. 이름만 들어선 남자인지 여자인지도 모르겠고요. 그리고 순수한 일본어라서 더 좋아요."

메구 엄마가 유모차를 밀며 끼어들었다.

"그래요, 중성적이에요. 정말 멋지고 당당한 이름이에요."

어느새 이부 엄마에게 모두 찬사를 보내는 형태가 되었다.

"우리 남편은 책을 만드는 사람이라서 단어에 집착하거든요."

"책 만드는 남자는 멋있어요!"

"그래서 단어를 많이 아는군요. 우리 남편은 그런 단어가 있다는 것도 모르지 않을까요?"

그러자 이부 엄마가 "설마요!"라고 큰 소리로 말해서 모두 한꺼번에 웃음을 터뜨렸다. 유모차에 누워 있는 메구의 동생이 엄마들의 담소에 끼고 싶은지 손발을 버둥거렸다.

그때 미우 엄마가 가까이 다가오며 물었다.

"무슨 얘기를 그렇게 재미있게 하세요?"

부루퉁한 표정으로 팔짱을 끼고 있어서 아리사는 내심 조마조마했다.

"아이들 이름에 대해 말하고 있었어요."

"그래요?"

"미우란 이름은 누가 지었어요?

미우 엄마가 그렇게 물은 마코 엄마에게 큰 눈을 향했다.

"내가 지었어요. 아름다울 미(美) 자에 비 우(雨) 자. 이름 예쁘죠? 발음도 좋고요."

미우 엄마의 자화자찬에 일제히 고개를 끄덕이는 가운데, 마코 엄마만이 장난스럽게 쿡쿡 웃었다. 마코 엄마는 속마음이 즉시 얼굴에 나타나는 사람이다.

그러나 공원요원이란 말을 들은 이후, 마코 엄마의 솔직함이 차라리 좋았다. 마음 깊숙한 곳에 본심을 감춘 채, 겉으로 번지르르하게 말하는 다른 엄마들보다 낫지 않은가.

"미우…… 발음이 참 예뻐요. 한자도 예쁘고요. 미우의 얼굴, 분위기와 잘 어울려요."

이부 엄마가 미소를 지으면서 말하자 다른 엄마들도 "그래요"라고 동의했다.

"우리도 그렇게 지었으면 좋았을걸. 이부키가 그러지 뭐예요. 왜 자기만 '이, 부, 키' 세 글자냐고요. 요즘은 보통 두 글자잖아요. 메구, 마코, 미우, 가나."

이부 엄마가 아이들의 얼굴을 쳐다보며 한 사람씩 이름을 불렀다. 아이들의 이름 순서가 좋아하는 엄마친구의 순서처럼 여겨졌다.

"이부도 나중에 크면 자기 이름이 얼마나 좋은지 알지 않을까요?"

좋게 포장하는 사람은 항상 메구 엄마다.

"실은 지금도 알고 있을걸요."

마코 엄마가 자신만만하게 말하자 일제히 와르르 웃었다. 어느새 다섯 명이 원을 만들었다. 옆에서 보기에는 친한 엄마친구들이 이야기꽃을 피우는 것처럼 보이리라.

"참, 미우 엄마. 지금 가나 엄마에게 말했는데, 내년에는 다들 유치원에 가잖아요. 어쩌면 뿔뿔이 헤어질지도 모르니까 올 크리스마스엔 성대하게 파티를 하기로 했어요."

마코 엄마가 휴대전화 스트랩을 만지작거리며 말했다. 마코 엄마의 스트랩은 여자아이들이 좋아하는 안테프리마의 푸들이었다.

"각자 음식을 조금씩 가져오는 게 어때요? 로스트치킨과 롤 샌드위치 같은 게 좋지 않을까요? 케이크도 굽고 샐러드도 가져오고요."

이부 엄마가 그렇게 말하며 미소를 지었지만 미우 엄마는 웃지 않았다.

"우리는 내후년이지만 다들 내년엔 유치원에 가는군요. 가나도 3년 과정으로 할 거예요?"

가슴이 덜컹 내려앉았다. 남편과 문제가 있어서 아직 못 정했다고 대답하는 편이 맞지만, 한번 입에 담은 말을 고칠 수 없어서 계속 막다른 골목으로 쫓기고 있다.

"그럴 생각이에요. 3년 과정이 더 좋다고 해서요."

"그러게요. 2년 과정으로 하면 3년 과정인 친구들과 잘 어울리지 못하는 등 이런저런 문제가 있나 봐요. 아이들 키우기가 참 어려워요."

메구 엄마의 말을 마코 엄마가 이어받았다.

"아직 집단생활에 익숙해지지 않았는데, 느닷없이 2년째에 오면 곤란하죠. 어린이집에서 오는 아이도 있대요. 어떻게 그럴 수 있죠?"

"어린이집이 뭐가 나쁘죠? 난 어린이집 출신이에요!"

미우 엄마가 정색을 하고 반박했다. 왜 그러는지 몰라서 다들 곤혹스러운 표정을 지었다.

"다들 유치원은 어디로 할 거예요? 근처의 와카바요? 아니면 도심의 사립 유치원이요?"

미우 엄마가 단도직입적으로 물었다.

미묘한 문제라서 일부러 피하거나 어물쩍 넘어가고 있는데 왜 꼬치꼬치 따지는 걸까? 곤란해하는 엄마들의 얼굴을 보고 싶은 걸까?

"우리는 말이죠⋯⋯."

뒷말을 해야 할지 말아야 할지 이부 엄마와 메구 엄마가 서로 얼굴을 마주 보았다. 아리사의 눈에는 매우 성실한 모습으로 보였다.

"가능하면 익숙한 학교에 보내고 싶지만 들어가기 쉽지 않을 것 같고, 아이를 힘들게 만드는 게 과연 좋을까 하는 생각도 들고요. 하지만 부모가 해줄 수 있는 건 해주고도 싶고, 솔직히 말하면 아직 갈팡질팡 헤매고 있어요."

'익숙한 학교'란 부모의 출신 학교를 가리키는 것이리라.

"다들 말로는 고민한다고 하지만 실은 이미 정한 거 아니에요? 이부도 프리스쿨에 보내고 있잖아요. 남편은 게이오 출신이죠? 이부 엄마는 어디였더라? 세이신 출신 공주님이었던가요?"

이부 엄마가 아연한 얼굴로 미우 엄마를 쳐다보는 걸 그녀는 놓치지 않았다. 이유는 모르지만 오늘 미우 엄마는 너무나 도전적이다.

메구 엄마가 쓸데없이 정정을 했다.

"이부 엄마는 아오야마예요."

"아오야마요? 어쨌든 부자 학교잖아요. 부럽네요. 이부도 그런

159

곳에 보내고 싶죠?"

"아직 잘 모르겠어요."

이부 엄마가 당황한 표정을 지으며 고개를 흔들었다. 그러자 미우 엄마가 장난스럽게 노려보는 시늉을 했다.

"에이, 또 그런다. 정말 얄미워요. 이미 정해놓고 시치미를 떼다니. 그러지 말고 말해주세요. 참고하고 싶어서 그래요."

"시치미 떼는 거 아니에요. 어떻게 하는 게 이부키에게 좋을지 아직 못 정했어요."

이부 엄마가 도움을 청하듯 메구 엄마와 마코 엄마를 번갈아 쳐다보았다. 그러나 미우 엄마는 공격의 손길을 늦추지 않았다.

"세 분은 친하니까 애들도 같은 유치원에 보내는 거 아니에요? 어디 보낼 건데요?"

메구 엄마가 더 이상 참지 못하고 발끈하며 소리쳤다.

"아직 안 정했다니까요! 그리고 모두 달라요!"

"네네, 알았어요. 비밀이군요."

"비밀이 아니에요."

마코 엄마가 어이없는 얼굴로 항의했다. 미우 엄마의 화살 끝이 아리사에게 향했다.

"가나는 어디에 보낼 거예요? 이미 정했지요? 벌써 11월이잖아요. 와카바예요? 아니면 도내의 사립 유치원?"

"남편이 가나를 미국에서 키우고 싶어 해요. 그래서 어떻게 할까 고민 중이에요."

거짓말이 입을 뚫고 나왔다. 한순간 딸과 같이 미국에 가는 시어머니의 모습이 떠올라서 숨을 쉴 수 없었다. 자기도 모르게 딸을 쳐다보았다. 딸은 그네의 순서를 기다리는 동안, 마코의 지갑에서 나오는 물건들을 부러운 눈길로 바라보고 있었다. 마코는 핑크색 토끼 지갑 안에서 반짝반짝 빛나는 10엔짜리 동전을 꺼냈다.

"미국이요? 좋겠네요. 뉴욕이라고 했죠?"

화제가 바뀌어서 안도했는지 메구 엄마가 눈을 반짝였다. 이제 와서 위스콘신 주 밀워키라고 정정할 수 없어서 그녀는 모호하게 고개를 끄덕였다.

"저기요, 가나 엄마는 영어를 잘해요?"

미우 엄마가 턱을 살짝 앞으로 내밀며 물었다.

"그럴 리가요. 젬병이에요."

아리사가 쓴웃음을 짓자 모두 굳은 얼굴로 웃었다.

"엄마가 영어를 못하는데 아이가 괜찮을까요?"

"그러게 말이에요."

미우 엄마의 의기양양한 모습을 보고 쓸쓸하게 웃었지만 마음속에서는 불쾌함을 억제할 수 없었다. 똑같은 공원요원이면서 다른 엄마들 앞에서 무시한 것이다.

"이부 엄마는 잘하죠? 스튜어디스였으니까요."

"잘하긴요. 정해진 말밖에 못해요."

이부 엄마를 도와주기 위해 입을 열려는 순간, 휴대전화 벨소리가 들렸다. '발신번호 표시제한'이란 글자가 눈에 들어왔다. 누굴까?

"여보세요, 여보세요?"

상대는 아무 말도 하지 않고 그녀의 목소리를 듣고 있었다.

"여보세요? 당신이야? 슌페이?"

그녀는 얼굴을 돌리고 목소리를 낮추었다. 그때 전화기 건너편에서 "뭐하는 거야?"라는 여자 목소리가 들리고 전화가 끊어졌다. 누굴까? 설마, 설마…….

"왜 그래?"

미우 엄마가 멍하니 서 있는 그녀의 팔을 잡았다. 미우 엄마는 몸도 가냘프지만 뼈 자체도 가늘다. 그녀는 조금 전의 굴욕을 떠올리고 미우 엄마의 팔을 세게 뿌리쳤다.

"왜 그래? 괜찮아?"

"당신이야말로 괜찮아?"

자기도 모르게 그런 말이 튀어나왔다. 미우 엄마가 흠칫 놀라며 어두운 표정을 지었다.

집으로 돌아와서 점심을 준비하고 있자 미우 엄마로부터 전화가 걸려왔다.

"아까는 미안했어."

"괜찮아. 그런데 무슨 일 있었어? 오늘 좀 이상했어."

"응, 나도 알아."

"그렇게 이부 엄마에게 시비를 걸면 다들 이상하게 생각할 거야."

"이부 아빠의 애인이 나라는 걸 알면 이부 엄마가 자존심 상해하지 않을까 하는 생각이 들더라고. 그러자 무턱대고 화가 나지 뭐야? 그 여자들 눈에 난 격이 떨어지는 사람이잖아."

또 나왔다. 격이 떨어진다……. 창밖을 내다보았다. 요네다의 높은 빌딩이 가로막아서 하늘이 보이지 않았다.

"그 여자들은 마치 위에서 우리를 내려다보는 것 같아."

미우 엄마의 목소리를 들으면서 아리사는 까치발을 들고 하늘을 찾았다.

3장

해피니스

발신번호 표시제한 전화

아침부터 차가운 비가 내렸다. 공원의 만남은 자연히 취소되었지만 다른 때처럼 라운지에서 만나자는 메일도 오지 않았다.
어제 미우 엄마의 태도를 보고 이부 엄마 3인방이 화났을지도 모른다. 아리사가 그렇게 생각하고 있을 때 미우 엄마로부터 사과 메일이 도착했다.

좋은 아침. 비가 오니까 우울해지네.
어제는 미안했어. 내가 생각해도 좀 이상했어.
보이지 않는 벽이 있단 건 알아.
하지만 그 사람들이 벽을 더 높게 만드는 것 같았어.
어차피 처음부터 친구라고 생각하지 않았으니까 그냥 무시하면 되었을 텐데.
하지만 나도 모르게 말해버렸어.

KY였다고 반성하고 있어(^^).

사과도 할 겸 라라포트에서 점심이라도 하지 않을래?

YOKO

점심을 먹으러 갈까 말까. 뭐라고 대답해야 좋을지 몰라서 잠시 생각에 잠겼다. 고집이 세고 솔직한 미우 엄마도 공원요원이라는 말에 상처를 받았구나 하고 동정하는 반면, 말해봐야 소용없는 걸 구태여 말한 것에 대한 반발심도 있었다.

시간이 지나면 올림머리도 저절로 풀어지듯 이 작은 모임이 조금씩 흩어지고 있는 것은 분명했다.

세 살이 되면 어린아이의 개성이 강해진다. 엄마가 아무리 사이좋게 놀라고 해도 마음 맞는 친구끼리 어울리는 것은 어쩔 수 없다.

이부키는 얌전한 메구와 제일 친하다. 그곳에 미우가 끼어들면 그 즉시 고집 센 이부키와 미우가 충돌한다. 그런 경우에 메구는 항상 이부키 편을 든다. 그러면 둘의 연대에 밀린 미우가 마코와 가나에게 다가가 분풀이를 하듯 무턱대고 화를 낸다.

마코와 가나는 이부키가 끼워주지 않아서 어쩔 수 없이 같이 노는 것일 뿐, 그렇게 사이가 좋지는 않다. 따라서 둘이 마음을 모아 미우의 횡포에 대항하려고 하지는 않는다. 미우의 태도에 썰렁해진 두 사람은 각자 혼자 놀기 시작하고, 미우는 분을 참지 못하고 떼를 쓰며 소리친다. 그리고 아이들 사이에서 어울리지 못하고 점점 고립되어 간다. 미우 엄마가 반란을 일으킨 데는 떼쟁이 미우가 따돌림을 당하는 것도 한몫했으리라.

더구나 미우 이외의 네 명은 올해 안에 모두 36개월이 넘는다. 3년 과정을 선택한다면 11월 안에 유치원을 정해야 하는 미묘한 시기다. 무슨 일이든 거침없이 말하는 미우 엄마의 눈에 본심을 말하지 않는 엄마친구들이 답답하게 보였을지도 모른다.

그러나 방법이 너무나 유치했다. 엄마들이 본심을 말하지 않는 건 유치원 선택에 의해 초등학교 입시가 눈에 보이기 때문이다. 물론 초등학교 입시에 성공한다면 상관이 없다. 그러나 성공 여부는 마지막까지 모르기 때문에 만에 하나 실패했을 때, 사람들의 호기심에서 아이를 지키기 위해서는 속마음을 말해서는 안 된다.

그런데 미우 엄마는 그 규칙을 깨뜨리려고 했다. 그와 동시에 이부 엄마를 향해 날카로운 창끝을 들이댔다. 그녀는 미우 엄마를 돕고 싶었지만, 다른 사람들이 미우 엄마 편이라고 할까 봐 두려웠다.

가장 큰 문제는 가나가 미우를 부담스러워한다는 점이다. 아이들의 알력은 엄마들의 인간관계에도 영향을 미치는 법이다. 또한 미우 엄마와 이부 아빠가 사귄다는 사실을 알게 된 지금, 어떻게 행동해야 할지 혼란스러웠다.

딸을 쳐다보았다. 딸은 아침부터 TV 유아 프로그램을 보거나 그림책을 보며 느긋하게 지내고 있다. 작은 등이 편안해 보이는 것은 친구 관계에서 떨어져 마음 편히 있기 때문일지도 모른다.

어린 나이에 어떻게든 버티고 있는 딸. 그녀는 딸이 사랑스러워서 견딜 수 없었다.

"가나, 오늘은 비가 와서 심심하지?"

딸은 고개를 들고 창밖을 보았다.

"비 와?"

"그래. 오늘은 추우니까 집에 있자."

"엄마, 비가 안 보여."

그렇다. 고층에서는 비가 물줄기로밖에 보이지 않는다. 자신이 어릴 때는 비를 더 가까이, 더 직접적으로 느꼈는데……

비 오는 날의 아침은 방의 분위기부터 달랐다. 평소보다 어두컴컴하고 곰팡내가 코를 찔렀다. 침대에 누워 귀를 기울이면 온갖 소리가 들렸다. 지붕에 떨어지는 빗소리, 물을 튀기며 지나가는 자동차 소리. 거실에서 소곤소곤 말하는 부모님의 목소리, 아버지가 넘기는 신문 소리. 그리고 곰팡내와 함께 온 집 안에 피어오르는 커피와 된장국 냄새.

돌연 그리움이 솟구치며 가슴이 먹먹해졌다. 지금 당장 고향으로 돌아가고 싶다. 아니, 어린 시절로 돌아가고 싶다. 마당의 꽃. 산의 자태. 바다 내음. 풍요로운 자연을 버리고 왜 인공적인 도시에 온 걸까. 왜 혼자 딸을 키우는 걸까.

"이건 뭔가 잘못됐어."

정신이 들자 이마에 손을 올린 채 생각에 잠겨 있었다. 외롭기도 하지만 딸의 유치원을 정해야 하는 중요한 시기에 혼자라는 고독감이 엄습해서 도저히 가만히 있을 수 없었다.

"엄마, 왜 그래? 열나?"

딸이 옆으로 다가와 걱정스런 표정을 지었다. 그녀의 이마에 작은 손을 올려놓고 열을 재는 동작까지 한다. 그녀는 미소를 지으며 고개를 흔들었다.

"아니야. 비 오는 날은 왠지 쓸쓸해서 그래."

"가나가 있잖아."

딸은 슬픈 표정을 지으며 이마를 찡그렸다. 그녀는 딸을 꼭 껴안았다.

"고마워. 가나, 아빠 보고 싶니?"

"보고 싶어."

딸은 즉시 대답했다. 그렇게 외로웠던가. 그녀는 딸의 눈을 들여다보았다.

"미안해."

"아빠는 어디 있어? 왜 가나만 아빠가 없어? 응? 왜?"

'엄마가 잘못해서 그래. 엄마에게 화가 났거든. 아빠는 엄마를 용서하지 않을 거야.'

다시 작은 배를 타고 어두운 바다를 표류하는 듯한 불안함을 느끼고, 도움을 청하기 위해 딸의 눈동자를 바라보았다. 그때 주룩주룩 빗소리가 귀로 파고들고, 빗방울이 뺨에 튄 듯한 느낌이 들었다. 유리창은 이중 새시라서 밖의 소리가 들릴 리 없고, 더구나 비가 들어올 리도 없다.

어린 딸과 둘이 집 안에 갇혀 있자 정신이 이상해질 것 같았다. 그녀는 테이블 위에 있는 휴대전화를 들어올렸다. 역시 미우 엄마와 점심을 먹으러 가는 게 좋겠다.

"가나, 라라포트로 점심 먹으러 갈까? 샌드위치나 그라탱이나. 매끈매끈 우동도 먹고. 유부초밥도 먹고. 우리 가나, 유부초밥 좋아하지? 유부에 넣은 새콤달콤한 밥 말이야."

딸은 찜찜한 표정을 지으며 대답하지 않았다. 혼자 집 안에 있어도 싫증내지 않고 노는 아이인 만큼 비를 뚫고 밖에 나가는 것이 귀찮은 모양이다.

딸이 살짝 숨을 들이마시며 말했다.

"미우도 오잖아."

그녀도 역시 숨을 들이마셨다. 아무리 세 살배기 어린아이라도 속여서 데려가면 엄마에게 배신당했다고 생각하리라.

딸이 고개를 설레설레 흔들었다.

"가나는 안 갈래."

"왜?"

"가고 싶지 않아."

"그라탱 먹고 싶지 않아?"

딸이 말하기 곤란한 듯 작은 목소리로 말했다.

"먹고 싶지만 미우가 있으면 싫어."

"알았어. 그럼 집에 있자. 미우 엄마에게 메일 보낼게."

딸은 겨우 안심한 얼굴로 고개를 끄덕인 뒤 TV 앞으로 뛰어갔다. 그녀는 휴대전화를 들고 답장을 보냈다.

좋은 아침! 메일 고마워.

어제 일은 신경 쓰지 마.

다른 사람들도 신경 쓰지 않을 거야.

갑자기 그런 말을 들어서 놀란 것뿐이야.

점심 같이 먹자고 해줘서 고마워.

나도 그러고 싶지만 오늘은 그냥 집에 있을게.

가나가 감기 기운이 있거든.

또 만나.

아리사

몇 초가 지나기도 전에 답장이 왔다.

아아, 아쉽지만 할 수 없지 뭐.

가나 잘 보살펴줘.

다음에 또 한잔하러 가자.

YOKO

즉시 답장이 온 걸 보니 그녀의 답장을 기다리고 있었던 모양이다. 뒤가 켕김을 느끼면서도 마음을 쓸어내리며, 별 생각 없이 휴대전화 착신을 확인했다. '발신번호 표시제한'이라는 글자가 눈에 들어오고 어제 걸려온 전화가 떠올랐다. 어제 그 전화는 누구였을까? 남편이 발신번호 표시제한으로 걸었을까? 그럴리 없다. 그는 지금 미국에 있으니까 발신번호 표시제한이 될 리도 없고, 또 말하지 않고 끊을 리도 없다.

173

짐작되는 사람이 한 사람 있다. 니가타에 있는 사람이다. 하지만 그는 그녀의 휴대전화 번호를 알 리 만무하다.

점심때가 지나서 1층 편의점에 가기 위해 딸을 데리고 집을 나섰다. 빗발은 개방 복도에도 가차 없이 휘몰아쳤다. 건물 안이라서 필요 없다고 해도 고집을 부리며 우산을 가져나온 딸은 자랑스럽게 유아용 핑크색 우산을 썼다. 세찬 바람에 우산이 날리는 게 재미있는지 소리를 내며 웃었다. 그 모습을 보자 입가에 미소가 번져나갔다.

엘리베이터가 올라오기를 기다렸다가 올라탔다. 엘리베이터는 밑으로 내려가기 시작하더니 즉시 아래층에서 멈추었다. 28층에서 네다섯 살쯤 된 남자아이와 함께 마흔 살쯤으로 보이는 남자가 탔다.

남자아이는 본 적이 있었다. 초등학교에 다니는 형과 같이 노는 모습을 종종 보았다. 가까운 어린이집에 다니는지, 항상 정장 차림의 엄마가 손을 잡고 데려간다. 엄마와는 말을 나눈 적 없이 눈이 마주치면 인사할 정도고, 아빠를 본 건 처음이었다. 남자아이는 아빠와 같이 있는 게 좋은지 몹시 들떠 있었다.

"죄송해요."

딸의 우산을 같이 접으면서 사과했다.

"괜찮습니다. 천천히 하십시오."

남자는 다정하게 말했다.

멋진 검은 테 안경을 끼고 면바지에 검은색 플리스 차림의 모습은 회사원으로 보이지 않았다. 서비스업이나 자유업에 종사하는 걸까?

"안녕하세요."

불쑥 인사를 하는 남자아이를 보고 그녀는 미소를 지었다.

"안녕. 엄마는 어디 가셨어?"

"회사에 갔어요."

"아빠랑 같이 어디 가니? 좋겠다."

"영화 보러 가요."

기분이 좋은지 남자아이는 힘차게 대답했다.

라라포트 안에는 멀티플렉스 영화관이 있다. 그녀는 남자의 얼굴을 보고 가볍게 고개를 숙였다.

"따님이 참 귀엽게 생겼군요."

"고맙습니다."

"몇 살인가요?"

"가나, 몇 살?"

딸이 약간 긴장한 모습으로 대답했다.

"세 살."

"이름이 가나니? 이름도 예쁘네."

남자가 그 말을 끝으로 다음 말을 하지 않는 게 마음에 걸렸다.

엘리베이터 홀에서 헤어진 뒤, 한순간 편지를 보낸 사람이 저 남자가 아닐까 생각했다. 그러나 증거는 없다. 여기에 사는 이상 불확실한 불안은 계속되리라. 그녀는 얼굴에 흙탕물이 묻은 듯한 찝찝한 마음으로 1층 편의점으로 들어갔다.

바나나와 주먹밥을 바구니에 넣고 있자 휴대전화 착신음이 들렸다. 또 발신번호 표시제한이다. 그녀는 딸의 손을 잡고 편의점 구석으로 가서 전화를 받았다.

"여보세요, 이와미 아리사입니다."

또 말이 없다.

"누구시죠?"

이번에는 여자 목소리도 들리지 않았다. 그러나 밖에 있는 듯한 기척이 전해졌다.

"여보세요, 여보세요?"

딸이 쳐다보았지만 그녀는 신경 쓰지 않고 물었다.

"혹시 유타니? 혹시 유타야? 유타라면 대답해줘."

전화가 뚝 끊어졌다. 그녀는 바닥에 바구니를 내려놓고 딸의 불안한 시선을 무시한 채 니가타의 친정 엄마에게 전화를 걸었다. 신호가 울리고 받을 때까지 시간이 걸렸다. 올해 예순여섯인 엄마는 휴대전화를 가지고 다니지 않아서, 지금쯤 벨소리를 듣고 찾고 있으리라.

"아리사니? 왜 그래? 무슨 일 있어?"

부모님은 지금 오빠 가족과 같이 살고 있다. 그런 탓인지 엄마는 전화를 받을 때마다 작은 목소리로 조심조심 말한다.

"아무 일도 없어. 난 잘 지내. 가나도 건강하고."

엄마의 당황한 목소리를 듣고 자신이 얼마나 동요했는지 겨우 알아차렸다. 집에 가서 침착하게 전화할 걸 그랬다고 생각하면서 주변을 둘러보았다. 다행히 잡지 선반 앞에 한 사람과 도시락 코너 앞에 한 사람이 있을 뿐 편의점 안은 조용했다.

"그럼 다행이고. 아빠는 잘 지내. 지금 온천여행 가셨어. 야마모토 씨가 못 오신다고 얼마나 성화신지……."

그녀는 재빨리 엄마의 말을 가로막았다.

"엄마, 묻고 싶은 게 있어."

전화기 너머로 엄마의 긴장이 전해졌다.

"뭔데?"

"세지마 집에 내 휴대전화 번호 가르쳐줬어?"

"난 가르쳐주지 않았지만 아빠가 가르쳐줬을지 몰라."

"왜?"

"왜라니? 당연하잖아."

그런 다음에 "엄마니까"라는 말이 나올까? 그렇다, 그녀에게는 아이가 한 명 더 있었다. 유타라는 이름의 열 살배기 아들이.

"발신번호 표시제한 전화가 두 번 걸려왔어. 왠지 유타 같아."

"하긴 만나고 싶겠지."

간절하게 말하는 엄마를 향해 소리를 지르고 싶었다. 나도 만나고 싶다고. 하지만 그럴 수는 없다. 새로 시작하기 위해 니가타를 떠난 게 아니었던가.

"알았어. 그럼 또 전화할게."

"아빠가 오후에 오니까 물어보고 전화할게."

전화를 끊은 뒤, 딸이 보이지 않는다는 걸 깨닫고 황급히 편의점 안을 둘러보았다. 딸은 우산을 들고 편의점 앞에 우두커니 서 있었다.

"가나, 왜 나와 있어? 엄마 전화 끝났어."

딸이 뒤를 돌아보았다.

"엄마, 아빠 보고 싶어."

엘리베이터 안의 아빠와 아들이 부러워서 그러는 걸까?

그녀는 거짓말을 할 수밖에 없었다.

"금방 볼 수 있어."

"지금 보고 싶어."

지금 보고 싶다고? 그녀는 딸의 차가운 손을 잡으면서 생각했
다. 어린아이는 참 무서운 말을 한다…….

속인 게 아니야

　엄마로부터 전화가 걸려온 것은 황혼이 질 무렵이었다. 기다리다 지쳐 거실에서 여성잡지를 읽고 있던 아리사는 불쾌한 목소리로 전화를 받았다.

　"여보세요, 왜 이렇게 늦었어? 얼마나 기다렸는지 알아?"

　이렇게 어리광을 부릴 수 있는 사람은 엄마뿐이다. 엄마에게는 마음 깊은 곳에 숨겨진 자신의 진짜 모습이 흘러넘쳐서, 막을 수 없을 만큼 이기적인 말을 하곤 한다.

　"미안해. 아빠가 좀 전에 들어오셨거든."

　"벌써 4시 반이야."

　엄마에게는 불평도, 투정도 전부 할 수 있었다.

　"아까도 말했지만 아빠가 골프 여행 다녀와서 지금 막 욕실에 들어가셨어."

　기분이 좋은지 엄마의 목소리가 가벼웠다.

"그래? 골프도 치셨어?"

그녀는 니가타 교외에 있는 친정을 떠올렸다. 넓은 논 한가운데에 있는 2세대 주택. 1층에는 부모님이 살고, 2층에 오빠 부부와 두 아이가 산다. 2세대 주택치곤 그렇게 크지 않아서, 1층에 있는 욕실을 공동으로 사용하고 있다. 그것을 올케인 유코가 싫어한다고, 엄마에게 한숨과 함께 푸념을 몇 번이나 들어야 했다.

"그래. 그래도 고맙지 뭐. 그렇게라도 움직일 수 있으니까."

엄마는 아버지 귀에 들어가지 않도록 목소리를 낮추었다. 암 검사를 받았다고 딸에게 말했다는 걸 아버지에겐 말하지 않았다.

예순여덟의 아버지가 암으로 쓰러지면 올케는 간병을 맡아줄까? 그녀는 올케의 옆얼굴을 떠올리며 고개를 저었다. 아마 힘들 것이다. 항상 생글생글 웃고 있지만 올케는 결코 마음을 열지 않는다. 자신도 시댁 사람과 친해지지 않았으니까 피장파장이다.

"거기 날씨는 어때?"

아리사는 그렇게 물으면서 발코니 밖을 내다보았다. 밖에는 어둠이 내려앉고, 맞은편 건물에는 불이 켜져 있다. 여전히 비가 내리고 있었다.

"구름은 끼었지만 날씨는 괜찮아."

"여긴 계속 비가 와."

"그럼 가나가 밖에 못 나가서 심심하겠구나."

엄마의 목소리에서 걱정이 묻어나왔다. 오빠에게는 한창 개구쟁이인 아홉 살과 다섯 살배기 아들이 두 명 있다. 여자아이인 딸이 사랑스럽다고 대놓고 말하는 것도 며느리와 사이가 좋지 않기 때문일지도 모른다.

"그렇지도 않아. 혼자 잘 놀고 있어."

"뭐 하고 노는데?"

"여행 놀이."

딸은 어린이용 캐리어에 인형과 칫솔, 수건을 넣고는 혼자 어딘가로 가는 놀이를 싫증내지 않고 반복하고 있다. 상상으로 여행을 떠나는 것이다. 어디로 가는지, 개찰구를 빠져나가는 동작까지 하고 있다.

"엄마도 같이 가자"라고 말하며 몇 번 그녀의 팔을 잡아당겼지만 적당히 대꾸하는 사이에 혼자 놀기 시작했다. 외동인 탓인지 포기가 빠르고 금방 생각을 바꾸기도 한다.

이부의 캐리어를 보고 가지고 싶어 해서 올해 생일선물로 사주었다. 발레리나 그림이 있는 핑크색 박스형으로, 작은 바퀴가 달려 있다. 딸은 그녀의 시선을 알아차리지 못한 채 장난감을 넣은 캐리어를 데굴데굴 끌고, 무슨 말인가 중얼거리며 온 집안을 돌아다니고 있다. 언젠가는 마코가 가지고 있는 동전지갑도 사달라고 할지 모른다.

"여행 놀이? 아유, 귀여워라. 나도 같이 놀고 싶구나."

엄마의 밝은 웃음소리가 들렸다. 눈꼬리의 주름이 한층 깊어졌으리라.

그렇게 생각하자 가슴이 먹먹해졌다. 오늘 아침에 빗소리를 들으며 고향을 그리워하던 게 떠올랐다. 숨이 막힐 듯한 고민을 던져버리고 마음 편한 곳에서 마음껏 울고 싶은 기분이다.

"아빠는 뭐래?"

"그런 적 없다는구나. 세지마로부터는 아무 연락도 없고 이쪽에서도 하지 않았대."

엄마의 목소리가 멀어졌다. 욕실에서 아버지가 나오지 않는지 살피는 모양이다.

"하지만 좁은 곳이니까 누군가에게 물으면 알 수 있지 않느냐고 하시더구나."

"내 친구들은 다들 입이 무거워서 말하지 않을 거야. 특히 데쓰야에겐."

데쓰야. 오랜만에 전남편의 이름을 입에 담고, 그녀는 흠칫 놀라서 입을 다물었다.

아리사의 전남편인 세지마 데쓰야는 그녀보다 세 살 연하였다. 니가타의 단기대학을 나와 대형 드러그스토어의 화장품 매장에서 일하는 그녀를 하도 쫓아다니는 바람에, 마지못해 사귀기 시작한 게 스물한 살 때였다.

데쓰야는 시로네에 있는 세지마 농원의 차남으로, 니가타 시내의 아웃도어용품 매장에서 일했다. 건장한 체격으로 겨울에는 스키와 스노보드, 여름에는 동해에서 인명구조대 일도 했다. 마지못해 사귀는 것처럼 말했지만 그녀도 데쓰야를 좋아했다.

원래 잘생긴 남자를 좋아했고, 그녀 역시 키도 크고 몸매도 좋아서 니가타에서는 눈에 띄는 존재였다.

스물세 살에 결혼해 니가타 시내의 원룸 아파트에서 신혼생활을 시작했다. 나이 어린 남자는 때로는 믿음직하고 때로는 불안했다. 어느 때는 허세를 부리고 어느 때는 어리광을 부리는 탓에, 그녀도 어느 때는 화가 나거나 어느 때는 웃음이 나오는 등 하루에도 몇 번씩 감정이 흔들리곤 했다. 하지만 심심할 틈은 없었다. 이윽고 1년이 지나자 아들이 태어났다. 두 사람은 '유타'라고 이름을 붙였다. 세지마 유타. 데쓰야를 쏙 빼닮은 얼굴에 오기와 고집이 자리했다.

유타가 두 살이 될락 말락 할 때, 두 사람의 생활은 커다란 전환점을 맞이했다. 데쓰야의 형이 급성백혈병으로 돌연 세상을 떠난 것이다. 아직 미혼이었던 그의 형은 농원을 물려받기로 되어 있었다. 슬픔에 빠진 양친을 보면서 그는 자신이 농원 일을 하겠다고 선언했다. 그의 양친은 두 손을 들고 환영했지만 그녀는 불같이 화를 냈다. 그 이후 아침부터 밤까지 말다툼이 이어졌다.

"어떻게 그런 중요한 일을 나한테 한마디 말도 없이 정할 수 있어?"

"이건 네가 결정할 게 아니야. 우리 집안일이니까."

"너라고 하지 마."

"넌 내 마누라잖아. 내 말을 들어!"

"그게 말이 돼? 난 당신과 행복하게 살기 위해 결혼했지, 농원 일을 하려고 결혼한 게 아니잖아!"

"그럼 우리 집은 어떻게 되지? 뒤이을 아들이 죽었는데, 어머니와 아버지는 어떻게 하지? 넌 두 분이 가엾지도 않아?"

그러면 나는 가엾지 않은가. 시아주버니가 세상을 떠난 건 마음 아프지만 그것과 이것은 다르지 않은가. 나는 농원에서 일하기 위해 결혼한 게 아니다. 시내에서 남편과 맞벌이를 하면서 아이를 몇 명이나 낳을 생각이었다.

그녀는 데쓰야에게 배신당했다고 생각했다.

그녀의 아버지는 시청 공무원이었고, 어머니의 친정은 나가오카에서 양품점을 했다. 너무나 다른 세계로 빨려 들어가는 것에 당황하면서 눈만 뜨면 잔소리를 퍼부었다. 그래도 그는 뜻을 굽히지 않고 결국 그녀와 유타를 데리고 농원으로 들어갔다. 더구나 그곳은 그의 부모님과 할아버지, 할머니는 물론이고, 농원 일을 도와주는 숙부 가족까지 같이 사는 곳이었다.

데쓰야의 양친은 그녀에게 미안하다고 하면서도 손자를 보고는 눈물을 흘릴 만큼 좋아했다.

"넌 우리 아들을 부모님께 바쳐서 형의 죽음을 메우려는 거구나."

별 생각 없이 그렇게 말한 순간, 그의 주먹이 머리로 날아왔다. 그 즉시 그녀는 정신을 잃었다. 그때부터 마음에 들지 않으면 주먹질과 발길질이 시작되었다. 그럴 때마다 며느리를 감싸준 사람은 시아버지였다. 그녀는 데쓰야에게 공포를 느낄 때마다 시아버지의 뒤에 숨곤 했다. 그러는 사이에 유타는 그녀보다 할머니와 증조할머니를 더 잘 따르게 되었다.

그러던 어느 날, 데쓰야가 농협 모임에 나간 사이에 시아버지가 이야기를 하자고 했다.

"데쓰야가 형을 너무나 좋아한 나머지 좀 이상해졌구나. 네가 유타를 두고 나가면 모든 게 해결될 것 같은데, 네 생각은 어떠니? 넌 농원 일을 좋아하지 않는 것 같으니까 다시 시작하는 게 좋지 않겠니?"

당시 그녀의 사고(思考)는 이미 멈춘 상태였다. 매일 우울의 늪에 빠져 잠들지 못하는 날이 이어졌다. 문득 아들을 보자 유타는 시어머니에게 기대어 어리광을 부리고 있었다.

"유타, 이리 오렴."

그녀가 불러도 유타는 할머니의 등에 숨어서 눈을 치켜뜨고 쳐다볼 뿐이었다. 데쓰야와 싸울 때마다 분노를 터뜨리며 접시를 집어던지는 모습을 보고 겁을 먹은 것이리라.

아들을 두고 시댁을 나온 것은 스물여섯 살 때였다. 당시 유타는 세 살이었다. 그 이후 데쓰야는 재혼하고, 새 아내와의 사이에 두 아이를 두었다고 한다. 그녀는 물론 유타가 가여웠지만 유타에게는 시어머니가 그림자처럼 달라붙어 떨어지지 않았다. 전화기 너머에서 들린 "뭐하는 거야?"라는 목소리의 주인은 시어머니였을 것이다.

엄마가 느긋하게 물었다.

"친구가 네 전화번호를 가르쳐주지 않았단 걸 어떻게 알지?"

"데쓰야는 DV로 유명했거든. 그런 남자에게 내 전화번호를 가르쳐줄 리 없잖아."

"DV가 뭐야?"

"그것도 몰라? 가정 내 폭력(Domestic Violence) 말이야."

엄마의 목소리가 어둡게 바뀌었다.

"하긴 그랬었지. 생각만 해도 끔찍해. 그걸 알고는 네 아빠도 얼마나 화를 냈는지 몰라. 그런 녀석은 죽어도 싸다고 몇 번이나 말하더라."

하지만 데쓰야의 폭력은 가라앉았다. 재혼한 후에는 아내에게 한 번도 손을 댄 적이 없는 좋은 남편이 되었다고 한다. 그녀에게만 화를 내고 주먹으로 때리고 발로 걷어찬 것이다.

그녀의 무엇이 그의 내부에 있는 폭력의 씨앗을 끌어냈을까. 그 이후 그녀는 스스로에게 자신이 없어졌다. 그래서 남편에게도 사실을 말할 수 없었다.

"유타는 지금쯤 어떻게 지낼까?"

"요전에 다도 선생님 댁에 갔을 때 기무라 씨가 그러더구나. 덩치도 크고 축구를 한다고. 자기를 낳아준 엄마를 보고 싶겠지."

"나도 보고 싶어."

말은 그렇게 했지만 과연 자신은 열 살이 된 아들이 보고 싶을까. 지금의 자신은 슌페이의 아내이자 가나의 엄마고, 도쿄의 타워 아파트에 사는 멋진 가정주부다. 얼굴도 모르는 낯선 아이에게 '엄마'란 말을 듣고 싶지 않다. 그런 말을 들으면, 이를 악물고 죽을힘을 다해 던져버린 예전의 자신으로 돌아갈 것 같다.

"요즘 아이들은 전부 휴대전화를 갖고 있다니까 어디선가 네 전화번호를 듣고 발신번호 표시제한으로 걸지 않았을까? 굉장하구나!"

"엄마, 남의 말처럼 하지 마."

엄마는 말문이 막혔는지 아무 말도 하지 않았다. 엄마에게 사과하고 싶었지만 마음이 딴 곳에 있어서 사과의 말이 나오지 않았다. 만약 발신번호 표시제한으로 전화한 사람이 유타라면 한 가지 사실은 분명하다. 아들은 엄마의 전화를 받고 싶지 않다는 것이다. 만약 전화를 받고 싶었다면 발신번호 표시제한으로 전화하지 않았을 테니까. 엄마가 누구인지 궁금해하면서도 엄마를 거부하는 아들. 데쓰야, 슌페이, 그리고 유타. 주변의 남자들은 모두 그녀를 거부하고 있다. 허탈한 미소가 입가에 떠오르자 서글픔이 더해졌다.

초겨울에 접어들었다. 비는 며칠이나 계속되었다. 공원이나 모래밭에도 가지 않고 라운지에서 모이자는 이야기도 없는 채 시간이 흘렀다.

아리사는 빗속을 뚫고 도착한 슈퍼마켓에서 언뜻 메구 엄마의 뒷모습을 보았지만, 평일인 데다 남편과 시어머니 같은 사람과 같이 있어서 말을 걸 틈을 놓쳤다. 미우 엄마로부터도 연락이 없었다.

메구 엄마를 본 날 밤, 딸과 튀김우동을 먹고 있을 때 시어머니로부터 전화가 걸려왔다.

"여보세요, 나다. 잘 지내고 있니?"

누가 기다리기라도 하는지 시어머니의 말투는 몹시 급하게 들렸다.

"그동안 전화를 못 드려서 죄송해요. 전 덕분에 잘 지내고 있어요."

그녀는 황급히 우동을 삼키면서 대답했다. 시어머니는 그녀의 사정도 묻지 않고 다짜고짜 본론으로 들어갔다.

"가나의 유치원은 어떻게 할지 정했니?"

"아뇨, 아직 결론을 내리지 못했어요."

그녀의 목소리가 조금 날카로워졌다.

"그래? 난 이미 정한 줄 알았지. 이제 망설일 시기가 아니잖아."

"그이와 의논하지도 않고 어떻게 정해요?"

목소리에 원망의 느낌이 배었는지, 말이 끝나기도 전에 시어머니가 재촉하듯 말했다.

"요전에 슌페이에게 전화했잖아?"

시어머니가 무슨 말을 하는 걸까? 머릿속이 혼란스러워서 대꾸를 할 수 없었다.

"슌페이에게 전화했더니, 너에게 전화를 받았다고 하더구나."

"네, 메시지를 남겼지만 대꾸는 없었어요."

그러자 시어머니가 뜻밖의 제안을 했다.

"있잖아, 네가 직접 그쪽에 가보지 않겠니?"

"밀워키에요?"

"그래. 남편과 같이 연말에 밀워키에 갈까 해. 그때 너희도 같이 가면 어떨까 해서. 그냥 내버려두면 아무리 기다려도 슌페이는 돌아오지 않을 거야. 그래서 이번에 가서 딱 부러지게 매듭을 지으려고."

오늘 시어머니는 기운이 넘친다. 하지만 그녀는 밀워키에 가고 싶지 않았다. 시부모에게 남편과 싸우는 모습도, 남편에게 비난당하는 모습도 보이고 싶지 않았다.

"전 안 갈래요. 비행기 타기 싫어요."

순간 시어머니의 긴장된 숨소리가 들린 것 같았다. 단순한 착각일까?

"그래? 같이 가면 좋을 텐데. 그럼 우리가 가나를 데려갈까? 가나도 아빠가 보고 싶을 테고, 슌페이도 가나는 보고 싶을 테니까."

가나는 보고 싶다…….

그 말에 상처를 받고 그녀는 자기도 모르게 소리를 질렀다.

"가나도 보내지 않을 거예요! 가나는 저와 하나니까요!"

"그렇게 소리 지르지 마. 아무도 가나를 빼앗지 않으니까."

눈앞에 시어머니의 웃는 얼굴이 떠올랐다. 거짓말, 거짓말, 거짓말. 유타처럼 자신으로부터 딸을 빼앗아가려고 하면서. 정신을 차린 것은 이미 전화를 끊은 다음이었다.

"엄마, 누구야?"

식욕이 없는지 젓가락 끝으로 우동 면발을 쿡쿡 찌르던 딸이 얼굴을 들었다.

"넌 모르는 사람이야."

그녀는 거짓말을 한 뒤 우동 그릇을 들고 일어났다. 다들 자신에게 엄마 자격이 없다고 손가락질하면서 자신을 고독 속으로 몰아넣는 것 같다. 눈을 감자 분노로 새파래진 남편의 얼굴이 떠올랐다.

"오늘 병원에서 당신이 경산부라고 말하던데, 그게 무슨 말이야?"

산부인과 의사에게는 말을 하지 않을 수 없어서, 7년 전에 아들을 낳은 적이 있다고 했다. 물론 남편에게 말하지 말라고 입막음을 해두었다.

딸의 작은 손가락을 만지작거리던 아리사의 손길이 멈추었다.

"누구에게 들었어?"

"수습 간호사에게. '그래도 사모님은 출산한 적이 있어서 쉽게 낳았어요'라고 하더군. 내 귀를 의심해서 몇 번이나 물었어. 어떻게 된 거지? 뭔가 잘못된 거지? 말해봐, 어서!"

점점 분노가 솟구치는지 평소에 느긋하고 편안한 남편의 얼굴이 붉으락푸르락했다.

"아이를 낳은 적이 있어."

어쩔 수 없이 사실을 털어놓자 그는 두 손으로 머리를 감쌌다.

"뭐? 그게 무슨 말이야? 그렇게 중요한 말을 왜 지금까지 안 했던 거야?"

"미안해. 말할 수 없었어."

데쓰야의 폭력과 유타를 두고 시댁을 나오게 된 경위에 대해 말하는 동안 남편은 한마디도 하지 않았다. 이윽고 기나긴 침묵이 이어진 다음, 혼잣말처럼 중얼거렸다.

"나를 속인 거야?"

그녀는 딸이 움찔거릴 만큼 큰 소리로 부정했다.

"아니야! 속인 게 아니야! 거짓말한 것도 아니야. 말할 수 없었을 뿐이야!"

"처음엔 말할 수 없었어도 나중엔 말할 수 있었잖아. 우리는 결혼했어. 그런데 난 아내가 결혼한 적이 있고 아이를 낳은 적이 있었단 걸 까맣게 몰랐어. 이게 말이 된다고 생각해? 말이 안 되잖아!"

남편의 눈에 고인 눈물이 뺨을 타고 흐르는 걸 그녀는 망연히 지켜보았다.

"미안해, 정말 미안해. 사실대로 말하면 당신이 날 싫어할 것 같아서……."

"그걸 변명이라고 해?"

남편은 그렇게 말하고 나서 크게 한숨을 쉬었다.

"물론 충격은 받겠지만 그래도 말을 했어야 하잖아!"

"미안해. 정말 미안해. 속인 게 아니야. 말할 수 없었던 것뿐이야."

그녀가 거듭 사과하자 그는 주먹으로 눈물을 훔쳤다.

"반대의 경우라면 어떨까? 나에게 속았다고 생각 안 하겠어?"

"그렇게 생각 안 해. 당신이 그랬다면 그럴 만한 이유가 있었다고 생각했을 거야."

남편은 잠시 생각하고 나서 그녀의 눈을 보지 않고 말했다.

"거짓말하지 마. 그렇게 생각 안 했기 때문에 날 속인 거겠지. 당신은 그런 사람이야."

그 순간 그녀는 자신이 진심으로 남편을 사랑하고 있음을 깨달았다. 그와 동시에 남편을 잃어버리고 있다는 사실을 깨닫고 공포에 휩싸였다.

쓸쓸한 듯한, 해방된 듯한……

차가운 비가 쏟아진 어젯밤과 달리 이튿날 아침은 더할 수 없이 쾌청했다. 끝없이 펼쳐진 파란 하늘에는 구름 한 점 없었다. 발코니의 유리문을 열자 습기를 머금은 차가운 공기와 함께 바다 내음이 밀려왔다. 아리사는 한껏 공기를 들이마셨다. 날씨가 맑아짐과 동시에 그녀의 마음도 상쾌해졌다.

고개를 돌려 서쪽에 우뚝 솟은 BWT를 바라보았다. 오늘은 오랜만에 이부 엄마로부터 모이라는 메일이 올까? 메일이 오지 않으면 하루 종일 딸과 둘이 무엇을 하며 보낼까?

문득 자기가 먼저 만나자는 메일을 보낸 적이 없다는 사실이 떠올랐다. 항상 누군가가 밥상을 차려주기를 기다리는 수동적인 자신.

도쿄에 상경해 광고회사에서 일하던 때는 누구와도 금세 친해져 함께 먹고 마시며 놀았다. 새로운 곳에서 새로운 자신을 만들 거라고 온몸에 힘이 넘쳤다. 그런데 남편과 뒤틀린 후에는 자신감을 잃고 소극적으로 생각하게 되었다. 어떤 것이 진정한 자신일까?

딸은 침대에 누워 리모컨으로 TV 채널을 돌리고 있었다. 아직 잠옷 차림이다. 남편이 미국에 간 이후 넓은 침대에서 같이 자는 사이에 눈에 띄게 게을러졌다.

"가나, 얼른 일어나서 세수해. 아침밥 먹어야지."

"가나 졸려."

딸이 보란 듯이 일부러 눈을 문질렀다. 침대에서 TV를 보는 건 그녀를 따라하는 행동이다.

"그러면 못써. 어서 일어나."

그렇게 말하면서도 마음 한쪽이 꺼림칙한 건 그 때문이리라. 리모컨을 빼앗아 TV를 끄자 딸은 어쩔 수 없이 침대에서 내려왔다. 아파트라는 밀실에서 둘이만 편안하게 지내는 게 문제일까. 매일 출근하는 아빠가 있으면 아이도 리듬이 생겨서 규칙적인 생활을 할 수 있을지 모른다. 최근 들어 그렇게 생각하는 날이 많아졌다.

어젯밤 시어머니와 통화하는 도중에 먼저 전화 끊은 걸 떠올리자 몸이 움찔거렸다. 무례하게 행동했다고 사과해야 하는데, 계기를 어떻게 만들어야 할까? 한 번 뒤틀리면 원만하게 수습하지 못하는 건 요령이 없기 때문일까?

홍차와 햄 토스트, 토마토 샐러드로 아침식사를 할 때, 메일의 착신음이 들렸다. 딸이 재빨리 휴대전화를 가져다주었다. 메일을 여는 동안도 "누구 메일이야? 누구 메일이야?"라고 시끄럽게 재잘거렸다.

> 좋은 아침! 오랜만이에요. 그동안 잘 지냈어요?
> 드디어 파란 하늘이 고개를 내밀었어요. 날씨가 좋으니까 기분까지 좋아지네요.
> 그런데 바람이 꽤 차가우니까 라운지에서 만나는 게 어때요?
> 미우 엄마에게도 전해주세요~
> 그럼 10시 반쯤 만나요. 이따 봐요!

오랜만에 모이자는 이부 엄마의 메일이다. 오렌지색 날씨 마크와 핑크색 케이크, 곰돌이, 푸들 같은 데코메일이 화면에서 깜빡깜빡 춤을 추고 있다.

다행이다. 다시 친구로 받아주었다. 그녀는 가슴을 쓸어내리며 즉시 '안 그래도 기다렸어요! 기쁘게 달려갈게요'라고 답장을 보냈다.

미우 엄마에게 전해달라는 건 일단 BET에 들어오지 않으면 BWT에 갈 수 없으므로 이치에 맞는다. 다른 때처럼 둘이 같이 오라는 뜻이다. 이부 엄마는 이미 미우 엄마의 태도를 신경 쓰지 않는 듯했다.

그녀는 안도의 한숨을 내쉬고 이부 엄마의 메일을 미우 엄마에게 전송했다. 그러자 미우 엄마가 직접 전화를 걸어왔다.

"좋은 아침!"

그토록 듣고 싶었던 미우 엄마의 허스키한 목소리다. 이렇게 외로웠는데, 이렇게 기다렸는데 왜 미우 엄마에게 전화를 걸지 않았을까? 빗속에 갇혀 있는 동안 많은 일이 있었는데.

"오랜만이야. 오늘 어떻게 할 거야?"

"그게 말이야, 동생이 약속이 있다고 나간다지 뭐야? 그래서 못 갈 것 같아."

'정말일까?' 하고 고개를 갸웃거렸지만 그렇다고 캐물을 수는 없었다.

"그래? 보고 싶었는데."

"미안미안."

미우 엄마가 못 온다고 하자 자기 혼자 이부 엄마를 비롯한 BWT 3인방을 상대할 수 있을지 불안해졌다. 그런 자신에게 한심한 생각이 들었지만 재빨리 마음을 추슬렀다.

"할 수 없지 뭐. 그런데 미우는 잘 있어?"

"잘 있어. 감기가 유행이라던데, 가나는 괜찮아?"

"괜찮아. 비가 와서 밖에는 한 발짝도 안 나갔거든."

"거긴 밑에 편의점이 있어서 비를 안 맞고 지낼 수 있으니까."

"그렇지 뭐. 안 그래도 계속 편의점 음식만 먹었더니 질려."

"그건 그래. 그런데 오늘 밤에 몬나카에 안 갈래? 동생이 저녁엔 시간이 있다니까 애들을 맡길 수 있어. 도모히사도 쉬는 날이니까 오라고 할게."

그 말에 넘어가고 싶었지만 그러면 별로 사이가 좋지 않은 딸과 미우가 오랫동안 같이 있어야 한다. 그녀는 잠시 망설인 끝에 거절했다.

"미안해. 나도 그러고 싶지만 가나가 밤엔 나가고 싶어 하지 않아서……."

"하여간 좋은 엄마라니까."

미우 엄마는 밝게 웃은 뒤 "그럼 다음에 봐"라고 말하며 전화를 끊었다. "좋은 엄마라니까"라는 소리가 귓가에 길게 남았다. 아니다. 난 좋은 엄마가 아니다. 그녀는 당장이라도 다시 전화를 걸어서 "갈게"라고 대답하고 싶었다.

하지만 잠든 딸을 데리고 어두운 밤길을 걸었을 때의 고독감을 떠올리자 도저히 마음이 내키지 않았다. 남편과 같이 아이를 키울 수 있다면 얼마나 마음 든든할까.

딸에게 옷을 갈아입히고 라운지에 가려고 준비할 때 전화가 걸려왔다. 또 미우 엄마일까? 발신처를 보고 깜짝 놀랐다. 시아버지인 요헤이였다.

"아침부터 미안하구나. 지금 아파트 밑에 와 있는데 집에 가도 되니? 집사람이 하도 걱정하길래 잠시 와봤다."

"어머나, 죄송해요."

그녀는 숨을 들이마시고 순순히 사과했다. 어젯밤에 시어머니와 통화하던 도중, 흥분한 나머지 일방적으로 전화를 끊은 탓이다.

"나 혼자 왔는데, 지금 가도 괜찮을까?"

"네, 지저분하지만 올라오세요."

일단 현관문의 자동잠금장치를 열어주고 황급히 주방의 환기팬을 틀었다. 그리고 딸의 장난감을 정리한 뒤 현관 근처의 쓰레기를 주웠다.

"지금 할아버지께서 오신대."

딸은 멍한 표정으로 가만히 서 있었다. 무리도 아니다. 지금까지 할머니와 할아버지가 집에 온 적은 한 번도 없었다. 근처까지 와도 라라포트에서 같이 식사를 했을 뿐, 그녀를 배려해서인지 집에 가고 싶다고 말한 적은 없었다.

이윽고 인터폰에서 호출음이 들렸다. 문을 열자 시아버지가 미안한 얼굴로 서 있었다. 오늘은 검은색 재킷에 하얀 셔츠를 입고, 연지색 머플러를 손에 들고 있었다. 한 달 전에 같이 식사했을 때보다 눈가에 피로함이 더해졌다.

"아침부터 미안하구나. 들어가도 될까?"

시아버지는 손에 든 쇼핑백을 내밀었다. 대중적인 브랜드의 슈크림과 전철역 매점에서 파는 유아용 그림책이 두 권 들어 있었다.

거실로 들어오자 시아버지는 신기한 듯 여기저기 둘러보았다. 남편이 나이를 먹으면 이렇게 될 것 같은 표정과 동작에 간이 철렁했다.

"어제는 죄송했어요. 저도 모르게 흥분하는 바람에 무례한 짓을 저질렀어요. 어머님께 사과드릴게요."

"우리야말로 느닷없이 이상한 말을 해서 미안하구나."

시아버지는 인자한 미소를 지은 다음, 의자에서 몸을 내밀어 발코니 밖의 경치를 바라보았다.

"오호! 29층에서 보니 현실감이 없구나. 매일 이런 경치를 보고 자라면 어떻게 될까?"

그녀는 건성으로 대꾸하면서 주방 카운터 밑에서 이부 엄마에게 재빨리 메일을 보냈다.

갑자기 손님이 오셔서 못 갈 것 같아요.

죄송해요.

미우 엄마도 사정이 있어서 참석하지 못한대요.

다른 분들에게도 말씀 잘 전해주세요.

아리사

잠시 망설이다가 마지막에 '잘 전해주세요'란 말을 '잘 전해달래요'라고 미우 엄마의 전언처럼 가장했다.

차를 가져가자 시아버지가 목소리를 낮추었다. 바닥에 앉아 그림책을 보는 딸이 신경 쓰이는 것이리라.

"집사람을 오해하지 않았으면 좋겠구나. 그 사람은 진심으로 너와 슌페이가 예전처럼 잘 지내기를 바라고 있어. 그리고 너를 몹시 걱정하고 있단다."

"저도 알아요. 그래서 항상 고맙게 생각해요."

"원래 말을 참지 못해서 오해하는 사람이 많지. 일터에서도 젊은 사람들과 종종 부딪친다고 하더구나. 어제 너와 통화한 후에 반성하고 있어. 갑자기 전화해서 가나만 데려가겠다고 설레발을 쳐서 미안하다고 말이야. 미안하다, 기분 풀려무나."

시아버지가 고개 숙이는 것을 보고 그녀도 황급히 고개를 숙였다.

"저야말로 죄송해요. 저도 미국에 가서 딱 부러지게 말하고 싶지만 다 같이 가는 건 좀 이상한 것 같아서요."

"그래, 네 말이 맞다."

"그런데 아버님께서 사과를 하시다니, 저야말로 여러모로 죄송해요."

그녀는 뜻밖의 상황에 당황하지 않을 수 없었다.

"그래서 말인데, 이렇게 있어봐야 결론이 나지 않으니까 구체적으로 얘기를 하러 왔다. 부부 중 한 사람은 미국에 살고 한 사람은 일본에 사는 건 말이 안 돼. 너도 부모님 볼 낯이 없고, 가나의 양육도 걱정될 테고…… 네가 화가 나서 직접 가기 싫은 것도 충분히 이해한다. 내 아들이지만 정말 어이가 없고 한심하구나. 솔직히 말하면 나도 정년퇴직하고 연금으로 사는 마당에 부담이 되고……."

그녀는 바늘방석에라도 앉은 것처럼 안절부절못했다.

"알고 있어요."

"아니, 넌 모른다."

시아버지가 말을 가로막는 걸 보고 그녀는 아연해졌다.

"넌 아무것도 몰라. 이 아파트의 한 달 집세가 23만 엔이던가? 그리고 생활비로 10만 엔. 녀석은 도합 33만 엔을 매달 보내주고 있지. 그중 10만 엔은 도저히 낼 수 없다고 해서 우리가 빌려주고 있고. 물론 이자는 없어. 녀석이 갚을 수 있을 때쯤이면 우린 이 세상에 없을 테니까 준 거나 마찬가지지. 그런데 너를 보면 과연 이대로 괜찮을까 하는 생각이 들더구나. 물론 네 쪽에서 보면 겨우 10만 엔 가지곤 살기 힘들겠지. 그러니까 이번 기회에 자립하는 게 어떻겠니? 무례한 말이라면 미안하구나."

"아버님 말씀이 맞을지도 모르죠."

평소와 다른 시아버지의 태도에 주눅이 들어, 그녀는 고개를 끄덕이는 수밖에 없었다.

결혼과 동시에 타워 아파트로 옮기고 행복하게 산 시간은 겨우 두 달. 딸이 태어나자마자 그녀의 과거가 드러났다. 그리고 해결이 되지 않은 채 8개월 후에 남편 혼자 미국으로 떠났다. 그로부터 2년 반, 그녀는 계속 남편을 기다리며 살고 있다.

"예전에도 말했지만 넌 이혼하고 싶지는 않지?"

"네, 그이와 확실하게 얘기하기 전까지는요."

그녀는 그렇게 말해서 시아버지 입에서 나올 비난의 말을 재빨리 가로막았다. 딸이 아무것도 모른 채 열심히 그림책을 보는 게 최소한의 위안이었다.

"얘기를 하러 가고 싶지도 않지?"

"정말로 이혼하고 싶다면 그이가 와야 하지 않나요?"

그것은 그녀의 마지막 오기이자 고집이었다.

"그건 그래, 네 말이 맞다."

시아버지가 진지한 표정으로 고개를 끄덕이는 걸 보고 그녀는 안도했다.

"그런데 진심으로 관계를 회복하고 싶다면 계속 고집을 부리지 말고 직접 가보는 게 어떻겠니?"

"하지만 가나도 있고, 비용도 만만치 않고요."

"지금 가나와 둘이 살지? 그것도 이렇게 하늘에 떠 있는 집에서. 이러지 말고 잠시 혼자 생각해보는 게 어떻겠니? 결론을 내릴 때까지 가나는 우리가 돌봐줄 테니까. 물론 네게서 가나를 빼앗지는 않아. 오해하지 않도록 미리 말하자면, 우리는 이미 늙어서 둘이 편하게 살고 싶어. 그리고 또 할 말이 있다. 네가 정이혼하기 싫다면, 슌페이가 올 때까지 기다리고 싶다면 우리 집에서 같이 살지 않겠니? 가나를 어린이집에 보내고 일하러 가도 좋고, 그냥 집안일을 도와줘도 좋다. 서로 부딪치지 않고 살수 있을지는 모르지만 적어도 여기 집세는 굳잖니. 너무 현실적인 말일지 모르지만 경제적인 부분도 중요하지 않을까? 가나는 우리의 소중한 손녀에 넌 소중한 며느리고, 니가타의 부모님께도 죄송하고 말이다."

생각지도 못한 말이었다. 딸을 데리고 친정으로 돌아가려고 한 적은 몇 번 있었다. 그러나 친정은 이미 오빠 부부의 집으로 변해서 돌아갈 수 없었다. 그녀는 잠시 생각한 다음에 말했다.

"알겠어요. 이제 유치원도 정해야 하고 꾸물거릴 시간이 없겠지요. 그이와 담판을 지으러 미국에 가든지 여기에 남아서 이혼에 동의하든지, 어떻게 할지 정할게요."

시아버지가 안도의 미소를 지으며 그녀의 얼굴을 바라보았다.

"고맙다. 그렇게 해주겠니?"

"그럼 아버님, 가나를 일주일만 맡아주시겠어요? 어머니와 의논하거나 잠시 여행을 하면서 생각해볼게요."

그렇게 말하고 고개를 돌린 순간, 의아한 눈길로 올려다보는 딸과 눈이 마주쳤다. 딸이 자기 아빠를 싫어하면 얼마나 좋을까? 그녀는 마음속으로 그렇게 중얼거리고 나서 다시 시아버지에게 눈길을 돌렸다.

"갑작스럽긴 하지만 오늘 차를 가져왔으니 가나를 데려갈까?"

마치다의 시댁은 결혼하기 전에 몇 번 놀러간 적이 있었다. 잔디가 깔린 마당에 계절마다 아름다운 꽃이 피는, 너무도 행복해 보이는 집이었다. 그래서인지 남편은 사람 사는 냄새가 느껴지지 않는다고 하면서 타워 아파트에 살고 싶어 하지 않았다. 멍하니 앉아 있자 시아버지가 안쓰러운 눈길로 그녀를 쳐다보았다.

"정말 가나를 데려가도 괜찮겠니? 외롭지 않겠어? 외로우면 우리 집에 오거라. 집사람도 좋아할 거야."

"고맙습니다. 하지만 괜찮아요."

이 사람들이라면, 이 사람들이 시부모라면 별다른 문제없이 잘살 수 있을 거라고 좋아했는데. 왜 모든 게 뒤틀어졌을까?

"가나, 할아버지 집으로 여행 가자."

캐리어를 갖다 주자 딸은 들뜬 표정으로 칫솔과 좋아하는 장난감을 넣기 시작했다.

"가나, 할머니께서 사주신 당나귀 인형을 잊으면 안 되지."

최근에 캐리어에 빠지는 바람에 얼마 전까지 제일 좋아했던 당나귀 인형은 까맣게 잊었다. 그녀가 장난감 상자에서 당나귀 인형을 꺼내주자 딸은 사랑스러운 듯 뺨을 비볐다.

"가나, 그동안 잊어서 미안하다고 사과해야지."

딸은 순순히 "그동안 잊어버려서 미안해"라고 말했다. 안타까움과 사랑스러움이 솟구치면서 눈물이 왈칵 쏟아질 것 같았다.

점심때가 지나서 아리사는 발코니에 나가 밖을 바라보았다. 서쪽 하늘에 새하얀 구름이 떠 있었다. 지금쯤 딸은 뭘 할까? 갑자기 배가 고팠다. 시아버지가 오지 않았다면 지금쯤 라운지에서 놀다 집에 와서 점심을 준비했을 텐데. 그렇게 생각하자 왠지 웃음이 나왔다. 남편이 미국에 간 이후 혼자 있은 적이 없어서 그런지, 무엇을 해야 좋을지 알 수 없었다. 그녀는 미우 엄마에게 메일을 보냈다.

오늘 한잔하러 갈 수 있게 됐어.

시아버지가 와서 가나를 데려갔거든.

가나는 신나서 캐리어를 끌고 갔어(^^).

쓸쓸한 듯한, 해방된 듯한······.

나도 생각할 게 많아졌어.

요코 씨, 이번엔 내 얘기를 들어주겠어?

아리사

야호!

그럼 우리 아파트 앞에서 5시 반에 만나.

도모히사에게도 말해둘게.

오늘은 마음껏 마시자!

YOKO

미우 엄마를 만날 때까지 시간이 많이 남았다. 오랜만에 긴자에 가서 영화라도 볼까.

"쓸쓸한 듯한, 해방된 듯한……."

그녀는 그렇게 말하고 숨을 크게 토해냈다. 시아버지가 가져온 슈크림을 한 입 베어 물었다. 놀라우리만큼 달콤하고 부드러웠지만 혀의 양쪽 끝에 쓴맛이 희미하게 맴돌았다.

쓰레기봉투의 입구를 꽉 묶은 뒤, 창고로 변한 현관 옆의 2평짜리 공간에 넣었다. 쓰레기봉투 안에는 딸이 어렸을 때 사용하던 옷과 장난감이 들어 있었다. 딸이 없을 때 버리려고 했던 것들이다.

봉투 안에서 딸이 태어나기 전에 남편과 같이 샀던 핑크색 옷이 보였다. 도저히 버릴 수 없어서 봉투를 열고 다시 꺼냈다. 이렇게 넣거나 꺼내기를 반복한 끝에 쓰레기봉투 네 개를 꽉 채운 것은 오후 3시가 가까워서였다. 영화를 보기에는 시간이 부족하지만 미우 엄마와 약속한 시간까지 집에 있기는 아깝다는 생각이 들었다.

긴자에 나왔지만 혼자 쇼핑을 하려니 흥이 나지 않았다. 아이

쇼핑도 바로 싫증이 나고, 걷다 지쳐서 마쓰야 거리의 스타벅스에 들어갔다. 매장 안은 차가운 바람을 피하려는 사람과 잠시 휴식을 취하는 회사원으로 넘쳤다.

구석에서 겨우 자리를 발견했다. 순간 지금까지 맛본 적이 없는 감정이 솟구쳤다. 어디에라도 갈 수 있다는 해방감과 어디에도 있을 곳이 없다는 외로움. 그리고 밑바닥에서 스멀스멀 기어오르는 초조함이 가슴을 가득 메웠다.

입술을 델 것 같은 뜨거운 커피를 조심스럽게 입에 머금었다. 휴대전화를 바라보았다. 시댁에 전화를 걸어 딸이 어떻게 지내는지 물어보는 편이 좋을까? 벌써 딸이 보고 싶어서 가슴이 아렸다.

시아버지에게는 친정 엄마와 의논하겠다고 했지만, 부모님은 딸 없이 그녀 혼자 내려가는 걸 달가워하지 않는다. 더구나 의논한다고 해도 "상황을 좀 더 지켜보자"라고 소극적으로 대답할 것임이 뻔하다. 예전에 결혼했다는 말을 남편에게 하지 않아 이렇게 됐다는 말을 아직 하지 않은 것이다.

시아버지가 전화를 받았다. 그녀는 목소리를 낮추며 말했다.

"여보세요, 아리사예요."

"그래. 조금 전에는 미안했다. 가나는 잘 놀고 있어. 바꿔줄까?"

"네, 부탁할게요."

그런데 전화를 받은 사람은 딸이 아니라 시어머니였다.

"아리사니? 가나는 즐겁게 놀고 있어. 지금 동네 슈퍼에 다녀왔단다."

"그러세요? 오늘 생각보다 바람이 차가워 옷이 얇지 않을까 걱정하던 중이었어요."

"걱정 마. 내 숄을 둘러줬으니까."

"고맙습니다."

"한 가지 물어볼 게 있는데, 가나는 흰살 생선 중에 뭘 좋아하지?"

흰살 생선? 한순간 좋은 대답을 찾았지만 흰살 생선 중에 뭐가 맛있는지 기억나지 않았다. 생선요리는 거의 하지 않았기 때문이다.

"가자미나……."

"가자미? 세상에! 입이 꽤 고급이구나."

시어머니는 소리 내어 밝게 웃었다. 멀리서 시아버지와 장난치는 딸의 목소리가 들렸다. 그녀는 딸과 말하고 싶어서 온몸이 뒤틀렸다.

"하지만 고기를 더 좋아해요."

"본인도 그렇게 말하더구나."

시어머니는 마치 퀴즈대회에서 이긴 사람처럼 의기양양하게 말했다.

"죄송해요."

그렇게 말하고 나서 그녀는 고개를 갸웃거렸다. 왜 사과했을까? 시어머니의 고압적인 태도 때문일까?

"잠시만 기다리렴. 가나, 엄마다!"

수화기를 다급히 드는 소리가 나고 딸의 목소리가 흘러나왔다.

"엄마!"

혀가 짧은 듯한 귀여운 목소리. 너무도 사랑스러워서 가슴이 먹먹해졌다.

"가나, 할머니 말씀 잘 듣고 예의 바르게 행동하고 있지?"

"엄마 있잖아, 가나 말이야, 슈퍼의 갈색 강아지가 좋아."

딸이 영문을 알 수 없는 말을 했다.

"강아지가 어땠다고?"

시어머니에게 전화기를 넘겨줬는지 목소리가 바뀌었다.

"가나가 강아지를 좋아하는 것 같아서 한 마리 사줄까 싶다."

"슈퍼에서 강아지를 팔아요?"

그제야 겨우 수수께끼가 풀렸다. 그런데 돌아오는 시어머니의 목소리가 왠지 초조하게 들렸다.

"우리 집 근처에 대형 슈퍼마켓이 있는데, 거기에 애완동물 매장이 있거든. 조금 전에 거기 가서 푸들을 보고 왔단다. 그런 데 싸게 해준다고 하지 뭐니? 그래서 살까 말까 고민 중이야."

마음속에 불안함이 퍼져나갔다. 강아지를 사주면 딸도 강아지와 같이 그대로 시댁에 눌러 있게 되지 않을까. 그러면 자신도 시댁에 빨려들어 가거나 어쩌면 자기 혼자 튕겨 나오지 않을까.

혼자만의 해방감이 딸을 잃어버리는 게 아닐까 하는 두려움으로 바뀌면서 조바심이 목구멍까지 차올랐다. 집을 나오기 전에 느낀 조바심은 이것이었던가. 처음으로 생각이 거기에 미쳤다.

"엄마, 강아지 눈이 숨바꼭질 하고 있어."

딸의 들뜬 목소리가 들렸다.

"그래? 신기하다!"

"할머니랑 강아지 이름을 지을 거야."

"뭐라고 지을 건데?"

"초코라든지 코코라든지. 과자 이름으로 지을 거야. 가나는 과자를 좋아하니까."

더듬거리면서도 어떻게든 자신의 생각을 전하려는 어린 딸이 너무도 사랑스러웠다. 보고 싶다. 한편으론 벌써 딸을 빼앗긴 듯한 생각이 들어서 가슴이 찢어질 것 같았다.

전화기가 다시 시어머니에게 넘어갔다.

"가나는 잘 있으니까 안심하고 일자리를 찾아보렴. 그리고 여기 와서 우리랑 같이 살자."

그런 작전이었던가? 역시 일자리를 찾지 않으면 딸을 돌려줄 것 같지 않다.

등에 땀이 배어나오는 걸 의식하면서 스타벅스 안을 둘러보았다. 모두 혼자 앉아서 휴대전화를 들여다보거나 신문을 보는 등 오후 시간을 충실하게 보내고 있다.

그러자 생각지도 못한 마음이 솟구쳤다. 나도 일을 해볼까? 하지만 일을 하면 이부 엄마와 메구 엄마, 마코 엄마와는 다른 삶을 살게 된다. 아직 그럴 만한 결심은 서지 않았다.

미우 엄마라면 뭐라고 할까. 미우 엄마를 만나서 의논하고 싶어졌다. 전화를 끊고 미우 엄마에게 메일을 보냈다.

지금 긴자에서 쇼핑하고 있어.

괜찮으면 도모히사 씨를 만나기 전에, 잠시 내 얘기 좀 들어주지 않을래?

의논할 게 있어.

아리사

즉시 답장이 왔다.

도모히사 따위는 아무래도 상관없어(^^).

그 녀석은 끝날 때쯤 부르지 뭐.

그럼 긴자에서 만날까?

6시에 긴자 1번가에 있는 인도 레스토랑 '카이발'에서 만나는 게 어때?

거기 브리야니가 맛있거든.

가끔은 매콤한 게 먹고 싶어!

YOKO

카이발이 어디 있는지도 모르고 브리야니가 무엇인지도 모르지만 가슴이 두근거렸다. 매콤한 음식을 즐기는 어른들만의 식사…….

좋아, 어딘지 가르쳐줘.

메일을 보내자 즉시 음식 블로그의 지도가 전송되었다.

미우 엄마에게 모든 걸 털어놓기로 결심하자 마음이 좀 편안해졌다. 6시까지는 아직 한 시간 넘게 남았다. 명품 상점이라도 둘러보며 시간을 보내기로 하고 자리에서 일어났다.

　교바시 방향으로 걸어가서 샤넬 매장으로 들어갔다. 화장품 매장에서 립스틱이라도 하나 살까 생각했다. 다음 순간, 아는 사람을 발견하고 걸음을 멈추었다.

　이부 엄마가 이부 아빠와 같이 액세서리 매장의 쇼윈도를 들여다보고 있었다. 트렌치코트 안에 검은색 원피스를 입고 진주 목걸이를 했다. 원피스 길이와 검은색 부츠의 균형이 절묘해서, 매장 안에서도 눈에 띌 만큼 우아하게 보였다. 이부 아빠는 하얀색 셔츠에 검은색 재킷, 회색 바지의 산뜻한 차림이었다.

　그녀는 순간적으로 몸을 감추고 미우 엄마에게 메일을 보냈다.

　　미안하지만 오늘은 그냥 몬나카에 가자.
　　요코 씨 아파트 앞에서 만나는 게 어때?

　메일로는 성에 차지 않는지 즉시 전화가 걸려왔다.

　"웬 변덕이야?"

　미우 엄마의 힘이 넘치는 허스키한 목소리가 매장 안에 울려 퍼지는 것 같아서 당황함을 감출 수 없었다. 그녀는 살며시 얼굴을 가리고 재빨리 매장 밖으로 나왔다.

　"미안해, 갑자기 볼일이 생겨서 집에 들러야 할 것 같아."

"아이, 아쉽다. 오랜만에 카이발에 가고 싶었는데. 이부 아빠가 가르쳐준 곳이거든."

이부 아빠가 긴자에 있는 대형 출판사에 근무한다는 게 떠올랐다. 그렇다면 더더욱 피해야 한다.

"거긴 다음에 가자. 부탁이야. 오늘은 그냥 몬나카에 가거나 어디 초밥집에라도 가자. 일본주를 마시며 얘기하고 싶어."

"알았어. 초밥집이라면 지겨울 만큼 알고 있어. 그럼 6시에 우리 아파트 앞에서 만나."

"미안해. 나중에 봐."

가슴을 쓸어내리며 휴대전화를 가방 안에 넣었을 때, 뒤에서 어깨를 두드리는 사람이 있었다.

"가나 엄마가 여긴 웬일이에요?"

뒤를 돌아보자 이부 엄마와 이부 아빠가 미소를 짓고 있었다. 이부 아빠는 조심스럽게 이부 엄마의 조금 뒤에 서 있고, 이부 엄마의 손에는 샤넬 로고가 박힌 작은 쇼핑백이 들려 있었다.

이부 엄마가 스스럼없이 웃었다.

"이런 데서 만나니까 더 반갑네요. 가나는 어떻게 하고 혼자 계세요?"

"아버지가 데리러 와서 마치다의 친정에 갔어요."

그녀는 이부 엄마가 더 이상 파고들지 않도록 조심하면서 대답했다.

"오늘 오신다는 손님이 외할아버지였군요."

"네."

"오랜만에 모였는데, 가나 엄마와 미우 엄마가 안 와서 얼마나 섭섭했다고요."

평소보다 친한 척하는 이부 엄마를 보고 있자 '조금 있으면 당신 남편의 애인을 만나요!'라는 말이 목구멍까지 솟구쳤다. 그런 그녀의 마음도 모르고 이부 아빠는 빙긋이 웃었다.

"이부는 어떻게 했어요?"

생글생글 웃으면서 이부 엄마는 뒤에 있는 남편을 바라보았다. 두 사람의 시선이 기묘하게 뒤얽히는 걸 보고 그녀는 눈을 내리깔았다.

"이런 말하긴 좀 그렇지만 오늘은 '좋은 부부 놀이'를 하고 있거든요. 그래서 이부는 메구네 집에 맡겼어요. 오랜만에 둘이 식사하려고요."

"와아, 부러워요!"

복잡한 심경이 얼굴에 나타나지 않도록 그녀는 최대한 웃음을 짜냈다.

"그러고 보니 가나 아빠는 외국에 계시죠? 참, 잊기 전에 말해야겠네요. 이제 슬슬 크리스마스 파티에 대해 의논하잔 얘기가 나왔어요."

그녀는 적당히 맞장구쳤다.

"그래야겠죠. 저도 기대하고 있어요."

"다 같이 노는 건 올해가 마지막일지 모르잖아요. 성대하게 파티를 해요. 그럼 또 봐요."

이부 엄마는 그렇게 말하면서 그녀의 어깨를 가볍게 두드렸

다. 이부 아빠가 예의 바르게 고개를 숙인 뒤 이부 엄마의 가냘
픈 허리에 팔을 둘렀다. 그녀는 패배감에 휩싸인 채 어둠 속으
로 사라지는 두 사람의 뒷모습을 바라보았다.

좋은 부부

미우 엄마는 이미 아파트 앞에서 기다리고 있었다. 오늘은 트레이드마크인 검은색 니트 모자를 쓰지 않고, 긴 머리칼을 빙빙 감아올려 검은 머리핀으로 고정했다. 밝은 파란색 다운베스트도 색이 바랜 청바지도 변함이 없었지만, 하얀 바탕에 검은색 페이즐리 문양의 스톨을 목에 둘둘 감았다. 옷과 스톨은 싸구려일지도 모르지만 그래도 미우 엄마는 멋있었다.

아리사는 감탄하면서 인사를 했다.

"오랜만이야. 그동안 별일 없었어?"

"그래, 잘 지냈어."

미우 엄마는 왠지 부루퉁해 보였다. 약속 장소를 바꿔서일까? 그렇다고 이부 엄마 부부가 긴자에 있다곤 할 수 없어서 그녀는 말을 집어삼켰다. 분위기가 조금 어색해졌다.

"왜 하필 초밥집이야?"

"그냥."

"우리 초밥집은 싫어."

"알아."

말은 그렇게 했지만 미우 엄마의 나이 많은 남편이 보고 싶기도 했다.

"초밥집이 아니라도 상관없어. 어쨌든 몬나카의 술집에 가자."

그녀는 미우 엄마의 가느다란 팔을 잡고 택시를 잡았다. 미우 엄마가 의아한 표정으로 쳐다보았다.

"무슨 일 있었어?"

"시댁에서 가나를 데려갔어."

미우 엄마가 택시를 타려고 하다 흠칫 놀라며 뒤를 돌아보았다.

"이제 안 와?"

"안 오긴! 잠시 맡긴 것뿐이야."

그녀는 웃음으로 넘겼지만 표정이 굳어지는 걸 스스로도 알 수 있었다.

"왜 시댁에 맡겼어?"

"그 얘기를 하고 싶어."

그녀의 굳은 표정을 보더니 미우 엄마가 진지한 얼굴로 고개를 끄덕였다.

"알았어. 도모히사 말인데, 9시쯤 합류해도 괜찮아?"

"그래. 오늘은 늦게까지 있을 수 있어. 요코 씨는 어때?"

"나도 괜찮아. 늦으면 남편이 퇴근해서 미우를 봐주니까."

"잘됐다."

그녀는 왠지 강해진 듯한 느낌이 들었다. 자유가 생기면 마음의 여유도 생기는 걸까? 남편이 미국에 간 이후 엄마친구들에게 항상 콤플렉스를 느꼈다. 자신은 혼자 딸을 키워야 한다, 좋은 엄마가 되어야 한다고 어깨에 힘을 주었기 때문이다. 그러자 자신을 궁지로 몰아넣은 남편에게 분노가 솟구쳤다. 새로운 감정이었다.

"여기 어때?"

택시에서 내려 미우 엄마가 가리킨 곳은 '생선 정식'이라고 쓰여 있는 가게였다.

"초밥도 있어."

"꼭 초밥을 먹고 싶은 건 아니야."

적당히 둘러댔다고 할 수 없어서 아리사는 쓴웃음을 지었다. 그 말을 들었는지 못 들었는지, 미우 엄마는 먼저 가게 안으로 들어갔다. "어서 옵쇼!"라는 남자의 힘찬 목소리가 들렸다. 뒤를 따라 들어가자 가게 안은 어두컴컴하고, 단골손님 같은 남자 몇 명이 카운터에 앉아 있었다.

"작은 방 비어 있어?"

미우 엄마가 묻자 얼굴을 아는 듯한 여자가 웃으면서 대꾸했다.

"그래, 안으로 들어가."

작은 방은 고타쓰(일본식 난방용 탁자—옮긴이) 형식으로 아래쪽이 파여 있어서, 테이블 밑으로 발을 넣을 수 있었다. 여자가 따라 들어와서 구석에 있는 낡은 전기스토브의 스위치를 켰다. 얼마 지나지 않아 방 안의 공기가 따뜻해졌다. 아리사가 할 말이 있다고 해서 일부러 방이 있는 가게를 선택했다는 걸 알았다.

"좋은 곳이네. 고마워."

미우 엄마가 허스키한 목소리를 낮추며 물었다.

"궁금해서 그러는데 대체 무슨 일이야?"

"남편이 이혼하고 싶대."

미우 엄마가 크게 혀를 찼다.

"그럴 줄 알았어. 요즘 좀 힘들어 보였거든. 원인이 뭐야? 여자라도 생겼어?"

이부 엄마를 비롯한 BWT 3인방은 이렇게 단도직입으로 묻지 않으리라고 생각하면서 그녀는 고개를 흔들었다.

"아니야. 내 과거 문제야."

"과거? 무슨 과거? 과거 없는 사람이 어디 있어?"

미우 엄마는 화난 사람처럼 목소리를 높였다. 그때 주문한 병맥주가 나와서 잠시 이야기가 중단되었다. 미우 엄마가 메뉴판을 보면서 적당히 음식을 주문했다. '가자미조림'이라는 말을 듣고 시어머니에게 한 거짓말이 떠올라서 가슴이 아렸다.

"잠깐만, 도모히사에게 오늘 오지 말라고 말할게."

미우 엄마가 휴대전화를 꺼내 재빨리 메일을 보냈다.

"왜?"

"왜긴 왜야? 얘기가 꽤 심각한 것 같으니까 그렇지."

그렇다. 심각한 이야기다. 하지만 왠지 남의 일 같다는 생각이 들었다. 술에 취한 것처럼 머리가 돌아가지 않는다. 실 끊어진 연처럼 멍하니 있자 미우 엄마가 그녀의 팔을 잡았다.

"왜 그래? 정신 차려."

왜 이렇게 말할까. 자신이 그렇게 불안해 보일까. 그녀는 어느새 배어나온 눈물을 알아차리지 못하고 큰 소리로 대꾸했다.

"정신 차리고 있어!"

작은 방을 따뜻하게 만드는 전기스토브의 붉은 빛이 추억에 젖게 했다. 그녀는 술기운과 전기스토브의 열기로 새빨개진 뺨을 두 손으로 감쌌다.

"전기스토브를 보니 시험 공부할 때가 생각난다. 발이 시려서 켜놓곤 했는데."

"우리 집은 고타쓰였어."

미우 엄마가 담배에 불을 붙인 뒤, 연기를 맛있게 토해내며 농담처럼 덧붙였다.

"내가 담배 피우는 모습을 이부 엄마가 보면 분명히 기막혀할 거야. 담배 피우는 여자를 끔찍하게 싫어할걸. 아이들에게 나쁜 영향을 미친다고 생각할 테니까."

미우 엄마의 눈에 분노가 깃들었다. 그녀는 어정쩡하게 고개를 갸웃거렸다. 그리고 조금 전에 긴자에서 사이좋게 쇼핑을 했던 이부 엄마와 이부 아빠 이야기는 절대로 하지 않겠다고 맹세했다.

그때 조금 전에 느낀 희미한 위화감을 떠올렸다. 이부 엄마는 왜 일부러 '좋은 부부 놀이'라고 했을까? 자기 부부가 얼마나 금슬이 좋은지 강조하기 위해서였을까?

"그보다 어서 말해봐. 남편이 왜 이혼하고 싶대? 당신에게 무슨 과거가 있는데?"

미우 엄마가 몸을 앞으로 내밀고 묻는 바람에 그녀는 기본 안주 접시에 내밀던 젓가락을 멈추었다. 미우 엄마에게 모든 걸 숨김없이 말할 생각이었는데, 막상 그때가 되자 겁을 먹고 시시한 이야기를 하고 있다. 모든 걸 솔직하게 털어놓으면 자신을 경멸하지 않을까. 엄마 자격이 없다고 비난하면 어떡하지? 혹시 다른 사람에게 말하지는 않을까. 이런저런 생각을 하자 덜컥 겁이 난 것이다. 그녀가 미적거리자 미우 엄마가 뚫어지게 쳐다보았다.

"왜 그래? 아무에게도 말 안 할게. 나도 비밀을 말했잖아. 그것도 비밀 중의 비밀을. 우리는 같은 공원요원이니까."

"그래, 알아."

"솔직하게 말해봐. 힘이 될 수 있을지 모르잖아."

"그럼 말할게."

"아리사 씨의 비밀을 위해 건배."

미우 엄마가 장난스럽게 말하며, 소주와 따뜻한 물을 섞은 유리 술잔을 그녀의 술잔에 부딪혔다. 투박한 유리잔에서 둔탁한 소리가 났다. 그녀는 뜨뜻미지근한 술로 입술을 적신 뒤, 눈을 꼭 감고 입을 열었다.

"예전에 결혼한 적이 있어."

"에이, 뭐야? 그건 그렇게 드문 일이 아니잖아. 나도 지금의 남편을 만나기 전에 애인과 동거했어."

미우 엄마가 절묘한 젓가락질로 방어 무조림을 집으면서 중얼거렸다. 그 모습을 보면서 그녀는 작은 목소리로 덧붙였다.

"아이도 있어. 아들."

"뭐? 진짜? 아들이 있어? 굉장하다!"

"역시 굉장한 일이야? 하긴 그렇겠지. 엄마라면 자식을 떼어놓지 않으니까."

갑자기 자신이 없어져서 목소리가 작아졌다.

그제야 자신의 콤플렉스가 어디서 왔는지 알았다. 유타를 데려오지 않은 것에 대한 후회와 죄책감. 스스로를 비난하거나 그럴 수밖에 없다고 체념하거나, 이혼한 후에는 '엄마 자격이 없다'는 말을 듣고 싶지 않다는 일념으로 죽을힘을 다해 잊으려고 노력해왔다.

"굉장하다고 할까, 너무나 의외라서 그래. 난 당신이 초혼이고 가나가 첫 아이인 줄 알았거든. 다들 그렇게 생각했을 거야. 왠지 때 묻지 않게 보이거든. 항상 자신도 없고 요령도 없다고 할까, 적어도 아이를 낳은 적이 있는 사람으론 보이지 않았어."

지나쳤다고 생각했는지 미우 엄마는 흠칫 놀라며 말문을 닫았다. 하지만 그녀는 고개를 끄덕였다.

"그건 그래. 이번에도 실패해선 안 된다고 항상 긴장했거든."

"왠지 마음이 아프다. 더 마시자."

미우 엄마와 다시 건배를 하고 소주를 입에 댔다. 맥주를 마신 후에 벌써 소주를 두 잔이나 마셨다.

"그런데 왜 아이를 두고 나왔어? 아이와 떨어지기가 여간 힘들지 않았을 텐데."

"남편 집에 빼앗겼어."

이번에도 그런 상황이 될까 봐 불안했다. 딸도 빼앗기는 게 아닐까. 딸을 만날 수 없게 되면 친정 부모님의 낙담은 이만저만이 아니리라. 하지만 외손이라서 강력하게 주장할 수 없다. 엄마인 자신이 정신을 똑바로 차려야 하는데…….

"왜 그래? 기죽을 거 없어."

미우 엄마가 그렇게 말하며 그녀의 어깨를 가볍게 두드렸다.

"기죽은 거 아니야."

그녀는 세차게 고개를 흔들었다. 순간 마음의 문이 소리를 내고 열린 듯한 생각이 들었다. 마음에 바람을 통하게 하자. 그렇지 않으면 공기가 가라앉아 무겁고 답답해지리라.

"나 말이야, 나 자신에게 문제가 있는 게 아닐까 생각해. 예전 시댁에 아이를 두고 나올 때 한편으로 안도했거든. 아들이 나를 무서워해서 다가오지 않았고, 나보다 할머니를 더 잘 따랐으니까. 그래서 나도 많이 사랑하지 않았고……."

"아이가 왜 엄마를 무서워해?"

미우 엄마가 이마를 찡그리자 아름다운 눈썹이 가운데로 모였다.

"전남편 집안은 커다란 농원을 했어. 그 사람 형이 물려받기로 했는데, 별안간 병에 걸려 세상을 떠나는 바람에 그 사람이 물려받게 됐지. 난 농원 일을 하고 싶지 않아서 매일 죽자 살자 싸웠어. 매일 분노가 머리끝까지 치밀어 올랐으니까 표정이 무서웠을 거야. 그래서 아들도 가까이 오지 않았고 할머니를 더 따르게 된 거야."

"그렇구나. 당신 아들이 죽은 시아주버니를 대신한 거네. 아마 시어머니도 필사적이었을 거야. 뒤를 이을 아들이 갑자기 죽었으니까. 그래서 손자를 직접 키우기로 한 게 아닐까?"

그랬던가? 왜 거기까지 생각이 미치지 못했을까. 나 자신밖에 생각하지 못한 탓일까.

"요코 씨는 참 머리가 좋구나. 난 내 생각밖에 못했는데……."

미우 엄마가 다정하게 말했다.

"자신을 너무 책망할 필요는 없어. 아마 지금은 시어머니도, 전남편도 아리사 씨에게 미안하게 생각할 거야."

아리사는 깜짝 놀라 미우 엄마의 얼굴을 바라보았다. 그런 생각은 한 번도 해본 적이 없었다. 미우 엄마는 다시 담배에 불을 붙였다.

"미안해, 술을 마시면 더 피우고 싶거든."

"난 지금까지 내 잘못이라고 여겼어."

"뭐가 당신 잘못이야? 얘기를 들어보니 당신은 아무 잘못이 없는데."

아리사는 미우 엄마의 단호한 태도에 용기를 얻었다.

"남편에게 손찌검을 당했어. 그때까지 몰랐는데, 한 번 폭발하면 주먹을 휘두르는 습관이 있더라고. 그래서 헤어지기로 마음먹었어. 그 사람과 헤어질 수 있다면 시어머니가 원하는 대로 아들을 두고 나오기로 말이야."

"가정폭력이야?"

미우 엄마가 독가스를 토해내듯 연기를 힘껏 토해냈다.

"그래, 하지만 재혼하고 나선 그러지 않는대. 그때는 형이 갑자기 죽는 바람에 제정신이 아니었을 거야. 나도 슬프긴 했지만 한다리 건너 천리라고, 가족의 슬픔에 비할 바가 아니었겠지. 그래서 단숨에 이방인이 되고 결국 튕겨 나오게 됐어."

"아들은 안 보고 싶어?"

"당연히 보고 싶지. 세 살 때 헤어지고 한 번도 못 봤으니까. 어떻게 자랐을까?"

그녀는 턱을 고이고 한숨을 길게 내쉬었다.

"보고 싶으면 보면 되잖아. 내가 같이 가줄까?"

미우 엄마가 상상도 못 한 제안을 했다. 그 말은 아들의 존재를 봉인해두었던 그녀의 마음을 자유롭게 만들어주었다.

"그거 좋다! 한 번 가볼까?"

"우리 둘이 아들 앞에서 퀴즈를 내는 거야. 누가 엄마일까 하고 말이야."

"못 맞히는 거 아냐?"

배를 잡고 웃음을 터뜨리자 마음이 한결 편해졌다. 그러나 발신번호 표시제한 전화를 떠올리자 이내 우울해졌다. 그 애는 분명히 자신을 보고 싶어 한다. 하지만 아이를 두고 집을 나왔다는 건 버린 거나 마찬가지인데…….

"에이, 또 생각에 잠기네. 깊이 생각할 거 없다니까!"

미우 엄마가 일부러 단호하게 말하며 소리 내어 웃었다. 그녀도 덩달아 소리 내어 웃었다.

"아들을 만나는 편이 좋을까?"

"한 번은 만나야지. 지금 몇 살이야?"

"열 살일걸."

"와아, 벌써 다 컸구나. 가나에게 그렇게 큰 오빠가 있다니!"

"그래."

그녀는 언젠가 딸에게 말해주려고 했다. 딸이 좋아할까?

젓가락 끝으로 소주 안의 매실장아찌를 쿡쿡 찌르던 미우 엄마가 눈을 크게 뜨고 물었다.

"내가 알고 싶은 건 남편이 왜 지금 이혼하고 싶어 하느냐는 거야. 아리사 씨의 그런 과거가 싫대? 마음이 너무 좁은 거 아니야?"

그녀는 젓가락으로 가자미의 살점을 발라내면서 털어놓았다.

"아니야. 내가 예전에 결혼해서 아들이 있다는 걸 말하지 않았거든. 속았다고 생각하나 봐."

대답이 들리지 않아 고개를 들자 미우 엄마가 어이없는 표정을 짓고 있었다. 그녀는 황급히 변명을 했다.

"속인 게 아니라 결혼하기 전에 아이가 생겨서 정신이 없었거든. 그래서 말할 기회를 놓쳤어. 아이를 가졌다고 했더니 너무 좋아하면서 당장 결혼하자고 해서…… 그래서 말할 수 없었던 것뿐이야."

아니다. 아이를 가졌다고 하자 남편은 좋아하기보다 당황하지 않았던가.

남편에게 임신 사실을 털어놓았을 때가 떠올랐다. 남편은 한순간 곤혹스러운 표정을 짓더니 이내 웃으면서 덧붙였다.

"잘됐다. 이런 식이 아니면 좀처럼 결정하지 못했을 텐데."

"무슨 뜻이야?"

"내가 워낙 우유부단하잖아."

아이를 가지지 않았다면 남편은 결혼할 마음이 없었을지도 모른다. 데이트를 해도 건성으로 대하기 일쑤였고, 남 같은 시선으로 바라보는 일도 한두 번이 아니었다.

남편은 그녀의 마음속에 깃든 공포를 알아차린 게 아닐까. 엄마 자격이 없다고 비난받고 싶지 않다는 공포, 아내 자격이 없다고 손가락질당하고 싶지 않다는 공포……. 남편의 기묘한 시선을 볼 때마다 남편을 붙잡을 결정타가 필요하다고 생각했다. 두 번 다시 실패하고 싶지는 않았다…….

"있잖아, 그건 좀 이상해."

미우 엄마가 조금 머뭇거리면서도 확실하게 말해서, 아리사는 흠칫 놀라며 미우 엄마를 빤히 쳐다보았다.

"무슨 말이야?"

"생각해봐. 임신했다고 말하기 전에 남편과 오래 만났을 거 아냐?"

"그렇게 오래 만나지 않았어. 6개월쯤 만났을까?"

"그때 과거 얘기 안 했어?"

"결혼한 적이 있었다는 거?"

"그래. 그리고 아이가 있고, 아이를 두고 나왔다는 거."

미우 엄마의 눈길에 깃든 것은 비난일까? 시어머니처럼 자신을 비난하는 건가? 마음속에 똬리를 튼 공포가 다시 방어 자세를 취하게 만들었다.

"그때는 말할 필요를 못 느꼈어. 결혼까지 할 줄 몰랐으니까."

"하지만 임신했잖아. 어떤 면에선 잘된 거네."

미우 엄마의 입술 끝에 웃음이 매달렸다. 그녀는 발끈했지만 정곡을 찔려서 무섭기도 했다.

"내가 결혼하고 싶어서 임신했다고 생각하는구나."

"잠깐만, 비난하려는 거 아니야. 그런 작전을 짜는 여자는 흔하니까."

"아니라고 할 수도 없고, 그렇다고 할 수도 없어. 임신을 해서 결혼했으면 좋겠다고 바란 적이 없진 않아. 지금의 남편을 좋아했거든. 도쿄 사람이니까 이쪽에서 결혼하면 니가타로 돌아가지 않아도 되고. 하지만 정말로 임신해서 프러포즈를 받을 줄은 몰랐어. 이건 정말이야."

"그럴까? 위험한 날이었는데, 오늘은 괜찮다고 한 거 아니야?"

미우 엄마의 장난스러운 말에 그녀는 얼굴을 찡그렸다.

"어땠는지 잊어버렸어."

"미안해, 비난하려는 거 아니야. 정말로 좋아했다면, 무슨 수를 써서라도 가지고 싶은 남자였다면 어떻게 하든 무슨 상관이야?"

미우 엄마다운 솔직한 말이었다. 세상에는 이렇게 생각하는 사람도 있구나. 그녀는 신선한 충격에 휩싸이며 미우 엄마의 옆얼굴을 바라보았다.

"그렇게 생각하는 사람도 있구나."

"무슨 말이야? 이부 엄마도 메구 엄마도 마코 엄마도 다 똑같아. 겉으론 고상하고 우아한 척하지만 마음속에선 열심히 계산기를 두드리고 있을걸."

미우 엄마의 격렬한 비난을 듣고 그녀는 눈을 내리깔았다. 자신도 계산기를 두들겼다고 생각하는 걸까?

"어쨌든 남편이 결혼하자고 했을 때도 솔직하게 말하지 않았구나."

신문 같다는 생각이 들었지만 그녀는 순순히 대답했다.

"말할 수 없었어. 기껏 프러포즈를 받았는데 그런 말을 했다가 싫어하면 어쩌나 했으니까."

"역시 솔직히 말하면 상대가 싫어한다고 생각했구나."

"그래. 한 번 실패한 경험은 사람을 겁쟁이로 만들거든."

"가슴 아픈 얘기다……."

미우 엄마가 고개를 돌리고 낮은 목소리로 말하자 그녀의 가슴도 시려왔다.

"가나를 낳았을 때, 간호사가 그랬나 봐. 내가 아이를 낳은 적이 있다고. 그걸 듣고 남편이 추궁하더라. 하지만 이제 막 아이

낳은 사람을 버릴 수 없으니까 그 사람도 나름대로 고민했을 거야. 그러는 사이에 미국 지사 이야기가 나오자 뒤도 돌아보지 않고 가버리고 그것으로 끝. 딱 한 번 메일이 와서 이혼하자고 하더라고. 그 이후 연락이 끊어졌고."

"어떻게 할 거야?"

미우 엄마가 조바심이 나는 듯 소리를 높이는 걸 보고 아리사는 천천히 고개를 흔들었다.

"가나는 절대 안 줘! 이번에는 나도 버틸 거야."

"남편이 시댁에 그 얘기를 했을까?"

"안 한 것 같아. 시부모님이 아무 말도 안 하는 걸 보면."

하지만 시부모님이 가나를 데리고 미국에 가겠다고 말을 꺼낸 이후, 두 사람의 태도는 너무도 강경했다. 남편이 시부모에게 말했다면 자신이 자립하는 것 말고 길은 없으리라. 이대로 딸을 빼앗기고 자신은 혼자 살아야 할까.

"그까짓 것 가지고 왜 울어?"

그 말을 듣고 그녀는 뺨을 타고 눈물이 흐르는 걸 알아차렸다. 손수건을 꺼내 눈가를 닦았다. 이렇게 약해서 어떡하느냐고 스스로를 질타했다.

"이혼하고 일을 하면서 가나와 둘이 살면 되잖아."

"그것도 생각하고 있어."

남편을 포기하고 자립한다. 정말로 다시 시작하는 거다. 그렇게 생각했을 때 미우 엄마가 불쑥 말했다.

"나도 이혼할까 해."

"왜?"

미우 엄마가 가느다란 목에 감았던 스카프를 벗었다. 목덜미에 보라색 멍이 두 개나 있었다. 키스 마크다.

"이것 봐. 그 사람은 내가 너무나 좋아서 견딜 수 없대. 헤어지기 싫다면서. 남편에게 들키면 어떡하느냐고 화를 냈더니 상관없다는 거야."

얼굴은 들뜨지 않았지만 말투는 어두운 기쁨으로 가득 차 있었다. 누구와도 공유할 수 없는 두 사람만의 기쁨은 깊고 어두운 법이다. 미우 엄마는 이부 아빠와 둘만의 세계로 빨려 들어가고 있다.

"어떡할 거야?"

"잘 모르겠어. 어쨌든 집에서 나올 거야. 이제 남편과 같이 사는 건 고통일 뿐이니까."

미우 엄마는 그렇게 말하면서 가방에서 휴대전화를 꺼내 재빨리 확인했다. 아무 연락이 없는지 실망한 표정을 지으며 휴대전화를 다시 가방에 넣었다. 그녀는 말해주고 싶었다. '오늘은 이부 엄마와 식사를 해서 메일을 보낼 수 없어'라고. 하지만 물론 말할 수 없었다.

"미우는 어떡할 거야?"

"동생에게 맡길 거야. 동생은 우리 관계를 응원해주고 있어. 언니를 공원요원으로 생각하다니, 이부 엄마가 너무 무례하다며 화를 내더라고."

"이부 아빠는 뭐래?"

"그 사람은 내가 집을 나왔으면 좋겠대. 가족에 대한 책임감 때문에 자기가 먼저 나올 수는 없다면서. 아내가 먼저 이혼하자고 했으면 좋겠다고 하더라."

미우 엄마는 진심으로 이부 아빠를 사랑한다. 반면에 아리사는 누구에게도 그렇게 뜨거운 마음을 품은 적이 없었다. 지금의 남편과는 그럴 수 있었는데, 사랑을 키우기도 전에 아이를 가졌다. 잃어버린 시간은 무엇을 망가뜨리고 무엇을 파괴할까. 방이 덥게 느껴져서 그녀는 전기스토브를 껐다. 순식간에 방이 싸늘해졌다.

베이타워 엄마 모임

　침대에 누워 휭~ 휭~ 목에 가래가 낀 듯한 높바람 소리를 들었다. 아리사의 세 살 많은 오빠는 소아천식이었다. 장마 때나 갑자기 추위가 몰려온 겨울 아침이면 오빠의 기관지에서 이런 소리가 들리곤 했다.

　잦은 병치레로 툭하면 온 집안식구들을 걱정시키던 오빠가 일찌감치 결혼해 부모님과 그녀의 자리를 없애버릴 줄은 상상도 못 했다. 발작이 일어날 때마다 온 집안사람이 마음을 조였는데, 오빠는 그런 사실을 까맣게 잊어버린 채 거만하게 행동하고 있다. 어린 시절의 오빠가 그리웠다. 자기 혼자 먼 곳에 동떨어져버린 것 같아서 오늘따라 유난히 부모님과 오빠가 보고 싶었다.

　머리맡의 휴대전화로 시간을 확인했다. 오전 8시. 어젯밤에 느지막이 잠든 탓에 늦잠을 잤다. 딸은 벌써 일어나 휘핑크림과 과일을 얹은 시어머니표 팬케이크를 먹고 있을까?

누가 봐도, 누가 알아도 부끄럽지 않은 식사. 그것은 가족과 마찬가지로 그녀가 제대로 하지 못하는 것 중 하나였다.

쓸쓸한 미소를 지은 뒤, 어두컴컴한 방 안에서 엄마에게 메일을 보냈다.

엄마, 잘 잤어?

오늘 니가타에 갈까 해.

집에 가서 하루 자도 돼?

가나는 시댁에서 데려가서 혼자 갈 거야.

좀처럼 답장이 오지 않아 자리에서 일어나 커튼을 열었다. 바람이 강한 날이 그렇듯이 하늘은 유달리 맑았다. 어젯밤에 미우 엄마와 이야기할 때는 그토록 외로웠는데, 지금은 용기와 해방감이 가슴을 가득 메웠다. 미우 엄마에게 죄책감을 토해냈기 때문일까. 겨우 텅 빈 마음이 다시 죄책감으로 가득 차는 것은 언제쯤일까.

갑자기 남편에게 화가 났다. 그녀의 죄책감을 가중시켰기 때문이다. 남편은 자신을 그렇게 좋아하지 않았다. 그래서 딸과 자신을 내팽개쳤다.

결코 인정하고 싶지 않았던 사실이 오늘 아침에는 가슴으로 쿵 떨어졌다. 그녀는 작게 어깨를 들썩였다. 생각해봐야 어쩔 수 없는 일이다.

카디건을 걸치고 발코니의 유리문을 열었다. 슬리퍼를 신은 채 밖으로 나갔다. 바람은 차가웠지만 긍정적으로 생각해서 그런지 상쾌하게 느껴졌다. 몸을 내밀어 오른쪽의 바다를 바라보았다. 작은 파도가 무수히 일렁이고 있다. 파도의 꼭대기가 아침 햇살을 받고 반짝반짝 빛났다.

바닷바람을 들이마신 순간 강렬한 담배 냄새가 코를 찔렀다. 자신도 모르게 재채기를 했다. 누군가가 발코니에 나와 담배를 피우는 모양이다. 왼쪽 밑의 발코니에서 담배를 피우는 하얀 와이셔츠 차림의 남자가 눈에 들어왔다. 출근하기 전에 마음을 가다듬기 위해서일까?

시선을 느꼈는지 남자가 위를 쳐다보았다. 예전에 엘리베이터에서 만난 남자였다. 그때는 아들과 같이 있었다.

황급히 몸을 빼려고 했지만 남자와 눈이 마주쳤다. 남자가 인사를 해서 어쩔 수 없이 고개를 숙였다. 대각선 밑의 발코니는 놀라울 정도로 가까웠다.

남자가 고개를 숙이며 사과했다.

"죄송합니다."

"아니에요, 안녕하세요."

얌전하게 인사를 하자 남자가 손가락 사이에 끼운 담배를 보여주었다.

"금방 끌게요."

"예전에 저희 딸의 장난감 삽이 댁에 떨어지지 않았나요?"

아리사가 대담하게 물어보았다. 남자의 미안한 마음을 파고

들었는지도 모른다.

"아아, 그런 일이 있었나요?"

남자의 얼굴에 꺼림칙함이 퍼져나갔다. 편지 때문이리라.

그녀는 순순히 사과했다.

"그때는 죄송했어요."

남자는 어색하게 고개를 숙이고 허둥지둥 집 안으로 들어갔다. 그녀는 상체를 들고 아직 아무도 일하지 않는 맞은편 건물을 바라보았다. 창문에 파란 하늘이 비쳤다. '민폐를 끼치지 말라'고 했던 남자에게, 자신은 '담배를 피우지 말라'는 시선을 보냈다. 생활 속에서 얼마든지 있을 수 있는 사소한 실수를 타박하는 것이 허무하게 느껴졌다. 이런 생활은 질색이다. 어디 멀리 떠날까. 처음으로 그런 생각이 들었다.

커피를 마시면서 휴대전화로 기차 시간을 확인했다. 신칸센을 타면 두 시간 만에 니가타에 도착하는데, 도쿄에 상경한 이후 고향에는 몇 번밖에 내려가지 않았다. 올해 설날과 오봉에는 부모님이 그녀와 가나를 보러 도쿄로 올라왔다. 그녀는 니가타에 가고 싶지 않았다. 실패에 대한 기억은 되도록 빨리 잊고 싶었다.

커피 잔을 싱크대에 놓고 아침에 무엇을 먹을지 생각했다. 먹어도 좋고 안 먹어도 좋다. 딸이 있을 때는 무엇을 먹일까 항상 전전긍긍했다. 딸이 남들에게 말해도 부끄럽지 않도록 먹여야 한다고 조마조마하지 않았던가.

아침부터 인스턴트 라면을 먹었을 때의 죄책감. 입이 짧은 딸이 어차피 잘 먹지 않는다는 이유로 점심을 걸렀을 때의 죄책감. 편의점 주먹밥으로 저녁을 때웠을 때의 죄책감. 채소 요리가 하나도 없었을 때의 죄책감. 머리에서 발끝까지 죄책감으로 둘러싸인 자신.

그때 메일의 착신음이 들렸다. 드디어 미우 엄마에게 메일이 왔군. 그렇게 생각하며 발신자를 확인하자 놀랍게도 이부 엄마였다.

좋은 아침! 어제는 우연히 만나서 깜짝 놀랐어요.

가나가 없어서 외롭지 않아요?(^^)

오늘 오전에 메구는 영어교실에 가고 이부키는 프리스쿨이에요.

마코는 오후에 출근하는 아빠가 봐준다고 하니까 오랜만에 엄마들끼리 차 마시지 않을래요?

라라포트의 스타벅스에서 10시 반에 만나요.

즐거운 대화를 기대할게요. 꼭 오세요.

메일을 읽자 기분이 좋아졌다. 엄마들끼리 차를 마시는 건 처음이다. 하지만 메일에는 '오랜만에'라고 되어 있었다. 그녀를 빼고 모였으리라. 공원요원의 아픔이 다시 도졌다.

더구나 '미우 엄마에게 전해줘요'라고 쓰여 있지 않았다. 어젯밤 미우 엄마의 어두운 표정이 머리를 스쳤다. 그녀는 잠시 망설이다가 일단 '고마워요, 갈게요'라고 쓰고, 딸기 파르페와 케이크의 그림 문자를 함께 보냈다.

화장을 하고 있자 휴대전화 벨이 울렸다. 엄마였다. 메일을 보내기 귀찮아 전화를 걸었으리라.

"아리사, 왜 그래? 무슨 일이야?"

인사도 없이 다짜고짜 묻는 엄마에게 그녀는 최대한 밝은 목소리로 대꾸했다.

"아무것도 아니야. 마침 시댁에서 가나를 데려가 이틀에 고향에 가볼까 해서. 한동안 안 내려갔더니 갑자기 가고 싶더라고."

"그럼 상관없지만 갑자기 온다고 해서 얼마나 불안했는지 알아?"

"뭐가 불안해?"

"가나도 없이 온다니까⋯⋯."

"미안해. 아무 일도 없으니까 안심해."

그녀는 웃음으로 대꾸하면서 마음속으로 생각했다. 시댁에서 딸을 맡아줄 테니까 자립하라고 최후통첩을 했다고 하면 엄마는 뭐라고 할까? 분명히 화를 내지 않을까?

"왜 가나만 시댁에 보냈어?"

"아들이 미국에서 안 오니까 가나를 데려갈 일이 없잖아. 시부모님도 가끔은 가나와 같이 있고 싶지 않겠어?"

수화기를 타고 엄마의 커다란 한숨 소리가 들렸다.

"정말이지 네 남편은 무슨 생각으로 그럴까? 아무리 생활비를 보내준다고 해도 가장의 책임이란 게 있는데."

"실은 그것 말인데, 엄마에게 할 말이 있어."

결국 말해버렸다. 엄마는 흠칫 숨을 들이마신 뒤 이윽고 이렇게 말했다.

"역시 그랬구나."

"아이, 뭐야? 혼자 멋대로 생각하지 마."

그러자 엄마의 입에서 생각지도 못한 말이 흘러나왔다.

"나도 할 말이 있어. 실은 말이야, 도요가 어린이축구교실에서 같이 축구를 한대."

도요는 오빠의 아들인 도요이치로다. 그 말을 들은 순간 불길한 예감에 휩싸였다.

"누구와 같이 축구를 한단 거야?"

"유타와……"

집은 좀 떨어져 있어도 같은 니가타니까 어디서 만나도 이상할 게 없다. 더구나 도요이치로와 유타는 한 살밖에 차이나지 않는다.

"그래? 언제 들었어?"

"일주일쯤 됐을 거야. 유코한테서 들었어. 유코가 도요를 축구교실에 데려갔는데, 그쪽에서 먼저 말을 걸었대."

"그쪽이라니?"

"데쓰야 말이야."

순간 짜증이 솟구쳤다.

"엄마, 데쓰야라고 하지 마. 이제 나와 아무 관계가 없으니까."

"그럼 뭐라고 해?"

"이름 말고 성으로 부르면 되잖아. 세지마라고."

어이가 없는지 엄마가 입을 다물었다. 어린애처럼 유치했다고 반성했을 때, 엄마가 다시 입을 열었다.

"어쨌든 세지마가 불쑥 '실례지만 가노 씨인가요?'라고 물었다더라. 유코가 '네'라고 대답했더니 '미나미 구에 사는 세지마입니다, 예전에 아리사 씨와 결혼했었지요'라고 말했다지 뭐니?"

"다짜고짜 그렇게 말하다니, 정말 뻔뻔함이 하늘을 찌른다니까. 올케는 자세한 사정도 모르는데 말이야. 더구나 다른 보호자가 들었으면 얼마나 황당했겠어?"

"진정해. 아들끼리 같은 축구교실에 다니니까 무시할 수 없잖아."

"그건 그렇지만."

유타의 친엄마는 자기인데, 자기 혼자 모기장 밖에 있는 듯한 불쾌함이 온몸을 휘감았다.

"그러더니 '댁의 아드님과 우리 아들은 일단 사촌이니까 인사를 해야 할 것 같아서요'라고 했대. 유코가 너무나 놀라서 그 자리에서 오빠에게 전화를 했다더구나."

"그래서 어떻게 했어?"

"왜 자꾸 시비조야? 어떻게 하긴 뭘 어떻게 해? 그것뿐이야. 그런 일이 있었는데 어떻게 할까 묻는 거잖아."

엄마도 발끈했는지 목소리가 거칠어졌다.

"도요가 축구교실을 그만두면 되잖아!"

"뭐? 그게 말이 된다고 생각해?"

자신이 유치하게 굴고 있다는 건 알고 있다. 다만 분노가 가라앉지 않았다.

"알았어. 어쨌든 오후 2시쯤 기차 타고 갈게. 저녁때 도착하면 니가타 역에서 전화할게."

"알았어."

전화를 끊자 우울해졌다. 그래서 유타가 자신에게 전화를 건 걸까?

모든 여성들이 선망하는 타워 아파트에 살고, 멋진 엄마들과 친구가 되어 즐겁게 살아도 과거를 완전히 끊어버릴 수 없었다.

그녀의 가슴에 새로운 감정이 쌓였다. 죄책감이 아니라 애절함이었다.

3층 스타벅스에 들어가자 안쪽 자리에서 하얀 손을 하늘하늘 흔드는 사람이 있었다.

"가나 엄마, 여기예요."

이부 엄마가 밝게 웃으며 자리에서 일어났다. 하얀 탱크톱에 밝은 회색 카디건. 검은색 바지. 기다란 모조진주 목걸이. 여전히 세련된 모습이다. 자신을 보고 반갑게 손을 흔든 사람이 이부 엄마란 걸 알고 아리사의 가슴은 뜨거워졌다. 가족처럼 고민을 들어준 미우 엄마도 잊어버리고 어제 긴자에서 만나기를 잘했다고 생각했다.

주변을 둘러보아도 역시 미우 엄마의 모습은 보이지 않았다. 꺼림칙함이 더해졌다.

"오랜만이에요. 어떻게 지냈어요?"

마코 엄마가 입술을 삐죽거리며 불만스러운 표정을 지었다. 마치 그녀가 게을러서 연락하지 않았다는 듯한 말투였다. 마코 엄마는 검은색 니트와 데님 미니스커트. 검은색 바지. 작년과 똑같은 밤색 어그 부츠를 신고 있었다.

"날씨가 안 좋아서 계속 집 안에 박혀 있었어요. 매일 가나와 둘이 노느라 얼마나 지겨웠는지 몰라요."

"메일을 줬으면 라운지에서라도 모였을 텐데요."

"죄송해요."

자신이 먼저 만나자고 할 용기가 없었다는 게 떠올랐다.

"비가 오면 우울해져요. 유모차에 시트를 깔고 메구에게 비옷을 입힌 다음 우산을 들려서 외출해야 하잖아요. 그걸 생각하면 숨이 턱턱 막혀요."

메구 엄마가 그렇게 말하며 유모차의 아들 얼굴에서 고개를 들었다. 오늘은 청바지 차림이다.

마코 엄마가 맞장구를 쳤다.

"누가 아니래요. 지난 며칠은 꼭 장마철 같았어요."

"어제 가나 엄마도 왔으면 좋았을 텐데요. 오랜만에 라운지에 모여서 분위기가 얼마나 좋았는지 몰라요. 사진 보여줄게요."

이부 엄마가 그렇게 말하며 가방 안을 보았다. 아리사는 멀게만 느껴졌던 엄마친구들이 실은 자신을 소중하게 여겼던 게 아닐까 하는 행복감에 사로잡혔다.

"가고 싶었지만 아버지가 가나를 데려가셨거든요."

마코 엄마가 눈을 크게 뜨며 의미심장한 표정을 지었다.

"가나를 데려가셨어요? 왜요?"

"가끔은 옆에 두고 싶으시겠지요."

아리사는 사실대로 말할 수 없어서 눈을 내리깔았다.

메구 엄마가 물었다.

"가나 엄마는 시댁에는 자주 안 가죠?"

"가고 싶지만 운전도 못하고, 기차를 타고 가기엔 너무 멀어서요."

"남편 없이 시댁에 가는 건 좀 그렇죠."

이부 엄마가 가방에서 아이폰을 꺼낸 뒤, 가느다란 손가락으로 터치해서 사진을 보여주었다.

"어제 라운지에 모였을 때의 기념사진이에요. 날씨가 너무 좋아서 찍었어요."

새파란 하늘을 배경으로 여자아이 세 명과 남자아이가 찍혀 있었다. 그 뒤쪽에 메구 엄마, 마코 엄마와 같이 낯선 남자아이의 엄마도 보였다.

"남자아이도 와서 같이 찍었어요."

남자아이는 한 번도 본 적이 없었다. 여자아이의 엄마는 여자아이의 엄마들과만 친구가 된다.

"다들 즐거워 보이네요."

"그래요. 의외로 여자아이는 남자아이와, 남자아이는 여자아이와 놀게 하는 편이 앞으로를 위해서 좋을지 모른다는 얘기가 나왔어요."

마코 엄마가 커피를 한 모금 마시고 나서 맞장구쳤다.

"언젠가는 유치원에 들어가 남자아이들과도 친하게 지내야 하잖아요. 남자아이들도 마찬가지겠죠. 그래서 가끔 라운지에서 만나 어울리게 하기로 했어요."

메구 엄마가 유모차를 가리키며 덧붙였다.

"나도 이제 슬슬 이 애의 친구나 엄마친구를 찾아야겠어요."

아리사는 잠든 메구의 동생을 보며 문득 생각했다. 자신이 남자아이의 엄마였다는 사실을 털어놓으면 세 사람은 어떤 반응을 보일까?

"남자아이는 힘도 세고 힘들지요?"

메구 엄마가 고개를 끄덕였다.

"그래요. 이렇게 작은데도 자기 마음에 들지 않으면 얼굴이 새빨개져서 괴성을 지르더라고요. 자기 성질을 못 이겨 화를 내거나 발길질도 하고요. 힘이 얼마나 센지 꼭 폭발하는 것 같아요. 여자아이와 달라서 당황하는 일이 한두 번이 아니에요."

"그런 면에서 여자아이는 참 편해요. 엄마가 하는 대로 따라 하기도 하고요."

이부 엄마가 소리 내어 웃으며 손목시계를 보았다. 오늘 차고 온 시계는 예전에 보았던 카르티에의 탱크였다. 이부를 데리러 갈 시간이 신경 쓰이는 모양이다.

"남자아이 엄마들과 친해져서 베이타워 엄마 모임 같은 걸 만들면 어떨까 하는 얘기가 나왔어요."

"베이타워 엄마 모임이요?"

그러면 미우 엄마는 가입할 수 없다. 자신도 시부모가 집으로 들어오라고 하고 있다. 하지만 지금 그런 말을 할 용기는 없었다.

"그래요, 타워엄마의 모임이에요. 타워엄마 모임을 만들고 언젠가는 타워아빠 모임으로 넓혀서, 서로 육아를 도와주거나 정보를 교환하자는 얘기가 나왔거든요."

"하지만 다들 유치원에 가잖아요. 그러면 다시 뿔뿔이 흩어지지 않나요?"

그러자 메구 엄마가 발끈하며 반론을 제기했다.

"우리 집엔 아직 어린애가 있어요. 이런 식으로 기초를 만들어두는 게 앞으로를 위해서 좋을 것 같아요."

이부 엄마와 마코 엄마가 진지한 얼굴로 고개를 끄덕였다. 본인들의 결정에 자신 있는 사람들이다. 뒤에서 잡아당기는 과거가 없으면 이렇게 당당할 수 있는 걸까. 그녀는 스타벅스 안을 둘러보면서 자신이 있을 곳이 아니라는 생각이 들었다. 주변에 민폐를 끼치지 말라는 말을 들은 자신이……

그때 푸루룩 하고 기묘한 소리가 들렸다. 마코 엄마가 빨대로 소이라떼를 마시는 소리였다. 마코 엄마는 부끄러운 표정을 지으며 황급히 주변을 둘러보았다.

"죄송해요, 소리가 너무 컸죠?"

"폐활량이 대단하네요. 그런 소리는 아무나 못 내지 않나요?"

이부 엄마가 개구쟁이처럼 말했다.

깍지 긴 연약한 손 위에 작은 턱을 올리고 우아하게 웃는다. 밤색 머리칼 한 줄기가 이마 위로 내려왔다. 마치 모델처럼 아름다웠다.

이렇게 완벽한 여자의 남편도 바람을 피우는가. 아리사에게 비밀이 있는 것처럼 이부 엄마에게도, 마코 엄마에게도, 메구 엄마에게도 비밀이 있을까. 미우 엄마처럼 마음을 솔직하게 터놓으려면 얼마나 친해져야 할까. 아니다. 이 사람들은 비밀이 있어도 딴 사람에게 말하지 않을지도 모른다. 아리사보다 강하기 때문이다.

세 사람은 그녀의 기분에 아랑곳하지 않고 큰 소리로 밝게 웃었다.

"마코가 없어서 다행이네요. 천박한 소리를 내지 말라고 항상 주의를 주거든요."

마코 엄마가 큼지막한 진주 귀걸이를 만지작거리면서 쑥스러운 표정을 지었다.

"아이에게 주의를 주면 일부러 더 하지 않나요?"

메구 엄마는 그렇게 말한 뒤, 유모차 안에서 얌전히 자고 있는 아들을 향해 다정한 미소를 지었다.

이부 엄마가 즉시 대답했다.

"더 해요. 우리 애는 얼마나 심술을 부리는지 몰라요."

"이부는 장난기가 있지만 심성이 착하잖아요. 우리 애는 장난이 심할 때도 있고, 금방 주변 분위기에 휩쓸릴 때가 많아요. 어느 심리학자가 그러는데 그건 부모를 시험하는 거래요. 그런데 남자아이는 어설프게 끝내지 않고, 어이가 없을 만큼 무턱대고 심한 짓을 한다더라고요."

"그런 것 같아요. 멈출 줄을 모른다고, 라운지에서 만난 사람들도 그랬잖아요."

세 사람의 대화에 끼어들 타이밍을 노리고 있던 아리사가 겨우 기회를 발견했다.

"혹시 예전에 만난 라운지 엄마들 말인가요?"

세 사람은 서로 얼굴을 마주 보았다. 이부 엄마가 먼저 대꾸했다.

"예전에 만난 적이 있었나요? 언제요?"

"예전에 라운지에 갔더니 우리보다 먼저 남자아이들 세 명과 엄마 두 명이 부루퉁한 얼굴로 앉아 있었잖아요. 테이블에는 페트병이 굴러다니고, 엄마들은 사람을 보고 인사도 안 하고요. 잠시 후에 남자아이 두 명이 싸우기 시작했고요."

"아아, 생각나요. 하지만 그건 BET 사람들이에요."

메구 엄마가 경멸을 담아 말한 뒤, '아뿔싸!' 하는 모습으로 입술을 깨물었다. 베이타워의 라운지는 어디에 살아도 이용할 수 있지만, 바닷가 쪽인 BWT에 있기 때문에 BET 사람들에게 문턱이 높은 것은 사실이었다.

"타워엄마 모임은 어디에 살아도 상관없어요. 그래서 그 사람들에게도 말할 생각이에요."

이부 엄마가 재빨리 중재했지만 세 사람의 표정은 조금 어색해졌다. 평소부터 BWT 고층 그룹이라든지 BET 임대 그룹이라든지 작은 차이를 가지고 이러쿵저러쿵 따진다고 생각하자 불쾌함이 솟구쳤다. 그런 차이는 사는 곳에서 시작해 언젠가 유치원의 선택과 초등학교 입시에까지 영향을 미치리라. 아리사는 한숨이 터져 나올 것 같았다. 동경하던 타워 아파트에 살게 되었는데, 자신은 이미 패배자 그룹에 속한 것이다.

"가나 엄마, 오늘 왠지 기운이 없어 보여요. 오후에는 뭐 할 거예요?"

그녀의 찜찜한 표정을 알아차렸는지, 이부 엄마가 안색을 살폈다.

"갑자기 혼자 있으려니까 뭘 해야 좋을지 모르겠어요."

아리사가 솔직히 말하자 메구 엄마가 두 손으로 뺨을 감쌌다.

"나 같으면 피부 마사지를 받으러 갈 거예요. 요즘 탄력이 없어졌지 뭐예요? 둘째를 낳았더니 피부부터 달라지네요."

마코 엄마가 고개를 끄덕였다.

"난 영화를 보고 느긋하게 쇼핑한 다음, 역시 피부 마사지를 받으러 가야겠어요. 그리고 네일숍하고 미용실에도 가고요."

메구 엄마가 어이없는 표정을 지었다.

"그러려면 하루 가지고 부족하잖아요."

"정말 욕심쟁이라니까."

이부 엄마가 새하얀 치아를 드러내며 웃었다.

"아아, 피부 마사지 받고 싶어라! 안티에이징을 해야 하는데."

메구 엄마가 상당히 신경이 쓰이는지 계속 뺨을 감싸며 말했다. 그것을 보고 마코 엄마가 몸을 앞으로 내밀었다.

"그러고 보니 시로가네 미용실에서 전단지 안 왔어요? 네일도 시작한 것 같아요. 다른 데보다 좀 비싸지만요."

"네? 정말요? 젤로 하면 얼마래요?"

"하나에 1,000엔이래요."

"그럼 스톤을 붙이면 순식간에 2만 엔이 되겠네요."

처음에는 아리사에게 말을 걸어도 세 사람은 결국 보이지 않는 막을 치며 그녀를 튕겨낸다. 의식적으로 그러진 않겠지만, 자신들의 공통된 화제에 집중하며 적극적으로 그녀를 끌어들이지는 않는다.

"이제 아이를 데리러 갈 시간이네요."

이부 엄마가 다급한 모습으로 손목시계를 보았다. 아리사도 덩달아 휴대전화 화면을 보았다. 마침 점심때였다. 이부 엄마가 "그럼 또 봐요"라고 모두에게 손을 흔들며 황급히 사라지자 남은 두 사람도 서둘러 일어서서 이별을 고했다.

"가나 엄마, 오늘 만나서 반가웠어요."

"다음에 또 만나요. 가나도 보고 싶네요."

"여러모로 힘내세요."

마코 엄마가 유모차를 미는 메구 엄마의 가방을 들고, 두 사람은 담소를 나누며 엘리베이터 쪽으로 향했다. 아리사가 배웅을 하는데도 한 번도 돌아보지 않았다. 무엇 때문에 자신을 오라고 했는지 씁쓸해졌다. 특히 마코 엄마의 "여러모로 힘내세요"라는 말이 마음에 걸렸다. 자신이 없는 곳에서 이상한 소문이라도 난 걸까. 아니다, 사소한 일에 신경 쓰지 말자고 그녀는 고개를 가로저었다. 그러나 시아버지가 딸을 데려간 이후, 상황이 급박하게 돌아가고 있다는 걸 의식할 수밖에 없었다.

아리사는 집으로 돌아와 마치다의 시댁에 전화를 걸었다. 시어머니인 하루코의 휴대전화에 걸지 않은 것은 딸을 시어머니에게 맡긴 게 아니라 어디까지나 남편의 본가에 맡겼다고 생각하고 싶었기 때문이다.

"여보세요."

감기에 걸렸는지 시아버지가 갈라진 목소리로 전화를 받았다.

"아버님, 저예요. 감기에 걸리셨어요?"

시아버지가 걱정되기도 하지만 그보다 딸에게 옮기지 않을까 걱정이 되었다. 그러나 시아버지가 먼저 신경을 쓰고 말했다.

"걱정 마라. 가나에게는 가까이 가지 않으니까."

그녀는 속마음을 들킨 것 같아 식은땀을 흘렸다. 시댁 식구들과의 관계는 너무나 어렵다. 그녀의 시부모는 결코 나쁜 사람이 아니다. 하지만 사소한 일로 위화감을 가질 때가 있다. 평소에 부족한 며느리라고 여기는 걸까. 당신의 아들에게 어울리지 않는다고 생각하는 걸까. 그런 생각이 들면 죄책감과 콤플렉스가 밖으로 드러날 것 같았다.

"죄송해요, 그런 뜻이 아니었어요."

시아버지가 다정하게 대꾸했다.

"괜찮다. 신경 쓰지 마렴. 가나 바꿔줄까?"

"부탁드립니다."

전화를 받은 사람이 시아버지고, 즉시 딸을 바꿔줘서 안도했다. 자신이 시어머니를 얼마나 거북하게 여기는지 확실히 깨달았다.

"엄마!"

수화기를 드는 소리와 동시에 딸의 우렁찬 소리가 들렸다. 그녀는 까닭 없이 왈칵 눈물이 쏟아질 것 같았다.

"네~에."

"엄마, 뭐 해?"

"엄마는 금방 이부키 엄마들이랑 차 마셨어. 미안해."

그녀의 말을 듣는지 듣지 않는지, 가나가 간절한 목소리로 물었다.

"엄마, 언제 와?"

가슴이 덜컥 내려앉았다.

"금방."

"금방이 언제야?"

"모레쯤."

"모레가 언제야?"

"두 밤 자고 나면."

"두 밤 자고 나면? 왜?"

아직 시간 개념이 없어서 그런지 질문이 끊이지 않았다. 어떻게 대답해야 좋을지 몰라서 머뭇거리고 있자 "할머니 좀 바꿔주렴" 하는 목소리가 들리고 시어머니가 대신 받았다.

"얘야, 그쪽은 어떠니?"

한숨이 나올 것 같았지만 오늘 시어머니는 기분이 좋은 것 같아서 가슴을 쓸어내렸다.

"오늘 니가타에 가서 의논하고 오려고요. 그런 다음에 말씀드릴게요."

"그래?"

잠시 공백이 있었다.

"그러면 다른 아이도 만나니?"

눈앞이 캄캄해졌다. 역시 알고 있었다.

"그렇진 않을 거예요. 저기…… 죄송해요."

"내게 사과할 건 없어. 너도 고생이 많았겠구나."

시어머니에게 이런 위로를 받으면 며느리는 어떻게 대답해야 좋을까? 더구나 지금은 남편의 마음이 돌아서지 않았는가. 그녀는 곤혹스러운 표정을 지으며 TV 화면으로 시선을 돌렸다. 〈연속 TV 소설〉이라는 드라마가 끝나는 참이었다. 다정하고 행복한 사람들이 나오는 드라마다.

"저기…… 그이에게 들으셨나요?"

"그래. 그 애가 아무 말도 안 하고 일본에 오지도 않으니까 남편이 조바심을 내더구나. 네가 가나의 유치원을 정해야 한다고 했잖니. 그래서 얼마 전에 전화로 꼬치꼬치 물어봤나 봐. 그래도 말을 하지 않아서, 당장 미국에 가겠다고 화를 내니까 말했다더구나."

"그랬군요. 걱정을 끼쳐서 죄송해요."

"그 애는 네가 과거를 숨긴 게 아닐까 하더구나. 정말이니?"

또 그 말인가? 기분이 좋은 줄 알았는데, 시어머니의 감정이 점차 격앙되는 낌새가 느껴졌다. 예민한 딸은 시어머니가 그녀에게 화를 낸다고 여기고 겁을 먹으리라.

"숨긴 게 아니에요."

"그렇겠지. 넌 그렇게 타산적인 사람이 아니니까."

어떻게 대답해야 좋을지 몰라서 혼란에 빠진 상태에서 그녀는 어색하게 대꾸했다.

"그렇다고 생각해요."

"그래, 솔직한 편이지."

잠시 대화가 끊어지고, 놀랍게도 시어머니가 눈물짓는 기척이 느껴졌다. 그녀가 잠자코 있자 시어머니가 먼저 말을 꺼냈다.

"우리는 너희가 예전처럼 지내기를 바라고 있어. 넌 이렇게 사랑스러운 아이를 낳았잖니? 문제는 슌페이야. 사내 녀석이 속이 좁아터져서 사소한 일을 가지고 트집을 잡으며 가족을 돌보지 않다니…… 하지만 솔직히 말하면 나도 널 잘 모르겠구나. 느닷없이 가나 유치원은 어떻게 할 거냐고 묻지를 않나. 물론 너도 어쩔 수 없겠지. 그래, 무리가 아니야. 내 아들이 너를 버렸으니까."

시어머니의 예상치 못한 공평함에 안심하고 느슨해지던 마음에 차가운 돌풍이 불었다.

"정말이세요?"

생각보다 목소리가 날카로워져서 그녀 자신도 깜짝 놀랐다.

"응? 뭐가?"

시어머니의 아름다운 눈썹이 위로 올라가는 것이 보이는 듯했다.

"그이가 저희를 버렸다는 것 말이에요."

"아니, 가나는 버리지 않았어."

"그럼 저만 버렸다는 건가요?"

"내가 언제 그랬니?"

"지금 그러셨잖아요. 내 아들이 너를 버렸다고요."

'그만해, 그만해!'라고 스스로에게 속삭였다. 그러나 참았던 감정이 봇물 터진 듯 흘러나와서 멈추지 않았다.

"말이 헛나왔구나. 진정해. 우리는 아까 말한 것처럼 너희가 예전처럼 지내기를 바라고 있어."

"그래서 저도 계속 기다렸어요. 하지만 저를 버린다면 어쩔 수 없겠죠. 어머님 말씀처럼 저도 그이가 속이 좁다고 생각해요. 저는 분명히 이혼한 적이 있어요. 아들도 있고요. 하지만 부끄럽게 여긴 적은 없어요. 비밀로 하려고 한 적도 없고요."

거짓말, 거짓말. 부끄럽게 여기지는 않았지만 다른 사람에게 말할 수 없는 비밀이라고 생각하지 않았던가. 왜 솔직하게 말하지 않는가. 자신의 목소리가 머릿속에서 메아리쳤다.

"그래. 그건 부끄러운 일이 아니야. 누구에게나 한두 가지 비밀은 있으니까."

"그럼 어머님 비밀은 뭐죠?"

"무슨 말이야? 내가 비밀이 어디 있어? 난 공명정대한 사람이야. 비밀 같은 건 없다."

시어머니의 목소리에는 당황한 기색이 역력했지만 이제 와서 그만둘 수는 없었다.

"지금 누구에게나 한두 가지 비밀은 있다고 하셨잖아요."

"그건 말을 하다 보니……."

"또 변명이세요? 그럼 왜 그이는 저를 용서하려고 하지 않죠? 자신이 몰랐으니까요? 전 속이려고 한 게 아닌데 멋대로 그렇게 생각하는 것뿐이잖아요. 저를 이해하려는 마음이 아예 없는 게 아닌가요? 그이는 너무 차가워요. 가나만을 빼앗고 저를 버리겠다면 저에게도 생각이 있어요."

별안간 아무 소리도 들리지 않았다. 시어머니가 화가 나서 전화를 끊은 걸까? 하지만 휴대전화를 살펴보자 배터리가 다 되었다. 충전기를 끼웠지만 시어머니로부터 전화가 걸려오지는 않았다. 며느리가 말싸움을 걸었으니까 화가 머리끝까지 치솟았으리라.

그녀는 황급히 여행 준비를 시작했다. 갈아입을 속옷을 챙기면서 이래선 안 된다, 이래선 안 된다고 혼란스러운 머리로 필사적으로 생각했다. 인연의 실이 끊어졌다면 딸을 데려와서 둘이 사는 수밖에 없다. 그러려면 일단 직장을 구해야 한다. 그러나 어린이집은 순서를 기다려야 하고, 직장도 바로 구할 수는 없다. 슈퍼마켓의 계산대도 경쟁이 치열하다고 들었다. 이런저런 생각을 하자 숨이 턱턱 막혔다. 그러나 지금은 이를 악물고 앞으로 나아가는 수밖에 없으리라.

여행 준비를 마치고 니가타에 간다고 말하기 위해 미우 엄마에게 전화를 걸었다. 잠시 신호가 간 뒤, 미우 엄마가 평소보다 낮은 목소리로 전화를 받았다.

"아까 라라포트의 스타벅스에 있었지?"

그녀가 입을 열기도 전에 미우 엄마가 그렇게 말했다. '타워엄마 모임'을 보았던가. 미안함과 꺼림칙함이 온몸을 감쌌다.

"그래. 이부 엄마가 오라고 해서……"

"나를 따돌린 거야?"

미우 엄마는 왜 지나칠 정도로 솔직해서 사람을 곤란하게 만들까. 조바심이 온몸을 휘감았다. 미우 엄마는 폭력적이다. 항상 그랬다.

"그게 아니야. 타워엄마 모임을 만든대. 베이타워에 사는 엄마, 아빠의 모임이래."

미우 엄마가 웃음을 터뜨렸다.

"그게 뭐야? 또 이부 엄마 생각이지? 그 여자는 꼭 사람들의 중심에 있어야 직성이 풀린다니까. 센터 여자야 뭐야? 나 참, 기가 막혀서."

베이타워의 엄마, '아빠'라는 말에 감정이 격해진 것이리라. '아뿔싸!' 하고 혀를 찼지만 때는 이미 늦었다.

"미안해."

"왜 당신이 사과해?"

"잘은 모르지만 내 말에 요코 씨가 화났으니까. 기분이 좋을 때 전화해줄래?"

전화를 끊으려고 하자 미우 엄마가 황급히 말했다.

"미안해. 할 말이 있어서 전화를 걸었을 텐데 다짜고짜 화를 내서……"

맥이 빠질 만큼 순순히 잘못을 인정하는 것도 미우 엄마의 장점이었다.

"괜찮아. 오늘 니가타에 가려고."

"아들 만나러?"

"아니야. 엄마 만나서 의논하려고."

"엄마에게 의논하는 건 그만둬. 미안하지만 부모님은 정확한 판단을 내리지 못해."

미우 엄마의 말에는 설득력이 있었다. 분명히 부모님이 좋은 방법을 내놓은 적은 한 번도 없었다. 데쓰야와 이혼할 때도 이번에도, 그냥 상황을 지켜보라고 했을 뿐이다. 그녀는 단지 갈 곳을 잃어버리고 고향으로 도망치고 싶을 뿐인지도 모른다.

"그럼 아들을 보고 올까?"

"그래, 그렇게 해."

미우 엄마가 들뜬 목소리로 덧붙였다.

"있잖아, 내가 같이 가면 안 될까? 니가타에 가본 적이 없어서 한 번 가보고 싶어. 미우는 동생에게 봐달라고 할 테니까 같이 가자."

"소풍 가는 거 아니거든."

그녀는 자기도 모르게 쓴웃음을 지었다.

4장

이미지 변신

터널을 빠져나가자……

"조에쓰 신칸센은 왜 이렇게 터널이 길어? 기차를 타면 경치를 볼 수 있을 줄 알았는데, 아까부터 캄캄한 어둠뿐이잖아."

창가에 앉은 미우 엄마가 지긋지긋한 표정으로 불평을 늘어놓았다.

"산이 많으니까 어쩔 수 없지."

"그렇구나. 하지만 너무 캄캄해서 폭발할 지경이야. 이래선 밤 같으니까 차라리 맥주를 마실 걸 그랬어."

미우 엄마가 녹차 페트병을 노려보며 말했다. 오늘은 평소에 입는 유니클로의 다운베스트가 아니라 카위천(Cowichan, 밴쿠버 섬에 사는 원주민—옮긴이)풍 재킷을 걸쳤다. 갈색 부츠 안에 청바지를 넣고 한층 길어 보이는 다리를 꼰 채 따분한 듯 흔들었다. 반면에 아리사는 회색 니트 원피스에 검은색 코트라는 대조적인 차림이었다. 7년 만에 아들을 만날 수도 있는 만큼 단정

259

한 모습을 보여주고 싶었다.

터널 안에서 마주 오는 열차와 지나쳤다. 순간 날카로운 굉음을 내며 빛의 띠가 스쳐 지나갔다. 미우 엄마가 가슴을 누르며 숨을 크게 쉬었다.

"아휴, 깜짝이야!"

"이다음에도 나가오카까지 계속 터널이 이어져."

"또 터널이야?"

미우 엄마는 하품을 집어삼킨 뒤, 배낭 주머니에서 휴대전화를 꺼내 힐끔 쳐다보았다. 이부 아빠의 메일을 기다리는 모양이다.

"터널 안에선 메일을 받을 수 없잖아?"

아리사가 장난스럽게 말하자 미우 엄마는 순순히 고개를 끄덕였다.

"그건 그래. 그런데 너무 심심해."

"곧 미쿠니 고개야."

"어? 미쿠니 고개? 거긴 들어본 적이 있어. 대학시절에 스노보드 타러 간 적이 있는 것 같아."

"어디로 갔어? 유자와? 조모 고원(高原)?"

"남자친구 차를 타고 가서 기억이 안 나."

미우 엄마는 그렇게 말하고 천연덕스럽게 웃었다. 아리사는 그녀의 밝은 얼굴 너머로 유리창에 비친 자신의 얼굴을 바라보았다. 잠이 부족한 탓인지 눈 밑에 다크서클이 생겼다.

어젯밤에 오랜 시간을 들여 남편에게 편지를 썼다. 메일로 보내는 게 편하다는 건 알지만 집에 컴퓨터가 없어서 휴대전화로 써야 한다. 그러면 복잡하게 쓸 수는 없는데, 그렇다고 간단하게 썼다가 무시하면 곤란하다. 그녀는 어쩔 수 없이 편지지 세트를 사와서 몇 번이나 고치며 겨우 완성했다.

그리고 미우 엄마를 만나러 가는 길에 우체국에 들러서 재빨리 보냈다. 이제 됐다. 될 대로 되어라. 기분이 들뜨는 것은 지금까지 하고 싶었던 말을 전부 썼기 때문일까.

"그런데 아리사 씨 엄마 말이야, 고향에 가지 않겠다고 했더니 뭐라고 하셨어?"

"입으론 '왜 그래, 왜 자꾸 계획을 바꾸는 거야?'라고 걱정하는 것 같았지만, 내심 안도하는 것 같았어."

아리사는 그렇게 말하고 허탈하게 웃었다. 엄마에게 어제 "고향에 가지 않을 테니까 안심해"라고 거짓말을 하고, 다음 날 아침에 몰래 니가타로 가는 중이다.

"부모는 원래 다 그래. 입으론 걱정한다고 하면서, 이제 나이가 나이니까 귀찮은 일은 피하고 싶어 하지. 이렇게 말해서 미안한데, 아리사 씨 남편은 너무 유치해. 결국 부모님께 해결해달라고 떠넘기는 거나 마찬가지잖아. 아니야?"

"나도 그렇게 생각해."

그녀는 목소리에 힘을 주어 대답했다. 편지에도 그렇게 썼다.

이와미 슌페이 씨에게

잘 지내고 있나요?

나와 가나는 건강히 잘 지내고 있습니다.

오늘은 분명하게 하게 싶은 말이 몇 가지 있어서, 마음에 담아두지 않고 솔직히 쓰려고 합니다. 당신도 솔직히, 그리고 성의 있게 대답해주십시오.

당신은 편지는 물론이고 전화도 받지 않고, 휴대전화 메일에도 답장을 해주지 않습니다. 언제부터였는지 확인해보았더니 작년 말부터더군요. 작년에는 귀국하지도 않았지요(어쩌면 나 몰래 귀국했을지 모르지만요). 즉, 당신은 남편이자 아빠면서 1년 가까이 가족의 연락을 받지 않았습니다.

그건 배우자인 내게 너무도 무책임하고 불성실한 태도가 아닌가요? 또한 가나를 무시하는 행위고 당신 부모님에게 의존하는 행동이 아닌가요?

이런 말은 하고 싶지 않았지만 우리 부모님도 당신의 냉혹한 태도를 어렴풋이 눈치채고, 불안과 조바심을 느끼고 있습니다(오해하지 마세요, 난 아무 말도 하지 않았습니다).

나에게 연락하지 않는 이유가 무엇인가요?

일단 이 질문에 확실하게 대답해주십시오.

다음에 묻고 싶은 건 앞으로 어떻게 할 거냐는 겁니다. 전화로도 말했지만 가나는 내년에 네 살이라서, 3년 과정 유치원을 선택해야 합니다. 당신이 생활비를 빠듯하게 주는 바람에 가나를 유치원에 보낼 만한 돈이 없습니다.

엄마친구들에게는 이런 말을 할 수 없어서 혼자 머리를 싸매고 고민하고 있습니다. 이제 가나의 장래를 위해 진지하게 같이 고민해주십시오.

정 이혼하고 싶다면 그렇게 해줄 수 있습니다. 그건 어쩔 수 없는 일이니까요. 하지만 가나는 절대로 주지 않겠습니다. 그리고 지금까지 가족을 돌보지 않은 대가를 치러야 할 겁니다. 그러지 않으면 나도 가만히 있지 않겠습니다. 앞으로 어떻게 할지, 일정과 방법을 대답해주십시오.

다음은 당신의 부모님입니다. 며칠 전에 아버님이 오셔서 가나를 마치다의 시댁으로 데려가셨습니다. 당분간 가나를 맡아줄 테니 나더러 자립의 길을 찾으라고 하시더군요.

갑자기 왜 그렇게 하시는지 이상해서 견딜 수 없었지만, 어머님과 통화하다가 당신이 나에게 차갑게 대하는 이유를 부모님께 말했다는 걸 알았습니다.

부모님께 어떻게 말했나요? 이건 내 명예에 관한 문제이니까 당신은 대답할 의무가 있습니다.

그리고 마지막으로 묻고 싶은 게 있습니다.

내가 당신에게 그토록 심한 짓을 했나요?

나와 결혼하기로 결심했을 때, 당신은 나를 좋아한 게 아니었나요?

꼭 대답해주십시오.

몇 번이나 다시 쓰고 몇 번이나 다시 읽어본 덕분에 편지 내용을 달달 외웠다. 내용을 곱씹는 사이에 다시 분노가 치밀어

올라와 그녀는 무심결에 미우 엄마에게 말했다.

"나 말이야, 미국에 있는 남편에게 편지를 썼어. 아까 오기 전에 우체국에서 부쳤어."

미우 엄마가 깜짝 놀라며 커다란 눈을 희번덕거렸다.

"뭐라고 썼는데?"

"모든 걸 확실하게 썼어. 번호는 붙이지 않았지만 하나하나 이 것에 대답하라, 저것에 대답하라는 식으로 말이야. 이혼해줄 수는 있지만 가나는 절대로 주지 않겠다고도 쓰고."

잘했다고 칭찬할 줄 알았는데, 미우 엄마는 어이가 없는 듯 눈을 동그랗게 떴다.

"으아, 말도 안 돼! 지금 그러면 어떡해?"

"왜?"

"가나가 시댁에 있는 마당에, 지금 그렇게 하면 가나를 빼앗길 수 있잖아. 그런 일은 얼마든지 있어. 내 동생이 어린이집 선생님이잖아. 최근에 이혼이 많으니까 아이를 두고 옥신각신하는 걸 많이 봤나 봐. 아이는 무조건 엄마를 따라서, 아이 문제만은 절대적으로 엄마에게 유리하거든. 그래서 남편 쪽에서 이런 저런 방법을 짜낸다더라. 문제가 생기기 전에 아이를 데려가서 숨긴다든지, 엄마가 만나게 해달라고 애원해도 만나게 해주지 않는다든지 말이야. 최악의 경우에는 평생 만나지 못하게 하나 봐. 아마 당신 남편은 아이를 어떻게 할지 결심이 서지 않아서 이혼에 대해 확실히 말하지 않았을 거야. 그런데 시부모가 나서서 그 계획에 협조하게 된 거지. 당신이 자립하면 돈을 주지 않아도 되고, 아이를 데리고 있는 사이에 교묘하게 구슬러서 당신을 잊게 만들 수도 있고."

얼굴에서 핏기가 사라졌다. 그러면 유타 때와 똑같지 않은가. 엄마에게 자식을 떼어놓는 사람은 대부분 친할머니다.

"시부모님이 남편과 한패가 돼서 내게서 가나를 떼어놓으려 한다는 거야?"

미우 엄마가 자신만만하게 대답했다.

"당연하잖아. 왜 진작 눈치를 못 챘어?"

"아아, 어떡하지? 오늘 아침에 편지를 보냈는데……"

아리사는 패닉에 빠져서 두 손으로 뺨을 감쌌다. 자신은 유타에 이어서 딸까지 잃어버리는 건가. 딸의 마음을 끌기 위한 갈색 강아지. 손이 많이 가는 반찬에 귀여운 옷. 그리고 휘핑크림과 과일을 듬뿍 얹은 고소한 팬케이크. 딸을 시어머니에게 빼앗기는 걸까.

"걱정 안 해도 돼."

미우 엄마가 진지한 표정으로 그녀의 어깨를 잡았다. 그 힘이 너무도 강해서 그녀는 순간적으로 당황했다.

"왜?"

"아직 안 늦었어. 메일이 아니라 편지로 보냈다면서? 그럼 일주일쯤 걸릴 거야. 그 안에 가나를 데려오면 되잖아. 불안하면 내가 같이 가줄게."

"아아, 그렇구나……"

그녀는 가슴을 쓸어내렸다. 오늘은 당일치기로 니가타에 가서 집에 늦게 들어가지만, 내일 시댁에 가서 딸을 데려오면 된다.

"다행이다. 내일 가나를 데리러 가겠어."

"그래. 더구나 편지를 보냈다는 건 아직 아무도 모르잖아. 지금쯤 편지를 분류해서 내일 태평양을 건너갈 거야. 잘 들어. 이혼하기로 결심했으면 이혼이 끝날 때까지 절대로 가나와 떨어지면 안 돼."

"알았어. 절대로 떨어지지 않을게."

그렇게 말하면서도 그녀는 패배감과 비슷한 감정에 휩싸였다. 그렇게 실패를 두려워했는데 결국 또 이혼을 하다니……

미우 엄마가 그녀의 손을 잡고 손등을 가볍게 두드렸다.

"정신 똑바로 차려. 가나만 있으면 되잖아. 그다음엔 어떻게 될 거야."

그녀는 고개를 끄덕였다. 그래, 대단한 일이 아니다. 어쨌든 지금의 상황보다 더 나빠질 일은 없다. 그것만 믿으면 된다. 용기가 솟구친 순간, 열차가 터널에서 빠져나왔다.

"터널을 빠져나오자 설국이었다, 그렇지?"

미우 엄마가 장난스럽게 『설국』(가와바타 야스나리의 작품으로 일본 최초로 노벨문학상을 수상했다—옮긴이)의 첫 문장을 말했지만, 밖에는 비가 내리고 있었다. 그녀의 눈앞에 비안개가 피어오르는 늦가을의 니가타 평야가 펼쳐졌다. 고향에 돌아오는 건 7년 만이었다.

"난 저기 너머에 살았어."

그녀는 추수가 끝난 논의 아득한 건너편을 가리켰다. 평야를 넘어 동해 쪽으로 가면 세지마 농원이 있고, 거기에 그녀의 또 다른 아이가 살고 있다.

"뭐야? 벌써 니가타야?"

"여기는 우리 엄마 친정이 있는 나가오카야. 우리 집은 다음 역인 쓰바메산조와 니가타의 중간쯤이고. 조금만 더 가면 돼."

그녀는 좌석에 몸을 묻고 눈을 감았다. 미우 엄마가 경치를 보려고 몸을 앞으로 내미는 기척이 느껴졌다.

니가타 역에는 점심때가 지나서 도착했다. 두 사람은 반다이 바시 쪽으로 나와 아리사도 모르는 새로운 가게에서 명물인 쟁반메밀국수를 먹었다. "이거 처음 먹어 봐!"라고 미우 엄마는 눈을 반짝였지만, 그녀는 아는 사람이라도 만날까 봐 안절부절 못했다.

메밀국숫집을 나오자 빗발이 한층 굵어졌다. 아리사는 접이식 우산을 가져왔지만 우산을 가져오지 않은 미우 엄마는 편의점에 들러 비닐우산을 샀다.

미우 엄마가 들뜬 얼굴로 물었다.

"니가타에 오랜만에 왔지? 느낌이 어때? 아련해?"

"가슴 한쪽이 찡하긴 하지만 그럴 때가 아니란 느낌이라고 할까? 이해할지 모르겠지만 실패한 곳에 돌아오니 이런저런 생각이 나서 마음이 편치 않아."

그녀는 솔직히 대답했다.

미우 엄마가 추운 듯 몸을 움츠리면서 비 오는 하늘을 올려다보았다.

"조금은 이해할 것도 같아. 하지만 그 정도가 무슨 실패야?"

"그건 요코 씨가 실패하지 않아서 그래."

미우 엄마가 우산 밑에서 담배에 불을 붙인 뒤 고개를 들었다. 눈은 웃지 않았다.

"그럴까? 아리사 씨는 계속 실패, 실패 노래를 부르는데, 결혼에 대한 꿈이 너무 컸던 거 아니야?"

그녀는 흠칫 놀라 걸음을 멈추었다. 스웨이드 부츠 끝이 비에 젖어 발끝이 차가웠다.

"무슨 뜻이야?"

"사람에겐 이런저런 사정이 있어. 그렇게 일일이 신경을 써서 어떻게 살려고 그래?"

미우 엄마는 입에 담배를 물고 휴대전화의 착신을 확인했다. 그런 다음 실망한 표정을 감추지 않고 그녀의 얼굴을 똑바로 보았다. 그녀도 미우 엄마의 큰 눈을 똑바로 보았다.

"이렇게 말하면 이해할까? 난 지난 세월을 후회해. 그 후회가 너무나 커서 굉장한 실패로 느껴져."

"그렇구나."

미우 엄마가 눈길을 떨구고 중얼거리더니, 이내 장난스럽게 덧붙였다.

"오늘은 참 우울한 날이다. 눈물의 재회가 아니었으면 좋겠는데."

"어떤 날에 어떻게 만나는 게 좋을까?"

"그야 화창한 날에 벚꽃이 흐드러지게 핀 나무 밑에서 만나는 게 좋지 않을까?"

"입학식이 아니거든."

가볍게 농담을 하자 마음이 조금 편안해졌다. 그렇다. 그녀는 지금 유타를 포기하고 그 집에 두고 나온 걸 후회하고 있다. 되돌릴 수 없는 짓을 저질러놓고 이제 와 만나서 무엇 할까. 더럭 겁이 났다. 하지만 여기까지 온 이상 얼굴만이라도 보고 싶었다.

엄마 말에 따르면 세지마 농원은 배 수확이나 포도 따기 등의 체험농장을 통해 관광객을 유치하고 있다고 한다. 라면과 메밀국수, 샤부샤부를 내놓는 식당도 하고, 최근에는 바비큐 시설도 만들어 음식을 가져갈 수 있게 해놓았다고 한다.

그녀는 택시 승강장으로 향했다. 버스로 가기에 불편한 곳이라 왕복 모두 택시를 타는 수밖에 없었다. 그 대신 과일을 사러 온 손님인 척을 하면 어떻게 될 것 같기도 했다. 그녀는 운전기사에게 얼굴을 가린 채 행선지를 말했다.

미우 엄마가 비에 젖은 거리를 바라보며 물었다.

"아리사 씨 집은 이쪽이야?"

"아니, 우리 집은 더 동쪽이야."

이야기를 들은 운전기사가 흥미를 느낀 듯 룸미러를 쳐다보아서 그녀는 입을 다물었다.

신칸센과 역행하듯 택시는 남쪽으로 향했다. 조용해져서 쳐다보자 미우 엄마는 머리를 뒤에 기대고 잠들어 있었다. 입을 살짝 벌리고 있다. 태평해서 좋군. 그녀는 쓸쓸하게 웃었다.

아들을 만나면 뭐라고 말할지 생각하자 가슴이 쿵쾅거렸다. 또한 아들이 어떤 반응을 보일지 상상하자 심장이 오그라드는 것 같았다.

유타, 내가 네 친엄마야.

유타, 엄마 기억나?

유타, 네가 전화했지?

유타, 새엄마와는 잘 지내니?

맨 처음 무슨 말을 할까 생각하는 사이에 머릿속이 뒤죽박죽 되면서, 왜 여기에 왔을까 하는 막막한 심정이 되었다.

"왜 그래?"

기척을 알아차렸는지 미우 엄마가 눈을 가늘게 뜨고 졸린 목소리로 물었다.

"그냥 좀 걱정이 돼서."

"또?"

미우 엄마의 웃음을 보고 덩달아 웃는 사이에 그녀는 중요한 사실을 깨달았다. 자신이 7년 전의 일을 실패로 느끼는 것은 지금 불행하기 때문이다. 이부 아빠와 사랑에 빠진 미우 엄마는 결코 자신의 마음을 이해할 수 없으리라. 그녀는 혼자 차가운 빗속에서 서 있는 듯한 생각이 들었다.

국도의 오른쪽에 '세지마 어그리랜드'라는 간판이 보였다. 배와 딸기, 포도 그림이 선명하게 그려진 멋진 간판이다. 포도원의 한쪽에 작은 건물이 있었다. 유리로 된 입구로 들어가 딸기나 포도 따기를 신청하는 곳인 듯하다. 아리사가 살았던 무렵은 채소나 과일을 출하하는 농가에 불과했는데, 세월이 흐르면서 이렇게 멋지게 달라진 것이다.

비 때문인지 넓은 주차장에는 차가 몇 대밖에 없었다. 그래도 세지마 농원의 새로운 영업방식은 성공한 듯 보였다. 국도를 사이에 두고 반대편에 있는 오래된 집은 예전과 변함이 없었지만 초라한 문은 중후한 돌문으로, 허물어진 벽은 세련된 벽돌 벽으로, 대나무 덤불은 아름다운 정원으로 바뀌어 거대한 저택처럼 보였다. 집 앞에는 새 차처럼 보이는 랜드크루저가 서 있었다.

"여기서 기다릴까요?"

한산한 주차장에 차를 넣은 뒤, 택시 기사가 뒤를 돌아보고 물었다.

"그래주시겠어요? 오래 걸리진 않을 거예요."

잠들었던 미우 엄마가 눈을 뜨고 놀란 얼굴로 주위를 둘러보았다.

"도착했어."

아리사의 말에서 긴장감이 전해졌는지 미우 엄마는 말없이 고개를 끄덕였다.

문을 열고 밖으로 나오자 차가운 공기가 피부를 찔렀다. 빗발이 눈으로 바뀌어도 이상하지 않을 만큼 추웠다. 그녀는 베이지색 캐시미어 스톨로 목의 윗부분까지 감쌌다. 얼굴까지 감출 수 있다면 얼마나 좋을까? 예전 시아버지나 시어머니의 눈에 띄고 싶지 않았다.

"농원 참 크다! 아리사 씨가 이런 곳에서 살았구나."

미우 엄마가 추운 듯 팔짱을 끼고 말했다.

"그래. 겨우 1년이었지만."

"흐음, 농원이 이렇게 컸으니 많이 힘들었겠다."

"그렇진 않아. 난 거의 일을 안 했거든."

그녀는 쓴웃음을 지으며 유리문을 열고 안으로 들어갔다. 간이휴게소 같은 간소한 건물이었다. 잼과 과일을 파는 매점 안쪽에 주방이 있고 그 옆에 카운터가 있었다. 그곳에서 음식을 받아 포도 넝쿨 밑의 테이블에서 먹는 것이리라.

카운터 안에서 캔버스지 앞치마를 입은 젊은 여성이 아이스크림 기계를 청소하고 있었다. 고개를 들고 아리사와 미우 엄마를 보았지만 미소를 지을 뿐 별다른 말은 하지 않았다. 짧은 머리에 화장기가 없고, 검은색 플리스에 면바지를 입은 소박한 차림이었다.

"안녕하세요."

미우 엄마가 인사를 하자 손길을 멈추고 가볍게 인사를 했다.

"어서 오세요."

맑은 목소리였다.

"오늘 참 춥네요."

"네, 하지만 거봉이라든지, 아직 많이 있으니까 따셔도 돼요."

여성은 그렇게 말하며 포도원의 입구를 가리켰다.

"고맙습니다."

미우 엄마가 상냥하게 대꾸한 뒤, 즉시 아리사에게 다가와 속삭였다.

"혹시 저 사람이 후처 아니야?"

"설마! 너무 젊지 않아?"

"그건 모르는 법이야."

하긴 그렇다. 데쓰야는 그녀보다 나이가 적었으니까. 그녀는 젊은 여성을 힐끔 쳐다보았지만 여성은 알아차리지 못하고 청소에 열중했다.

포도 넝쿨이 우거진 포도원 안으로 들어갔다. 포도나무는 지지대를 타고 올라가 단단한 땅을 어두컴컴하게 뒤덮었다. 넝쿨에는 플라스틱 장식품과 착각할 만큼 잘 익은 포도가 매달려 있었다. 작은 테이블에 바구니와 가위가 가지런히 놓여 있고, 옆에는 포도에 대해 설명해놓은 팸플릿이 있었다. 팸플릿에는 데쓰야의 손글씨가 쓰여 있었다.

포도원에서는 카운터 너머의 주방이 잘 보였다. 김이 피어오르는 냄비 앞에 소매 있는 앞치마 차림의 노인이 서 있었다. 예전에 아리사의 시어머니였던 사람이다. 등이 조금 구부정했지만 깐깐한 옆얼굴은 예전과 똑같았다. 심장의 고동이 빨라졌다. 아리사는 미우 엄마의 팔을 잡았다.

"주방 안에 있는 사람이 예전 시어머니야."

"그래? 패밀리 비즈니스구나."

미우 엄마가 감탄하며 말했다.

패밀리 비즈니스. 그 말을 들은 순간, 그녀는 부러움에 휩싸였다. 가족 모두 일하고, 가족 모두 서로 도우며 살아가는 것. 자신은 왜 그곳에서 빠져나왔을까? 그때 자신은 데쓰야의 가족 속으로 들어가고 싶지 않았다. 자신의 가족은 데쓰야와 유타뿐이라고 생각했으니까.

"우리도 처음에는 작은 초밥집으로 시작했어. 그래서 잘 알아. 아빠가 초밥을 만들고 엄마가 계산대에 있었지. 나도 중학생 때부터 서빙을 하는 등 열심히 도와드렸어. 초등학생이었던 동생은 집을 보고. 저녁때가 되면 엄마는 집에 와서 밥을 차려주었지. 여기 오니까 옛날 생각이 난다……."

미우 엄마는 꿈을 꾸듯 말하며 주렁주렁 매달린 포도를 만졌다. 다음 순간, 아리사는 포도 넝쿨이 끊어진 곳에서 한 소년을 발견하고 숨을 멈추었다. 감색 운동복 차림의 소년은 정신을 집중해서 축구 리프팅 연습을 하고 있었다. 실력이 별로 좋지 않은지, 열 번이 되기 전에 공이 땅으로 굴러갔다. 그때마다 소년은 공을 주워 끈질기게 리프팅에 도전했다. 포도 넝쿨 끝에 있는 것은 비에 젖지 않기 위함일까?

"저 애가 내 아들 같아."

'아들'이란 말을 입에 담은 순간, 눈물이 쏟아질 뻔했다. 세 살 때 헤어진 이후 유타를 처음 보았지만, 그때의 모습은 기억 속에 단단히 새겨져 있었다.

"가봐."

미우 엄마가 등을 밀었지만 그녀는 그 힘에 저항했다.

"싫어. 뭐라고 해야 할지 모르겠어."

"친엄마라고 하면 되잖아."

미우 엄마가 다시 힘을 담아 등을 밀었다. 그녀는 미우 엄마에게 항의했다.

"뭐? 다짜고짜 그렇게 대놓고 말하라고?"

"그러면 어때서? 사실이잖아. 얼른 가봐. 좋은 기회니까."

"하지만……."

"저쪽은 일부러 전화까지 했어. 보고 싶어서 그랬겠지."

"그렇게 가벼운 마음으로 만나면 이쪽 사람들도 곤란할 거야."

"그런 게 무슨 상관이야?"

"상관있어."

어두컴컴한 포도 넝쿨 밑에서 그녀와 미우 엄마는 진지하게 옥신각신했다. 시선을 느끼고 고개를 돌리자 소년이 의아한 얼굴로 그녀들을 보고 있었다.

미우 엄마가 어이없는 목소리로 말했다.

"거봐. 저 애가 눈치챘잖아."

이제 어쩔 수 없다. 아리사는 마음을 정하고 유타에게 다가갔다.

"안녕."

"안녕하세요."

유타는 그녀를 힐끔 쳐다봤을 뿐, 관심 없는 모습으로 다시 공을 차기 시작했다. 소년 특유의 새된 목소리였다. 유타의 얼굴은 놀랍게도 그녀의 아버지를 빼닮았다. 하지만 체격은 데쓰야를 닮았는지 골격이 크고 당당했다. 키는 그녀의 어깨밖에 되지 않았지만, 신발이 큰 걸 보면 키가 클 것 같다.

"축구를 잘하네."

"아직 못해요. 후보거든요."

유타가 어깨를 들썩였다.

"잘하는 것 같은데?"

"아니에요. 리프팅을 50번 이상 못하면 주전이 될 수 없어요."

발끝으로 리프팅을 몇 번 하는가 싶더니 공이 다시 튕겨나갔다. 유타는 황급히 비에 젖은 땅으로 굴러가는 공을 주운 뒤, 한숨과 함께 아리사의 얼굴을 올려다보았다.

"이것 봐요, 못한다고 했잖아요."

"열심히 연습하면 할 수 있을 거야."

"아무리 열심히 연습해도 사람에겐 한계라는 게 있거든요."

그녀는 자기도 모르게 웃음을 터뜨렸다.

"한계엔 도전해야지."

"말은 쉽지만 헛수고가 될 수도 있어요. 아무리 열심히 해도 사람에겐 맞고 안 맞는 게 있으니까요."

건방지리만큼 야무진 대답을 듣고 나서 그녀는 고개를 갸웃거렸다. 아무래도 발신번호 표시제한 전화는 유타가 아닌 것 같다. 이 애는 그렇게 유치하지 않다.

"그렇구나."

아리사는 가볍게 맞장구를 치고 포도원을 둘러보았다. 사람에겐 맞고 안 맞는 게 있다……. 그렇다, 나는 여기와 맞지 않다. 자신을 낳은 엄마인 줄도 모르는 아들에게 한수 배우고 그녀는 미소를 지었다.

"너 참 재미있구나."

유타가 그녀의 얼굴을 보았다.

"뭐가요? 뭐가 재미있어요? 전 지금 진지하게 고민하고 있어요."

"축구에 안 맞아서?"

"그래요. 모든 사람들에게 보란 듯이 주전선수가 되고 싶은데 마음처럼 되지 않아요. 분해서 견딜 수 없어요. 유연성이 없기 때문일까요?"

"그럼 다른 것에 맞는 게 아닐까? 무엇에 맞을까?"

유타는 쑥스러운 표정을 짓더니 대꾸를 하지 않았다.

"무엇에 맞는지 말해줄래?"

그러자 작은 목소리로 "공부가 아닐까요?"라고 대답했다.

"그거 잘됐네. 공부해서 좋은 학교에 들어가면 되잖아."

"그런데 학교 공부는 아니에요."

유타는 축구공을 들고 진지한 얼굴로 그녀를 쳐다보았다.

"그럼 무슨 공부인데?"

"전 많은 걸 알고 싶어요."

"그래? 그건 아주 중요한 일이야. 그럼 열심히 해."

"고맙습니다."

형식적으로 인사를 하고 유타는 다시 리프팅 연습으로 돌아갔다. 그녀는 멀리서 지켜보던 미우 엄마 곁으로 돌아갔다.

"어땠어?"

"느낌이 좋았어. 이걸로 충분해. 이제 마음이 풀렸어."

"뭐? 벌써 됐어? 뭔가 더, 뭐라고 할까, 눈물 없인 볼 수 없는 장면을 기대했는데."

미우 엄마는 맥 빠진 표정을 지었다. 아리사는 웃으면서 미우 엄마의 재킷 소매를 잡았다.

"됐어, 그만 가자. 택시도 기다리잖아. 역 앞에서 한잔하고 도쿄로 가자."

안타까운 표정으로 연신 유타 쪽을 돌아보는 미우 엄마를 끌고 그녀는 포도원 입구로 돌아갔다. 아이스크림 기계의 청소를 끝낸 젊은 여성이 세 살쯤으로 보이는 어린 소녀에게 비닐 봉투에 들어 있는 당근을 주었다.

"오빠에게 데려가 달라고 부탁하렴."

"응!"

어린 소녀가 힘차게 달려갔다. 아리사는 소녀의 뒷모습을 눈으로 좇으면서 물었다.

"오빠라면, 축구하던 애 말이에요?"

젊은 여성이 생긋 웃었다.

"네, 근처에 토끼집이 있거든요."

"아아, 그래서 당근을 가져갔군요."

역시 이 여성이 데쓰야와 재혼한 아내고, 지금의 소녀가 유타의 이복동생이다. 미우 엄마가 아리사의 어깨를 잡고 눈을 들여다보며 재빨리 말했다.

"이제 그만 가자."

주차장에서 기다리던 택시 운전기사가 따분한 얼굴로 스포츠 신문을 보고 있었다.

"오래 기다리셨죠? 니가타 역까지 부탁드릴게요."

뒷자리에 앉아 고개를 든 순간, 아리사는 깜짝 놀라 눈을 크게 떴다. 택시 앞에 데쓰야가 서 있었다. 회색 작업복 위에 검은색 다운재킷을 입고 검은 우산을 쓰고 있었다.

"죄송해요. 잠시만 기다려주세요."

그녀는 운전기사에게 말하고, 무슨 일인가 해서 쳐다보는 미우 엄마에게 낮은 목소리로 속삭였다.

"전남편이야. 잠시만 기다려."

밖으로 나오자 데쓰야가 비를 맞지 않도록 우산을 씌워주었다. 두 사람은 사람들 눈에 띄지 않는 주차장 구석으로 이동했다. 데쓰야는 10킬로그램 정도 체중이 늘고 관록이 더해졌다. 밖에서 일하는 사람답게 온몸에서 흙과 비 냄새가 났다.

먼저 입을 연 사람은 데쓰야였다.

"오랜만이야."

"그러게. 7년 만인가?"

"나 살쪘지?"

"그래, 살쪘네."

아리사가 솔직히 말하자 그는 손으로 머리를 쓰다듬었다.

"머리도 많이 빠졌어. 보통 문제가 아니야."

아리사가 무심코 웃자 데쓰야는 감탄한 눈길로 그녀의 머리 끝부터 발끝까지 바라보았다.

"당신은 옛날과 똑같네."

"무슨! 많이 늙었어."

"늙긴 뭐가 늙어? 굉장히 세련되고 아름다워."

스무 살에 만나 결혼한 뒤 깊은 상처를 안고 헤어진 전남편과 과거를 추억하는 날이 오리라곤 꿈에도 생각지 못했다.

"유타 봤어?"

"봤어. 우리 아빠를 쏙 빼닮아서 놀랐어. 멋지게 키워줘서 고마워."

"멋지긴 뭘. 그렇지도 않아."

데쓰야는 마디가 굵고 거칠어진 손가락으로 인중을 긁적였다. 쑥스러울 때 나오는 습관이다.

"아까 보니까 어머니가 주방에 계시던데? 하나도 안 변하고 건강해 보여서 놀랐어."

데쓰야가 미안한 표정을 지었다.

"엄마를 너무 미워하지 마."

"미워하지 않아."

"당신이 온 걸 알면 좋아할 텐데."

"그럴까?"

사소한 문제로 화를 내고 분노를 터뜨렸을 때에 대한 후회의 마음이 되살아나서 가슴이 오그라들었다.

"당연히 좋아하지. 다들 당신에게 미안해하고 있어."

미우 엄마가 술집에서 위로했을 때 한 말과 똑같지 않은가. 그녀는 놀라서 고개를 들었다.

"그래?"

"제일 미안한 건 나야. 내 얼굴은 보고 싶지도 않겠지."

그는 시선을 땅에 떨군 채 입술을 비틀었다. 시선 끝에 커다란 물웅덩이가 있었다.

"그래. 당신의 폭력엔 큰 충격을 받았어. 그래서 모든 걸 버려도 좋다고 생각했지."

그는 흠칫 놀란 얼굴로 고개를 숙였다.

"미안해, 정말 미안해. 사과로 끝날 일은 아니지만 그때는 내 정신이 아니었나 봐."

"그때는 나도 어려서 사소한 것도 못 참았어. 당신 형님이 세상을 떠난 것도 내 마음속에서는 남의 일이었을지도 모르고, 당신도 안절부절못했을 거야."

여기서 그와 그의 부모님과 같이 살았는데, 빗속에서 이렇게 조용히 이야기한 적은 한 번도 없었다. 그와 공유했던 시간도 장소도 사람도, 마치 꿈속의 일처럼 아득하게 느껴졌다.

"유타가 많이 컸더라."

아리사가 침묵을 깨뜨리며 말하자 그의 얼굴이 환해졌다.

"아아!"

"유타가 어떻게 지낼까 가끔 생각했어. 지금은 딸이라서 느낌이 달라."

"그 애 얘긴 들었어."

그녀가 흠칫 놀라서 되물었다.

"누구한테?"

그는 안채를 슬쩍 보고 나서 대답했다.

"당신 오빠. 가끔 축구 클럽에서 만나서 당신의 근황을 들었어."

"근황이라니?"

"남편과 문제가 있다고. 그래서 걱정이라고……."

"걱정?"

마음이 소란스럽고 심장이 쿵쾅거렸다. 혹시…….

"그래. 휴대전화 번호도 가르쳐줬어."

"그럼 발신번호 표시제한으로 전화한 사람이 당신이야?"

데쓰야는 부끄러운 듯 고개를 숙였다.

"그래, 나야. 요전에 당신 올케를 만나 인사도 했고, 어떻게 사는지 물어보려고 전화를 걸었지만 결국 아무 말도 할 수 없었지."

"난 유타인 줄 알았어. 그래서 만나러 온 거야."

"그랬구나. 어쨌든 와줘서 고마워. 유타는 그때 세 살이었으니까 엄마가 바뀌었단 걸 알고 있어. 하지만 당신에 대해선 아무 말도 안 했어. 언젠가 알고 싶어 하면 제대로 가르쳐줄 테니까 그때 정식으로 만나줘. 어른은 헤어져도 아이는 다르니까."

"그래……. 그런데 내가 온 걸 어떻게 알았어?"

"아내가 가르쳐줬어. 전 부인이 오셨다고 전화해줬어."

"뭐야, 들킨 거야?"

얼굴이 화끈 달아올랐다.

"사진을 보여준 적이 있어서 얼굴을 기억했나 봐. 아내와는 아무엇도 감추지 않기로 약속했거든."

아무것도 감추지 않기로 약속했다……. 그 말이 그녀의 마음에 무겁게 울려 퍼졌다. 남편에게 감추려고 한 것은 아니었지만 적극적으로 말하지 않은 대가가 이번에 돌아왔다. 행복해 보이는 데쓰야의 가족을 보자 그녀의 고독감은 더욱 커졌다.

"당신이 도쿄에서 행복하게 산다는 말을 듣고 진심으로 기뻤어. 그래서 지금 얼마나 걱정되는지 몰라. 빨리 해결하고 행복하게 살아. 그리고 항상 건강해야 돼. 유타의 엄마니까."

그의 눈에서 눈물이 반짝였다. 7년 전에 "넌 너무 이기적이야!"라고 하면서 얼굴에 핏대를 세우고 주먹을 휘두른 남자가 지금 울고 있다. 유타를 낳은 친엄마의 불행은 행복한 그의 가족에게 불안의 씨앗일지도 모른다.

"고마워. 그만 갈게."

택시로 돌아가려고 하자 그가 들고 있던 쇼핑백을 두 개 내밀었다.

"우리 농원의 루 레쿠체야. 서양배지. 두 개니까 하나는 친구주고."

그녀는 고맙다고 인사하고 택시로 돌아왔다. 그리고 호기심에 가득 찬 택시 운전기사의 눈길을 의식하면서 말했다.

"출발해주세요."

"아리사 씨, 저기 봐."

미우 엄마가 팔꿈치로 그녀를 찔렀다. 포도원 앞에 데쓰야의 새로운 아내가 서 있었다. 앞치마를 벗고 아리사 쪽을 향해 정중히 고개를 숙였다. 아리사는 두 번 다시 여기에 오는 일은 없으리라고 생각했다. 포도 넝쿨 뒤에 있을 아들의 모습을 찾았지만 이미 어두워져서 보이지 않았다.

겨울 벚꽃

눈을 떴다. 온몸이 나른하고 침을 삼킬 수 없을 만큼 목이 아팠다. 감기에 걸린 것 같다. 이런 상태에서는 딸을 데려오자마자 감기를 옮기리라. 그렇게 생각하자 우울해졌다. 만일을 위해 체온을 재니 38도나 되었다.

딸을 데리러 가야 하는 중요한 때에 왜 감기에 걸렸을까. 아리사는 이불을 어깨까지 덮었다. 오한이 가라앉지 않는다.

어제는 니가타 역 옆의 초밥집에서 미우 엄마와 술을 마시고 귀경했다. 미우 엄마가 이부 아빠의 이야기를 끝내지 않아서 원래 타려고 했던 기차를 한 대 보내고 두 대 보내고, 결국 마지막 신칸센을 타야 했다.

"이부 아빠가 그렇게 좋아? 연애 사업이 잘되고 있나 보지?"

초밥집 카운터에서 아리사는 미우 엄마를 놀렸다.

"그렇지도 않아. 실은 그제부터 메일이 안 와서 열 받고 있어."

미우 엄마가 진지한 얼굴로 손톱을 깨물었다. 그제야 한 가지 수수께끼가 풀렸다. 그동안 미우 엄마의 손톱이 어린아이처럼 짧아서 신경이 쓰였다. 아직 갓난아이가 있는 메구 엄마는 예외로 하고, 이부 엄마와 마코 엄마는 네일숍에 다니면서 예쁘게 가꾸고 있다. 그녀의 시선을 느끼고 미우 엄마는 창피한 듯 손톱을 감추었다.

"바빠서 그렇겠지."

"아무리 바빠도 메일은 보낼 수 있잖아."

미우 엄마는 입술을 삐죽거리며 벌떡 일어서더니 밖으로 나가려고 했다.

그녀가 황급히 물었다.

"어디 가?"

"전화하고 올게."

미우 엄마의 화난 목소리에 카운터에 앉아 있던 남자들이 일제히 돌아보았다. 대부분 이 지역의 샐러리맨으로, 여자 둘이 술을 마시는 게 신기한지 힐끔힐끔 쳐다보았다.

이윽고 미우 엄마가 찝찝한 얼굴로 돌아왔다.

"어때?"

"안 받아."

미우 엄마는 가여울 만큼 풀이 죽었다. 그리고 얼굴을 찡그리는 남자들을 아랑곳하지 않고 담배에 불을 붙였다. 한 대를 피우더니 그녀를 쳐다보고 쓴웃음을 지었다.

"갈까? 갑자기 쓸쓸하다……."

"그래."

초밥집에서 나오자 비는 진눈깨비로 변해 있었다. 그녀는 육교 위에서 거리를 내려다보고, 이곳은 자신이 있을 곳이 아니라고 생각했다. 우산을 든 손이 꽁꽁 얼고 차가운 바닷바람이 코트 자락을 펄럭였다. 감기에 걸린 것은 그때이리라.

몇 시간을 잤지만 증상은 더욱 심해졌다. 아리사는 딸을 며칠 더 봐달라고 하기 위해 시어머니에게 전화를 걸었다.

"여보세요."

다음 순간 휴대전화를 떨어뜨릴 뻔했는지 꽉 잡는 소리와 함께 "어머나!"라고 당황한 목소리가 들렸다.

뒤에서 즐거운 멜로디가 흘러나왔다. 들은 적이 있는 멜로디였다. 어디에 있는 걸까? 이윽고 시어머니가 웬일로 변명하듯 말했다.

"전화기를 떨어뜨릴 뻔했구나."

"죄송해요. 다시 걸까요?"

혹시 전화를 받을 수 없는 상황일까 봐 미리 그렇게 말했다. 시어머니가 일할 때 전화를 걸었다가 "지금 일하는 중이야, 나중에 걸어"라고 불쾌한 목소리로 전화를 끊은 적이 몇 번 있었기 때문이었다.

시어머니에게 나쁜 마음이 없다는 건 알지만 그런 말을 들으면 순간적으로 감정이 수습되지 않았다. 그러나 오늘 시어머니의 목소리는 들떠 있었다.

"아니야, 괜찮아. 지금 셋이 디즈니랜드에 왔거든. 가나가 디즈니랜드를 좋아하는구나. 굉장히 들떠 있어서 나도 기쁘단다."

그래서 멜로디가 귀에 익었구나. 디즈니랜드라면 그녀 집에서 코앞이나 마찬가지라서 자신도 같이 갈 수 있었을 텐데. 유감스러운 마음을 감출 수 없었다.

"그러세요? 디즈니랜드라면 가까워서 저도 갈 수 있었을지 모르는데요. 물론 오늘은 감기에 걸려서 갈 수 없었지만요."

"세상에, 감기 걸렸니? 그러고 보니 코맹맹이 소리가 나는구나."

"네, 니가타가 너무 추웠어요."

시어머니가 깜짝 놀라며 물었다.

"벌써 도쿄로 돌아왔니?"

"네, 당일치기로 다녀왔어요."

"그랬구나."

잠시 사이를 둔 뒤, 시어머니가 변명처럼 말했다.

"너도 같이 왔으면 좋았겠지만 아직 친정에 있는 줄 알았어. 미안하구나."

처음부터 끼워주지도 않았을 거란 생각이 들었지만 아리사는 순순히 대답했다.

"괜찮아요. 가나를 데려가주셔서 감사해요."

"얘도 참, 남도 아닌데 감사하긴. 가나는 내 손녀잖아. 그런데 부모님은 뭐라고 하셔?"

시어머니는 그녀가 이혼에 대해 친정에 의논하러 갔다고 여기고 있다. 그녀는 뭐라고 대답해야 할지 몰라서 잠시 망설이다가 두루뭉술하게 대답했다.

"전화로 드릴 말씀이 아니니까 다음에 말씀드릴게요."

"그래, 그렇겠지."

아리사는 딸의 목소리가 듣고 싶어 좀이 쑤셨다. 그러나 시어머니는 좀처럼 전화기를 딸에게 넘겨주지 않았다.

"여기는 참 즐겁구나. 가나와 같이 와서 그런지 더 즐거워."

"네, 저도 좋아해요. 어머니, 가나 좀 바꿔주시겠어요?"

그녀는 애가 타서 더 이상 기다리지 못하고 본심을 말했다. 시어머니는 기분이 상한 모습도 없이 느긋하게 대답했다.

"지금 할아버지와 과자 사러 갔어. 기다란 도넛 같은 거, 그걸 뭐라고 하지?"

"추러스요?"

"그래그래, 그거. 나중에 오면 전화할게. 여기서 꼼짝도 하지 말라고 해서 지금은 움직일 수 없구나."

"죄송합니다. 부탁할게요."

그녀는 다시 침대로 파고들었다. 전화는 한동안 걸려오지 않았다. 오한에 견디면서 휴대전화 메일을 확인했다. 누구에게도 메일이 오지 않았다. 이부 아빠가 미우 엄마에게 메일을 보내지 않는 건 며칠 전에 긴자의 샤넬 매장에서 본 광경과 관계가 있을까. 그렇게 생각하는 사이에 깜빡 잠이 들었다.

전화벨 소리에 눈을 떴다. '하루코'라는 이름을 보고 어떻게든 평소처럼 말하려고 애를 썼다.

"여보세요, 아리사예요."

딸의 힘찬 목소리가 귀로 뛰어들었다.

"엄마?"

"그래, 엄마야. 잘 있었어?"

"응, 잘 있었어."

"가나, 엄마 감기 걸렸어."

"엄마 감기 걸렸어? 엄마 감기 걸렸어."

딸이 앵무새처럼 따라했다. 그리고 할머니와 할아버지에게 전하기 위해 다시 반복했다.

"있잖아, 엄마 감기 걸렸어."

바로 옆에서 "네네, 알고 있어요"라고 말하며 웃는 시어머니의 목소리가 들렸다.

"그러니까 모레쯤 데리러 갈게, 그동안 할머니 말씀 잘 듣고 있어."

"모레?"

"그래, 모레쯤이면 괜찮을 거야. 그때 데리러 갈게."

"응, 바이바이."

전화가 느닷없이 뚝 끊겼다. 조금 외롭기도 했지만 컨디션이 좋지 않아서 그런지 혼자 있을 수 있다는 안도감도 들었다. 그녀는 천천히 눈을 감았다.

오후가 되자 기분이 조금 좋아졌다. 아리사는 홍차에 설탕과 우유를 듬뿍 넣어 마시고 나서 간신히 세안을 마쳤다. 가까운 병원에 갈 생각이다.

11월임에도 벚꽃이 피어도 이상하지 않을 만큼 햇살이 따뜻했다. 니가타의 진눈깨비가 거짓말처럼 느껴졌다. 커다란 마스크를 하고 걷는 사이에 땀이 흘러서 목에 감은 머플러를 벗었다.

병원에서 접수를 마치고 대기실 의자에 앉았다. 이미 환자 대여섯 명이 잡지를 보며 순서를 기다리고 있었다.

"어머나, 가나 엄마!"

고개를 돌리자 마코 엄마가 마스크 차림으로 들어오는 참이었다. 마코는 누군가에게 맡겼는지 보이지 않았다.

"여긴 웬일이에요?"

두 사람은 동시에 묻고 서로 마주 보며 웃었다. 마코 엄마가 "감기예요"라고 마스크를 가리키며 말했다.

"나도 그래요. 열이 나요."

"나도 열이 나요. 미열이지만요."

마코 엄마의 커다란 금 귀걸이가 마스크 끈에 걸렸다.

"혹시 들었어요?"

"뭐를요?"

마코 엄마는 기분 좋은 얼굴로 해맑게 웃었다.

"아직 모르는군요. 금기가 풀렸으니 말해줘야겠네요. 이부키가 아오야마 유치원에 붙었대요."

"와아, 정말이요? 굉장해요! 잘됐네요."

아오야마는 유치원부터 대학까지 모두 가지고 있는 일류 학원 그룹이다. 이부 엄마가 아오야마 출신이라고 해서 그곳을 노릴 거라고 예상했지만, 예의에 어긋날 것 같아서 입에 담지는 않았다.

"실은 우리 애도 10월에 시로가네의 마쓰나미 유치원에 합격했어요. 가나 엄마에게 말하고 싶어서 입이 간지러웠지만 이부키의 결과를 몰라서 잠자코 있었거든요. 우리만 들뜨면 좀 그럴 것 같아서요. 마쓰나미는 오래전부터 생각했던 유치원이라서 정말 기뻐요. 조금 멀긴 하지만 유치원 버스가 있어서 괜찮아요."

마쓰나미 유치원도 명문이라고 들은 적이 있다. 마코의 합격 소식을 자신만 모르고 있었던가. 그녀는 당황하면서도 가까스로 대꾸했다.

"그거 잘됐네요. 축하해요!"

마코 엄마는 만면에 미소를 지었다.

"고마워요. 메구는 시노노메의 성(聖) 클라라 유치원으로 정했대요. 우리 애 유치원과 가까워요. 다행히 새싹반에 들어갈 수 있었대요. 앞으로 요치샤(幼稚舍, 게이오 대학에서 운영하는 초등학교—옮긴이)를 노리지 않을까요? 메구 아빠의 가족은 전부 게이오 출신이라서 요치샤에 들어가는 게 가족의 사명이라지 뭐예요?"

"그렇군요. 다들 정해져서 다행이에요. 축하할 일이 많아서 공연히 저까지 기쁘네요."

병원 안이라서 그녀는 작게 손뼉을 쳤다. 그래도 몇몇 환자가 비난하듯 힐끔 쳐다보았다.

"요전에 스타벅스에서 타워엄마 모임 얘기를 했을 때 가나 엄마에게 말할까 했어요. 하지만 이부키의 결과가 나오지 않았고, 가나도 아직 정하지 않은 것 같아서 잠자코 있었어요. 비밀로 해서 미안해요."

마코 엄마는 두 손을 모으고 사과하는 시늉을 했다. 그때 세 사람이 결탁한 듯한 분위기가 느껴졌는데, 그런 사정이 있었던 건가. 이해는 하지만 마음속은 편하지 않았다.

"괜찮아요. 말하기 힘들었을 텐데요 뭐. 우리는 남편과 의논하지 않으면 정할 수 없고요."

마스크 덕분에 표정을 들키지 않을 수 있어서 다행이었다.

9월, 10월, 11월. 들어가기 힘든 유치원을 목표로 엄마들의 신경이 가장 날카로운 시기에 자신은 혼자 고민하며 지내왔다. 마침 오랜 비로 인해 잠시 연락이 끊겼을 때, 모두 유치원 입시를 마치고 수속을 하느라 정신없이 바빴으리라.

반면에 아리사는 딸을 위해 아무것도 하지 않고 헛되이 시간을 보냈다. 딸이 가여워서 견딜 수 없었다.

"가나 아빠는 미국에 계셔서 일본의 현실을 잘 모르잖아요. 일본은 이 시기에 이것저것 정해야 할 게 많으니까 빨리 의논하는 편이 좋지 않아요?"

왜 이렇게 태평하냐는 듯 마코 엄마가 아름답게 그린 눈썹을 모았다.

"그래서 가나를 잠시 마치다에 보냈어요."

아리사는 그렇게 말했지만 분명한 이유는 밝히지 않았다.

"가나가 마치다의 유치원에 가요? 그쪽도 선택길이 많지요? 하긴 그게 더 좋을지 모르겠네요."

그녀는 대답하지 않고 고개를 옆으로 흔들었다. 뭐라고 대답해야 좋을지 알 수 없었다.

"어차피 3년 과정을 선택할 거죠?"

마코 엄마가 추궁의 손길을 늦추지 않고 따지듯 물었다.

"네, 그럴 생각이에요. 2년 과정을 하면 나중에 괴롭힘을 당한다고 들어서요."

"그래요. 세상 참 무서워요. 어차피 보낼 거면 빨리 정해서, 조금이라도 일찍 익숙해지게 만들어야죠. 이렇게 태평하게 있으면 나중에 뒤처질지 몰라요."

그때 진찰실 문이 열리더니, 핑크색 유니폼을 입은 간호사가 얼굴을 내밀고 아리사의 이름을 불렀다.

"이와미 아리사 씨, 진찰실로 들어오세요."

그녀는 "네" 하고 대답을 한 뒤 일어서면서 덧붙였다.

"그럼 나중에 봐요."

"이부 엄마에게는 가나 엄마에게 말했다고 전해둘게요. 시간 있을 때 축하 메일이나 보내주세요. 굉장히 좋아하고 있으니까요."

"알았어요. 진찰이 끝나면 메일 보낼게요."

"몸조리 잘하세요."

마코 엄마는 환하게 웃으며 손을 흔들었다. 이부 엄마, 마코 엄마, 메구 엄마 모두 원하는 유치원에 아이들을 넣어서 얼마나 뿌듯할까. 그녀는 열이 있는 이마를 지그시 눌렀다. 누구에게도 말하지 않았지만 자신도 슬슬 일자리와 어린이집을 찾아야 하리라. 지금 들어갈 수 있는 어린이집이 있을까.

진찰을 마치고 나오자 교대하듯 마코 엄마가 들어가는 바람에 이야기는 할 수 없었다. 계산을 기다리는 동안 이부 엄마에게 메일을 보냈다.

축하해요!!
조금 전에 우연히 마코 엄마를 만나서 굉장한 소식을 들었어요!
아오야마는 일본에서 제일 들어가기 어렵다고 하던데요.
거기에 들어가다니, 역시 이부키는 대단해요.
왠지 저도 기분이 좋았어요.
가나 엄마

마지막 줄은 일부러 쓴 듯한 기분이 들어서 '왠지 저까지 기분이 좋아졌어요, 진심으로 축하해요'라고 다시 썼다. 짝짝짝 박수치는 이모티콘과 벚꽃이 활짝 핀 이모티콘을 넣고, 마음이 바뀌기 전에 보냈다.

그리고 이 소식을 미우 엄마에게 어떻게 전할지 생각했다. 이부 아빠로부터 메일이 오지 않는 건 이부키의 소식과 관계가 있다는 생각이 들었다.

계산을 마치고 밖으로 나오자 이부 엄마로부터 전화가 걸려왔다.

"여보세요, 오랜만이에요. 메일 고마워요."

"축하해요! 정말 굉장해요!"

"고마워요. 얼마나 기쁜지 몰라요. 합격했다는 말을 들은 순간, 눈물이 나왔지 뭐예요."

"이해해요." 그녀는 절실하게 말했다.

항상 진지하게 사는 이부 엄마라면 분명히 그러했으리라. 진심으로 좋아하는 이부 엄마의 모습이 눈에 선했다.

"고마워요. 가나 엄마가 그렇게 말해줘서 기뻐요. 가나는 어떻게 했어요? 메구와 같이 성 클라라에 가나 했는데, 설명회에 안 간 것 같아서요."

"네, 우리는 미국에서 다닐지 마치다에서 다닐지 어린이집으로 할지, 아직 못 정했어요. 남편과 의논해야 하는데 연말이 돼야 올 수 있다네요."

"그래요? 걱정되겠네요."

이부 엄마는 잠시 말을 끊은 뒤 의아한 목소리로 물었다.

"가나를 어린이집에 보내려고요?"

"어쩌면 일할지도 몰라서요."

"일하는 것도 나쁘지 않죠. 엄마로서만 살면 따분하니까요. 사회와 끈이 이어진다는 건 매우 중요해요."

"그렇지요."

아리사는 땀이 날 만큼 따뜻한 햇살 아래에서 두꺼운 옷을 입고 서 있었다. 자신은 사회와 끈이 이어지기 위해서가 아니라 먹고살기 위해서, 딸과 헤어지지 않기 위해서 일하지 않으면 안 된다.

"아직은 잘 모르지만요."

그렇게 덧붙였지만 이부 엄마는 이유를 묻지 않았다.

"참, 지난번에 말한 크리스마스 모임 말인데요, 연말에는 다
들 바쁘잖아요. 그래서 올해는 일찌감치 10일에 하기로 했어
요. 2시쯤부터 각자 음식을 가지고 우리 집에서 만나는 거 어
때요? 1,000엔짜리 선물을 준비할까 했는데, 괜히 애들끼리 싸
우면 그러니까 선물은 없는 걸로 해요. 대신 회비를 걷어서 나
와 메구 엄마가 모두에게 똑같은 선물을 하려고 하는데, 괜찮
을까요?"

"네, 그게 좋을 것 같아요."

"다행이네요. 그러면 미우 엄마에게도 전해줄래요? 그리고 남
자애 엄마들 중에도 오는 사람이 있어서, 아이는 일고여덟 명쯤
될 것 같아요. 집이 좀 지저분하지만 이해해주세요."

이부 엄마는 들뜬 목소리로 말하고 전화를 끊었다. 마침내 이
부 엄마의 집을 볼 수 있다는 기쁨보다 미우 엄마의 반응이 걱
정돼서 그녀는 입술을 깨물었다.

병원 약이 효과가 있는지 저녁때가 되자 열이 내리기 시작
했다.

아리사는 침대 안에서 땀을 흘리며 뒤로 미루었던 메일을 입
력했다.

요코 씨

어제는 같이 가줘서 진심으로 고마웠어.

요코 씨가 옆에 있어줘서 얼마나 든든했는지 몰라.

덕분에 흐트러지지 않고 그 애를 만날 수 있었고, 전남편과도 얘기할

수 있었어.

뭐랄까, 내가 없어도 세상은 제대로 돌아가고 있다는 생각이 들었어(^^).

그런데 너무 추워서 그런지 감기에 걸렸지 뭐야.

요코 씨는 괜찮아?

난 열이 나서 가나도 데리러 가지 못하고 집에서 누워 있어.

그리고 이부 엄마가 전해달라더라.

크리스마스 파티는 12월 10일에 하기로 했대.

장소는 이부 엄마의 집.

시간은 2시부터.

각자 음식을 가져오고 선물은 필요 없대.

돈을 모아서 애들끼리 싸우지 않도록 똑같은 물건을 산다고 하네(^.^).

이부키는 아오야마 유치원에 합격했대.

마코는 시로가네의 마쓰나미. 메구는 성 클라라.

다들 굉장해!!

우리는 뒤처졌어(^^;).

아리사

　　이부키의 합격에 대해 쓸까 말까 한참을 망설였지만 알리지
않을 수 없었다.

미우 엄마가 이부 아빠의 메일이 오지 않는 이유를 이부키의 유치원 합격과 연결시키는 건 싫었다. 하지만 그것이 진실일지 모르고, 그러면 미우 엄마의 심경을 생각해서 도저히 가만있을 수 없었다.

그녀는 미우 엄마의 반응을 이제나저제나 기다리다가 침대에서 일어났다. 커튼을 열기 위해 휘청거리는 발을 이끌고 창가로 향했다.

고개를 돌려 서쪽을 보자 하늘이 새빨갰다. 불타는 저녁놀을 배경으로 BWT가 높이 솟아 있다. 그 건물 상층의 전망 좋은 집에 이부 엄마가 살고 있다. 지금으로선 모든 게 자기 뜻대로 되는 너무나 행복한 사람이.

그렇다, 지금으로선 말이다.

그녀는 그렇게 중얼거리고 나서 흠칫 놀랐다. 이부 엄마가 불행해지기를 바라는 건 아닌데, 자기도 모르게 미우 엄마 편을 들고 있다. 미우 엄마가 이겼으면 좋겠다. 그러나 무엇이 승리이고, 무엇이 패배인지는 알 수 없다.

불안한 상황을 암시하듯 하늘이 기이하리만큼 검붉게 물들었다. 그녀는 왠지 섬뜩해서 황급히 커튼을 닫았다. 그때 메일의 착신음이 들렸다.

아리사 씨

감기 걸렸어? 괜찮아?

초밥집에서 나왔을 때부터 기운이 없어 보였어.

니가타는 역시 춥더라.

몸 관리 잘해. 난 여전히 기운이 넘쳐. 미우도 건강하고.

그런데 이부키가 합격했구나. 굉장해. 깜짝 놀랐어.

아오야마 유치원은 일본에서 제일 들어가기 힘들지?

우리는 보낼 생각도 못 했는데 말이야.

이부 엄마가 거기 출신이라더니 역시 다르네.

모두에게 축하한다고 일단 메일을 보낼게.

그리고 파티에 대해서 알려줘서 고마워.

갈 수 있을지 없을지 모르지만 생각해둘게.

YOKO

미우 엄마 메일치고는 기운이 느껴지지 않아서 걱정이 되었
다. 그러나 전화를 걸어서 물어볼 기운은 없었다. 그녀는 냉동
우동을 끓여서 가까스로 절반을 먹었다.

다시 침대로 돌아가 볼 마음도 없는 TV를 켜고 여기저기 채널
을 돌렸다. 혼자 있기 너무도 외로워서 빨리 딸을 보고 싶었다.

그때 머리맡에 놓아둔 휴대전화가 울렸다. 니가타의 엄마였
다. 평소 같으면 이것저것 캐묻는 게 귀찮아서 받지 않을 때도
있지만 오늘은 유달리 반가웠다. 자기도 모르게 어리광부리는
말투가 나왔다.

"여보세요, 엄마?"

"이런! 너 감기 걸렸니?"

엄마는 입을 열자마자 그렇게 말했다. 역시 엄마란 존재는 딸

의 목소리만 들어도 아는 법인가 보다.

"어떻게 금방 알았어?"

"열 있지? 목소리를 들으니 그러네."

"이제 거의 내렸어."

"병원에 갔니?"

"응."

그녀는 어린아이처럼 어리광 섞인 목소리로 대답했다.

"독감은 아니지?"

"그냥 감기 같아."

"그럼 다행이고. 시댁에서 가나를 데려가기 잘했네. 감기가 옮지 않으니까."

"그러게."

목소리가 쓸쓸하게 들렸는지 엄마가 입을 다물었다. 그리고 말을 고르는 기척을 느끼고 그녀는 마음의 준비를 했다.

"어제 세지마 농원에 갔었지?"

"그걸 어떻게 알았어?"

그렇게 되묻고 나서, 데쓰야가 소년 축구팀을 매개로 오빠와 친하다고 한 게 떠올랐다.

"뭐 상관없어. 그래서 할 말이 뭔데?"

지금까지 어리광부리던 마음은 어딘가로 사라지고 공격적인 기분이 들었다. 엄마도 마음이 상했는지 발끈하는 말투로 바뀌었다.

"할 말이 있어서 전화한 게 아니야. 네가 유타를 만나러 왔다고 하길래 무슨 바람이 불었나 걱정됐을 뿐이야. 내가 축구팀 얘기를 해서 그래?"

"그것도 그렇지만 발신번호 표시제한 전화가 걸려와서 유타라고 생각했어."

솔직하게 말하자 엄마가 길게 한숨을 내뿜었다.

"그 애도 외로운 걸까?"

아니다, 그렇지 않다. 그녀의 불행이 신경 쓰여서 데쓰야가 걸었던 거라고, 그렇게 말하고 싶었지만 귀찮아서 잠자코 있었다. 사실은 어른들의 이기적인 이야기일 뿐인데, 엄마가 괜히 센티멘털하게 만드는 게 아닐까 하는 생각이 들었다. 하지만 무슨 말을 해도 엄마는 이해하지 못하리라. 그렇게 생각하자 공연히 오기가 생겼다.

"유타 말이야, 잘 컸던데? 느낌이 좋았어."

"그렇다고 하더구나. 새엄마가 잘해주나 봐."

"그런 것 같았어."

그렇게 인정한 순간, 눈 안쪽이 뜨거워졌다. 자신이 못해준 것을 제대로 해주고, 예전 시어머니에게 인정받고 있는 데쓰야의 재혼한 아내. 아이스크림 기계 앞에서 웅크리고 앉아 꼼꼼하게 청소하는 모습이 되살아났다.

엄마가 뭔가 느꼈는지 화제를 바꾸었다.

"그나저나 왜 집에 안 들렀니? 니가타엔 오지 않겠다고 거짓말까지 하고. 무슨 일 있었어?"

"아무 일도 없었어. 친구와 같이 가서 들를 수 없었어."

"그러면 왜 유타를 만나러 간다는 말은 안 한 거야?"

"그게 무슨 상관이야? 야단치지 마. 그냥 얼굴을 보고 싶었을 뿐이야. 아아, 정말 시골은 숨이 턱턱 막힌다니까. 뭐든 금방 소문나잖아."

그녀의 목소리가 거칠어지자 엄마가 흠칫 놀라서 중얼거렸다.

"야단치는 거 아니야. 걱정하는 거지."

그 말을 끝으로 둘 다 입을 다물었다. 멀리서 물소리가 났다. 아버지가 화장실 물을 내린 걸까? 아니면 목욕탕의 물일까? 그녀는 집의 기척을 느끼려고 휴대전화를 귀에 바짝 댔다.

"혹시 이혼할 생각이니?"

엄마가 그렇게 말해서 그녀는 고개를 끄덕였다.

"응, 이대론 결말이 안 나니까 그렇게 할까 생각 중이야."

"역시 그렇구나. 왠지 그런 생각이 들었어. 마치다의 시댁에서 갑자기 가나를 맡아줄 리 없으니까. 네 남편은 뭐래?"

"뭐라긴, 아무 연락이 없어. 그래서 가나 유치원도 신청할 수 없었고, 그런 얘기도 할 수 없었고……. 계속 버림받은 상태야. 내 맘대로 하고 싶어도 돈이 없고. 시댁에서도 계속 생활비를 주는 건 부담된다고 해서 이혼하고 자립할까 생각 중이야."

시댁에서 친정 부모님과 의논하라고 한 것을 결국 전화로 말하고 말았다.

"말도 안 돼! 그건 너무하잖아!"

엄마는 말문이 막혔는지 뒷말을 잇지 못했다.

"어쩔 수 없어. 어떻게 하다 보니 그렇게 됐어."

자세한 말을 하지 않은 탓에 갑작스러운 이야기를 듣고 화가 난 것이리라.

"그렇게 됐다니. 넌 이런 상황을 받아들이겠다는 거야?"

"받아들일 수밖에 없잖아. 전부 내 탓으로 돼 있으니까."

"왜?"

분노로 인해 엄마의 목소리가 날카로워졌다.

"아이가 있다는 것도, 이혼했다는 것도 솔직하게 말하지 않았잖아."

"아아, 그래서 유타를 보러 온 거구나."

그렇다. 그녀는 마음속으로 동의했다. 니가타에 간 것은 지난 인생을 자기 눈으로 확인하고 싶었기 때문이다. 그때의 판단은 결코 틀리지 않았다. 데쓰야와 계속 같이 살면서 과수원에서 같이 일하는 모습은 상상도 할 수 없었다.

"이혼하고 무슨 일을 할 거야?"

엄마의 목소리는 불안으로 꺼질 것 같았다.

"아직 잘 모르겠어."

"요즘 경기가 안 좋아서 일자리도 없다던데."

"그렇다곤 하지만 그래도 찾아보는 수밖에 없겠지."

"네가 일하는 동안 가나는 혼자 집에 있어?"

"어떻게 혼자 있어? 그때는 어린이집에 맡길 거야."

"아플 때는 어떡해?"

걱정이 된 나머지 엄마의 말투는 점점 따지는 것처럼 들렸다.

"그땐 일을 쉬고 같이 있어야겠지."

"이렇게 된 이상, 네 남편에게 확실하게 돈을 받아내. 아빠도 그렇게 생각할 거야."

엄마가 감정적으로 말하는 걸 듣고 그녀는 눈을 크게 떴다.

"위자료 말이야?"

"당연하지. 남의 딸과 어린 손녀를 내팽개치고 미국으로 도망치다니, 어떻게 이다지도 무책임할 수 있지? 이런 걸 양육방치라고 하지? 우리도 생각이 있어. 변호사에게 말해서 고소할 거야. 내가 그동안 얼마나 참았는지 알아? 네 시부모도 무슨 생각을 하는지 모르겠어. 겉으론 고상한 척하면서 하는 짓이 너무 야비하잖아. 아무리 네가 이혼한 적이 있고 과거를 속였대도 그렇지, 어떻게 가나를 데려갈 수 있지? 이렇게 비열한 사람들이 어디 있어? 아리사, 가나를 빼앗기면 안 돼!"

엄마의 입에서 한 번도 들은 적이 없는 격한 말이 튀어나왔다. 물론 정식으로 이혼하면 위자료가 발생한다. 그런데 꼭 변호사까지 고용해야 하는가? 자신과 남편은 결국 서로를 미워하면서 헤어져야 하는가? 생각이 거기에 미치자 한편으론 놀랍고 한편으론 우울해졌다.

10시쯤, 깜빡깜빡 졸고 있을 때 메일의 착신음이 들렸다. 휴대전화를 확인하자 미우 엄마였다. 메일이 긴 것 같아서 읽기 전에 냉장고에서 미네랄워터를 꺼내 한 모금 마셨다. 빨리 읽고 싶어서 마음이 급했다.

아리사 씨

감기는 어때?

저녁때 그 사람에게 '가나 엄마에게 들었는데, 아이의 합격을 축하해요'
라고 메일을 보냈어.

그랬더니 즉시 '고마워, 나도 기뻐'라고 답장이 오더라.

그 메일을 보고 화가 났어. 너무하지 않니?

사흘 전부터 어떤 메일을 보내도 답장이 오지 않았거든.

그런데 이부키의 합격을 축하하는 메일에는 즉시 답장을 보내다니.

머리끝까지 화가 치밀어서 다시 메일을 보냈어.

'왜 내 메일에는 답장을 해주지 않았죠?'라고.

그랬더니 뭐라고 하는 줄 알아?

'사흘 전에 휴대전화를 바꿨더니, 메일이 잘 들어오지 않아.'

휴대전화를 바꿨다고 메일이 안 들어온다는 게 말이 돼?

이렇게 어설픈 변명을 나더러 믿으란 거야?

뭔가 이상해. 내가 남녀 문제에는 감이 좋거든.

이부키가 이부 엄마 모교에 합격하자 가정으로 돌아가기로 했나 봐.

아아, 열 받아 돌아가시겠어.

난 크리스마스 파티에 안 갈 거야.

YOKO

이대로 미우 엄마의 마음이 가라앉을 리 없다. 그녀는 어쩔
수 없이 답장을 보냈다.

요코 씨

헛된 상상은 그만둬.

정말 휴대전화를 바꾼 게 아닐까?

그런 건 만나면 금방 확인할 수 있잖아.

괜히 쓸데없는 오해를 해서 이부 아빠를 괴롭히지 마.

어쨌든 난 일자리를 알아봐야 할 것 같아.

어디 일할 만한 곳이 없을까? (쓸데없는 걸 물어봐서 미안해.)

아리사

마지막 질문을 썼더니 피로가 몰려와서 그녀는 불을 끄고 이불을 덮었다.

그러나 마음에 걸려서 30분 후에 불을 켰더니 역시 메일이 들어와 있었다.

아리사 씨.

전화를 안 받네.

머리가 터질 것 같아.

부탁이니까 전화 좀 받아줘.

YOKO

전화가 온 줄 몰랐는데 몇 번 전화를 한 모양이다. 그녀는 황급히 전화를 걸었다.

미우 엄마가 다급하게 전화를 받았다.

"여보세요."

"미안해. 열이 있어서 좀 누워 있었어."

"나야말로 미안해."

목소리에 기운이 없었다.

"무슨 일이야?"

"또 메일을 보냈는데 답장이 없어서 큰맘 먹고 전화를 걸었어. 그랬더니 헤어지자더라. 이제 그만 만나재……."

미우 엄마의 목소리가 비통에 잠겼다. 울먹이는지 가끔 말이 끊어졌다.

"갑자기 왜?"

그렇게 물으면서도 언젠가 두 사람이 헤어지리란 건 알고 있었다. 마음의 한쪽에서 그렇게 될 줄 알았다는 차가운 속삭임을 듣고 그녀는 등줄기가 서늘해졌다.

"이부키가 유치원에 들어가고 상황이 바뀌면서 자신도 가정으로 돌아갈 수밖에 없다는 거야. 너무하지 않아? 지금까지 틈만 있으면 이부 엄마보다 날 더 사랑한다고 했으면서 이제 와서 가정으로 돌아가겠다니. 이건 완전히 날 갖고 논 거잖아!"

"정말 너무하다."

그러나 미우 엄마의 귀에는 그녀의 말이 들리지 않는 듯했다.

"난 이제 어떡하지? 남편과는 거의 대화도 없고, 미우는 정서가 불안정하고. 이렇게 비참한 건 처음이야."

미우 엄마가 흐느껴 울었다.

"요코 씨, 이럴 때일수록 정신 차려야 돼."

"내가 지금 어떻게 정신을 차려!"

미우 엄마는 버럭 화를 내더니, 그다음에는 한동안 입을 다물었다. 아리사가 몇 번 "요코 씨"라고 불러도 대꾸하지 않았다. 몸이 물 먹은 솜처럼 무거워서 아리사는 수화기를 붙들고 있기도 힘들었다. 엄마와 신경전을 벌이느라 지친 탓도 있으리라.

"미안하지만 전화 끊어도 될까? 몸이 안 좋아서 그래. 내일 다시 얘기하자. 응? 미안해. 미안하지만 끊을게."

그래도 미우 엄마는 대답하지 않았다. 그녀는 조바심이 나기 시작했다.

"실은 사흘 전에 긴자의 샤넬 매장에서 그 사람들을 봤어."

결국 말하고 말았다. 그러자 미우 엄마의 목소리가 돌아왔다.

"샤넬 매장에서? 뭘 했는데?"

"둘이 뭔가 사고 있었어. 합격 선물이었을 거야."

"지금까지 왜 그 얘기를 안 했지? 니가타에 가기 전이지?"

미우 엄마의 목소리가 날카로워졌다.

"그래. 말할 수 없었어. 용서해줘."

"용서 못 해!"

송곳처럼 날카로운 목소리가 울려 퍼진 순간, 그녀는 공포로 인해 전화를 끊고 전원도 껐다. 왜 자신이 비난을 받아야 하는 거지. 미우 엄마도 이부 엄마도 이부 아빠도, 모두 불행해져라. 나처럼…… 뜨거운 눈물이 두 뺨을 타고 흘러내렸다.

집에 가자

얼마 안 있으면 12월인데, 자신은 도대체 뭘 하고 있을까. 답답함이 머리끝까지 차올랐다. 미우 엄마와의 말다툼도, 딸의 유치원을 정하지 못한 것도, 딸을 데리러 시댁에 가야 하는 것도 모두 아리사를 우울하게 만들었다.

온몸을 얼어붙게 만드는 높바람이 세차게 불었다. 그녀는 마스크를 쓴 채 목도리를 칭칭 감았다. 두 손을 주머니에 넣고 전철역을 향해 걸음을 내디뎠다. 자기도 모르게 어깨가 추켜 올라가는 것은 온몸에 힘을 넣은 탓일까.

오늘 딸을 데리러 가는 걸 알고 엄마가 일부러 전화를 걸어왔다.

"너 혼자 괜찮겠어? 내가 같이 가줄까?"

그녀는 질색하며 거절했다.

"그만둬!"

"그쪽에서 어떻게 나올지 모르잖아."

무슨 일이든 척척 해내는 도시적인 시어머니에게 기가 죽어 항상 소극적이고 저자세였던 엄마가 지난번 전화 이후로 크게 달라졌다. 그 사람들은 교활하다, 처음부터 딸을 빼앗을 생각이었다, 무슨 꿍꿍이가 있을지 어떻게 아느냐 등 툭하면 목소리를 높였다.

완벽한 그녀의 편이라는 면에서는 기쁘고 마음 든든하지만, 아직 아무 일도 일어나지 않았는데 다짜고짜 싸우려 들면 피곤할 뿐이다.

"엄마, 너무 과장하지 마. 시부모님은 그런 분들이 아니야."

말은 그렇게 했지만 딸의 환심을 사기 위해 강아지를 사주려던 게 떠오르자 마음속에 불안이 퍼져나갔다. 딸을 빼앗기면 어떡하지 하는 어두운 마음을 떨칠 수 없었다.

어제 "내일 데리러 갈게요"라고 전화하자 시어머니는 "그럼 같이 저녁 먹게 저녁때쯤 오렴, 뭘 좋아하니?"라고 스스럼없이 물었다.

"저녁에는 볼일이 있어서 낮에 갈게요."

"그래? 그러면 튀김메밀국수나 장어로 할까?"

시어머니의 목소리에서 실망감이 배어나왔다. 대답하는 그녀의 목소리가 딱딱해졌다.

"아무거나 괜찮아요. 신경 써주셔서 고맙습니다."

아무런 예고도 없이 차를 가져와 딸을 데려갔으니까 그때처럼 데려다주면 좋을 텐데. 구태여 데리러 가게 만드는 것은 앞으로 어떻게 할지 꼬치꼬치 캐물으려는 게 아닐까. 애초에 이렇게 만든 사람은 남편인데, 왜 자신이 죄인 취급을 받아야 하는가.

그녀는 길게 한숨을 토해냈다. 상황을 깊이 생각하거나 말의 뒤를 읽으면 사태는 점점 나쁘게 굴러간다. 나쁜 쪽으로 생각하는 것은 그만두자. 그녀는 입술을 꼭 깨물었다.

미우 엄마의 아파트가 코앞으로 다가왔다. 전철 앞에 있는 작은 아파트다. 그녀는 미우 엄마가 미우와 빈터에서 놀고 있지 않을까 해서 시선을 돌렸다. 하지만 너무 추워서인지 빈터에는 아무도 보이지 않았다.

긴자에서 이부 엄마와 이부 아빠를 보았다고 말한 이후, 미우 엄마의 연락이 끊어졌다. 사과하기 위해 몇 번 휴대전화를 들었지만 그때마다 "내가 사과하는 건 이상해. 아냐, 사과하지 않는 것도 이상해. 어떻게 해야 할까? 아아, 모르겠어!"라고 다람쥐 쳇바퀴 돌듯 대답이 나오지 않는 상황이 이어졌다. 때로는 "나에게 왜 그런 비밀을 털어놓은 거야?"라고 부조리한 분노를 터뜨리거나 때로는 "사과를 안 받아주면 어쩔 수 없지 뭐"라고 생각하는 등 정답이 없는 갈등 속에서 하루에도 몇 번씩 마음이 흔들렸다.

만약 자신의 행동이 미우 엄마에 대한 배신이라면 전부 다 그 저주 때문이다. "모두 불행해져라"라고 바랐던 추한 마음. 그것은 순간적인 생각에 불과했는데, 입 밖으로 내뱉은 순간 자신의 뒤틀린 마음이 밖으로 드러난 것 같았다.

미우 엄마의 아파트 앞을 지날 때 전화벨이 울렸다. 미우 엄마가 위에서 자신을 발견한 게 아닐까 하는 기대를 담아 발신인을 보았다. 놀랍게도 메구 엄마였다. 엄마친구 중에서 메구 엄마와는 가장 데면데면한 사이다. 둘이만 이야기를 나눈 적도 없다. 신기한 일도 다 있다고 생각하며 전화를 받았다.

"여보세요, 오랜만이에요."

"안녕하세요. 가나 엄마, 지금 시간 있어요?"

메구 엄마의 맑은 목소리가 쩌렁쩌렁 울려 퍼졌다. 그녀는 귀에서 휴대전화를 약간 떼면서 대답했다.

"네, 괜찮아요. 어디 가던 참이에요."

"그럼 나중에 다시 걸까요?"

하지만 이제 곧 전철을 타야 한다. 그리고 별로 친하지 않은 메구 엄마가 왜 전화를 걸었는지 알고 싶었다.

"아뇨, 괜찮아요. 가나를 데리러 친정에 가는 중이에요."

"그래요?"

메구 엄마는 말의 뒤를 읽지 않고 그대로 받아들이며 즉시 말하기 시작했다.

"마코 엄마한테 들었는데, 아직 가나 유치원을 안 정했다면서요?"

"네, 미국에서 다녀야 할지도 몰라서요."

"남편분과 아직 얘기를 안 했다고 마코 엄마가 걱정하더라고요."

"남편이 아직 미국에서 안 왔거든요."

"어린이집도 어디서 보낼지 모른다고 하던데, 정말이에요?"

이부 엄마로부터 들었을까? 그녀는 엄마친구들의 빠른 정보에 놀라면서 고개를 끄덕였다.

"네, 그것도 아직 안 정했어요."

메구 엄마는 그녀의 말을 끝까지 듣지 않고 말꼬리를 뒤덮듯이 말했다.

"있잖아요, 우리 메구가 가기로 한 성 클라라 말인데요, 거기에서 추가 모집을 하나 봐요. 지금 신청해도 된다는 말을 해주려고 전화했어요."

"어머나! 그 말을 해주려고 일부러 전화하신 거예요?"

메구 엄마의 친절에 마음이 움직였다. 메구 엄마는 쓸데없는 말을 하지 않는 합리적인 사람이라서 가끔 무섭기도 하다. 그러나 마코 엄마처럼 아리사와 남편이 너무 태평하다고 비난하지 않는 점은 마음에 들었다.

"가나 엄마, 초등학교 입시는 생각하지 않지요?"

"그것까진 생각할 수 없어요."

"그럼 가까운 곳이 최고예요. 우리랑 같이 성 클라라에 가요."

"고마워요. 생각해둘게요."

마음이 한결 가벼워졌다. 미우 엄마와 생각지도 못한 엇갈림이 생겼지만 대하기 거북했던 메구 엄마가 말을 걸어주었다. 유치원으로 가는 길이 닫히지 않았다고 생각하니 마음이 편해졌다. 그때 메구 엄마가 목소리를 낮추면서 의미심장하게 덧붙였다.

"하지만 내년에 미우가 올지도 몰라요."

"무슨 뜻이에요?"

"아아, 가나 엄마는 미우 엄마와 사이가 좋지요?"

목소리에 경계의 빛이 어렸다. 그녀는 순간적으로 대답했다.

"그렇지도 않아요."

미우 엄마를 배신했다. 거짓말쟁이. 제일 친하지 않은가. 미우 엄마에게 많은 도움을 받지 않았던가. 그녀는 슬며시 말을 고쳤다.

"그야 친하지 않은 건 아니지만요. 왜 그러세요?"

"미우 엄마가 이부 엄마에게 심한 말을 했나 봐요."

심장이 세차게 방망이질 쳤다.

"뭐라고 했는데요?"

"엄마가 나왔다고 해서 그 학교에 아이를 넣는 게 문제라고 했대요. 그런 식으로 부모가 나온 학교에 아이를 넣으려고 하기 때문에 입시 전쟁이 벌어지는 거라고요. 그런 사람에게는 축하 한단 말을 하지 않겠다고 말이에요."

"정말 그렇게 말했대요?"

"정말이에요. 자세히 알지도 못하면서 그런 말을 하다니, 너무 심하지 않나요? 그런 인신공격은 어린애들도 안 할 거예요. 자세한 사정도 모르면서 아는 척하는 건 좋지 않잖아요. 더구나 크리스마스 파티에 대해 의논하던 때였대요."

아아, 내 탓이다. 내가 이부 엄마와 이부 아빠에 대해 고자질 한 탓이다. 그녀는 메구 엄마의 목소리를 들으면서 눈을 꼭 감았 다. 아무리 사실이라고 해도 해야 할 말과 하지 말아야 할 말이 있다. 말하려면 처음에 하고, 말할 타이밍을 놓쳤다면 끝까지 하지 말았어야 한다. 미우 엄마는 결코 자신을 용서하지 않으리라.

전화를 끊고 나서 그녀는 시간을 확인했다. 약속 시간까지는 아직 여유가 있었다.

미우 엄마를 만나기 위해 아파트로 들어갔다. 미우 엄마의 집은 6층이다. 잠시 집 앞에서 망설이다가 인터폰을 눌렀다. 아무 대답이 없다. 몇 번을 계속 누르자 안에서 누군가가 움직이는 기척이 느껴졌다.

"누구세요?"

"나야. 가나 엄마 아리사."

문이 열렸다. 그러나 눈앞에 있는 사람은 미우 엄마가 아니라 동생인 유키코였다. 목소리가 비슷해서 착각했던 것이다. 푸르스름한 까까머리에 눈썹을 그리지 않아서, 가발을 쓰지 않은 인형처럼 보였다.

유키코는 화장기 없는 창백한 얼굴로 퉁명스럽게 대답했다.

"언니는 집에 없어요."

"그래요? 어디 갔나요?"

"후카가와의 친정에 갔어요."

허탕을 쳤다고 생각하자 실망이 밀려왔다.

"그럼 메일을 보낼게요."

"그러세요."

문이 닫힘과 동시에 "누구야? 누가 왔어?"라고 묻는 미우 엄마의 목소리가 들린 듯했다. 혹시 있으면서도 없는 척을 한 건가? 기운이 쭉 빠졌다. 오지 말았어야 했다.

점심때쯤 마치다의 변두리에 있는 시댁에 도착했다. 집은 그
렇게 크지 않았지만 세련된 단독주택이 쭉 늘어서 있어서 초라
해 보이지는 않았다. 차고 뒤쪽의 작은 정원에서 딸의 들뜬 소
리가 들렸다. 아리사는 인터폰을 누르기 전에 정원을 들여다보
았다. 딸이 작은 푸들과 장난을 치고 있었다. 결국 강아지를 사
준 모양이다. 한숨이 나왔다.

"엄마!"

딸이 그녀를 발견하고 재빨리 뛰어왔다. 강아지도 같이 뛰어
왔다. 그녀는 차고의 철책 너머로 딸의 빰을 어루만졌다.

"그동안 잘 있었어?"

"응. 엄마, 감기 나았어?"

"그래, 나았어."

그녀는 마스크를 벗으며 대답했다.

"어머나, 왔니? 가나가 엄마를 얼마나 기다렸는지 모른단다."

시어머니가 안쪽에서 나타나더니 딸을 쳐다보며 환하게 웃
었다.

"그래!"

딸도 시어머니를 향해 웃음을 날리며 장단을 맞추었다. 그 동
작이 너무도 사랑스러워서 그녀는 무심코 시어머니를 향해 미
소를 지었다.

"들어오렴. 안 그래도 기다렸어."

시어머니와의 재회는 아무런 문제도 없는 것처럼 보였다. 그녀는 가슴을 쓸어내린 뒤 현관문을 열고 부츠를 벗었다. 현관으로 나온 딸이 "엄마!"라고 부르며 뛰어왔다. 딸을 껴안자 예전보다 조금 통통해진 게 느껴졌다.

"가나, 살찐 거 아니니?"

"가나 뚱보 아니야. 가나 뚱보 되면 안 돼."

딸이 집에서도 자주 하는 말을 거듭 반복해서 그녀는 쓴웃음을 지었다.

"가나는 뚱보 아니야. 좀 더 살쪄도 된다고 할아버지가 그랬어."

시어머니가 그렇게 말하며 다정한 미소를 지었다. 순간 시어머니의 눈길에 비난의 빛이 담겨 있지 않은지 훔쳐보는 버릇이 나와서, 그녀는 스스로가 싫어졌다.

식탁에는 이미 장아찌와 국그릇이 놓여 있었다. 부엌 카운터에 초밥 통이 보였다. 그녀의 시선 끝을 보면서 시어머니가 변명을 했다.

"가나가 초밥을 좋아한다고 해서 초밥으로 했어. 괜찮지?"

"고맙습니다."

아리사는 딸을 무릎 위에 올리고 고개를 숙였다.

"엄마도 초밥 좋아해."

딸의 혀짤배기소리가 귀여워서 등뒤로 꼭 껴안았다. 무슨 일이 있어도 떨어지지 않겠다고 새삼 다짐했다.

"그런데 어떻게 할 거니?"

국그릇에 국을 담으면서 시어머니가 물었다. 부엌 카운터 너머로 눈이 마주쳤다.

"먼저 그이와 얘기하고 싶어요. 안 그러면 말씀드릴 수 없어요."

정색을 하고 단호하게 말하자 시어머니가 씁쓸하게 웃었다.

"그건 그렇지만 내가 먼저 들으면 안 될까?"

"그건 안 돼요. 가나의 할머니고 그이의 어머니니까 들으시는 게 당연하지만, 제 결심은 일단 남편에게 말하고 싶어요."

말을 하는 동안에도 계속 가슴이 쿵쾅거렸다. 시어머니에게 이런 말을 하다니. 자신의 마음을 다스릴 수 없었다. 열이 나서 우울해졌을 때처럼 이번에는 분노가 온몸을 휘감아 스스로를 억제할 수 없었던 것이다.

"알았다. 그러면 슌페이와 먼저 얘기하렴."

시어머니가 새침한 표정으로 쟁반에 올린 국그릇 네 개를 가져왔다. 아직 모습을 드러내진 않았지만 시아버지도 곧 온다는 뜻이리라.

그때 현관에서 "가나, 할아버지 왔다"라는 소리가 들렸다. 밖에 나갔던 시아버지가 주방에 얼굴을 내밀고 테이블 위에 와인 봉투를 내려놓았다. 와인을 사러 슈퍼마켓에 다녀온 모양이다. 시아버지는 반갑게 그녀를 맞이했다.

"왔니? 잘 왔다."

웃을 때 눈꼬리가 내려가는 게 남편과 너무나 비슷해서 숨을 들이마셨다. 시아버지는 빙긋이 웃었지만 그녀와 아내 사이의 긴장을 알아차린 듯 이내 심각한 얼굴로 자리에 앉았다.

눈앞에 초밥 통이 놓였다. 딸은 호빵맨 캐릭터가 그려진 어린이용 초밥 통이다. 대부분 말이에 튀김과 문어비엔나도 들어 있다. 딸이 어린이용 포크를 잡았다.

딸의 무릎에 수건을 펼쳐주며 시어머니가 고자질하듯 말했다.

"여보, 일단 슌페이와 말하지 않으면 우리에게 말할 수 없다네."

시아버지는 아무 말도 하지 않고 고개를 끄덕인 후, 손으로 턱을 괴고 눈을 감았다.

"아버님, 죄송해요. 오늘은 가나만 데리러 왔어요. 그동안 보살펴주셔서 감사해요."

"감사하긴 뭘. 당연히 해야 할 일인데."

시아버지는 각진 얼굴로 대답하고 시어머니도 가볍게 고개를 숙였다. 시아버지가 세 사람의 와인 잔에 스파클링 와인을 따랐다. "건배"라고 작은 목소리로 말한 뒤, 그녀는 형식적으로 입에 댔다. 모두 입을 다문 채 어색한 분위기 속에서 식사가 시작되었다.

"부모님은 뭐라고 하시든?"

며칠 전의 전화에서도 그렇게 물은 기억이 났다.

"솔직히 말씀드리면 화가 많이 나셨어요. 부모님은 소송도 불사하겠다고 하세요."

아리사는 친정 엄마처럼 싸우려는 태도로 말하는 자신을 깨달았다.

"소송이라니, 그럴 수가……."

시어머니는 뒷말을 잇지 못하고 시아버지는 말없이 와인을
마셨다.

"부모님은 양육 방치라며 몹시 화를 내셨어요. 저도 그이가 없
는 바람에 가나의 유치원을 정하지 못해 충격을 받았고요. 돈
이 문제가 아니에요. 그이에게 실망했어요. 그렇게 무책임한 사
람인 줄 몰랐어요."

"네 말이 맞아, 미안하구나."

시어머니는 완전히 풀이 죽어 혼잣말처럼 사과를 했다.

"괜찮아요. 어머니에게 사과를 받으려고 한 말이 아니에요."

그녀는 식욕을 잃고 젓가락을 놓았다.

"가나 졸려."

분위기를 눈치챘는지 딸이 포크를 내려놓더니 기지개를 폈다.
그러면서 강아지가 잠든 거실로 갔지만 아무도 주의를 주지 않
았다. 그녀는 딸의 작은 등을 바라보았다.

"얘야, 오늘 저녁까지 있어주지 않겠니?"

시아버지의 말을 들으면서 그녀는 창문 너머로 밖을 내다보
았다. 초겨울의 햇살이 기울기 시작하면서 미모사 덤불에 숨으
려고 했다. 정원의 커다란 미모사는 시어머니가 자랑하는 나
무였다.

"아뇨, 어두워지기 전에 실례할게요."

시어머니가 애원하듯 말했다.

"부탁이니까 조금만 더 있어줘. 슌페이가 저녁 비행기로 온

다는구나."

그 말을 들은 순간, 그녀는 너무나 놀라서 입을 다물지 못했다. 그래서 저녁때 오라고 했던 건가. 그제야 겨우 이해가 되었다. 하지만…….

"귀국을 한다면 맨 먼저 제게 알려줘야 하지 않나요? 아내인 제가 그이의 귀국을 어머니를 통해 들어야 하나요?"

그녀는 가방에서 휴대전화를 꺼내서 확인했다. 메일이 한 통 들어와 있었다. 발신인은 남편이 아니라 미우 엄마였다. 흠칫 놀랐지만 시부모님 앞에서 읽을 수는 없었다.

"제겐 전화도 없었고 메일도 안 왔어요."

그녀는 두 사람의 얼굴을 똑바로 쳐다보았다. 시아버지가 씁쓸한 얼굴로 사과했다.

"미안하구나."

시어머니가 억지로 밝게 말했다.

"내가 어제 전화해서 저녁에 오라고 했잖아. 깜짝 놀라게 해주려고 그랬어."

"아내인 제게 연락하지 않은 건 말이 안 돼요."

그녀는 일어서서 거실에 있는 딸을 불렀다.

"가나."

잠든 강아지의 얼굴을 살며시 어루만지고 있던 딸이 뒤를 돌아보았다.

"왜?"

"집에 가자."

그녀는 딸의 작은 손을 꼭 잡은 채, 시어머니가 자랑하는 미모사 나무를 바라보았다. 마지막이다. 불현듯 그런 말이 떠올라서 자기도 모르게 당황했다.

시아버지가 화이트와인 병을 들며 말했다.

"얘야, 한 잔 더 하고 가지 않겠니? 김이 빠지잖아."

"전 됐어요. 원래 술도 좋아하지 않고요."

그녀의 말을 못 들었는지, 시아버지는 그녀와 시어머니 잔에 와인을 조금씩 따랐다.

"얼마 안 남았으니까 조금씩 나눠 마시자. 자아, 다시 건배하자꾸나."

그녀는 할 수 없이 자리에 앉아 두 사람과 건배했다. 딸은 오렌지주스가 든 플라스틱 컵을 와인 잔에 부딪치며 좋아했다.

"가나를 위해."

"가나를 위해 건배."

시어머니와 시아버지가 얼굴을 마주 보았다. 두 사람 모두 지난번의 심각한 이야기를 잊은 것처럼 빙긋이 미소를 지었다.

아리사는 와인을 한 모금 마셨다. 흥분 때문인지 희미한 거품에 혀끝이 얼얼해졌을 뿐 맛은 느낄 수 없었다. 겨울 오후의 연약한 햇살이 잔을 비추었다. 기운을 잃은 황금색 거품이 떠올랐다 즉시 사라졌다.

"아직 초밥도 남았잖아."

시어머니가 목을 길게 빼고 초밥 통 안을 들여다보았다. 노인 같은 동작에 가슴이 아팠다. 예전에는 아름다운 시어머니가 무섭게 느껴졌는데 오늘은 외로운 할머니처럼 보였다.

"네, 먹을게요."

그녀는 다시 젓가락을 들었다. 식욕은 없지만 적어도 마지막 만찬을 기분 좋게 보내야겠다고 마음을 고쳐먹었다.

"가나, 아이스크림도 있단다."

시어머니가 냉장고를 가리킨 다음, 뒤를 돌아보고 그녀에게 물었다.

"너무 많이 먹으면 배탈 날까?"

"가나, 아이스크림 먹을래."

그녀가 대답하기 전에 딸이 황급히 가로막아서 다 같이 웃었다. 딸에게 아이스크림 컵을 주면서 시어머니가 변명했다.

"오해하지 마렴. 슌페이가 올 때까지 너희를 붙잡아두려는 게 아니야."

"알고 있어요."

"이제 너희를 못 볼지도 모른다고 생각하니 헤어지기 싫어서 그래."

시어머니의 목소리에 울음기가 배어나오고 눈에 눈물이 고였다. 그녀는 시어머니의 의외의 행동에 놀라서 눈물이 쏟아질 것 같았다.

"죄송해요."

"아니다, 네가 사과할 일은 아니지. 잘못한 사람은 내 아들이니까."

시아버지가 근엄한 얼굴로 말하자 시어머니가 눈물을 참고 다시 초밥을 권했다.

"조금만 더 먹으면 안 될까? 조금만 더 있어주면 안 될까?"

아마 시어머니의 가슴에도 '마지막'이란 말이 감돌고 있으리라. 때문에 일주일간 딸을 데리고 있으면서 이별의 아쉬움을 달랜 것이다. 셋이 디즈니랜드에 가거나 강아지를 사주거나…….

그런데 자신은 딸을 빼앗길지 모른다는 피해망상에 사로잡혀 얼마나 추한 상상을 했던가. 그녀는 시어머니의 눈물을 똑바로 바라볼 수 없어서 고개를 떨구었다.

"네 말이 맞아. 귀국하려면 아내인 네게 맨 먼저 알렸어야지. 그렇게 한심한 녀석은 버려도 된다. 넌 자유롭게 살거라. 부탁이다."

시아버지가 침통한 표정으로 고개를 숙였다. 시어머니가 정신없이 아이스크림을 먹는 딸의 옆얼굴을 사랑스럽게 바라보며 덧붙였다.

"하지만 가나의 소식은 가끔 전해주렴."

"어머니, 죄송해요. 전……."

그녀는 말을 끊고 잠시 생각에 잠겼다. 지금까지 참았던 말을 전부 할까. 이 분들을 만나는 것도 이것이 마지막일지 모른다.

"왜?"

시어머니가 그녀의 눈을 바라보며 다정하게 물었다.

"아까 소송도 불사하겠다고 해서 죄송해요. 엄마도 본심은 아니에요. 예전에 시댁에 아들을 두고 나왔어요. 지금도 그걸 후회하고 있어서 괜한 의심에 사로잡혔어요."

"뭐? 그럼 우리가 가나를 빼앗을 거라고 생각했니? 엄마에게서 어떻게 자식을 뺏겠니? 안 그래?"

시어머니는 한숨을 쉬고 나서 그녀의 얼굴을 똑바로 보았다. 그녀는 안도하며 고개를 끄덕였다.

"아들은 몇 살이니?"

"열 살이에요."

"오호"라고 두 사람이 동시에 탄성을 질렀다.

"가나에게 그렇게 큰 오빠가 있었구나."

딸에게 들리지 않도록 시어머니가 나지막하게 속삭였다.

"네, 이번에 니가타에 가서 만나고 왔어요. 야무지게 잘 자라서 안심했어요. 제가 엄마라고 밝힌 건 아니지만요."

그녀는 포도 넝쿨 밑에서 공을 차던 아들의 모습을 떠올리고 희미하게 미소를 지었다.

시아버지가 안타까운 얼굴로 말했다.

"그건 둘 다에게 쓸쓸한 일이구나."

"하지만 아들에게는 새엄마도 있고 여동생도 있어서 쓸쓸하지 않을 거예요."

"왜 엄마라고 밝히지 않았지?"

시어머니가 목소리를 낮추며 물었다.

"별안간 친엄마가 나타나면 아들이 혼란스러울 것 같아서요."

비 오는 포도밭에서 엄마라고 밝히라는 미운 엄마와 옥신각신한 것이 떠올랐다. 바로 얼마 전의 일인데 머나먼 옛날 일 같은 생각이 들었다.

"하긴 그래. 다짜고짜 그렇게 말하면 아이가 충격을 받겠지."

시어머니는 그렇게 말하며 생각에 잠긴 얼굴로 차를 마셨다.

"친권을 비롯해 모든 걸 양보하고 나오다니, 제가 어리석었어요. 아직 어려서 앞을 내다보지 못한 거죠. 어쨌든 도쿄에 와서 새로 시작하겠다고 생각했어요. 그리고 두 번째는 절대로 실패하지 않겠다고 결심했죠. 그이를 속일 생각은 털끝만큼도 없었는데, 결과가 이렇게 돼서 죄송해요."

"괜찮아. 전화로도 말했지만 우리는 너희들이 헤어지지 않았으면 좋겠어."

시어머니의 얼굴은 몹시 괴로워 보였다.

"그건 힘들 것 같아요. 그이의 메일에 이혼하고 싶다고 쓰여 있었으니까요."

"그렇게 중요한 걸 메일로 쓰는 녀석이 어디 있어?"

시아버지의 목소리에 노기가 어렸다.

"얘야, 슌페이를 용서해주럼. 내가 이렇게 부탁할게."

시어머니가 고개를 숙이는 걸 보고 그녀는 당황스러웠다.

"아니에요, 어머님. 이러지 마세요."

"아니야. 슌페이는 바보야. 그리고 넌 달라졌어."

시어머니가 손으로 턱을 괴고 그녀를 똑바로 바라보았다.

"제가 달라져요?"

"그래, 얼마 전까지만 해도 자신감이 없어 보였지. 항상 우울해 보여서 정신 바짝 차리고 살라고 말하고 싶을 정도였어. 하지만 최근 들어 달라졌단다."

시어머니가 동의를 구하듯 시아버지를 쳐다보았다.

"여보, 얘가 많이 강해졌지?"

너무도 솔직한 말에 시아버지는 당황한 듯 어색하게 웃었다.

"원래 강한 사람이야. 우리가 보는 눈이 없었을 뿐이지."

"그래, 그럴지도 모르지."

시어머니는 멍한 얼굴로 허공을 바라보았다.

시어머니의 그런 모습이 너무도 낯설게 느껴졌다. 남은 와인을 다 들이켜자 심장이 쿵쾅거리고 소파에 뒹굴고 싶을 만큼 온몸이 나른해졌다. 두 손으로 붉어진 뺨을 감싸고 있자 딸이 다가와서 팔을 잡았다.

"엄마, 집에 가자."

표정이 불안한 걸 보면 어른들의 이야기를 들었을지도 모른다. 어쩌면 엄마가 술 취하는 게 싫을지도 모른다. 그녀는 딸의 통통한 뺨을 살며시 어루만졌다.

"알았어. 조금만 더 있다 가자. 지금 할머니랑 할아버지랑 얘기하고 있으니까."

"지금 가고 싶어. 지금 가자, 얼른."

딸은 마치 할아버지와 할머니를 거부하듯 두 사람에게 등을 돌린 채 고집을 부리며 칭얼거렸다.

"가나, 갑자기 왜 그래?"

시어머니가 아쉬운 듯 이마를 찡그렸다.

"내가 택시를 부를게."

시아버지가 자리에서 일어선 것을 계기로 집에 갈 준비를 시작했다. 시어머니가 딸의 작은 캐리어 가방에 장난감을 넣었다. 옷과 속옷은 빨아서 보내준다고 해서 호의를 받아들이기로 했다.

강아지를 데려간다고 고집을 부리지 않을까 조마조마했지만, 딸은 푸들의 머리를 살며시 어루만지며 작별 인사를 마쳤다. 이윽고 택시가 도착했다.

"그동안 감사했습니다."

현관에서 시부모를 향해 고개를 숙이자 딸이 밝은 얼굴로 손을 흔들었다.

"할아버지, 할머니, 안녕."

그때 시어머니가 슬리퍼를 신은 채 밖으로 뛰어나와 딸을 꼭 껴안았다.

"가나, 할머니를 잊으면 안 돼. 할아버지도 잊으면 안 되고."

딸은 시어머니에게 안긴 채, 눈을 동그랗게 뜨고 몇 번이나 고개를 끄덕였다. 시아버지가 팔짱을 낀 채 하늘을 쳐다보았다. 눈물을 참기 위해서일까.

그녀는 '또 데려올게요'라고 말하려고 했지만 눈물이 멈추지 않아서 말을 할 수 없었다. 이혼하겠다고 결심한 이상, 앞으로 이 집에 올 일은 없으리라. 이별할 때가 돼서 겨우 마음이 통하다니, 참 운명의 장난 같은 일이다.

택시에 올라타자 시아버지가 창문 너머로 봉투를 주었다.

"피곤할 테니까 그냥 집까지 타고 가렴."

"감사합니다. 그럼 받을게요."

다음 순간, 딸이 울음을 터뜨릴 듯한 얼굴로 택시의 창문을 두드리며 소리를 쳤다.

"할머니, 할머니!"

시어머니가 어떤 표정을 짓고 있는지 확인할 용기는 나지 않았다.

오후 4시가 지났다. 초겨울의 저녁놀은 빨리 오고 서글프다. 수도고속도로를 달리는 택시 안에서 그녀는 한동안 망연히 앉아 있었다. 딸은 엄마와 같이 집에 가서 안심했는지 몸을 기대고 곤히 잠들었다. 그때 미우 엄마의 메일을 읽지 않은 것이 떠올랐다.

아리사, 오늘 우리 집에 왔었지? 못 나가서 미안해.

나가기 싫었던 게 아니야. 숙취로 일어나지 못하고 누워 있었어.

요즘 계속 술만 마셔.

얼마 전엔 미안했어. 내가 잘못했어. 용서해줘.

난 정말 나만 생각하는 한심한 사람이야.

이부 엄마에게도 심술을 부린 걸 보면 마음이 좁은 사람이기도 해(^^;).

마음이 정리될 때까지 조금만 기다려줘.

그런데 가나는 데리러 갔어?

YOKO

지금까지는 쑥스러워서 이름 다음에 장난처럼 '씨' 자를 붙였는데 '아리사'라고만 쓴 걸 보고 기분이 좋아졌다. 미우 엄마와 더 가까워진 느낌이 들었다. 그녀는 즉시 답장을 보냈다.

요코, 나야말로 미안해.

요코의 마음을 다치게 할까 봐 이부 엄마 얘기를 할 수 없었어.

하지만 대단한 일이 아니니까 신경 쓰지 마.

둘이 쇼핑을 하는 건 흔한 일이잖아.

지금 시댁에 왔다가 집에 가는 중이야. 가나와 같이.

시부모님도 우리가 이혼한다는 걸 알고 눈물을 흘렸어.

이제 우리를 못 만난다고 생각해서 그런지 몹시 힘들어하시더라.

이제야 겨우 마음이 통하고 진심을 알다니, 참 이상한 일이지.

아리사

몇 분 뒤에 미우 엄마로부터 답장이 왔다.

그랬구나. 가나를 빼앗아갈 거라고 함부로 말해서 미안해.

훌륭한 분들이구나. 그렇다면 남편도 괜찮은 사람일지 몰라.

성급히 결론을 내리지 마.

난 지금 깊은 우울의 늪에 빠져 있어.

다음에 하소연 들어줘.

YOKO

알았어, 하소연 들어줄게.

그런데 어린이집에 보내려면 일자리를 먼저 찾아야 돼?

아니면 어린이집을 정하고 나서 일자리를 찾아야 돼?
아리사

아리사는 참 바보구나.
당연히 일자리를 먼저 찾아야지.

그렇구나. 내가 할 만한 일이 뭐 없을까?

후카가와의 초밥집은 어때(^o^)?

좋아. 꼭 하게 해줘!

짧은 메일이 오가면서 점차 마음이 풀렸다. 미우 엄마와 친하게 지내며 착실하게 딸을 키우자. 그리고 가끔 시댁에 데려가서 시부모에게 딸의 성장하는 모습을 보여주자.

요코, 타워 아파트에서 나갈 거야.
후카가와에서 적당한 집을 구해 땅에 발을 붙이고 살아갈 거야.

찬성, 찬성! 나도 이사 갈래.
이렇게 끔찍한 곳에서 빨리 떠나고 싶어.

미우 엄마의 기운 넘치는 메일을 보고 웃다가 고개를 들자 택시가 수도고속도로에서 빠져나가는 참이었다. 운하 건너편에서 우뚝 솟은 타워 아파트가 보였다. 저녁놀을 받고 끈적끈적한 오렌지색으로 반짝이고 있다. 아름답지만 그것도 한순간이다. 그녀는 그렇게 중얼거리며 저녁놀이 어둠으로 바뀌는 모습을 바라보았다.

쏟아지는 잠을 이기지 못해 눈을 비비는 딸을 데리고 넓은 로비를 걸었다. 겨우 엘리베이터 홀에 도착했다. 얼마 전까지 유모차를 사용했는데 지금은 아득한 옛날 일 같다.

엘리베이터 안에서 양복 차림의 중년 남자가 인사를 했다. 낯은 익지만 기억이 나지 않는다.

"며칠 전에는 실례했습니다."

목소리를 듣고 발코니에서 담배 피우던 남자라는 걸 알았다.

"아니에요, 저야말로 죄송했어요."

편지와 함께 딸의 삽을 돌려주었던 사람이다. 지난번에 만났을 때는 편안한 플리스 차림이라서 알아보지 못했다.

"그런 짓을 한 걸 후회하고 있습니다."

좁은 상자 안에 갇혀 있는 긴장감 때문인지, 남자가 솔직히 말했다.

"괜찮아요. 신경 쓰지 마세요."

'이웃에 민폐를 끼치지 말라'.

사람들의 손가락질을 두려워하던 자신은 어디로 갔을까. 남들의 눈에는 한심하게 보일지 모르지만, 딸과 보내는 날들은 무엇과도 바꿀 수 없는 소중한 시간이다.

엘리베이터가 28층에서 멈추자 남자는 뒤도 돌아보지 않고 내렸다. 다음은 29층.

"집에 가자, 집에 가자, 집에 가자!"

엘리베이터에서 뛰어내리며 노래하듯 반복하는 딸의 말이 개방 복도에 울려 퍼졌다.

현관문에 열쇠를 끼우려고 하다 흠칫 놀랐다. 현관문이 열려 있었다. 깜빡 잊고 잠그지 않은 걸까. 심장이 덜컹 내려앉고 등줄기가 서늘해졌다.

"엄마는 바보야. 깜빡 하고 문을 안 잠갔구나? 엄마는 바보, 엄마는 바보."

문을 열자 거실의 조명이 켜 있고 TV 소리가 들렸다. 혹시 도둑이 들었나? 그렇게 생각하며 온몸을 도사렸을 때, 안쪽에서 남편이 나타났다.

"아아, 이제 와?"

딸이 남자의 목소리에 겁을 먹고 뒷걸음질 쳤다. 그녀는 가슴을 누르며 쿵쾅거림이 멎기를 기다렸지만, 공포가 가라앉자 분노가 치밀어서 좀처럼 진정되지 않았다.

"여긴 어떻게 들어왔어?"

"열쇠로 열고 들어왔지. 우리 집이니까."

남편은 조금 전에 헤어진 시아버지와 똑같은 웃음을 지으며 집을 둘러보았다.

"예전엔 꽤 넓은 것 같았는데 이렇게 좁았던가?"

지금 막 도착했는지 꼬깃꼬깃한 양복 차림이었다.

남편이 현관 앞에 우두커니 서 있는 딸에게 손짓을 했다.

"가나, 이리 와. 아빠야."

그리고 긴장을 풀지 않는 딸을 보고 고개를 갸웃거렸다.

"기억 안 나?"

"몇 년 만에 봤으니까 당연하지."

그녀의 말을 들었는지 못 들었는지, 남편은 허탈한 표정을 감추지 않았다.

5장

선택

무승부

남편은 예전보다 건강하게 보였다. 햇볕에 까무잡잡하게 그을리고 몸에도 조금 살이 붙었다. 결혼 전부터 입은 양복 상의의 등에 가로주름이 잡힌 것도 몸에 살짝 끼는 탓이리라.

"살쪘어?"

아리사가 묻자 남편은 두터워진 가슴팍을 만지며 민망한 듯 웃었다.

"근육이 붙었어. 휴일에는 할 일이 없으니까 헬스클럽에 가는 수밖에 없잖아."

1년의 절반은 눈으로 뒤덮인 밀워키에 혼자 있어서 따분했다고 강조하는 걸까? 정말로 옆에 아무도 없었을까. 예전의 남편은 아득히 먼 곳으로 가버리고, 낯선 사람을 보는 듯한 느낌이 들었다.

남편도 그녀를 관찰하듯 쳐다보아서 무슨 말을 할까 긴장했다. 그러나 아무 말도 하지 않는 대신에 딸을 향해 다시 두 팔을 펼쳤다.

"가나, 이리 오렴. 아빠야."

딸은 조심스럽게 다가가긴 했지만 찜찜한 표정을 지으며 팔 안으로 들어가지는 않았다.

그는 누구에게랄 것도 없이 웃었다.

"신중하군. 누구를 닮아서 이렇지? 아참, 선물이 있어."

그는 큼지막한 서류가방을 열고, 서류와 노트북 컴퓨터 사이에 아무렇게나 끼워 넣은 쇼핑백을 꺼냈다.

"이게 뭐야?"

딸이 활짝 웃으며 안을 들여다보았다.

"한번 보렴."

남편이 무릎을 꿇고 같이 봉투를 열었다. 안에서 나온 곰 인형은 검은색에 가까운 짙은 갈색으로, 곰치고는 코가 길어서 귀엽다고 할 수 없었다.

딸의 얼굴에 실망한 표정이 역력했다.

"곰돌이?"

"그래, 오소리란 거야."

"고맙습니다."

딸은 인사를 하고 일단 껴안기는 했지만 별로 좋아하지 않았다.

아리사는 그가 서류가방과 작은 옷가방밖에 가져오지 않은 걸 보고, 오래 있지 않으리란 걸 간파했다. 이혼 이야기를 하기 위해 돌아온 걸까? 빨리 확실하게 정해지기를 바라면서도 막상 그렇게 된다면 한없이 허탈하리라.

"엄마 선물은 없어?"

딸이 마음이 아플 만큼 자신을 배려하는 걸 알고 그녀는 다 정하게 말했다.

"엄마는 괜찮아."

"엄마 선물도 있어."

남편이 시아버지로부터 물려받은 편안한 미소를 지으며, 공항 에서 산 것처럼 보이는 작은 비닐 주머니를 내밀었다.

"내 거야? 고마워."

안에서 나온 것은 터키석이 박힌 은색 귀걸이였다. 예전에 소 중히 간직하다 한쪽을 잃어버린 아메지스트 귀걸이가 떠올랐 다. 이번에는 터키석. 하지만 아무데서나 파는 싸구려 귀걸이다. 마음이 아프다. 이럴 때는 어떻게 행동하면 될까?

당황하는 그녀를 보며 남편이 걱정스러운 얼굴로 물었다.

"어때?"

그녀는 귀걸이를 귀에 대며 "예뻐"라고 말했다.

"인디언 주얼리가 위스콘신의 특산품이거든."

그는 다른 비닐 주머니도 꺼내며 덧붙였다.

"엄마 것도 있어."

"그건 뭐야?"

"이상하게 생긴 펜던트."

그는 무심하게 대답한 뒤, 해야 할 일을 마친 사람처럼 주변을 둘러보았다.

"아까도 말했지만 우리 집이 이렇게 좁았던가? 왠지 초라해 보이네."

이 집을 처음 얻었을 때는 도쿄 타워가 보인다, 야경이 아름답다, 바다 내음이 난다고 흥분해서 마구 떠들었는데, 지금은 너무도 보잘것없다는 듯 집을 깎아내린다. 그의 눈에는 이 집과 마찬가지로 그녀도 보잘것없고 하찮게 보일지 모른다.

그녀가 농담처럼 항의했다.

"하지만 우린 지금 여기서 살고 있어."

"미안해. 미국에 비해 그렇다는 거야."

"미국에 비하면 일본은 어디를 가도 좁고 보잘것없지 않아?"

"그야 그렇지."

그는 그렇게 말하면서 식탁 의자를 끌어와서 앉았다.

"엄마, 가나 TV 보고 싶어."

딸은 어른들의 긴장감을 견딜 수 없는지 리모컨을 들었다. 그리고 대답도 하기 전에 TV를 켜고 재빨리 채널을 맞췄다.

아리사가 다시 집 이야기를 꺼냈다.

"애초에 여기서 살자고 한 사람은 당신이 아니었던가?"

"내가 아니라 당신이었지."

그는 식탁 위에 있는 현관 열쇠를 뚫어지게 쳐다보면서 대답했다.

"내가 아니라 당신이었어. 회사와 가까워서 편하다고 하지 않았어? 난 이렇게 높은 곳에 살고 싶은 적이 없었어."

"아니, 당신이야. 연안에 있는 타워 아파트에 살고 싶다고 했잖아. 근사하다면서 말이야."

"그랬던가?"

"기억 안 나?"

그녀는 조바심이 났다. 그는 새 출발을 하고 싶어서 안절부절못했던 자신을 그렇게 보았던가. 자기도 모르게 말이 거칠어졌다.

"그런 적 없거든."

"그런가?"

"그래, 하지만 이제 와서 그게 무슨 소용이겠어. 오랜만에 만났는데 이런 시시한 이야기는 하고 싶지 않아."

그가 불쾌한 얼굴로 입을 다물었다. 균열이 점점 커졌다. 균열을 메워야 한다는 마음도 있었지만, 균열이 얼마나 크고 깊은지 확인하고 싶은 마음도 있었다.

"왜 귀국한다는 말을 안 했어? 시부모님은 아는데 나만 모르면 내가 뭐가 돼?"

자기도 모르게 비아냥거림이 입을 뚫고 나왔다.

"미안해. 어쩐지 말하기가 껄끄러웠어."

그는 낮은 목소리로 사과하더니 머리라도 아픈 듯 얼굴을 찡그렸다. 재킷을 벗자 하얀 와이셔츠가 나타났다.

"우리는 아직 부부야."

그녀는 '아직 부부'라는 자신의 말에 몸을 떨었다. 자신들은 이제 곧 부부가 아니게 된다. 지금은 잠시라도 긴장을 풀면 격

류에 휘말리는 위험한 다리를 건너고 있다.

"나도 알아."

"어머님에게 당신이 귀국한다는 말을 들어서 놀랐고, 집에 와서 당신이 있어서 놀랐어."

"마치다보다 여기가 회사와 가까우니까."

그런 이유로 왔단 말인가. 거무칙칙한 분노가 솟구쳤다. 그는 항상 마음에 없는 말을 해서 오해를 사곤 했다. 그러나 '지금 진심이야?'라고 캐묻기도 귀찮아 흐지부지되는 경우가 다반사였다.

그녀의 분노를 느꼈는지 남편이 안절부절못했다.

"그럼 난 오늘 어떻게 할까?"

"뭘 어떻게 해?"

"호텔에라도 갈까?"

"그렇게 해줄래?"

그녀의 입에서 생각지도 못한 말이 나왔다. 오기인가? 아니다. 나는 지금 화가 났다. 그녀는 자신의 감정을 확인했다.

"알았어. 조금 있다 갈게."

"가장 중요한 이야기는 어떡할까?"

아리사는 TV 화면에 못 박힌 딸의 작은 등을 가리키며 목소리를 낮추었다.

"가나가 알까?"

"아무리 작아도 알 건 다 알아. 아이를 무시하지 마."

"무시하는 거 아니야. 왜 남의 마음을 함부로 말해?"

조바심이 나는지 남편의 목소리가 커졌다. 2년 반 만에 만났는데 왜 서로 으르렁거릴까? 우린 이제 틀렸다. 떨어져 있던 오랜 세월이 두 사람의 거리를 멀리 떼어놓은 것 같다.

그는 굳은 표정으로 열쇠를 만지작거렸다. 그녀는 길게 한숨을 토해냈다. 말이라도 '그동안 별일 없었어?'라든지 '혼자 힘들었지?'라고 위로해도 좋지 않은가. 아니면 '그동안 연락 안 해서 미안해'라는 사죄라도…….

"미안하지만 오늘은 자고 갈게. 가나가 잠들면 말하자."

"알았어."

그와 같은 방에서 서로 등을 돌린 채 자야 하는가. 뺨에 차가운 바람이 닿은 듯한 느낌이 들어서 어둠이 밀려오는 하늘로 시선을 돌렸다.

냉장고를 열면서 남편이 물었다.

"맥주 없어?"

"올 줄 몰라서 안 사다놨어. 마시고 싶으면 밑에 있는 편의점에 가서 사와."

그녀는 사다주겠다고 하지 않았다. 자신이 사다줄 필요는 없지 않은가. 연락도 끊고 책임도 포기한 남편. 남편 때문에 아직 딸의 유치원도 정하지 못했다. 2년이 넘게 어린아이와 둘이 반쯤 죽은 상태로 방치되었다. 가슴속에서 원망의 감정이 솟구쳤다.

"알았어. 나중에 밥 먹으러 나갈 거지?"

그녀는 대답하지 않고 차를 타기 위해 주방으로 갔다.

남편이 느긋하게 혼잣말을 했다.

"오랜만에 맛있는 메밀국수를 먹고 싶군."

"오늘 어머님과 아버님 두 분 다 우셨어."

그가 깜짝 놀라며 뒤를 돌아보았다.

"왜?"

"우리가 이혼하니까 이제 가나를 못 본다고 생각하신 것 같아."

슬리퍼를 신고 현관 앞까지 나와서 딸을 꼭 껴안은 시어머니를 떠올리자 그녀의 눈시울이 붉어졌다.

"그 얘기는 이따 밤에 하자."

"알았어."

딸이 가끔 고개를 돌려 쳐다보는 탓에 그녀도 마음이 조마조마했다. 갑자기 나타난 남자가 아빠라고 한 것도 모자라 엄마를 괴롭히는 게 아닐까 불안한 것이리라. 어리다고 해서 무시해서는 안 된다. 딸은 캐묻는 듯한 시선으로 그녀를 쳐다보았다. '엄마는 아직 아빠를 좋아해?'라고.

"옷 갈아입고 올게. 같이 밥 먹으러 나가자."

아리사가 고개를 끄덕이자 남편은 서류가방과 옷가방을 들고 침실로 들어갔다. 시계를 보니 오후 5시 반이었다. 어느새 초겨울의 해가 떨어지고 밖은 캄캄해졌다.

"나갈까?"

남편은 파카와 면바지로 갈아입고 나와서 딸의 손을 잡았다.

한가운데에 있는 딸의 손을 잡고 세 사람은 밤의 매립지를 걸었다.

임신을 해서 결혼하고 두 달 후에 딸을 낳았다. 그 즉시 싸우
는 날들이 이어졌다. 아리사로부터 떨어지고 싶다는 듯 남편이
위스콘신 주 밀워키로 간 것은 딸이 겨우 8개월 때였다. 그 이
후 남편은 오기를 부리듯 귀국하지 않고 1년 가까이 연락하지
도, 연락을 받지도 않았다.

세 살이 된 딸이 엄마, 아빠의 손을 잡고 걸은 것은 이번이 처
음이었다. 처음에는 움찔거리더니 이내 익숙해져서 까르르 웃
으며 걸었다.

"가나, 뭐 먹고 싶어?"

남편의 질문에 딸이 혀짤배기소리로 "초밥"이라고 대답했다.

아리사가 "오늘 할머니 집에서 초밥 먹었잖아"라고 말하자 남
편이 눈을 반짝이며 물었다.

"전철역 앞에 있는 긴즈시에서 배달시켜 먹었어?"

"그래, 맛있었어."

아직 초밥이 남았다고 고개를 빼고 초밥 통을 들여다보던 시
어머니의 노인 같은 동작이 떠올랐다. 그런 것도 모르고 남편
은 태평하게 말했다.

"부럽다. 거기 초밥 굉장히 맛있는데. 미국에서도 얼마나 먹
고 싶었는지 몰라."

"미국에도 많잖아."

"맛이 달라. 더구나 긴즈시의 붕장어는 일품이야."

"그럼 라라포트의 초밥집에 갈래?"

"오늘 낮에 먹었다면서? 다른 거 먹지 뭐."

이런 이야기를 하고 있으니 금슬 좋은 부부 같아서 그녀는 조금 당황스러웠다.

"아! 코코랑 똑같다."

딸이 가리킨 것은 시어머니가 사준 강아지와 똑같은 색의 푸들이었다. 딸은 어떻게든 설명하기 위해 남편의 다운재킷 자락을 끌었다.

"있잖아, 저 애 말이야. 코코랑 똑같아."

"코코?"

남편이 딸과 눈높이를 맞췄다.

"할머니가 슈퍼에서 봤어. 그래서 10만 엔이 됐어. 컸으니까."

남편은 무슨 말인지 모르겠다는 얼굴로 그녀를 보고 어깨를 들썩였다. 그리고 열심히 설명하는 딸에게 건성으로 대답했다.

"그래그래. 그거 잘됐다."

아이를 어떻게 대해야 할지도 모르면서 딸을 데려갈 리 없다. 그녀는 남편에게 딸을 빼앗겼던 꿈을 떠올리고 화가 났다.

그들은 결국 라라포트 안에 있는 메밀국숫집 안쪽에 자리를 잡았다. 남편과 그녀는 맥주를, 딸 몫으로는 주스를 주문했다.

"편지 봤어."

'건배'란 말도 없이 형식적으로 맥주잔을 부딪친 뒤, 남편이 먼저 입을 열었다.

"음성사서함은?"

"그것도 들었어. 굉장히 길더군."

"그래서 허겁지겁 돌아온 거야?"

"그래. 편지 마지막에 이렇게 쓴 거 기억해? '내가 당신에게 그 토록 심한 짓을 했나요? 나와 결혼하기로 결심했을 때, 당신은 나를 좋아한 게 아니었나요? 꼭 대답해주십시오'라고."

"물론 기억해."

그 편지를 쓰고 나서 자신이 강해진 것 같았다. 오해라면 풀고 오해가 아니라면 포기한다, 그렇게 마음먹었기 때문이다.

"대답해줄게."

"뭐?"

"전부 노(No)야."

'노라는 말은……'이라고 생각한 순간 웃음소리가 들렸다.

"가나다. 가나, 오랜만이야!"

고개를 들자 가게 입구에서 이부 엄마와 이부키가 손을 흔들었다. 그 뒤쪽에 이부 아빠가 쑥스러운 듯 서 있었다. 이부 엄마와 이부 아빠는 몽클레어의 색깔이 다른 다운재킷을 입었다. 이부 엄마는 검은색이고 이부 아빠는 초록색이다. 미우 엄마가 봤다면 분노를 이기지 못해 기절했으리라. 이부키는 부츠에 두툼한 모직 원피스 차림으로, 빨간 니트 모자가 사랑스럽게 보였다.

"어머, 여기서 만나네요."

혹시 심각한 얼굴을 본 게 아닐까. 한순간 당황했지만 아리사는 황급히 일어서서 억지웃음을 지었다. 이부 엄마의 얼굴에서 놀라움의 빛을 발견하면서, 일단 이부키의 아오야마 유치원 합격을 축하했다.

"이부키의 유치원 합격을 축하해요!"

"아이, 별것도 아닌데요 뭐. 어쨌든 고마워요."

이부 엄마는 수줍어하며 손을 내저었지만 내심 기쁜 듯했다. 이부키는 딸에게 뭐라고 말을 걸었다.

"가나 아빠예요?"

"네, 오늘 미국에서 왔어요."

남편이 재빨리 일어서서 고개를 숙였다.

"안녕하세요, 이와미 슌페이입니다."

"안녕하세요, 다케미쓰 하루히사입니다."

네 사람은 어떻게 할까 하는 얼굴로 서로 마주 보았다. 같이 먹어야 할까 아니면 따로 앉아야 할까?

"미국에서 오늘 오셨어요?"

이부 엄마의 질문에 남편이 기분 좋게 웃으면서 대답했다.

"그렇습니다. 또 금방 가야 하지요."

"가나의 유치원 때문에 오셨어요?"

이부 엄마치고는 오지랖이 넓은 말이라고 생각했지만, 아마 엄마친구들 사이에서 딸의 이야기가 나온 모양이다.

"뭐 그렇지요. 아직 확실히 정하진 않았지만요."

남편이 곤혹스러운 표정으로 대답했다.

그때 딸이 이부키에게 뜬금없이 말했다.

"있잖아, 우리 아빠가 곰돌이 줬다!"

"곰돌이? 어떤 곰돌이?"

"미국 곰돌이."

이제 자기에게도 아빠가 생겼다고 자랑하는 것처럼 보였다.

이부키와 딸이 아리사의 테이블 끝에서 메뉴판을 이용해 주문 놀이를 시작한 걸 보고, 이부 엄마는 테이블을 하나 사이에 두고 옆자리에 앉았다. 동석하는 것도 이상하고 멀리 떨어지는 것도 어색하기 때문이리라. 현명한 선택이었다.

이부 엄마 부부는 사이좋게 의논하면서 술과 안주를 주문했다. 아리사는 편안한 모습으로 저녁 한때를 즐기는 그들이 신경 쓰여서 견딜 수 없었다. 이부 엄마 부부가 즐겁고 행복하게 보일수록 미우 엄마의 어두운 얼굴이 떠올라 그녀의 마음까지 어두워졌다.

이런 식으로 두 사람을 만난 것도 미우 엄마 쪽에서 보면 불쾌한 사건일 테니까 미우 엄마에게 말할 수 없는 게 또 늘어난 셈이다. 그녀는 작게 한숨을 내쉬었다. 그것을 보고 남편이 작은 목소리로 물었다.

"왜 그래? 우울해 보여."

"아무것도 아니야."

그녀가 신경 쓰는 것을 느꼈는지 남편은 의아한 표정으로 이부 엄마를 쳐다보았다. 생각이 즉시 얼굴에 나타나는 솔직한 남자였다는 게 떠올랐다. 그런 경향은 미국에 가서 더 강해진 것 같았다.

이부 엄마가 남편의 시선을 느끼고 생긋 미소를 지었다.

아리사가 목소리를 낮추며 물었다.

"있잖아, 저 여자 예쁘지?"

"뭐 그럭저럭."

그녀는 남편의 대답에 실망을 금치 못했다. 평소에 이부 엄마처럼 멋지고 완벽한 여자가 되고 싶다고 생각했던 만큼 그의 무관심한 태도가 신경에 거슬렸다.

"패션 감각도 좋고 멋있지 않아?"

"감각은 나쁘지 않네."

남편은 심드렁하게 동의했지만 아무래도 상관없는 듯했다. 그러는 사이에 맥주잔이 비자 아이들에게 가더니, 고개를 갸웃거리며 딸이 거꾸로 펼친 메뉴판을 보았다. 그 동작이 재미있어서 두 아이가 까르르 웃는 것을 알아차리지 못했다.

잠시 후 테이블로 돌아와서 이부 엄마의 테이블을 힐끔 쳐다보았다.

"우리도 일본주 안 마실래? 홋카이산 먹고 싶어."

"난 됐어. 일본주 마시면 머리가 아파서 맥주로 할래."

"어? 일본주에 약하던가? 내 기억으론 일본주를 좋아하는 것 같았는데."

"한동안 안 봐서 내가 뭘 좋아하는지 잊어버렸겠지. 애초에 같이 산 것도 1년도 안 됐고 말이야."

오랜만에 만났는데 왜 이렇게 비아냥거리기만 할까. 고개를 숙이는 남편을 보고 아리사는 자기혐오에 빠졌다.

"그럼 맥주로 하지 뭐."

남편이 점원에게 맥주를 주문한 순간, 이부 엄마가 작은 잔을 손에 들고 말을 걸었다.

"저기요, 잠시 말씀드릴 게 있는데 괜찮을까요?"

검은 니트 소매를 예쁘게 걷어 올린 가느다란 손목에서 새로운 시계가 빛을 내뿜었다. 샤넬이다. 긴자의 샤넬 매장에서 산 합격 축하 선물일까? 미우 엄마는 이부 아빠로부터 선물을 받은 적이 있을까? 미우 엄마가 비싼 액세서리를 한 모습은 한 번도 본 적이 없다.

"물론 돼요. 왜요?"

가까스로 얼굴에 미소를 띠며 그녀는 이부 엄마 쪽으로 고개를 돌렸다.

"묻고 싶은 게 있는데, 결국 가나 유치원은 어떻게 하기로 했어요?"

평소에 조심성이 있는 이부 엄마치고는 오지랖 넓은 질문이라는 생각이 들었지만 그녀는 솔직하게 대답했다.

"어린이집에 보낼 생각이에요."

"그러면 일자리를 찾았어요?"

"네, 미우 엄마에게 부탁했어요."

별 생각 없이 말하고 그녀는 '아뿔싸!' 하고 혀를 찼다. 눈 깜짝할 새에 이부 엄마의 얼굴이 일그러졌다. 이부 엄마는 술잔에 있는 술을 한꺼번에 털어 넣은 다음, 곱은 두 손에 입을 대고 숨을 불어넣었다.

이부 아빠는 아무렇지도 않은 얼굴로 젓가락 주머니에 쓰여 있는 격언을 보는 시늉을 했다. 두 사람의 경직된 모습을 보고 그녀의 심장은 세차게 방망이질 쳤다.

"당신 일하기로 했어?"

남편이 의외라는 표정을 지었다.

"그 얘기는 나중에 해."

그는 고개를 끄덕이더니 오른손으로 턱을 고이고 눈을 감았다.

"아아, 술을 마셨더니 잠이 쏟아지는군. 시차 때문이겠지?"

어쩌면 이렇게 태평할까 어이가 없었지만 타이밍은 좋았다.

"그래, 시차 때문에 피곤할 거야. 이제 적당히 먹고 집에 가자."

그녀는 주위에 들리도록 큰 소리로 말했다. 빨리 이 자리를 벗어나고 싶었다.

"가나 엄마, 잠시만요. 미우 엄마가 나한테 뭐라고 했는지 아세요?"

이부 엄마의 화난 목소리를 듣고 아리사는 깜짝 놀랐다. 이부 엄마는 무슨 일이 있어도 감정을 드러내지 않고 남의 험담을 하지 않는 사람이었다. 그런데 지금 사람들 앞에서 분노를 드러내고 있다.

그 일이다. 이부키의 아오야마 유치원 합격을 계기로 이부 아빠가 미우 엄마에게 헤어지자고 하고, 그 말을 들은 미우 엄마가 이부 엄마에게 차갑게 쏘아붙였다고 한다.

아리사의 머릿속에서 메구 엄마에게 들은 이야기가 떠올랐다.

'엄마가 나왔다고 해서 그 학교에 아이를 넣는 게 문제라고 했대요. 그런 식으로 부모가 나온 학교에 아이를 넣으려고 하기 때문에 입시 전쟁이 벌어지는 거라고요. 그런 사람에게는 축하

한단 말을 하지 않겠다고 말이에요.'

이부 엄마의 커다란 눈에 분노가 활활 타올랐다.

"이런 말은 하고 싶지 않지만, 세상에는 해도 되는 말이 있고 해서는 안 되는 말이 있어요. 엄마가 나온 학교 부속 유치원에 자식을 넣는 게 문제라고 하다니. 내가 얼마나 충격을 받았는지 아세요? 아무것도 모르는 제3자는 그렇게 여길지 모르지만 사람에겐 제각각 이유가 있으니까 쓸데없는 억측은 하지 말아야죠. 그렇게 말하면 이부키도 상처를 받고, 그렇게 하기 위해 열심히 노력한 나도 충격을 받을 수밖에 없잖아요. 가나 엄마는 미우 엄마와 친하니까 그 사람에게 전해줘요. 아무것도 모르는 주제에 함부로 말하지 말라고요."

'그건 그러니까······'라는 말을 목구멍 안쪽으로 집어넣고 그녀는 고개를 끄덕였다.

"꼭 말해줘요."

마지막 말에는 울음이 섞였다. 이부키와 딸이 영문을 모르는 눈길로 이부 엄마를 쳐다보았다. 이부키는 엄마의 낯선 모습에 겁을 먹은 모습이었다.

"왜 그래? 취했어?"

이부 아빠가 평정을 가장하면서 눈물을 머금은 이부 엄마의 눈을 물티슈로 닦아주려고 했다. 그러자 이부 엄마가 날카롭게 소리치며 이부 아빠의 손을 세차게 뿌리쳤다.

"그만둬! 더러워!"

작지만 강렬한 목소리였다.

물티슈가 무참하게 밑으로 떨어졌다. 모두 아연한 얼굴로 그 상황을 지켜보았다. 이부키가 어안이 벙벙한 얼굴로 엄마와 아빠를 번갈아 바라보았다.

이부 엄마가 알고 있다. 이부 아빠와 미우 엄마의 관계를……. 자신까지 비난을 받은 것 같아서 아리사는 고개를 들 수 없었다.

"애들 앞에서 왜 이래? 적당히 좀 해."

이부 아빠가 주의를 주었지만 이부 엄마는 눈물을 보이지 않도록 고개를 돌릴 뿐이었다.

아리사와 슌페이는 종업원이 가져온 메밀국수를 황급히 먹고 먼저 자리를 떴다.

"먼저 갈게요. 이 사람이 시차 때문에 잠이 오나 봐요."

그녀도 금슬 좋은 부부를 가장하자 이부 아빠가 고개를 숙였다. 이부 엄마도 조금 안정을 찾았는지 간신히 미소를 지으며 손을 흔들었다.

"미안해요, 내가 좀 취했나 봐요. 크리스마스 파티 때 만나요."

이부 엄마의 흐트러진 모습은 처음 보았다. 그러나 감정을 드러낸 모습을 보자 예전보다 가까워진 듯한 기분이 들었다. 미우 엄마도 흐트러진 모습을 보였고, 이부 엄마도 고민이 있다. 행복한 것처럼 보여도 누구나 괴로움 속에서 발버둥치고 있다. 그러자 자기만 불행한 게 아니라는 생각이 들었다.

"편의점에서 주먹밥 사가자. 밥 먹고 싶어."

그녀는 남편을 따라 타워 아파트 1층에 있는 편의점에 들렀다.

겸사겸사 캔 맥주와 와인을 사고 남편은 만족한 미소를 지었다.

셋이 엘리베이터를 타고 29층 버튼을 눌렀다. 남편은 오른손으로 술 봉투를 들고 왼손으로 딸의 손을 꼭 잡았다. 딸은 다시 아리사의 손을 잡았다. 아이를 매개로 부부가 하나로 이어졌다. 세 사람은 발소리를 죽이며 밤의 개방 복도를 걸었다. 차가운 바람이 불어와 복도는 온몸이 얼어붙을 만큼 추웠다.

남편이 몸을 움츠리며 말했다.

"도쿄도 춥군."

"오늘이 제일 추워."

대화가 아니라 각자 중얼거렸다고나 할까? 그때 그녀의 손에 차갑고 부드러운 게 닿았다. 딸의 뺨이었다. 딸은 그녀를 쳐다보며 웃은 뒤, 이번에는 남편의 손에 오른쪽 뺨을 댔다. 남편이 놀라며 그녀의 얼굴을 보았다. 마치 딸이 '사이좋게 지내요'라고 중재해주는 것 같아서 부끄러워졌다.

남편은 샤워를 하고 "잠시만 누울게"라고 말한 뒤, 침대로 파고들어가 잠이 들었다. 대화를 하기는커녕 잠에서 깨면 즉시 회사에 가고 그대로 미국으로 돌아가 버릴 것 같았다.

그녀는 내심 실망했지만 남편을 깨우지는 않았다. 갑자기 찾아왔다 갑자기 돌아가는 남편. 머리가 혼란스러웠다. 앞으로 자신과 딸은 어떻게 될까?

10시가 지나서 딸이 남편의 옆에서 잠들었다. 그녀와 딸은 평소에 더블침대에서 같이 자기 때문에, 그곳에 아빠가 자고 있어도 이상하지 않은 모양이다. 남편의 옆구리에 매달리듯 잠든 딸을 보자 자식을 위해서라도 부모는 헤어지면 안 된다는 생각이 들었다. 조금씩, 조금씩 자신의 결심이 굳어져간다. 남편은 어떨까?

샤워를 하고 스킨로션을 바르고 있자 남편이 일어난 기척이 느껴졌다. 오랜만에 만나서 맨얼굴을 보이기는 싫었지만 유혹한다고 여길까 봐 화장은 하지 않았다. 그녀는 평소처럼 잠옷 위에 플리스를 걸치고 거실로 갔다.

"샤워했어? 민낯 보는 거 오랜만이네."

남편이 눈을 치켜뜨고 웃으면서 말했다.

"안 졸려?"

"응, 이제 괜찮아."

남편은 그렇게 말하고 기름기 없는 머리칼을 쓰다듬었다. 그리고 캔 맥주를 마시면서 편의점의 주먹밥을 먹었다.

"아까 그 사람 말이야, 왜 그렇게 화가 났어?"

이부 엄마 말이다.

"딸의 유치원에 대해 어떤 사람에게 기분 나쁜 말을 들어서 화났나 봐."

"그것만이 아닌 것 같던데? 좀 이상했어. 남편과 문제 있는 거 아냐?"

남편의 예리함에 심장이 내려앉았다.

"무슨 문제?"

"그건 나야 모르지."

미우 엄마와 뒤얽힌 이야기를 하고 싶지 않아서 그녀는 대꾸하지 않았다. 그러자 남편이 혼자 결론을 내렸다.

"그건 분명히 아모레였어."

"아모레가 뭐야?"

"애증의 뒤얽힘."

"그래? 물론 뭔가 뒤얽힌 게 있겠지. 왜 다들 그렇게 되는 걸까?"

남편은 대답을 하지 않고 레드와인의 코르크를 뺐다. 그녀의 와인 잔에 와인을 따라주더니 건배도 하지 않고 입에 댔다. 그리고 침실을 돌아보고 딸의 숨소리를 확인한 다음, 그녀를 바라보며 미소를 지었다.

"참 예쁘게 자랐군. 아이는 작고 힘이 없어서 누군가의 도움이 없으면 금방 죽어버리지. 그러면서도 한 사람으로 당당하게 말하고 사랑이 풍부하고…… 가나를 보고 겨우 깨달았어."

"세 살이 되면서 단어도 많이 알고 뉘앙스도 꽤 아는 것 같아."

와인은 가볍고 마시기 편했다. 그녀는 남편이 고른 치즈 맛 크래커를 먹었다.

"그동안 옆에 있어줬으면 좋았을걸. 미안해, 내가 잘못했어. 혼자 많이 힘들었지?"

남편이 얼굴을 들지 않고 사과했다. 그녀의 얼어붙었던 마음이 조금씩 풀렸다. 남편을 용서해야 하지 않을까? 앞으로는 둘이 힘을 합쳐 딸을 키워야 하지 않을까.

"이제라도 알아준 건 기쁘지만 아까 메밀국숫집에서 하려던 말을 물어봐도 돼?"

"무슨 말?"

"내가 보낸 편지 말이야. 마지막에 쓴 질문에 대한 대답. 당신은 아까 둘 다 노라고 했잖아. 그게 무슨 뜻이야?"

그는 쑥스러운 표정을 지었다.

"'내가 당신에게 그토록 심한 짓을 했나요?'라는 질문에 대한 대답은 노. 그렇게 심한 짓을 하진 않았어. '나와 결혼하기로 결심했을 때, 당신은 나를 좋아한 게 아니었나요?'란 질문에 대한 대답도 노. 좋아했어."

과거형으로 대답한 게 마음에 걸렸지만 그녀는 일단 안도했다. 남편은 일본으로 돌아와서 자신들과 같이 살 생각일까? 그렇게 물어보려고 한 순간, 남편이 먼저 진지한 얼굴로 길게 한숨을 토해냈다.

"있잖아, 할 말이 있어. 진지한 얘기야. 그 말을 하기 위해 돌아왔어."

"알고 있어."

그녀는 부드럽게 대꾸했다.

이부 엄마의 흐트러진 모습을 본 탓인지 오히려 마음이 안정되었다. 그 사람들 문제에 비하면 우리는 아무것도 아니다. 남편이 사과하고 자신은 용서해주면 된다.

"나 말이야, 미국에서 여자를 만났어."

한순간 무슨 말인지 몰라서 혼란스러웠다. 잠시 후에야 남편이 지금 그녀가 모르는 인간관계에 대해 고백했다는 걸 깨달았다. 얼굴에서 핏기가 사라지는 게 느껴졌다.

"그게 무슨 말이야?"

자신의 목소리가 이렇게 낮은 줄은 몰랐다.

"내가 사는 밀워키에서 시카고까지는 차로 두 시간쯤 걸려. 밀워키엔 아무것도 없으니까 다들 시카고에 가서 놀거든. 나도 주말에는 시카고로 놀러 갔어. 거기엔 재즈 바도 있고 일본 레스토랑도 있으니까. 그러다 술집에서 시카고 대학에 유학 온 여자를 만났어."

남편은 말을 끊고 캔 맥주를 한꺼번에 들이켰다. 그리고 캔을 두 손으로 천천히 찌그러뜨린 뒤, 자신의 와인 잔에 레드와인을 따르고 단숨에 절반을 마셨다.

"그래서?"

다음 말을 재촉하는 그녀의 목소리가 냉정하게 들렸다. 술을 마시지 않으면 말을 할 수 없어서 와인을 산 것이다. 하지만 냉정한 분석은 그것까지였다. 유학 온 여자? 그렇다면 아직 20대가 아닌가? 남편이 그런 여자를 사귀었던 건가? 심하다, 심하다, 심하다. 심한 짓을 한 사람은 당신이 아닌가?

"그래서 어떻게 했어?"

"그 사람과 연애를 했어. 반 동거라고 할까, 주말엔 같이 지냈지."

"그래서 돌아오지 않았군."

"그것도 있어."

"그것도 있는 게 아니라 그게 전부잖아. 당신은 결혼에 실패한 책임이 내게 있는 것처럼 말하지만 사실은 그 여자와 연애했기 때문이잖아? 우리는 내팽개치고 그 여자와 행복하게 살았

361

기 때문이 아니냐고!"

남편이 황급히 두 손을 흔들었다.

"아니야, 그렇지 않아."

"뭐가 아니야!"

그녀는 이성을 잃고 울며 소리쳤다. 이게 바로 아모레 문제인가? 나도 미우 엄마나 이부 엄마와 똑같은 건가? 조금 전까지 남의 일이라고 생각했는데. 너무도 분하고 슬퍼서 심장이 터질 것 같았다.

"내 말 끝까지 들어. 당신이 예전에 결혼한 적이 있고 아이까지 있다는 말을 들었을 때 난 어땠을 것 같아?"

"거짓말을 했다고 날 비난했잖아."

"질투 때문이었어. 당신이 나를 만나기 전에 좋아했던 남자가 있고, 아이까지 낳았다는 사실에 난 쇠망치로 뒤통수를 맞은 것 같았어."

"무슨 말이야?"

"난 당신에게 복수하고 싶었어. 그래서 유학생을 만나 복수하려고 했지. 한마디로 눈에는 눈, 이에는 이였어. 그럼 내 과거도 당신의 과거에 걸맞을 거라는 이상한 논리를 펼치면서 말이야. 그만큼 당신을 사랑했어."

그는 남은 와인을 한 번에 들이켜고 새로 따랐다. 난폭한 동작에 와인이 테이블에 쏟아졌다.

"그 사람 이름은 뭐야?"

"말해봤자 소용없으니까 말 안 할래."

"알고 싶어."

"싫어."

"뭘 지키려고 말 안 하는 거야!"

그녀는 분노를 이기지 못해 벌떡 일어나 두 손으로 테이블을 내리쳤다.

남편이 창백한 얼굴로 애원했다.

"앉아. 뭘 지키려는 건진 모르지만 아마 당신을 지키려는 걸 거야. 엉뚱한 망상에서……. 그녀는 이미 뉴욕의 대학으로 갔고, 앞으로 학문의 세계에서 살 거니까 영원히 안녕이야. 연애라고 했지만 정말로 연애였는지도 잘 모르겠어. 서로 이용했을 뿐일지도 몰라. 나는 당신에게 복수하기 위해, 그쪽은 돈이 필요해서."

"돈? 그럴 리 없어. 당신은 돈으로 여자를 사는 사람이 아니잖아!"

아리사는 터져 나오는 슬픔을 참지 못해 테이블에 엎드려 울음을 터뜨렸다.

"나도 괴로워. 하지만 당신을 괴롭게 만들기 싫어. 다만 미국에서 있었던 일은 솔직하게 말해야 할 것 같아. 안 그러면 정말로 당신을 잃어버릴 것 같다고! 만약 용서해준다면 다시 시작하고 싶어."

그녀는 단호하게 거절했다.

"아니, 싫어. 더러워. 더러우니까 이 집에서 나가. 지금 당장!"

그때 울음소리가 들렸다. 어느새 거실 문이 열리고 딸이 우두커니 서서 울고 있었다. 아아, 지옥이다. 이런 사태가 기다리고 있을 줄은 꿈에도 몰랐다.

울고 있는 딸 옆으로 먼저 달려간 사람은 남편이었다.

"왜 그래? 무서운 꿈이라도 꿨니?"

하지만 딸은 남편에게 겁을 먹고 그녀의 곁으로 쏜살같이 뛰어왔다. "엄마, 엄마"라고 부르며 매달려서 떨어지지 않는다.

"괜찮아. 엄마도, 아빠도 여기 있어."

그녀는 딸의 작은 등을 토닥거리며 몇 번이고 말했다.

"괜찮아, 괜찮아."

딸이 겁먹은 이유는 알고 있다. 그녀가 남편에게 화내는 소리를 들었기 때문이다. 어쩌면 남편이 그녀를 괴롭힌다고 생각했을지도 모른다.

"아니야, 아니야."

딸은 공포를 어떻게 표현해야 할지 몰라서 계속 흐느껴 울기만 했다.

"그래, 알아. 엄마도 다 알아. 엄마가 걱정돼서 그렇지? 응?"

그녀는 딸을 껴안고 같이 울었다. 문득 정신을 차리자 딸은 울음을 그치고, 작은 손으로 그녀의 머리를 따뜻하게 쓰다듬고 있었다.

"가나는 참 착하구나."

남편이 울다 웃는 표정을 지었다.

"그래, 아이는 다정하게 대해주면 다정하게 자라."

아리사는 손으로 눈물을 훔친 뒤, 티슈를 뽑아 코를 풀었다.

딸이 다시 티슈를 뽑아 그녀에게 내밀었다. 콧물을 훌쩍이는 사이에 딸과 입장이 바뀐 것이 우스워졌다.

하지만 남편이 미국에서 여자를 만났다는 게 슬프고 가슴 아파서 견딜 수 없었다. 어떻게 해야 좋을지 몰라서 길게 한숨을 내뿜었다. 슬픔이 전해졌는지, 딸은 다시 그녀의 머리를 쓰다듬으며 위로해주었다.

"가나, 그만 잘까? 엄마도 같이 잘게."

그녀는 딸의 손을 잡고 침실로 갔다. 침대에 누워 갓난아기 때처럼 담요 위에서 배를 톡톡 두들겨주었다. 딸은 불안한 표정으로 가끔 거실을 쳐다보다가 이윽고 잠들었다.

안도의 한숨을 쉬며 거실로 돌아오자 남편이 우울한 얼굴로 와인 잔을 바라보고 있었다. 편의점에서 산 싸구려 와인은 잔의 밑바닥에 붉은 침전물을 남겨놓았다. 마치 자신들의 마음속에 있는 더러움 같은 생각이 들어서 그녀는 얼굴을 돌렸다.

"내일 몇 시에 가?"

휴대전화를 보며 시간을 확인했다. 이미 오전 2시가 지났다.

"늦어도 7시 반에는 일어나야 돼. 내일 회사에 갔다 마치다에 가서 얼굴을 내밀고 올게. 그래도 괜찮아?"

남편이 허락을 구하는 게 낯설게 느껴졌다. 부부다운 대화에 익숙하지 않은 것이다.

"물론이야. 부모님께서 걱정하실 테니까 얼굴을 보여드려. 미국에는 언제 가?"

미국에 언제 가느냐고 묻자 왠지 쓸쓸해졌다. 말로는 헤어지겠다고 했지만 그가 미국에서 돌아오기를 기다렸을지도 모른다. 자신의 얼굴도 조금 전의 이부 엄마처럼 추하게 일그러지지 않았을까? 날카로운 칼이 심장에 박힌 것처럼 가슴이 아렸다.

"모레쯤? 경우에 따라서는 그다음 날. 요즘 좀 바쁘거든."

남편은 확실하게 말하지 않았다.

"그렇게 빨리 가야 돼?"

불과 2, 3일 만에 자신들의 미래를 정해야 하는가? 불안이 밀려왔다.

"미안해. 아이 문제 때문에 가야 한다고 하면서 무턱대고 왔거든."

"가나 유치원 때문에?"

"그래. 당신 편지를 보고 더는 가만히 있을 수 없었어. 가나가 가엾기도 했고."

짧은 침묵이 이어졌다. 그녀는 마음속에 간직해둔 분노를 꺼내 남편에게 보여줄까 말까 망설였다. 딸만 가엾고 나는 가엾지 않은가.

"무슨 말인가 하고 싶은 모양이군."

남편이 쓴웃음을 섞어서 말했다. 그녀는 더 이상 참지 못하고 입을 열었다.

"한밤중에 당신 휴대전화에 전화한 적이 있어. 당신은 받지 않았지. 그래서 멋대로 주저리주저리 떠들었어."

"알아. 나중에 들었어."

"그날 밤 당신이 가나를 데리러 온 꿈을 꿨어. 가나는 좋아하며 따라가더라. 꿈인 줄 알면서도 슬펐어. 난 한 번 실패했으니까. 전남편 집에 아이를 두고 나왔거든. 그게 내 콤플렉스야. 그래서 가나를 빼앗기는 건 죽기보다 싫었어."

"내가 어떻게 가나를 빼앗겠어?"

"난 가나와 같이 살게. 당신을 잃는 것보다 가나를 잃는 게 괴로우니까."

그의 입가에 쓸쓸한 미소가 매달렸다.

"하긴 엄마니까."

"당신도 아빠야."

남편이 웃음을 거두었다.

"난 아이보다 당신을 잃는 게 괴로워."

"입만 살아서 잘도 말하네. 아내를 배신한 주제에."

"이미 과거야."

"나도 이미 과거야."

남편이 침묵하며 와인을 들이켰다. 눈가가 조금 붉어지더니 우울한 표정으로 변했다.

"알아. 내가 잘못했어. 아직 어렸고, 처음이었고, 어리석었어. 용서해주면 안 될까?"

그녀는 분노를 참을 수 없어서 벌떡 일어나 팔짱을 꼈다.

"그만해! 왜 내게 용서해달라는 거야?"

남편의 옆에서 다른 여자의 그림자가 보이는 것 같았다.

"미안해."

"부모님은 당신에게 여자가 있다는 걸 아셔?"

"어렴풋이."

"그렇구나. 이제 알았어."

"뭘 알았단 거야?"

남편이 고개를 들었다. 시어머니와 똑같이 생긴, 남자치고는 애교가 있는 얼굴에 불안한 그늘이 드리웠다.

"부모님이 갑자기 달라지신 이유를……."

그걸 알아도 무겁고 답답한 마음은 사라지지 않았다. 남편의 얼굴에 조바심이 배어나왔다.

"부모님은 상관없어. 중요한 건 나야."

"알아."

조바심이 커지면서 그녀의 목소리도 커졌다. 그러나 이내 딸을 떠올리고 나지막하게 덧붙였다.

"어쨌든 당신에게 여자가 있다는 걸 부모님이 알고 있단 거지?"

남편도 침실을 쳐다보며 목소리를 낮추었다.

"아무튼 난 하고 싶은 말은 다 했어. 아리사, 우리 다시 시작하자. 물론 싫다면 어쩔 수 없겠지. 유감스럽지만 다른 길을 가는 수밖에. 하지만 아직 조금이라도 날 좋아하고 둘이 가나를 키우고 싶다면, 서로 지난날에 눈을 감고 다시 시작하는 게 어때? 내가 가나를 얼마나 좋아하는지 당신도 알잖아? 내가 어리석었다는 건 인정해. 하지만 내겐 가나가 첫 아이였는데 당신에겐 두 번째 아이였다는 게 너무 충격이었어."

그녀가 입을 다물고 있자 남편이 고개를 숙였다.

"미안해, 그땐 내가 너무 철이 없었어. 정말 미안해. 사과할게."

"그건 알았어. 하지만."

"하지만?"

그가 다음 말을 재촉했다.

"지금 당장은 대답할 수 없어."

그녀는 어떻게 해야 좋을지 몰라서 집 안을 둘러보았다. 딸의 성장을 지켜보면서 딸과 함께 지냈던 허공에 뜬 집.

"그렇겠지. 그럴 거야."

남편이 우울한 눈길로 그녀의 시선을 따라 집을 둘러보았다.

"있잖아, 다른 길을 간다는 건 그 여자와 같이 산다는 거야?"

"아니야, 말했잖아. 그 여자와는 이미 헤어졌다고!"

남편의 목소리가 높아졌다. 그녀는 그의 눈을 뚫어지게 바라보았다.

"그 여자와 헤어져서 슬프지 않아?"

"슬프지 않아. 그런 관계가 아니라니까!"

아리사는 두 손에 얼굴을 묻었다.

"모르겠어. 정말 모르겠어. 아무리 그렇게 말해도 당신과 그 여자의 관계가 어떠했고 어떻게 헤어졌는지 모르겠어."

"나도 마찬가지야. 아아, 열 받아 돌아가시겠네. 머리가 터질 것 같아."

남편은 원래 성질이 급한 면이 있다.

"왜 당신이 화내고 그래?"

그녀가 부루퉁하게 말하자 남편이 고개를 돌렸다.

"미안해. 아무리 설명해도 이해하려고 하지 않으니까 답답해서 그만……. 당신의 첫 번째 결혼도 그랬잖아. 난 당신이 가나를 낳고 나서 이혼했다는 걸 알았어."

"난 이미 너덜너덜해져서 끝난 관계야."

"나도 마찬가지야!"

남편의 서슬 퍼런 반응에 그녀의 마음이 얼어붙었다. 여자와 헤어질 때 아수라장이라도 있었던 걸까. 남녀가 헤어질 때 얼마나 바닥까지 곤두박질치는지 경험한 만큼, 남편의 현재진행형인 아수라장 이야기에 온몸이 움츠러들었다.

"어쨌든 하루만 생각할게. 내일 저녁엔 여기로 오지?"

이미 오전 3시가 지났다.

"물론이야."

"그럼 그때 다시 얘기하자."

그녀는 그렇게 말하고 일어섰다. 어느새 술에 취했는지, 몸이 늘어지고 다리가 휘청거렸다. 술 때문만은 아니다. 남편이 미국에서 여자를 만났다는 사실이 온몸과 온 마음을 무겁게 짓눌렀다.

'내가 안간힘을 쓰며 혼자 아이를 키우는 동안, 당신은 미국에서 총각처럼 자유롭게 놀았다 이거지?'

주말에 공원이나 슈퍼마켓에서 우연히 엄마친구를 만나면, 그들은 아리사와 가나에게 눈길도 돌리지 않는다. 남편과 같이 휴일을 보내기 때문이다. 드라이브, 여행, 놀이공원, 그리고 자유 시간. 다들 너무나 쉽게 누리는 것을 그녀와 딸은 누리지 못했다. 불편하고 불안했다. 물론 그런 것은 돈만 주면 얼마든지 누릴 수 있다고 말하는 사람도 있으리라. 하지만 그것만으로는 쓸쓸하다. 그녀가 원한 건 옆에서 감싸주는 남편이었는데……

"괜찮아?"

그녀는 남편이 내미는 손을 뿌리쳤다. 몸을 움츠리는 남편을 보고 비틀거리며 침대로 걸어가 딸 옆에 누웠다. 남편이 "잘 자"라고 했지만 대꾸하지 않았다.

엄마친구 해산

이마에 뭔가 닿았다. 눈을 뜨자 남편의 팔을 베고 자고 있었다. 남편의 턱이 아리사의 이마에 닿았다. 따끔거리는 것은 조금 자란 수염이었다.

딸을 찾아보자 그녀의 왼쪽에서 떨어질 듯 자고 있었다. 이불을 차내서 살며시 덮어주었다. 세 사람은 그녀를 중심으로 내 천(川) 자를 그렸다.

남편은 업어가도 모를 만큼 곤히 잠들어 있었다. 코를 골 때마다 티셔츠를 입은 가슴이 위아래로 규칙적으로 움직였다. 아리사의 가슴속에 사랑이 가득 차올랐다. 하지만 사랑이 차오를수록 불신도 깊어졌다. 사랑하기 위해선 서로 신뢰해야 하는데, 이제 어떻게 해야 좋을까? 한숨을 토해낸 순간, 남편이 몸을 움직이며 쉰 목소리로 물었다.

"지금 몇 시야?"

"6시쯤 됐을 거야. 날이 밝고 있어."

커튼 너머로 아침의 기적을 확인하고 그렇게 말한 뒤, 재빨리 확인했다.

"지금 누구에게 말했어?"

"아리사."

남편은 눈을 감은 채 입술 끝에 쓴웃음을 매달았다. 그리고 얼굴을 가까이 대고 그녀의 입술에 가볍게 키스를 했다. 그의 입술은 두텁고 메말랐다. 그녀는 딸의 작고 부드러운 입술과 비교하면서 지금까지의 생활이 바뀔 것 같은 예감이 들었다.

"슌페이, 안아줘."

침대에 누워 있는 사람은 아리사와 딸 둘뿐이었다. 지금까지 일어난 일들이 전부 꿈같은 생각이 들어 벌떡 일어났다. 마치다의 시댁에서 초밥을 먹은 일, 집에 오자 남편이 있었던 일, 라라포트에서 이부 엄마를 만난 일, 남편의 고백. 그리고 오늘 아침에 사랑을 나눈 일. 흠칫 놀라서 쳐다보자 파자마를 입고 있었다. 그것은 꿈이었을까?

침대에서 살며시 내려와 시간을 확인했다. 아직 9시가 안 됐다. 어젯밤에 흥분해서 피곤했는지 딸은 아직 일어나지 않았다.

냉장고에는 남편이 마시다 만 우롱차 페트병이 들어 있었다. 아직 3분의 1이 남아 있다. 페트병에 입을 댔을 때 메일의 착신음이 들렸다.

일어났어? 지금 회사야.

곤히 자길래 깨우지 않고 나왔어.

난 시차와 숙취로 완전히 헤롱헤롱이야.

오늘은 일단 마치다에 가지만 집에 꼭 갈게.

난 당신이 무슨 말을 하든 셋이 살기로 결심했어.

그러니까 괜히 발버둥치지 마.

앞으로 1년 더 미국에 있어야 돼.

가나를 데리고 미국에 가자.

길고 추운 겨울을 혼자 보내긴 싫어.

슌페이

그녀는 주방 식탁에 앉아 멍하니 집 안을 바라보았다. 길고 추운 겨울을 혼자 보내긴 싫다? 지금은 거무칙칙한 감정이 솟구치지 않아서 그의 메일을 보고 순순히 기뻐했다.

지난겨울은 상당히 쓸쓸했으리라. 그래서 여대생과 사랑에 **빠졌다**. 그렇게 생각하니 가슴이 아렸다. 눈 오는 날 아침, 젊은 여자가 토해내는 새하얀 숨결까지 보이는 듯했다. 자기도 모르게 눈물이 또르르 흘러내렸다.

난 그럴 수 없어.

그렇게 금방 달라질 수 없어.

더구나 당신과 그 여자가 같이 살았던 곳으로 가잔 말이야?

앞으로 1년을 기다려.

난 그동안 가나를 어린이집에 보내고 일을 할게.

그러면 자신감이 생길 거야.

그래도 서로 좋아한다면 다시 시작하자.

아리사

그렇게 입력했지만 보낼 용기가 없어서 그대로 휴대전화를 바라보았다. 테이블 위에 어젯밤에 남편이 사놓은 주먹밥이 몇 개 놓여 있었다. 매실장아찌를 골라서 포장 비닐을 벗겼다. 식욕은 없지만 억지로 먹었다. 딸이 자고 있어서 할 일은 아무것도 없었다.

딸에게 들리지 않도록 세면장에 가서 미우 엄마에게 전화를 했다.

여전히 기분이 좋지 않은 음울한 목소리였다.

"숙취야?"

"아니야. 그냥 죽고 싶은 기분이랄까?"

어젯밤 이부 엄마 부부의 어색한 모습을 말하고 싶었지만 입을 다물었다. 괜히 쓸데없는 말을 해서 미우 엄마를 불안하게 만들고 싶지 않았다. 오늘 아침은 자신의 마음이 더 불안하고 갈팡질팡하니까.

"왜 그래? 무슨 일 있어?"

역시 미우 엄마의 감은 예리하다.

"어제 남편이 귀국했어."

"세상에! 미국에서?"

"그래. 셋이 미국에 가서 다시 시작하자고 하더라고."

"잘됐다. 타워 아파트에 계속 있을 필요가 뭐 있어? 거기엔 나쁜 기억들만 있잖아. 장소를 바꾸는 건 좋은 일이야. 아리사, 남편을 따라가."

"그럴까?"

"왜?"

담배에 불을 붙이는 기척이 느껴졌다. 뒤에서 TV 소리와 미우의 말소리가 들렸다.

"미국에서 여자를 사귀었대. 일본 유학생이래."

미우 엄마의 목소리가 높아졌다.

"헐, 대박! 믿을 수 없어. 아리사, 괜찮아?"

그녀는 '괜찮을 리 없잖아?'란 말을 집어삼켰다. 미우 엄마가 말을 이었기 때문이다.

"맙소사, 그래서 연락을 끊은 거야? 아리사에게 화가 나서 연락하지 않은 줄 알았는데, 그게 아니었구나."

"그러게 말이야."

"쿨하네."

"쿨하긴."

그녀는 눈물이 나올 것 같아서 입술을 깨물었다.

"눈앞이 캄캄해졌어. 이런 일로 고민할 줄은 꿈에도 몰랐거든. 계속 내게 화가 났다고 생각했는데⋯⋯. 그런데 이제 피장파장이라고 하더라. 즉, 무승부래. 내 과거가 자기를 괴롭혔으니까 자기도 균형을 취하기 위해 그렇게 했다고 말이야."

미우 엄마가 버럭 화를 냈다.

"너무 이기적이야!"

"그래, 이기적이긴 하지만 맞는 말이란 생각도 들어."

"맞긴 뭐가 맞아?"

"그런가?"

"그래서 어떡할 거야?"

"망설이고 있어. 아직 좋아하긴 하지만 그런 말을 들었더니 마음이 따라가지 못하네. 이대로 미국에 가면 안 될 것 같아. 거기에 가면 남편에게 의지할 수밖에 없잖아. 그러면 난 맨날 화만 내고 딸은 불안해할 것 같아. 더구나 그 여자와 같이 살았던 곳에 가고 싶지 않아. 남편의 미국 지사 근무가 끝날 때까지 여기서 기다릴까 해. 어떻게 생각해?"

미우 엄마는 생각을 하는지 좀처럼 대답을 하지 않았다.

"요코, 어떻게 하면 좋을까?"

"아리사, 남편과 같이 가. 같이 가야 돼. 아리사가 없으면 허전하겠지만 지금 같이 안 가면 남편은 아리사에게 돌아오지 않아."

자신은 남편의 말처럼 발버둥치는 걸까. 세면장 거울에 얼굴을 비추었다. 자기도 모르게 "아!" 하는 소리가 새어나왔다. 목덜미에 키스마크가 뚜렷이 남아 있다. 미우 엄마가 예전에 보여준 곳과 똑같은 곳이다.

아리사는 황급히 하이넥 러닝셔츠를 끌어올려 목덜미의 키스마크를 감추었다.

고등학생도 아니고 키스마크를 만들다니! 조바심이 솟구쳤다.

더구나 조바심에 달콤함이 숨어 있는 게 화가 났다.

"왜 이상한 소리를 내고 그래?"

"아무것도 아니야, 괜찮아."

"타워 아파트에 바퀴벌레라도 나왔어? 엄마친구들이 항상 자랑하잖아. 위로 올라갈수록 모기도 없고 바퀴벌레도 없다고."

미우 엄마의 말투에 가시가 있었다. 아직 마음이 안정되지 않은 것이다.

"있잖아, 오늘 밤에 만나지 않을래? 오랜만에 아리사와 얘기하고 싶어. 밤엔 동생이 오니까 가나는 동생에게 맡기면 돼. 우리 초밥이라도 좋다면 밥도 해결할 수 있고."

"진짜? 남편이 마치다에 얼굴을 내밀고 밥 먹고 오겠대. 그러니까 9시 반까지는 괜찮아."

그녀의 얼굴에 웃음이 퍼졌다. 이부 엄마 부부를 긴자에서 봤다고 말해서 화나게 만든 뒤, 지금까지 미우 엄마를 만나지 못했다.

5시 반에 미우 엄마의 아파트 앞에서 만나기로 했다. 딸을 맡긴 뒤 가까운 이자카야에 갈 예정이다.

아리사는 전화를 끊은 뒤, 아침에 남편에게 보내려고 한 메일을 삭제했다.

"엄마, 엄마 어디 있어?"

파자마 차림의 딸이 잠에 취한 눈으로 그녀를 찾으러 왔다. 눈을 떴더니 그녀가 보이지 않아 불안했던 모양이다. 그녀는 휴대전화를 주머니에 넣고 나서 대답했다.

"엄마 여기 있어. 빨래하고 있어."

그녀는 세탁기 뚜껑을 열고, 세면장 입구에 서 있는 딸의 뺨을 손가락 끝으로 가볍게 찔렀다.

"가나, 침대시트 빠는 거 도와줄래?"

딸은 더블 침대에서 시트 벗기는 걸 도와주다 시트에 휘감겨 놀기 시작했다. 딸의 흥분이 가라앉기를 기다리면서 그녀는 오늘 아침에 어색하게 나눈 사랑을 떠올렸다.

앞으로도 서로의 과거가 가끔 자신들을 괴롭히리라. 하지만 한 번 방황의 숲에서 헤매다 나온 지금, 아무리 좁고 험해도 길은 길이다. 길이 있다면 조심스럽게 걸어가야 한다. 그녀가 엄마인 줄도 모르고 공을 차던 유타의 모습이 되살아났다.

점심때쯤 건조기에서 시트를 꺼내 침대에 씌웠다. 딸이 도와준다면서 끄트머리를 잡고 펴더니, 팔의 힘이 약해 즉시 놓쳐버렸다. 둘이 웃고 있자 메일 착신음이 들렸다.

이부 엄마의 메일이었다. 제목은 '크리스마스 파티에 대해서'. 단풍나무에서 수많은 전구가 반짝반짝 빛나는 데코메일이었다.

수신인에는 엄마친구의 이름 네 개가 나란히 쓰여 있었다. 미우 엄마의 이름을 보고 의외라는 생각이 들었다.

여러분, 안녕하세요. 이부 엄마예요.

안타까운 소식을 전하게 됐네요.

12월 10일에 우리 집에서 크리스마스 파티를 하자고 했는데, 갑작스럽게 연말에 이사를 가게 됐어요.

그래서 이번 파티는 중지할 수밖에 없게 됐어요.

안 그래도 어수선한 연말에 이사까지 하게 돼서 우울하지만, 미나미아

오야마에 적당한 집이 나와서 과감하게 결정했어요. 이렇게 좋은 기회

는 없으니까요.

여러분을 초대해놓고 멋대로 취소해서 죄송해요.

그 대신 신년회나 히나마쓰리(3월 3일 여자아이의 행사—옮긴이)를 새집

에서 할게요.

그때는 꼭 와주세요.

정말 아쉽지만 앞으로도 좋은 만남이 이어지기를 바랄게요.

이부키가 어릴 때부터 같이 지낸 여러분을 결코 잊지 않을 거예요.

모두모두 건강하세요.

다케미쓰 유미

메일을 보고 그녀는 고개를 갸웃거렸다. 어젯밤에 라라포트
의 메밀국숫집에서 만났을 때만 해도 이사 간다는 말이 없었다.
헤어질 때는 "크리스마스 파티 때 만나요"라고 하지 않았던가.

더구나 메일에서는 내일이라도 당장 없어질 듯한 절박함이 느
껴졌다. 그 이후 이부 엄마와 이부 아빠는 집에 가서 또 싸웠을
지도 모른다. 자신들처럼.

답장을 보낼까 하다가 어젯밤에 만났기에 전화를 걸었다.

즉시 통통 튀는 이부 엄마의 목소리가 들렸다.

"여보세요. 가나 엄마예요? 어제는 미안했어요. 술이 좀 과했
나 봐요. 하지만 굉장히 즐거웠어요. 가나 아빠가 참 멋지게 생

겼더군요. 우리 남편도 멋진 분이라며 입에 침이 마르도록 칭
찬했어요."

"고마워요. 그보다 메일을 보고 깜짝 놀랐어요. 이사 가신다
고요?"

"네, 어제 말을 못 해서 죄송해요. 어제만 해도 내년 초에 가
려고 해서 크리스마스 파티 때 말하려고 했거든요. 그런데 12
월 20일부터 들어갈 수 있다지 뭐예요? 그래서 일찌감치 이사
가서 연말 연휴를 이용해 정리하려고요. 그때는 남편도 쉬니까
같이할 수 있잖아요."

여전히 빈틈이 없었지만 어젯밤과 마찬가지로 이부 엄마치고
는 말이 너무 많아서 부자연스러운 느낌이 들었다. 어쩐지 어색
한 느낌이 들었지만 그렇다고 캐물을 수는 없었다.

"그렇군요. 헤어지긴 아쉽지만 좋은 집을 구해서 다행이에요.
아오야마 유치원도 가깝고요."

"그러게요. 나도 모두와 헤어지기 싫어요. 하지만 친정과 가까
워서 마음이 든든하고, 여기서 아오야마까지 다니긴 좀 멀기도
하고요. 근처에 오면 놀러 오세요. 장소는 아주 좋아요. 집에서
오모테산도의 프라다나 미우미우 매장이 보이거든요."

"그래요? 그럼 매일이라도 쇼핑할 수 있겠네요."

"오모테산도 힐스도 걸어서 10분밖에 안 걸려요. 빈말이 아니
라 정말로 쇼핑할 때 꼭 들르세요."

초대하는 게 아니다. 근처에 오면 들르라는 통지에 가까운 말
투였다.

그녀는 적당히 맞장구를 쳤다.

"네, 고마워요. 꼭 갈게요."

"가나 엄마는 일할 거예요? 미국에 가서 남편과 같이 가나를 키우면 좋을 텐데. 타워 아파트 친구들도 뿔뿔이 헤어지네요."

"그러게요……."

그렇게 중얼거리면서, 정말로 남편과 같이 미국에 갈지 스스로에게 물었다.

"정말 뿔뿔이 헤어지네요."

"그럼 이사 가면 엽서를 보낼 테니까 꼭 놀러 오세요."

"네, 기다릴게요. 잘 지내세요. 이부키에게도, 남편분에게도 인사 전해주시고요."

"가나 엄마도 잘 지내세요."

아직 BWT에 있는데, 이부 엄마와는 두 번 다시 못 만날 것 같은 예감이 들었다. 엽서도 오지 않을 것이다.

이상하게도 허전함은 느껴지지 않았다. 언젠가는 이렇게 될 것 같았다. 공원요원이란 말을 들은 이후 BWT 3인방과의 거리가 멀게 느껴졌다.

더구나 이부 엄마를 멋진 여성이라고 여기고 그토록 동경했는데, 남편이 관심을 보이지 않는 것도 충격이었다. 마치 꿈에서 깬 듯한 느낌이 들었다.

이부 엄마는 아리사와 미우 엄마에게는 메일만 보내고, 친한 마코 엄마와 메구 엄마와는 시로가네 근처에서 송별회를 할까? 하긴 자신들도 다른 엄마들에게는 말할 수 없는 비밀이 있으니까 서로 피장파장이다.

남편으로부터 간단한 메일이 와서 짧은 답장을 보냈다.

마치다에 얼굴을 내밀고 10시 넘어서 집에 갈게.

긴즈시를 먹고 싶으니까 배달해달라고 부탁했어.

내일 저녁 비행기를 타고 밀워키로 돌아가.

얼마 못 있어서 미안해.

어쨌든 밤에 얘기하자.

슌페이

알았어. 가나를 맡기고 친구와 저녁 먹고 올게.

10시엔 집에 있을 거야.

아리사

5시가 조금 지나 딸에게 다운재킷을 입히고 엘리베이터를 탔다. 딸에게는 미우 집에 간다고 말했다. 예전에는 별로 좋아하지 않았는데, 오랜만에 미우를 만나서 그런지 좋아하는 것 같았다. 미우에게 준다고 시어머니가 사준 과자를 작은 가방에 넣었다.

이미 해가 저물었다. 초겨울의 황혼은 빨리 오고 서글프다. '길고 추운 겨울을 혼자 보내긴 싫어'라는 남편의 메일이 생각났다.

미우 엄마 집으로 똑바로 올라가서 인터폰을 눌렀다.

"나야."

"잠시만 기다려!"

미우 엄마의 밝은 목소리가 들렸다. 문이 활짝 열리고 빨간 플리스를 입은 미우와 니트 재킷을 걸친 미우 엄마가 얼굴을 내밀었다. 약간 야위어 보였지만 눈에는 생기가 돌아와 있었다.

"가나, 이리 와. 언니랑 초밥 먹고 놀자."

안에서 새하얀 니트 모자를 쓴 유키코가 딸을 부른 뒤, 그녀에게 고개를 숙였다.

"가자. 마음껏 마시는 거야!"

미우 엄마가 아리사의 팔을 잡고 뛰듯이 개방 복도로 나갔다. 차가운 바람이 거칠게 불었다. 추위에 발을 동동거리며 둘이 팔짱을 끼고 엘리베이터가 오기를 기다렸다. 타워 아파트처럼 우웅 하는 바람 소리도 들리지 않고 오래 기다릴 필요도 없었다.

"요코, 어디 갈까?"

"전철역 앞의 이자카야에 가자. 라라포트는 누구 만나면 귀찮으니까."

어젯밤 이부 엄마 사건을 빨리 말하고 싶어 입이 간지러우면서 그녀는 고개를 끄덕였다. 그러나 이부 엄마 이야기를 먼저 꺼낸 사람은 미우 엄마였다.

"이부 엄마 이사 간다며?"

"그래, 메일 보고 얼마나 놀랐는지 몰라."

"난 안 놀랐어. 알고 있었거든."

"어떻게 알았어?"

"나중에 말해줄 테니까, 기대해."

미우 엄마는 그녀에게 의논도 하지 않고 재빨리 전철역 앞의 꼬치구이집으로 들어갔다. 카운터 안쪽에 자리를 잡고 일단 생맥주를 주문했다. 여러 종류의 꼬치를 주문하고 서로 얼굴을 마주 본 순간 동시에 웃음을 터뜨렸다.

　"처음에 몬나카에 갔을 때 기억나? 아리사, 꽃무늬 원피스를 입고 진주 목걸이를 했었지. 연기가 자욱한 곳에 가면서 말이야."

　미우 엄마가 담배에 불을 붙이면서 말했다.

　"그때 얼마나 놀랐는지 알아? 요코가 그런 곳으로 데려갈 줄 몰랐거든."

　"그래? 난 촌스런 사람이라고 생각했어."

　"이부 엄마들도 그렇게 생각했겠지."

　"과거형이 아니라 지금도 그렇게 생각할걸."

　미우 엄마는 웃으면서 단언했다.

　여전히 입은 거칠지만 미우 엄마의 솔직한 면을 좋아하니까 어쩔 수 없다. 그때 생맥주가 나오고, 두 사람은 일부러 맥주잔을 거칠게 부딪치며 건배했다.

　그녀는 무거운 맥주잔을 카운터에 내려놓고 물었다.

　"있잖아, 이부 엄마가 이사 가는 걸 어떻게 미리 알았어?"

　"나 말이야, 이부 엄마를 불러내 전부 다 말했어. 그 부부에게 열 받아서."

　너무나 놀라서 숨이 멎을 것 같았다. 어제 본 느낌으론 이부 엄마가 남편과 미우 엄마의 관계를 어느 정도 아는 듯했지만, 미우 엄마가 직접 말했으리라곤 상상도 못 했다.

"진짜? 언제 그랬어?"

"진짜야. 아리사가 두 사람을 봤다고 말한 다음 날, 중요한 얘기가 있다면서 이부 엄마를 스타벅스로 불러냈거든. 이부 아빠와 만난다고 하자 새파랗게 질려서 믿을 수 없다고 하더라. 그래서 그 사람에게 받은 메일을 전부 보여줬어. 그랬더니 한동안 고개를 숙인 채 입술을 깨물지 뭐야? 잠시 후 고개를 들고 스타벅스 안을 둘러본 뒤 이렇게 말하더군. '우린 곧 여기서 이사 가서 처음부터 다시 시작할 거예요. 부탁이니까 미우 엄마도 이제 우리 인생에서 빠져줘요. 남편도 당신과 헤어진다고 했다면서요?' 안 그래도 이부키 유치원 근처에 집을 구하려고 했는데, 적당한 집이 나와서 샀다면서 말이야. '나 혼자 내버려두고 도망치는 거예요?'라고 차갑게 말했더니 뭐라고 했는 줄 알아?"

아리사는 천천히 고개를 옆으로 흔들었다.

"상상도 안 돼."

"'도망치는 게 아니에요. 내가 둘째를 가졌다고 하니까 남편이 새로 태어날 아이와 새로운 곳에서 다시 시작하자고 하더라고요. 무슨 말인지 몰랐는데 원인이 당신이었군요. 우린 어차피 그럴 생각이었으니까 이제 우리를 잊어주세요.' 이렇게 말하더라고."

아리사는 "믿을 수 없어……"라고 중얼거리며 몇 번이나 눈을 희번덕거렸다.

"화가 머리끝까치 치밀더라. 이부 엄마 때문이 아니라 그 남자

때문에. 생각해봐. 나를 만나면서 이부 엄마를 임신시키다니, 너무하지 않아? 더구나 '아이를 가졌다고 했더니 이걸 선물해줬어요.'라면서 번쩍번쩍 빛나는 다이아몬드 시계를 보여주지 않겠어? 아마 아리사가 긴자에서 봤을 때 샀겠지. '뭐야? 샤넬 매장에 간 건 임신 축하 선물을 사주기 위해서였어?'라고 생각한 순간, 정신이 번쩍 들고 마음이 차갑게 가라앉더라. 더구나 그 남자가 먼저 새로운 곳에서 다시 시작하자고 하다니. 이 세상에 그렇게 비열하고 비겁한 남자가 어디 있어? 그 순간, 어떻게든 차지하기 위해 목숨 걸고 싸울 만한 남자가 아니란 걸 깨달았어."

미우 엄마는 맥주를 들이켠 뒤 가슴의 응어리를 토해내듯 "카아!" 하고 소리쳤다.

그나저나 이부 엄마는 정말 대단하다. 그런 일이 있었으면서 자신들 앞에서 행복한 얼굴로 술을 주문하고 금슬 좋은 부부로 가장하다니. 미우 엄마와 친한 그녀 앞이었기 때문에 죽을힘을 다해 연기를 했을지 모른다. 별안간 가슴이 아리고 이부 엄마가 가여워졌다.

"그래서 이사도 앞당겼구나."

"그럴 거야. 솔직히 말하면 이부 엄마에게 감탄했어. 정말 대단한 사람이야. 조금도 흐트러지지 않고 당당하게 말하더라. 내 머리채를 잡아도 속이 풀리지 않았을 텐데 말이야. 그러자 맥이 쭉 빠지더군. 난 온몸이 딱딱하게 굳을 만큼 긴장했는데."

미우 엄마는 천연덕스럽게 말하고 닭 모래주머니 꼬치를 먹었다.

"그래서 요코 마음은 좀 풀렸어?"

"풀릴 리 없잖아."

미우 엄마는 화난 표정을 짓더니 어깨를 들썩이며 덧붙였다.

"어쨌든 최종병기는 투입했고, 그래도 그 가정이 깨지지 않는 다면 어쩔 도리가 없잖아. 이제 됐어. 앞으론 멍청한 도모히사를 만날 거야."

미우 엄마는 스스로 다짐하듯 그렇게 말했지만, 도모히사가 마음에 들지 않는지 우울한 얼굴로 맥주를 마셨다. 그러더니 문득 생각난 것처럼 물었다.

"참 아리사, 미국에 갈 거지?"

"오늘 다시 얘기하기로 했는데 어떻게 될지 모르겠어."

"왜? 일단 가서 생각해. 갔다가 싫으면 돌아오면 되잖아. 그땐 여기가 아니라 몬나카로 돌아와. 우리 아버지가 새로 분점을 낼지도 모르니까 거기 계산대에서 일하며 바쁠 때는 서빙도 하고. 가나를 어린이집에 보내고 혼자 씩씩하게 키우는 거야. 그것도 나름 좋잖아. 나도 응원하고, 도모히사도 응원하고, 우리 남편도 응원할 거야. 우리는 모두 아리사 편이야."

"그래, 그것도 좋을지 모르지."

자신이 일본으로 돌아와 일을 하면 이부 엄마와 마코 엄마, 메구 엄마는 어떻게 생각할까? 자신을 응원해줄까? 문득 아이들을 같이 키우고 아이들과 같이 성장한 날들이 생각났다.

"이부 엄마가 둘째를 가졌구나……."

그렇게 중얼거리자 미우 엄마는 불쾌한 듯 얼굴을 찡그리고 다시 담배에 불을 붙였다. 한동안 이런 상태가 계속되리라. 그러나 미우 엄마에게 어제 본 이부 엄마의 부부싸움은 말하고 싶지 않았다. 미우 엄마 앞에서는 오기를 부렸지만, 이부 엄마도 더 이상 참지 못해 폭발했다고 생각하니 입에서 웃음이 새어나왔다.

"뭐가 우스워?"

아리사는 아무 일도 아니라는 듯 어깨를 들썩였다.

"우스운 건 없어. 다들 아등바등 사는 것 같아서……."

예상한 대로 10시 전에 타워 아파트에 도착했다. 딸은 쏟아지는 잠을 이기지 못해 부루퉁한 얼굴로 "엄마, 술 냄새 나"라고 하면서 코를 잡았다.

칭얼거리는 딸을 달래며 엘리베이터를 기다렸지만 좀처럼 내려오지 않았다. 그러는 사이에 딸이 깜빡깜빡 졸기 시작해서 안아 올렸다. 이제 안을 수 있는 무게가 아니다. 비틀거리며 서 있자 등 뒤에서 소리가 들렸다.

"다녀왔어."

남편이었다. 차콜 그레이 양복 위에 검은색 다운재킷. 넥타이는 하지 않았다.

"이제 와?"

인사말이 자연스럽게 나왔다.

"내가 안을게."

그녀는 대신 남편의 가방을 들었다. 가방도 무거웠지만 세 살배기 어린아이에 비할 바는 아니었다.

"긴즈시 초밥 먹었어."

"붕장어 어땠어?"

"역시 죽음이더라!"

세 사람이 엘리베이터에 올라탔다.

"부모님은 뭐라셔?"

"좋아하셔."

그녀는 대꾸를 하지 않고 29층 버튼을 눌렀다. 그리고 엘리베이터가 바람을 가르고 올라가는 도중에 말했다.

"난 미국에 안 가."

남편은 즉시 대답하지 않고 눈을 감은 채 바람 소리를 들었다. 10초쯤 침묵이 이어졌다. 29층에 도착해서 문이 열린 순간 남편이 겨우 입을 열었다.

"나와 안 살겠다는 거야?"

그녀는 작게 한숨을 쉬었다.

"앞으로 1년간 생각해보겠다는 거야. 그 이후라면 당신과 다시 시작할 수 있을 것 같아."

'지금 같이 안 가면 남편은 아리사에게 돌아오지 않아'라는 미우 엄마의 말이 되살아났다. 그래도 어쩔 수 없다.

천천히 생각해보아야 한다. 그렇지 않으면 딸과 둘이 살면서 껴안은 고민과 망설임은 어떻게 될까. 그 고민과 망설임을 정리하지 않으면 앞으로 나아갈 수 없을 것이다.

엘리베이터 문이 닫히기 직전에 그녀가 밖으로 나왔다. 딸을 안은 남편이 뒤를 따랐다.

"생각한다니? 무슨 생각?"

남편의 목소리가 등 뒤에서 들렸다. 그녀는 뒤를 돌아 남편의 눈을 똑바로 보았다. 눈에 불안이 가로지르는 걸 보고 고개를 옆으로 흔들었다.

"그런 거 아니야. 지금 당신을 따라가면 지금까지의 내가 너무 불쌍하잖아. 가나를 어린이집에 보내고 일을 하겠어. 안 그러면 가끔 당신이 미워질 것 같아서 그래. 그러면 위험하잖아?"

"그럴지도 모르지."

"그래. 미국에서 귀신처럼 당신을 들볶을 거야."

그렇게 말하자 라라포트의 메밀국숫집에서 본 이부 엄마의 눈길이 떠올랐다.

"난 그래도 상관없어."

"난 싫어. 이번엔 당신 혼자 가고 조금만 시간을 줘. 난 여기서 기다릴 테니까 돌아오고 싶으면 언제든 돌아오고."

"이제 진짜 무승부군. 이거야 원."

그의 맥 빠진 말을 듣고 그녀는 열쇠를 꺼내려다 웃음을 터뜨렸다.

에필로그

컴퓨터 모니터 앞의 의자 위에서 무릎을 꿇고 앉아 있던 딸이 잼 병을 쭉 내밀었다.

"아빠. 아빠, 이거 열어줘."

모니터 안에 있는 사람은 미국에 있는 남편이다. 회사에서 막 퇴근해 아직 양복 차림이다.

밀워키는 오후 5시 반. 5시에 퇴근해서 15분 정도 스카이프로 대화를 나누는 게 하루의 일과였다.

1월에 남편이 일본에 와서 스카이프를 설치해주었다. 그러나 아리사보다 딸이 더 흥분해서 컴퓨터 앞에 앉는 일이 많았다.

남편이 쓴웃음을 지었다.

"엄마에게 열어달라고 해."

"엄마, 화장하고 있어."

"그럼 이리 줘."

남편이 손을 내밀자 딸이 까르르 웃었다.

"그럴 수 없지롱."

"가나, 무슨 잼이야? 아빠에게 보여줘."

딸이 병을 빙글 돌려서 라벨을 보여주었다.

"무화과 잼이야? 신기하다! 어디서 났어?"

"누가 줬어."

새침하게 대답하는 딸을 보고 남편이 웃음을 터뜨렸다. 어린이집에 다니고 나서 더 야무지고 말투도 어른스러워져서, 남편은 딸만 보면 연신 흐뭇한 미소를 지었다. 아빠가 먼 미국에 있고, 인터넷을 통해 말하는 것도 아는 듯하다.

"누가 줬다고? 어려운 말을 다 아네. 엄마에게 들었어?"

"다들 그렇게 말해."

"정말이야? 굉장하다!"라는 남편의 말과 "엄마 아니야"라는 딸의 말이 겹쳐졌다. 미국과 일본. 약간의 시간차가 남편과 그들의 거리를 보여주는 듯했다.

그녀는 딸의 뒤쪽에서 모니터를 들여다보았다. 남편의 뒤에는 하얀 선반이 놓여 있었다. 선반 한가운데의 액자에는 1월에 마치다의 시댁에서 찍은 가족사진이 들어 있다.

"여보, 이것 봐."

그녀가 꽃병에 꽂은 벚꽃을 보여주었다. 흐드러지게 핀 왕벚꽃이다.

"와아, 예쁘다. 어디서 났어?"

"이거야말로 누가 줬어."

"오랜만에 본다. 난 꽃 중에서 벚꽃이 제일 예쁘더라. 아아, 빨리 일본으로 돌아가고 싶어. 하쓰네의 탕면 먹고 싶어."

그녀가 재킷을 걸치면서 물었다.

"여긴 벚꽃이 활짝 폈는데 거긴 어때?"

"겨우 눈이 녹고 땅이 드러나기 시작했어."

남편이 눈길을 떨구었다가 즉시 고개를 들면서 덧붙였다.

"하지만 이젠 봄이야. 날씨도 좋고 가슴이 두근거려."

"빨리 보고 싶어."

"뭐야, 자기가 거기 있겠다고 했으면서."

남편이 부루퉁한 표정을 지은 순간, 딸이 손을 흔들었다.

"아빠, 안녕."

일본은 아침 8시 반. 이제 어린이집에 갈 시간이다. 그녀는 딸을 어린이집에 데려다주고 나서 집으로 돌아와 준비를 한 뒤, 후카가와에 있는 다이쇼 초밥 본점의 작은 사무실로 출근한다. 파트타임 직원이다. 가장 바쁜 점심시간에는 가게에 나가 서빙도 하고 계산도 한다. 정신없이 바쁜 곳이라서 눈 깜빡할 사이에 시간이 지난다.

"여보, 다녀올게."

그녀도 가볍게 오른손을 들고 인사를 했다. 컴퓨터 전원은 끄지 않고, 카메라도 그대로 놔둔다.

이런 식으로 매일 대화를 나누고 나서는 그녀가 모르던 남편의 맨얼굴이 보였다. 의외로 정리정돈을 좋아해 집 안을 어지럽히지 않는다는 것. 몸을 움직이지 않으면 불안한지 방에도 운동기구를 놔둔다는 것. 술을 좋아해 자주 마신다는 것. 그것이 유일한 걱정거리로, 가끔 와인 잔을 들고 컴퓨터 앞에 앉는 일도 있었다.

그녀는 딸을 타워 아파트 1층에 있는 어린이집에 데려다주고 다시 집으로 돌아왔다. 컴퓨터 모니터를 힐끔 보았지만 남편의 모습은 보이지 않았다. 차를 타고 근처로 식사하러 갔든지 샤워라도 하는 것이리라. 혼자 살아서 그런지 5시에 퇴근해서 잘 때까지 시간이 남아도는 듯하다.

남편이 시카고 대학의 유학생과 연애를 했다는 사실이 떠올랐다. 이렇게 따분하고 쓸쓸한 밤에 두 사람은 서로를 위로했던 걸까. 질투로 머리가 터질 것 같아서 고개를 흔들어 망상을 내쫓았다. 쓸데없는 걱정을 하지 않도록 남편이 스카이프를 설치해주었다는 걸 알고 있다.

뒤로 미뤘던 설거지를 마치고 외출할 준비를 시작했다. 10시부터 4시까지 일하고 시급은 850엔이다. 하루에 5,100엔밖에 되지 않지만 그녀가 일을 하면 시댁의 지원을 받지 않아도 된다. 자신이 일함으로써 가족의 부담을 줄여준다는 게 기쁘고 뿌듯했다.

타워 아파트를 나와 어디선가 떠도는 꽃향기와 강렬한 바다 내음을 들이마시면서 걸었다. 남편과 함께 미국에 가지 않기를 잘했다. 그때 미국에 갔다면 자신이 있을 자리를 찾지 못해 매일 싸웠으리라.

"가나 엄마!"

차도의 건너편에서 폭스바겐의 새하얀 시로코가 비상등을 켜고 멈추었다. 창문을 열고 마코 엄마가 손을 흔들었다. 그녀는 재빨리 도로를 건너 차로 다가갔다.

"이게 얼마 만이에요? 그동안 잘 지냈어요?"

"그럼요. 가나는 어린이집에 적응했어요?"

"이제 겨우 적응한 것 같아요. 1월부터 다녔거든요."

가나와 같은 나이의 아이가 몇 명 그만둔 덕분에 다행히 들여보낼 수 있었다.

"일하신다면서요? 시간 괜찮아요?"

마코 엄마가 손목시계를 쳐다보았다.

"잠시라면 괜찮아요. 마코도 유치원에 다니기 시작했죠?"

화려한 걸 좋아하는 마코 엄마가 수수한 감색 니트에 눈에 띄지 않는 액세서리를 한 걸 보면 마코를 유치원에 데려다주고 오는 길인 모양이다.

"네, 이 시간대는 차가 밀려서 시간이 걸리네요. 이 일을 3년 간 해야 한다고 생각하면 정신이 아득해져요."

"좋은 유치원이니까 그쯤은 감수해야죠."

"그건 그래요. 실은 차로 데려다주는 건 금지예요. 그래서 멀찌감치 세워서 조금 걷게 해요. 명문 유치원은 나름대로 신경을 써야 하네요."

솔직함을 가장해 자랑하는 것 같아서 그녀는 내심 씁쓸했다. 그러나 딸을 어린이집에 보내기로 결심할 때까지, 자신도 마코 엄마와 같은 세계에 들어가기를 꿈꾸지 않았던가.

"그런데 무슨 일을 하세요? 그런 차림으로 가도 괜찮아요?"

마코 엄마가 무례한 시선으로 그녀를 위아래로 훑어보았다. 면바지에 파카나 플리스 같은 소박한 차림으로 출퇴근을 하는 것이다.

"초밥집에서 일해요. 미우 엄마의 친정이 초밥집을 하거든요."

"초밥집이요? 거기서 뭐하는데요?"

마코 엄마는 놀란 표정을 감추지 않았다.

"카운터 일을 하지만 바쁠 때는 서빙도 도와요. 가게에서 서빙을 할 때는 하얀 유니폼을 입으니까 괜찮아요."

"아아, 재미있겠네요."

말은 그렇게 하지만 생각은 그렇지 않다는 걸 한눈에 알 수 있었다. 아이를 마쓰나미 유치원에 보내는 엄마가 할 일은 아니다.

"참, 안 그래도 물어보고 싶었는데 이부 엄마에게 초대장이 왔나요?"

아리사는 호기심을 억제할 수 없어서 물어보았다.

이부 엄마는 갑자기 이사를 가면서 크리스마스 파티를 하지 않는 대신에 신년회나 히나마쓰리를 같이 하자고 했다. 그러나 연하장이 도착했을 뿐, 집에 초대한다는 이야기는 감감무소식이었다.

마코 엄마가 예쁘게 그린 눈썹을 미간으로 모았다.

"안 왔어요. 걱정이 돼서 메일을 보냈더니, 지금은 바쁘니까 조금 정리되면 초대하겠다고 하더라고요."

인간관계에 빈틈이 없는 이부 엄마치고는 이해할 수 없는 일이다.

미우 엄마와 친한 그녀에게는 연락이 없어도 이상할 게 없다. 하지만 마코 엄마와 메구 엄마와는 특별한 관계가 아니었던가. 따라서 마코 엄마의 대답은 너무도 의외였다.

"그래요? 이상하네요."

마코 엄마가 입술을 삐죽거리며 어깨를 들썩였다.

"그러게요. 메구 엄마와도 말했는데, 이부의 유치원이라든지 여러모로 바쁜 게 아닐까요?"

"그러게요. 둘째도 가졌다고 하니까요."

그녀가 별 생각 없이 한 말을 듣고 마코 엄마의 눈이 동그랗게 변했다.

"네? 정말이에요?"

"몰랐어요?"

"몰랐어요. 처음 들었어요."

마코 엄마는 계속 고개를 갸웃거렸다. 자존심에 상처를 입은 기색이 역력했다. 가까운 자신들이 몰랐는데, 어떻게 BET에 사는 그녀가 알고 있는지 의아한 모양이었다.

아리사는 당황함을 감출 수 없었다.

"어머나! 내가 괜히 쓸데없는 말을 했나 봐요."

"아니에요, 괜찮아요."

마코 엄마는 갑자기 무슨 생각이 났는지 허둥지둥 인사를 했다.

"그만 가봐야겠어요. 미안해요, 또 봐요."

시로코가 BWT 주차장을 향해 난폭하게 달려갔다.

다이쇼 초밥은 점심시간 전부터 2시가 지날 때까지 살인적으로 바쁘다. 그런 다음에 가게를 정리하면서 매출을 계산하면 아리사의 하루 일이 끝난다.

하지만 오늘은 매니저의 부탁으로 가게 앞에 있는 테이크아웃용 초밥 판매대에 섰다. 판매대를 담당하는 젊은 직원이 휴가를 낸 것이다. 판매대 옆에서 손님을 기다리고 있을 때 메일 착신음이 들렸다. 손님이 없는 것을 확인하고 재빨리 쇼케이스 뒤에서 메일을 확인했다.

가나 엄마

아까 만나서 반가웠어요. 마코 엄마예요~.

이부 엄마 말인데요, 메구 엄마에게 얘기했더니 깜짝 놀라지 뭐예요?

역시 아이를 가진 건 몰랐나 봐요.

누구에게 들었어요?

어쨌든 겸사겸사 이부 엄마 집에 놀러 가자는 얘기가 나왔어요.

가나 엄마도 토요일은 쉬지요? 같이 안 갈래요?

내가 차를 가져갈 테니까 타워 아파트 앞에서 11시에 만나는 게 어때요?

근처까지 왔으니까 점심이라도 같이 먹지 않겠느냐고 할 생각이에요.

시간이 안 되면 다녀와서 말해줄게요.

마코 엄마

그녀는 한순간 망설였다. 미우 엄마에게 말해야 하지 않을까.

두 사람도 이부 엄마와 미우 엄마의 불화를 어렴풋이 알고 있는지, 미우 엄마에게 전해달란 말은 하지 않았다.

어쨌든 이부 엄마의 집에 가보고 싶다는 호기심을 억제할 수는 없었다. 그녀는 미우 엄마에게 비밀로 하고 가기로 마음먹었다.

마코 엄마, 메일 고마워요.

오랜만에 만나서 즐거웠어요.

토요일은 가나가 어린이집에 가니까 괜찮을 것 같아요.

오랜만에 메구 엄마도 만나겠네요. 기대할게요.

아리사

"근무 중에 휴대전화 사용은 금지야."

별안간 귓가에서 큰 소리가 들리는 바람에 그녀는 깜짝 놀라 휴대전화를 떨어뜨릴 뻔했다. 황급히 하얀 유니폼에 있는 주머니로 휴대전화를 밀어 넣었다.

"좋은 아침!"

얼굴을 들자 미우 엄마가 미우를 데리고 웃고 있었다. 색이 바랜 면바지에 하얀색 낡은 티셔츠. 유니클로 제품 같은 핑크색 파카에 검은 모자. 여전히 옷에는 돈을 들이지 않지만 날씬한 몸매와 아름다운 얼굴이 모델처럼 세련되게 보였다.

"아이, 뭐야. 간 떨어지는 줄 알았잖아."

그녀는 왼손으로 살포시 가슴을 눌렀다. 미우 엄마를 빼고 이

부 엄마를 만나러 가자는 꼬임에 넘어간 참이라서 양심의 가
책을 느꼈다.

"미안미안. 놀라게 해주고 싶었어."

미우 엄마는 종종 가게에 들러 어머니나 동생에게 미우를
맡기고 훌쩍 놀러 가거나 초밥 재료와 채소를 얻어가곤 했다.

"오늘도?"

"응, 미우를 맡기러 왔어. 도모히사 집에서 놀기로 했거든."

미우 엄마는 특유의 허스키한 목소리로 속삭였다.

"괜찮아?"

그녀는 자기도 모르게 물었다.

이부 아빠와 헤어진 후, 소꿉친구와 깊은 관계가 된 것은 단지
화풀이로밖에 보이지 않았다.

"괜찮아. 그 녀석은 지금 내게 정신없이 빠져 있어."

"그렇겠지."

그녀는 친구의 아름다운 얼굴을 빤히 쳐다보았다. 미우 엄마
의 옆얼굴에는 어딘지 모르게 자포자기의 그림자가 감돌고 있
었다. 그 이유를 아는 사람은 그녀뿐이었다. 아니, 한 사람이 더
있다. 이부 엄마다.

그 이후 이부 아빠와 어떻게 되었는지는 묻지 않았다. 먼저 말
해주지 않는 이상 물을 수 없었다. 도모히사를 만난다는 걸 보
니 이부 아빠와는 완전히 헤어진 모양이다.

"그럼 또 보자. 일 열심히 해."

"응, 고마워."

미우 엄마는 예쁜 손을 하늘하늘 흔들며 가게 안으로 사라졌다. 어머니에게 미우를 맡긴 뒤 뒷문으로 나가 도모히사의 아파트로 가리라. 미우 엄마가 도모히사를 만나고 나서 거리가 생긴 듯한 기분이 들었다.

　토요일 오전 11시 조금 전. 아리사는 H&M의 꽃무늬 원피스 위에 검은색 카디건을 걸치고 BET 앞에 서 있었다. 6개월 전에 미우 엄마와 처음 이자카야에 갔을 때 입었던 원피스다. 그때는 풍로의 연기 때문에 손님의 얼굴도 보이지 않는 곳에 갔었는데……. 벌써 아득한 옛날 일 같은 생각이 들었다.
　"가나 엄마, 오랜만이에요!"
　이윽고 새하얀 시로코가 멈추고, 메구 엄마가 조수석에서 두 손을 흔들었다.
　"와아, 이게 얼마 만이에요?"
　아리사도 환하게 웃으며 뒷자리에 올라탔다. 시로코의 뒷자리에는 마코의 것으로 보이는 빨간 우산이 놓여 있었다.
　"일하신다면서요? 무슨 일 해요?"
　메구 엄마가 앞자리에서 몸을 비틀면서 물었다. 마코 엄마로부터 들었으리라고 생각하면서 초밥집 이야기를 자세하게 해 주었다. "와아, 재미있을 것 같아요!"라고 메구 엄마는 감탄하면서 들었지만, 아리사가 그런 일을 하리라곤 생각하지 않은 것이 뻔히 보였다.
　아이들의 유치원이 정해진 순간, 같은 아파트에 살면서도 서로 만나지 않게 되었다. 아니, 유치원 때문이 아니다. 이부 엄마가 타워 아파트에서 사라지면서 엄마친구 관계도 사라졌다. 역시 이부 엄마는 모두의 중심이었다.

마코 엄마가 운전하는 차가 스피드를 올리며 아오야마 거리로 향했다.

"이렇게 느닷없이 가도 될까요? 이부 엄마에게 메일 보냈어요?"

그녀의 질문에 마코 엄마가 룸미러 너머로 대답했다.

"안 보냈어요."

"괜찮을까요?"

"깜짝 놀라게 해주려고요. 우리 참 못됐죠? 호호호. 그런데 유미 씨가 임신했다는 거 몰랐죠?"

뒷말은 메구 엄마에게 한 말이었다.

"짐작도 못 했어요. 그런 일이 있었다면 말해줬을 텐데요. 더구나 둘째를 갖고 싶어 했잖아요."

"그래요. 둘째가 생기지 않는다고 고민했거든요."

"그러게 말이에요."

두 사람은 뒷자리에 아리사가 있는 것도 잊었는지, 이부 엄마 이야기에 여념이 없었다. 홀연히 모습을 감춘 뒤 연락하지 않는 것에 대한 원망이 느껴졌다.

내비게이션에는 이미 새로운 주소가 입력되어서, 차는 아오야마 거리에서 구부러져 시부야의 동쪽 방면을 향해 구불구불 달렸다. 일방통행이 많아서 막다른 곳에 들어가면 복잡해질 것 같았다.

"미안하지만 코인 주차장에 주차해놓고 걸으면서 찾아보는 게 어떨까요?"

세 사람은 차를 주차한 뒤 주택가를 걸었다. 이윽고 마코 엄마가 작은 건물 앞에서 멈추었다. 1층이 코인세탁소이고 2층이 주거지인 건물이었다. 코인세탁소 옆의 계단에 싸구려 인공잔디가 깔려 있고, 계단 옆에 '가토'라는 문패가 걸려 있었다.

"여기인 것 같은데 성이 다르네요."

"장소는 좋은데요? 집에서 오모테산도의 프라다나 미우미우가 보이잖아요."

'오모테산도 힐스도 걸어갈 수 있다.'

이부 엄마는 전화로 그렇게 말했지만, 여기서 걸어가기에는 조금 멀었다.

"이상하네요."

세 사람은 고개를 갸웃거렸다. 마코 엄마가 과감하게 인터폰을 눌렀다.

"누구세요?"

인터폰에서 여성의 나지막한 목소리가 흘러나왔다. 이부 엄마의 목소리였다. 세 사람은 얼굴을 마주 보았다.

"유미 씨? 마코 엄마예요. 근처에 왔다가 들렀어요."

"저는 메구 엄마예요."

아리사도 말하는 편이 좋을지 말지 망설이고 있자 이부 엄마의 목소리가 들렸다.

"네? 말도 안 돼!"

목소리에는 반가움보다 곤혹스러움이 배어 있었다. 이윽고 계단에서 가벼운 발소리가 들리고 이부 엄마가 나타났다. 하얀색 티셔츠에 면바지. 본 적이 있는 코랄핑크색 카디건을 걸쳤다.

아아, 아름답다. 아리사는 오랜만에 보는 이부 엄마를 정신없이 바라보았다. 그러나 이부 엄마의 배는 나오지 않았다. 어쩌면 유산했을지도 모른다. 그런 것은 함부로 물어볼 수 없으리라. 왠지 마음이 짠해서 그녀는 고개를 떨구었다.

"이렇게 같이 오다니, 어떻게 된 거예요?"

이부 엄마는 웃으면서 말했지만 당황함을 감추지 못해 웃음은 어색하기 짝이 없었다.

"말도 안 하고 와서 미안해요. 쇼핑하러 왔다가 유미 씨 집이 근처인 것 같아서 와봤어요."

메구 엄마는 역시 머리 회전이 빨랐다. 절묘한 변명에 모두 고개를 끄덕였다.

"그래요."

'빈말이 아니라 정말로 쇼핑할 땐 꼭 들르세요'라고 했던 이부 엄마의 목소리가 아리사의 귓가에서 되살아났다.

"그랬군요. 정말 오랜만이에요. 이렇게 만나서 반가워요."

"같이 점심이라도 어때요? 차라도 좋고요."

아리사가 과감하게 끼어들었다. 그녀의 존재를 처음 안 것처럼 이부 엄마가 고개를 돌렸다.

"어머나, 가나 엄마도 왔어요? 오랜만이에요."

생각 탓인지 눈은 웃지 않은 것처럼 보였다. 미우 엄마와 친하니까 무리도 아니다.

"미안해서 어쩌죠? 지금 이부키를 데리러 가야 하거든요."

하지만 쇼핑을 마치고 집에 들르라곤 말하지 않았다. 모두 어떻게 할지 몰라서 우두커니 서 있었다. 여기에는 공원도 없고 라운지도 없다.

"우리가 갑자기 찾아왔으니 할 수 없죠."

마코 엄마가 포기한 듯 말하면서 다른 질문으로 넘어갔다.

"남편도 여기서 같이 살아요? 문패의 성이 다르네요."

"여긴 친정이에요. 결혼하기 전의 성이 가토거든요."

뭐라고 대꾸해야 좋을지 몰라서 한순간 모두 입을 다물었다.

이부 엄마의 친정은 아오야마고, 일류회사 중역인 아버지와 품위 있는 어머니 사이에서 사랑을 듬뿍 받고 자랐다고 하지 않았던가. 아오야마 대학에 다니기 편했다는 말도 덧붙이면서. 그러나 이 건물은 도저히 품위가 있다고 할 수 없었다.

"친정이군요……."

"그래요, 실은 지금 아파트를 리모델링하고 있어요. 그때까지 친정에서 더부살이하기로 했답니다."

"유치원이 가까워서 좋겠어요."

"네, 리모델링이 끝나면 꼭 놀러 오세요. 오늘은 정말 미안해요."

하지만 아파트를 샀다는 말은 듣지 못했다. 이사 안내 엽서에는 이 건물의 주소가 쓰여 있었을 뿐이다.

"그런데 몸은 어때요? 임신한 건 아니죠?"

메구 엄마가 그렇게 물은 순간, 이부 엄마의 눈길이 날카로워졌다.

"그 얘기 누구에게 들었어요?"

두 사람의 시선이 아리사에게 쏠렸다. 그녀는 말할 수밖에 없었다.

"죄송해요. 제가 말했어요. 실은 미우 엄마에게 들었어요."

이부 엄마의 얼굴이 순식간에 변했다. 말투도 거칠어졌다.

"그 여자는 정말 거짓말을 밥 먹듯이 한다니까! 그런 여자 말은 믿지 마세요."

이부 엄마의 변화에 아연해서 아무도 입을 열 수 없었다. 아리사가 순순히 사과했다.

"그럴게요, 죄송해요."

마코 엄마와 메구 엄마도 비난의 눈길로 그녀를 쳐다보았다.

"미안하지만 그만 실례할게요."

이부 엄마가 분노의 얼굴을 감추지 않은 채 발길을 돌렸다. 또 각또각 소리를 내며 나무 계단을 올라갔다. 위를 올려다보자 차광 같은 커튼이 닫혀 있었다.

코인 주차장으로 가는 도중에 마코 엄마가 조심스럽게 말했다.

"그 커튼은 유미 씨답지 않네요."

메구 엄마의 얼굴에서는 아직 당황스러움이 사라지지 않았다.

"그래요, 싸구려였어요. 애초에 그 집이 진짜 이부 엄마의 친정이에요? 도저히 믿을 수 없어요."

"가게를 하던 집을 리모델링한 것 같죠?"

"그래서 우리를 초대하지 않은 거였어요."

마코 엄마의 입가에 비웃음이 매달렸다.

"양의 탈이 벗겨진 거네요."

"저렇게 사는 것처럼 보이지 않았는데 말이에요."

"하지만 그래도 아오야마 출신이잖아요."

"그러게요."

오모테산도에서 쇼핑을 한다는 두 사람과 헤어져 그녀는 혼자 지하철을 타고 타워 아파트로 돌아왔다. 오늘 있었던 일을 미우 엄마에게 말해야 할지 말지 망설였다.

딸을 데리러 갈 때까지 아직 시간이 남았다. 그녀는 턱을 괴고 컴퓨터 모니터를 멍하니 바라보았다. 지금 미국은 한밤중이다. 남편의 서재에는 어두컴컴한 조명이 켜 있을 뿐이었다. 하얀 선반의 한가운데에 있는 가족사진을 바라보았다. 딸을 중심으로 양쪽에서 환하게 웃고 있는 남편과 그녀. 자신들도 위험할 뻔했다. 가족이 행복하게 사는 게 왜 이렇게 어려울까?

일요일은 따뜻하고 화창했다. 전국 각지의 공원은 꽃구경하는 사람들로 발 디딜 틈이 없다고 한다. 밖에 나가자고 조르는 딸에게 옷을 입히고 있을 때 휴대전화가 울렸다. 미우 엄마였다.

"어제 이부 엄마 집에 갔었다면서?"

미우 엄마는 인사도 없이 다짜고짜 그렇게 말했다. 그 순간, 미우 엄마가 모든 걸 알고 있다는 생각이 들었다.

"그랬어."

미우 엄마에게 말하지 않고 간 것도, 이부 엄마의 임신을 확인한 것도 특별히 말할 필요는 없었다. 아리사가 말하기 전에 이미 이부 아빠를 통해 들었을 테니까.

"아리사, 날 원망해?"

"말도 안 돼! 내가 왜 요코를 원망하겠어? 요코 잘못이 아니잖아."

"아리사에게 거짓말을 했잖아."

"그런 거짓말은 괜찮아. 난 아무렇지도 않아."

"고마워."

오늘따라 미우 엄마의 목소리가 솜털처럼 부드럽고 다정하게 느껴졌다.

"요코가 만나는 사람은 도모히사가 아니라 이부 아빠지? 아직 헤어지지 않았지?"

"응, 어제 유미 씨가 펄펄 뛰면서 하루에게 전화했대. 나에게 굉장히 화가 났나 봐."

"임신 얘기 때문에?"

"그래."

아마 이부 엄마와 이부 아빠는 별거 중이리라. 이부 엄마는 이부키와 같이 친정에 있고, 후카가와의 원룸 아파트에는 도모히사가 아니라 이부 아빠가 살고 있으리라.

"미안해, 내가 말했어."

"괜찮아. 나도 그렇게 믿었으니까."

미우 엄마가 한숨을 쉬면서 덧붙였다.

"이부 엄마가 그런 거짓말을 할 리 없다고 생각했거든. 나도 충격이었어."

"앞으로 어떻게 할 거야?"

"글쎄, 아리사의 남편이 돌아올 때쯤이면 어떻게든 결말이 나지 않을까?"

"잘됐다."

"잘된 건지 안된 건지는 모르겠어. 다만 이런 생각이 들더라. 이것도 쉬운 일이 아니라고. 이런 일은 모두에게 상처가 되겠지."

상처라…… 그렇다. 행복은 크고 작은 상처 위에 쌓이는 것일지도 모른다.

"그래도 어쩔 수 없어."

"그것도 이해해."

그녀는 미우 엄마의 목소리를 들으면서 공중에 뜬 집을 둘러보았다. 엄마의 오랜 전화에 따분해진 딸이 다시 컴퓨터 모니터를 보러 갔다.

발코니 너머로 새파란 봄 하늘이 보였다. 초봄이 되면 상층에는 바람이 강해도 지상은 화창한 날이 많다. 아리사는 발을 땅에 붙이고 싶어서 자기도 모르게 발을 동동거렸다.

결혼······.

여성은 왜 결혼을 할까?

여성이 결혼하는 이유는 한 가지밖에 없다. 사랑하는 사람과 행복하게 살기 위해서다.

그렇다면 결혼한 여성의 행복은 무엇일까?

이것에 대한 여성의 대답은 모두 다르지 않을까? 여성이 열 명 있으면 대답이 열 가지가 나올지도 모르겠다.

아리사. 스물아홉 살. 광고회사의 비정규직 사원. 아무리 기를 써도 정규직이 될 가능성은 눈곱만큼도 없다. 그렇다고 이제 와서 고향으로 내려갈 수는 없다. 앞으로도 계속 도쿄에 살려면 결혼 이외에는 방법이 없다.

그러던 어느 날, 우연히 참가한 미팅에서 남편을 만난다. 부잣집 도련님처럼 생긴 순진해 보이는 남편. 술에 취한 그와 러브호텔에 가기를 몇 번. 그녀는 혼전임신을 하고 만삭의 배로 웨딩드레스를 입었다. 그리고 모든 사람들이 부러워하는 해안가 옆에 우뚝 솟은 타워 아파트에 살게 된다. 그녀는 회심의 미소를 지었다. 나는 행복하다, 나는 결혼에 성공했다…….

그렇다. 그녀는 행복했다. 남편이 그녀의 과거를 알고 이혼을 요구하기 전까지는.

요코. 싸구려 티셔츠와 청바지만 입어도 눈에 띄는 미모의 소유자. 아버지는 초밥 체인점의 창업주로, 딸밖에 없는 집안의 장녀인 그녀에게 남편은 곧 체인점을 물려받을 사람으로 정해져 있었다. 그에 대한 반발로 20대엔 클럽에서 일한 적도 있지만, 결국 부모님이 골라준 열한 살 많은 초밥 장인과 결혼한다.

남편에겐 특별한 불만이 없다. 열심히 일해서 아파트도 사주고, 자신이 마음껏 놀 수 있게 해준다. 하지만 애초에 그녀가 선택한 사람이 아니라 체인점을 물려주기 위해 아버지가 선택한 사람일 뿐이다. 그러던 어느 날, '엄마친구'의 중심인물인 이부 엄마의 남편을 만난다. 그리고 그녀는 생각한다.

'아아, 난 지금까지 잘못 산 게 아닐까.'

유미. 세상의 행복을 전부 가진 듯한 여자. 엄마친구의 리더. 좋은 집안 출신임을 떠올리게 하는 우아한 모습. 전직 스튜어디스임을 알 수 있는 몸에 밴 친절. 대형 출판사에 다니는 자상한 남편. 야무지고 똑똑한 딸. 차는 흔히 볼 수 없는 벤츠의 겔렌데바겐 G클래스. 집은 초고층 타워 아파트의 로열층. 자신감과 카리스마로 무장된 그녀는 모든 엄마들의 우상이자 동경의 대상이다.

하지만 그녀의 행복은 모래성에 불과했다. 작은 파도에도 어이없이 무너지는 모래성. 그리고 한번 무너진 모래성 안에서 잇따라 새로운 사실이 밝혀지는데…….

《해피니스》에는 많은 여성들이 등장해 앞을 다투어 자신이 얼마나 행복한지 자랑한다.

나는 이렇게 좋은 집에 살고 있다, 내 남편은 이렇게 좋은 직장에 다니고 있다, 내 아이는 이렇게 좋은 유치원에 보낼 거다, 우리 친정 부모님은 이렇게 대단한 분이다 등등. 그러면서 뒤에서는 누구는 로열층에 살고 누구는 조망권이 좋지 않은 곳에 사는지, 누구는 자가(自家)이고 누구는 임대인지 시시콜콜 따져가며 계산기를 두드린다. 얼굴에 표정 없는 가면을 쓴 채, 서로 수준에 맞는 사람과 어울리기 위해 안테나를 세운다.

그런데 놀라운 일이 있다. 이 책의 저자가 '기리노 나쓰오'란 것이다.

기리노 나쓰오가 누구인가. 일본에 없었던 새로운 여성 하드보일드를 구축했다는 평과 함께 문단의 주목을 한 몸에 받은 사람이 아닌가. 하드보일드의 대가가 어떻게 이렇게 소소한 여자들의 이야기를 썼을까?

그녀가 처음부터 하드보일드나 미스터리 장르를 썼던 것은 아니다. 로맨스 소설을 써서 응모했는데 그것이 가작으로 당선되어 작가가 되었고, 1993년에 《얼굴에 흩날리는 비》로 에

도가와 란포 상을 수상하며 미스터리 작가로 데뷔했다. 그 이후 《부드러운 볼》로 나오키 상을, 《그로테스크》로 이즈미 교카 상을, 《잔학기》로 시바타 렌자부로 상을, 《무언가가 있다》로 시마세 연애문학상과 요미우리 문학상을 수상하고, 1998년에 발표한 《아웃》으로 2004년에 일본인 최초로 에드거 상 후보에 올랐다.

그녀의 작품을 표현하는 대표적인 단어는 '깊은 어둠'과 '그로테스크'다. 미야베 미유키가 사회를 날카롭게 바라보면서도 따뜻한 시선을 잃지 않는다고 하면, 기리노 나쓰오는 한 인물의 내면을 어둡고 뜨겁고 그로테스크하게 파헤친다.

하지만 《해피니스》는 결코 어둡지도 뜨겁지도 그로테스크하지도 않다. 오히려 여자들의 작은 허세와 사소한 거짓말, 뒤틀린 욕망과 일그러진 자존심을 냉철하게 바라보면서 "괜찮아, 걱정 마", "당신만 그런 거짓말을 하는 게 아니야", "당신도 얼마든지 행복해질 수 있어", "행복은 먼 곳에 있는 게 아니야"라고 따뜻하게 어루만져준다.

상처 입은 여성이 상처 입은 여성을 꼭 안아주는 이야기, 비틀거리고 넘어지면서도 작은 행복을 향해 나아가는 이야기, 얼굴에 쓴 가면을 벗어던지고 맨 얼굴로 현실을 바라보는 이야기, 《해피니스》는 그런 이야기다.

2016년 10월

이선희

415

해피니스

지은이 기리노 나쓰오
옮긴이 이선희

펴낸곳 도서출판 창해
펴낸이 전형배

출판등록 제9-281호(1993년 11월 17일)
1판 1쇄 인쇄 2016년 11월 4일
1판 1쇄 발행 2016년 11월 11일

주소 서울시 마포구 토정로 222(신수동 448-6) 한국출판콘텐츠센터 316호
전화 02-333-5678
팩스 02-707-0903
E-mail chpco@chol.com

ISBN 978-89-7919-009-0 03830
ⓒ CHANGHAE, 2016, Printed in Korea.

「이 도서의 국립중앙도서관 출판예정도서목록(CIP)은
서지정보유통지원시스템 홈페이지(http://seoji.nl.go.kr)와
국가자료공동목록시스템(http://www.nl.go.kr/kolisnet)에서
이용하실 수 있습니다.(CIP제어번호: CIP2016024842)」

* 값은 뒤표지에 있습니다.
* 잘못된 책은 구입하신 곳에서 바꿔드립니다.